BASTEI
LÜBBE

Von Mattias Gerwald sind als Bastei Lübbe Taschenbücher lieferbar:

12802 Der Ketzer
14616 Der Entdecker
14828 Die Gesandten des Kaisers

Über den Autor:

Mattias Gerwald hat sich als Autor historischer Romane einen Namen gemacht, ohne einer bestimmten Epoche verpflichtet zu sein. Bereits sein erstes Buch, DER KETZER, fand Beachtung, es folgten DER ENTDECKER, DIE GOTTKÖNIGIN und DIE GESANDTEN DES KAISERS.

Mattias Gerwald lebt in Frankfurt am Main.

MATTIAS GERWALD

DIE STERBENDE SONNE

BASTEI LÜBBE

BASTEI LÜBBE TASCHENBUCH
Band 15127

Erste Auflage: April 2004

Bastei Lübbe Taschenbücher ist ein Imprint der
Verlagsgruppe Lübbe

Originalausgabe

Umschlaggestaltung: Guido Klütsch, Köln
Titelbild: AKG, Berlin
Satz: KCS GmbH, Buchholz/Hamburg
Druck und Verarbeitung: Nørhaven Paperback A/S, Viborg
Printed in Denmark
ISBN 3-404-15127-5

Sie finden uns im Internet unter
http://www.luebbe.de

Der Preis dieses Bandes versteht sich einschließlich
der gesetzlichen Mehrwertsteuer.

Erstes Buch

»Mir kommen die Wege,
auf denen die Menschen zur Erkenntnis
der himmlischen Dinge gelangen,
fast ebenso bewunderungswürdig vor
wie die Natur dieser Dinge selber.«

Tycho Brahe

Erster Teil

Rostock.
Helsingborg.
Kopenhagen.

1566–1568

Im Morgengrauen

Um sieben Uhr morgens war Tycho noch nicht zum Sterben bereit. Und auch nicht zum Töten. Doch an diesem Tag war alles anders.

Dicht über seinem Kopf hing ein schwerer Himmel. Die eiskalte Luft kitzelte ihn in der Nase. Tycho erblickte in einiger Entfernung drei Reiter, die sich im Galopp näherten. Der Staub, den die Pferde aufwirbelten, schien mitten aus der Nacht zu kommen, so dunkel und drückend lag sie über der klammen Wiesenlandschaft. Als der Trupp vor ihm hielt, die Reittiere sich aufbäumten und verängstigt schnaubten, stieg Tycho der scharfe Geruch von Pferdeschweiß und Staub in die Nase.

Seinen eigenen Angstschweiß roch er nicht. Und als er jetzt seinen Feind, der mit einem Satz abgesessen war, so dicht vor sich sah und dessen gedrungene, zwar wenig imposante, vor unterdrückter Spannung jedoch wie eine geballte Faust wirkende Gestalt im schwarzen Rock erblickte, da war ihm, als würde sich tief in seinem Herzen ein festes Etwas bilden, ein inneres Zentrum, kühl und beruhigend, das ihn ganz und gar erfasste.

Tycho schüttelte seine Furcht ab und wich keinen Zoll vor den schnaubenden Pferden zurück.

Sollte passieren, was wolle. Er lief nicht davon. Niemals würde er davonlaufen.

Der junge Student blickte kurz zum Himmel auf. In einer knappen halben Stunde wurde es hell.

Sein Gegenüber warf mit stolzem Schwung die Pelerine nach hinten über die Schulter. Das Gesicht Parsbjergs zeichnete sich bleich in dem nur von zwei Kienspanfackeln erhellten Waldstück ab. Seine Lippen bewegten sich; er versuchte zu lächeln, brachte aber nur ein hässliches Grinsen zustande.

Der dänische Magister stand nun fünf Schritte vor ihm. Tycho nahm die Mütze ab und warf sie im großen Bogen seitlich von sich. Sofort packten Stigme und Morten, die er noch aus der Zeit in der Heimat kannte, seine Arme und führten ihn wie einen Gefangenen nach vorn. Sie versuchten, die beiden Feinde zu einem Handschlag zu bewegen, doch Manderup Parsbjerg machte keine Anstalten, Tycho zu begrüßen. Er starrte ihn nur voller Hass und Verachtung an.

So blieb Tycho Brahe ebenfalls stehen, wo er war, und lauschte den Worten der vier schwarz gekleideten Totenvögel mit den kerzengeraden Zylindern, die sich jetzt die weiß behandschuhten Hände reichten und die Regeln erläuterten.

Wieder blickte Tycho zum Himmel. Weit im Osten bildete sich ein schmales Band Helligkeit. Der Anblick erinnerte ihn an den zarten Streifen nackter Haut, den er noch im Vormonat an der Hüfte Katinkas gesehen hatte. Ihr Wams war verrutscht, und Tycho sah ihre weiße Haut über dem Rockgürtel. Es war ein schöner, unglaublich intimer Anblick gewesen, wie eine Liebeserklärung. Allerdings nur für Sekunden. Dann stopfte die hübsche Küchengehilfin auf dem Gut seines Vaters in Knudstorp die Bluse wieder in den Rock und beugte sich über die nach gedünstetem Fleisch, Nelken und Lorbeer duftenden Eisentöpfe im Feuer.

Tychos Gedanken bahnten sich nur unwillig den Weg zurück in die Gegenwart. Er hörte jetzt, wie der Magister ihn mit seiner hustenden Stimme anfuhr: »Du wirst mir niemals entkommen, Tycho Brahe. Du bist mein inwendiger Feind, mein innerster Hass. Ich muss dich vernichten. Erst dann finde ich Ruhe.«

Diese Worte hatten keinerlei Bedeutung, wie Tycho wusste; er brauchte sie nicht zu verstehen, musste nicht nach einer Begründung suchen, die das Verhalten seines fanatischen Gegenübers erklären konnte. Er hatte Manderup Parsbjerg niemals einen Grund für seinen tiefen Hass gegeben. Genau genommen kannte er den Mann gar nicht richtig, obwohl sie sich schon zweimal so gegenübergestanden hatten – vor zwei Jahren im deutschen Wittenberg und vor einem Jahr an der Festung seines Vaters Otte, gegenüber von Kronborg, der schonischen Burg des Prinzen Hamlet. Immer hatten die Sekundanten sie lebend auseinander bringen können, zuletzt nach einer guten Stunde verbissenen Kampfes mit gegenseitig durchbohrten Oberarmen.

Diesmal, das spürte Tycho, würde mehr geschehen. Eine Entscheidung würde fallen, und einer würde sterben. Oder *etwas* würde sterben. Es herrschte Sterbestimmung. Es war ein guter Tag für Abschiede.

Man klappte die langen, mit Leder überzogenen Waffenkästen auf. Auf dunkelrotem Samt lagen die Klingen mit Griffen aus Perlmutt. Der große Säbel, der feine Dolch. Tycho wusste, sie waren noch viel schärfer geschliffen als die gefürchtete sardonische Zunge seines deutschen Professors Mathis, der ihn das

Neue Strafrecht lehrte. Diese Klingen konnten blitzschnell töten.

Er griff in die Schatulle und nahm die Waffen heraus. Prüfte den Säbel in der Hand, wie ausgewogen er war und wie leicht er sich führen ließ. Sein Gegner hieb den Säbel immer wieder prüfend wie eine Peitsche durch die Luft, sodass es einen pfeifenden Laut gab.

So hört sich der Tod an, dachte Tycho. Er pfeift.

Dann schmerzt er.

Und dann löscht er aus.

Die Totenvögel dirigierten die Feinde und stellten sie gegenüber auf. In drei Schritten Abstand sah Parsbjerg wie ein Büffel aus. Seine Augen, das konnte Tycho trotz der Dunkelheit im Licht der Fackeln sehen, waren blutunterlaufen. Seine ganze Haltung drückte den Wunsch aus, über ihn herzufallen und ihn zu vernichten. Dieser Mann war zum Töten entschlossen.

Tycho erschauerte vor diesem Hass. Sein Leben war ihm bisher einfach erschienen. Er hatte die Freundin des Magisters an der Universität von Rostock kennen gelernt und sie im Ratskeller auf die Wange geküsst. Sie hatte nach Nelken geschmeckt. Er hatte die Nächte durchgezecht, am Tag studiert, die Gesetzestafeln auswendig gelernt, und einmal war er sogar ins Hurenhaus am Hafen gegangen. Das alles war ihm wie ein Spiel erschienen, das er vor dem eigentlichen Beginn seines Lebens spielte. Vielleicht, um das widerspenstige und eigensinnige Leben in die Finger zu kriegen, es anzulocken. Ein Spiel, dessen Regeln er sich jedenfalls selbst ausgedacht hatte. Er hätte auch etwas anderes spielen können. Mit Geld, mit Raub, mit der Sünde. Irgendetwas. In Rostock war das Leben leicht.

Aber jetzt war es damit vorbei. Hatte er das leichte Leben

überzogen? Sich schuldig gemacht? Irgendetwas ging jedenfalls zu Ende. Jetzt präsentierte jemand ihm die Rechnung.

Tycho hob den Säbel in der Rechten, hielt den Dolch in der Linken, zum Ausfall auf der Außenbahn bereit. Sein Gegner tat es ihm nach. Höhnisch, als imitiere er den vergeblichen Versuch, unverletzt aus diesem Kampf hervorzugehen. Tycho besaß nur wenig Übung mit den Waffen, auch wenn Hauslehrer ihn auf dem Adelsgut seines Vaters neben allem anderen auch in der Kunst des Fechtens geschult hatten. Doch er war nicht mit dem Herzen dabei gewesen. Seine Sache waren eher die Bücher, die Atlanten und Karten.

Und die Lippen der Mädchen.

Der Magister war ein gewiefter Kämpfer. Das wusste Tycho. Das hatte er schon zweimal erfahren. Er führte den Säbel wie einen Dirigentenstab und den Dolch wie einen Federkiel. In seinen Fäusten wogen diese Waffen leicht. Parsbjerg war ein gefährlicher Gegner – umso gefährlicher, als er nur einen Gegner kannte, auf den er sich nun stürzen würde: auf ihn, Tycho Brahe.

Den ersten Hieb führte der unversöhnliche Feind. Doch Tycho war gewarnt und konnte parieren. Metall klirrte auf Metall, Funken stoben in die Schwärze der Nacht. Während er focht, nahm Tycho, dessen rechter Arm schon nach den ersten Schlägen schmerzte, den Schrei eines Uhus in den rauschenden Baumwipfeln war. Ein Totenvogel! Wem galt sein Schrei? Er hoffte inbrünstig, dem Magister. Ihm selbst, versuchte er sich während des Parierens einzureden, galt dieser Schrei nur dann, wenn er eine nachweisbare Schuld auf sich geladen hatte, die nun beglichen werden musste.

Tycho, vor Anstrengung wegen der pausenlosen Attacken

seines Gegners keuchend und schwitzend, dachte darüber nach. Gab es so etwas wie eine umgehende Bestrafung für Sünden? Konnte es sein, dass seine hartnäckige Ablehnung der Beichte höheren Ortes ihm diesen Racheengel geschickt hatte, der ihn verfolgte und töten wollte? Oder war es die Sünde im Hurenhaus gewesen, die zum Anlass genommen wurde, ihn unverzüglich zu züchtigen? Gab es das? Seine lutherischen Erzieher hätten über solche Gedanken gelacht.

Aber es war unbestreitbar, dass er, der Student des Rechts und der Hansegesetze aus Schonen, an diesem kalten Dezembermorgen in einem Wald bei Rostock um sein Leben kämpfen musste.

Tycho versuchte einen Ausfall. Der linke Arm mit dem Dolch schoss nach vorn. Gleichzeitig hieb er mit dem Säbel zu. Doch der Angriff ging ins Leere. Sein Gegner lachte hämisch. Tycho durchfuhr ein Schauer. Er erkannte, dass der Magister besser vorbereitet war als jemals zuvor. Er kämpfte ausdauernd und ohne jede Furcht. Diesmal ging es wirklich um Tod und Leben.

Tycho Brahe versuchte sich auf den Kampf zu konzentrieren. Er fintierte. Schlug zu. Wich aus.

Doch wieder schweiften seine Gedanken zu den Fragen von Schuld und Sühne. Bestrafte der Herrgott ihn, weil er Katinka mit lüsternen Blicken betrachtet hatte? Aber sie war so schön gewesen! Und er war so jung … das konnte doch keine Sünde sein.

Tycho sah den Säbel des Gegners heranfliegen. Im letzten Moment duckte er sich, tauchte unter der Klinge hindurch. Dann spürte er die körperliche Gegenwart des Feindes zum ersten Mal. Sie rangen miteinander. Jeder versuchte, die Hände für einen entscheidenden Hieb freizubekommen.

Tycho hörte das Keuchen des anderen, spürte seinen Atem, der ihm als feiner, heller Dunst entgegenschlug. Ihn ekelte vor der Berührung mit diesem warmen, lebendigen Körper; es hatte etwas Obszönes. Tycho Brahe stieß einen angewiderten Schrei aus und löste sich so heftig aus der Umklammerung des anderen, sodass er mehrere Schritte zurücktaumelte.

Dann ging er wieder in Auslage. Er sprang vor und führte eine Serie von Schlägen aus. Ausfall, Stoß, Hieb, Blocken, mit dem Dolch reizen. Er fingierte, lockte den Gegner mit einem angezeigten Angriff heraus und stieß dann, so schnell er konnte, in die neue Blöße. Doch Parsbjerg wich geschickt aus. Und plötzlich, als hätte er gesehen, dass Tycho sich mit vielen Ausfällen und Schlägen verausgabt hatte, änderte er blitzschnell den Abstand der Mensur und attackierte seinerseits.

Wieder schrie der Totenvogel. Tycho nahm es trotz der klirrenden Waffengeräusche deutlich wahr. Noch rasender wirbelten seine Gedanken, schrien in seinem Innern. Wenn er sie doch zum Schweigen bringen konnte!

Wer bist du, kleiner Studiosus aus Schonen, schoss es Tycho durch den Kopf, dass du glaubst, das Leben ginge in dieser furchtbaren Zeit der Prüfungen – der Pest, der Glaubenskriege, des Sittenverfalls – immer so weiter? Wer bist du, dass du dir ein Nest bauen wolltest für ungestörte Vergnügungen? Nein, das Leben ist die Hölle. Und hier schicke es dir einen allerersten Höllenhund. Er ist nur für dich da, er wird dich einweisen.

Wieder ein Stoß, dann ein Hieb mit dem Säbel. Tychos rechter Arm fühlte sich fast schon taub an, doch er parierte. Ein gefährlicher Stich mit dem Dolch, der beinahe seine Seite aufschlitzte. Tycho sprang behände einen Schritt zurück und nahm dem Angriff damit die Spitze. Sein Gegner schrie vor Wut auf.

Jetzt schrien auch die Sekundanten, feuerten ihren jeweiligen Schützling an, obwohl es gegen die Regeln war; sie riefen so laut, dass in Tychos Kopf für den Moment Ruhe einkehrte.

Doch kurz darauf setzte das Gebrüll seiner Gedanken wieder ein. Während erneut Metall auf Metall klirrte, die Rufe der Kämpfer sich mit den Anfeuerungen der Sekundanten mischten, die Natur um sie herum aus dem eisigen Winterschlaf erwacht war und die Vögel zu kreischen begannen, dachte Tycho: Warum sind meine Eltern nicht bei mir? Warum beschützen sie ihren Sohn nicht vor diesem Ungeheuer? War sein Vater nicht Kommandant der Festung von Helsingborg? Er hätte seine Wachen herüberschicken können. Es waren nur drei Tagesreisen übers Wasser bis Rostock …

Sei nicht kindisch, sagte eine andere Stimme. Jetzt bist du für dich selbst verantwortlich. Es gibt keine Ausreden mehr für dein Leben.

Kämpfe!

Verdiene dir dein Leben!

Tycho schwitzte; Wasser lief ihm in die Augen, aber er ließ seinen Feind nicht aus dem Blick. Der Magister duckte sich wie ein Raubtier vor dem Sprung. Die weiße Fahne seines Atems flatterte vor seinem aufgerissenen Mund. Und wieder griff er an, schwang seine Waffen, trat nach Tycho, führte gleichzeitig Hieb auf Hieb.

Tycho fühlte Zorn über die unsaubere Kampfesart seines Feindes in sich aufwallen. Er blickte zu seinen Sekundanten hinüber, doch sie bedeuteten ihm nur mit heftigen Gesten weiterzumachen.

Tycho nahm sich zusammen, verscheuchte jeden Gedanken. Jetzt kam es nur noch auf diesen gnadenlosen Kampf an. Eine kleine Schwäche, und der Magister würde ihn zerfetzen, würde von ihm nichts übrig lassen als blutiges Fleisch und zerschmetterte Knochen.

Tycho kämpfte, schnellte vor, wich zur Seite aus, stach und hieb. Doch die Schläge seines Gegners schienen an Kraft zuzunehmen. Attacke, Cœur, Finte, Parade …

Jetzt fochten sie beinahe schon eine halbe Stunde. Und es wurde noch immer nicht hell.

Plötzlich sah Tycho den Gegner nicht mehr. Die Dunkelheit schien noch zugenommen zu haben. Er drehte sich suchend einmal um sich selbst. Wo war der verfluchte Manderup Parsbjerg?

Da!

Die finstere Mauer des Waldrands hatte seinen schwarz gekleideten Körper für den Moment verdeckt. Jetzt sah er ihn wieder.

Tycho sprang auf ihn zu. Wieder parierte der andere. Bei der nächsten Attacke stolperte Tycho über eine Wurzel, die aus dem Boden ragte. Er geriet aus dem Gleichgewicht und fiel zu Boden.

Aus!, dachte er. Gleich durchbohrt mich der verfluchte Hund mit seinem Stahl. Zugleich fiel ihm ein, dass es eine Regel gab, dass der Kampf beim Sturz eines Gegners ausgesetzt wurde. Tycho drehte den Kopf zu den Totenvögeln hinüber. Was taten sie? Waren sie überhaupt noch da, oder waren sie schon geflohen und hatten ihn allein gelassen mit diesem Höllenhund?

Als er noch nach den Vögeln Ausschau hielt, fiel ihm etwas Seltsames auf. Etwas gänzlich Unerwartetes machte sich am linken Rand seines Blickfeldes breit. Etwas Helles. Tycho blickte irritiert zum Himmel. Und da sah er es.

Plötzlich war weit oben in der Höhe ein gleißend heller Streifen. Was war das? Litt er an Halluzinationen? Ein Blitzstrahl, der aus seiner eigenen Mitte her leuchtete, zog gemächlich am noch immer schwarzen Morgenhimmel entlang. Erst langsam, dann immer schneller. Jetzt raste er auf ihn zu …

Es scheint zu explodieren!, schoss es Tycho durch den Kopf. So wie das Schwarzpulver, von dem jetzt alle erzählten.

Für einen Augenblick dachte er wieder an ein Himmelsgericht. War es ein Bote, der vom Himmel kam, um ihn zu bestrafen? Dann aber zog der helle Schein vorbei, der aussah, als klemme ein Stern zwischen den Fingern des Weltenrichters fest; beim Versuch, sich zu befreien, zog er sich in die Länge und jagte von Ost nach West über ihren Köpfen dahin. Flüchtete er vor der aufgehenden Sonne?

Vielleicht wurde soeben ein neuer Stern geboren, dachte Tycho. Ja, so sah es aus. Am Himmel wurde ein Stern geboren, und hier unten, auf Erden, wird ein Mensch sterben.

Er sah sich nach seinem Feind um.

Noch bevor er ihn sah, roch er ihn, roch seinen Atem. Seinen Schweiß. Und vor allem seinen Hass.

Der Säbel des Gegners landete mitten in Tychos Gesicht.

Zuerst spürte Tycho Brahe, Student des Hanserechts, gar nichts. Alles schien taub. Müde hob er den Säbel zur Abwehr. Eine seltsame Gleichgültigkeit machte sich in seinem Innern breit. Was ging es ihn an? Was ging ihn der Magister Manderup Parsbjerg an? Nur ein Totenvogel unter vielen …

Die Sinne schwanden ihm. Dann kam der Schmerz. Etwas Weißglühendes zuckte durch sein Gesicht, breitete sich in seinem ganzen Kopf aus, lähmte seinen Körper. Tycho konnte sich nicht mehr bewegen. Er versuchte, den Mund zu öffnen, um zu sagen: Das alles hier, dieser Morgen, ihr alle … es ist einerlei.

Doch es war nur Blut, das aus seinem Mund schoss, warmes Blut. Aber nicht warm genug, um ihn vor der Kälte zu schützen, die ihn jetzt überfiel. Er begann am ganzen Körper zu zittern.

Verschwommen nahm er wahr, wie mehrere Gestalten den Magister zur Seite zogen. Sie zerrten ihn grob von ihm herunter. Seine beiden Sekundanten beugten sich über ihn. Sie sagten etwas, doch Tycho verstand es nicht.

Dafür nahm er etwas ganz anderes wahr.

Am Horizont erhob sich ein rundes Etwas. Eigentlich hätte es die Sonne sein müssen, doch sie konnte es nicht sein. Denn war die Sonne nicht immer golden gewesen? Gleißend? Hell?

Dies aber war ein Feuerball, der aus nichts als Schwärze bestand!

Tycho versuchte, die lästigen Arme und Hände abzuwehren, die ihm helfen wollten. Er sah Gesichter, sah Münder, die auf ihn einredeten, spürte Hände, die ihm aufhelfen wollten. Aber er schien ohne jeden Knochen zu sein, nur noch aus erschlafften Muskeln zu bestehen. Er konnte nicht aufstehen.

Das Weißglühende in seinem Kopf war lästig. Aber was da am Horizont vor sich ging, beschäftigte ihn ungeheuer. Es war ganz ohne Zweifel eine schwarze Sonne! Ja, jetzt war der Morgen der Abrechnung wirklich gekommen! Jetzt ging die Welt wirklich unter!

Oder bin ich schon tot?, dachte Tycho. Ja, so muss es sein. Es ist die schwarze Sonne der Hölle! Ich bin nicht mehr von dieser Welt!

Tycho versuchte, auf diese schwarze Sonne zu zeigen, die immer höher kroch. Die anderen aber interessierten sich nicht dafür; vielleicht nahmen sie den dunklen Feuerball nicht einmal wahr, denn sie beschäftigten sich nur mit ihm.

Die schwarze Sonne führte irgendwie die Helligkeit des Morgens mit sich, aber auf sonderbare Weise. Es war eine Art von heller Dunkelheit, die da heraufzog! Tycho bekam Angst; er hätte schreien können. Wo sonst eine strahlende Sonne über der Finsternis des Wintermorgens aufging, rollte nun ein schwärzliches Etwas heran. Es gab für Tycho keinen Zweifel. Entweder war er gestorben oder irgendwie schuld daran, dass sich nun alles verkehrte.

Denn wenn die Sonne starb und schwarz wurde, würde auch bald die Nacht mit Feuern leuchten, die Vögel würden von den Bäumen fallen, die Erde sich auftun und die Wasser in einer neuen Sintflut steigen lassen. So jedenfalls hatten die Propheten der neureformierten Kirche es immer wieder verkündet, die auch in der Familie der Brahes auf Knutstorp ein und aus gingen.

Ich bin schuld, dachte Tycho, während ihm das Blut in einer Fontäne aus dem Gesicht schoss. Ich habe ein liederliches Leben geführt. Ich habe nicht fleißig genug studiert. Ich habe die Mädchen lüstern angesehen. Ich bin an allem schuld.

Jemand drückte ihm eine Binde ins Gesicht, die scharf roch und ihm den Atem nahm. Er rang nach Luft; dann verlor er das Bewusstsein. Als er wieder zu sich kam, spürte er etwas Hartes, Verkrustetes im Gesicht, und das Blut floss nicht mehr. Vier Männer beugten sich über ihn und blickten ihn besorgt an. Und von hinten näherte sich ein Pferdefuhrwerk mit einer weißen Fahne.

Und die schwarze Sonne rollte in diesem Augenblick hinter einer dunklen Wolke hervor und breitete ihr gleißendes, schwarzes Licht erneut vor ihm aus.

Alles blieb dunkel, sogar die zunehmende Helligkeit des Morgens …

In Tychos Kopf blieb die Schwärze, und ebenso lag Schwärze über der Welt.

Die Gehilfen richteten den jungen Mann auf und führten ihn zum Rettungsfuhrwerk des Stadtmediziners. Tycho ging mühsam zwischen ihnen, schaffte es aber, auf den Beinen zu bleiben. Dann ließ er sich auf die Strohmatten gleiten und blieb erschöpft liegen. Als er vorsichtig mit der Hand zu seinem Gesicht tastete, fand er keinen Widerstand. War sein Gesicht verschwunden? War es auch zu einer schwarzen Kugel geworden, eine sterbende Sonne aus Augen, Nase und Mund?

Jemand redete beruhigend auf ihn ein. Als das Fuhrwerk rumpelnd losfuhr, sah Tycho den Magister. Er stand geduckt am Waldrand, wie ein Schatten, der bereit war, aus der Dunkelheit hervorzuspringen und ein Loch hineinzureißen oder sich in der Dunkelheit aufzulösen. Manderup Parsbjerg hatte gesiegt, das war Tycho klar. Er hatte ihn zwar nicht getötet, hatte ihm aber schweren Schaden zugefügt. Und jetzt rollte die schwarze Sonne über ihn hinweg, um ihn zu zermalmen. Sie stand wie ein riesiger Ball, aus dessen Seiten Flammen zu schießen schienen, dicht über dem Horizont. Doch sie bewegte sich nicht. Sie schien abzuwarten, wie Tycho sich machte.

Der Student schloss die Augen. Als er sie wieder öffnete, war die Sonne verschwunden. Der Wald hatte das Pferdefuhrwerk aufgenommen, und es ging langsam und rumpelnd nach Rostock zurück.

Als sie den Fluss, die Warnow, auf der Holzbrücke überquert, den Stadtgraben bei der Teufelskuhle passiert und die Stadtmauer erreicht hatten, standen überall Menschen und blickten zum Himmel empor. Sie hielten sich die Hände in einigem Abstand vor die Augen. Ein alter Mann rief: »Das ist das Strafgericht Gottes! Die Welt geht endlich unter! Betet für euer Seelenheil!«

Auch wenn Tycho bei klarem Verstand gewesen wäre, hätte er nicht gewagt, dem Schreier zu sagen, wer schuld daran war. Er nahm alles wie in einem Nebel war, der seinen Kopf ausfüllte.

Sie fuhren weiter. Überall der gleiche Anblick. Menschen über Menschen; ganz Rostock schien auf den Beinen zu sein. Wegen des Kampfes? Wegen der schwarzen Sonne? Warum wusste er, Tycho Brahe, nichts über diese Vorgänge? War er der einzige Mensch auf der Welt, der nicht wusste, was hier vor sich ging? Aber ging es ihn überhaupt etwas an?

Überall flatterten die Fahnen der mecklenburgischen Herzöge im Morgenwind. Eine frische Brise riss an der Kleidung der Marktfrauen auf dem Hopfenmarkt, zerrte an den Windhähnen der roten Kirchtürme, den Windrosen auf den Dächern der Kontore und Speicherhäuser und fuhr in die Holzfeuer, die überall angezündet worden waren.

Tycho war jetzt ganz ruhig. In seinem Innern breitete sich erneut kalte Gleichgültigkeit aus. Er blickte im Vorbeifahren unbeteiligt auf das schöne Haus des Hundertmännerkollegiums, unter dessen Dach er eine Mansarde bewohnte, sah die Brauer am Mohlendamm ihre Fässer herausrollen, die Kaufleute ihre Läden öffnen, die Handwerker ihre Geräte auspacken. Hunde liefen umher und bellten das Pferdefuhrwerk an. Kirchenglocken begannen von allen Seiten zu läuten. Und am Steintor, neben dessen klobigem Turm das barmherzige Hospital lag, bildeten sich Trauben gestikulierender Bürger, die ihre ausgestreckten Hände immer wieder zum Himmel hoben, als wollten sie in die schwarze Sonne stechen.

Am Nonnenhof angekommen, wurde Tycho vom Wagen gehoben. Der Morgen war nach dem Sonnenaufgang noch dunkler geworden. Sonnenaufgang?, dachte Tycho. Was für ein seltsames Wort. Ein Wort von gestern. Heutzutage geht die Sonne am Morgen nicht auf, sondern unter. Und alles wird schwarz.

Und dann wurde es auch in seinem Kopf dunkel. Noch bevor man ihn auf eine Pritsche legte, war er wieder bewusstlos geworden.

***

Der Patient erschrak zu Tode.

»Es ist die Nase«, sagte jemand. »Der Säbelhieb hat sie abgetrennt.«

Ein anderer ergänzte: »Ja, aber nur vom Knochen abwärts. Er hat noch Glück gehabt.«

»Aber wie er aussieht!«

Tycho öffnete die Augen und schaute in die Höhe. Er sah einen Ring weißer Gesichter, die auf Körpern in weißer Kleidung saßen. Er wollte sich aufrichten, war aber noch immer wie gelähmt vor Entsetzen über das soeben Gehörte und konnte sich nicht bewegen.

Ein dumpfer Laut kam aus seinem Mund. Es hätte ein Satz werden sollen, der lautete: »Was ist mit meiner Nase?«

»Der Herr Studiosus ist erwacht«, sagte jemand.

Töricht, dachte Tycho. Aber damit bin ich gemeint. Er versuchte weiter Worte zu formen. Es gelang ihm nicht, und das machte ihn traurig. Zugleich verspürte er eine ungeheure Erleichterung, dass der Magister Manderup Parsbjerg nicht anwesend war. Oder versteckte er sich etwa hinter den breiten Rücken der Weißkittel?

Er blickte in die Runde, ohne den Kopf zu drehen, sah den Magister aber nicht. Überall gewichtige Gesichter. Als er mühsam die Worte herausbrachte: »Was ist mit mir?«, fiel ihm sofort auf, wie seltsam fremd seine Stimme klang.

Ein Medicus hielt ihm einen Spiegel vor. Und da seine Hand nicht ruhig war, sah Tycho jetzt sein Konterfei zittern; es wackelte und bebte, als fürchte es sich vor sich selber.

Sein Gesicht sah eigentlich wie immer aus. Rund, volle Lippen, ausgeprägte Augenpartie mit verträumten, braunen Augen, darüber das schlanke Band der Brauen, hohe Backenknochen. Nur mitten drin saß die silberne Nasenplatte. Vom Knochen abwärts glänzendes Silber. Sie besaß sogar zwei Nasenlöcher.

»Es ist bloß behelfsmäßig«, sagte der Medicus, ein schon alter, bärtiger Mann mit Brille, der in der Runde den Ton angab. »Aber so ungefähr könnte Eure Ersatznase aussehen, Herr von Brahe.«

»Was ist darunter? Kann ich die Wunde sehen?«

»Dazu habt Ihr noch das ganze Leben lang Gelegenheit. Lasst die Wunde heilen. Dann sieht alles besser aus. Wir haben sie abgedeckt, das Blut mit dem Saft der Aloe gestillt, das rohe Fleisch mit dem Gift der Kreuzotter abgerieben, wie Benedictus Barth es lehrt. Danach haben wir die Wunde mit Hanf bestrichen und zugenäht. Uns kamen die Erfahrungen zugute, die wir bei der jüngsten Seuche in Sachsen gesammelt haben, wo Scharbock und englisches Fieber behandelt werden mussten, bevor sie ganz Grimma auslöschten. Ihr werdet Eure Nase gebrauchen können wie jeder andere Mensch auch.«

»Muss ich die Silberplatte immer tragen?«

»Seid froh, dass Ihr eine solche Platte habt, Herr von Brahe! Damit erhaltet Ihr Euch alle Möglichkeiten bei den jungen Damen! Oder glaubt Ihr, die Weiber starren gern auf ein schwärzliches Labyrinth von blutverkrusteten Nasengängen, wenn sie ihre Liebe beteuern?«

Der Medicus lachte meckernd; die anderen fielen ein und stießen einander an. Welch ein gelungener Scherz von Medicus Brant, dem besten Chirurgus und Wundarzt von Rostock!

Tycho fragte: »Kann ich aufstehen?«

»Ja, das dürft Ihr. Ihr habt ja volle drei Tage geschlafen – was übrigens gut war für den Heilungsprozess. Ja, die Jugend heilt sich selbst.«

Tycho stöhnte vor Schmerzen. Mühsam fragte er: »Wurde meine Familie von dem Unfall benachrichtigt?«

»Umgehend. Das besorgten Eure Sekundanten, indem sie einen Reiter nach Schonen sandten. In spätestens vier Tagen, wenn der Sturm nicht stärker wird, werden Eure Eltern Euch in die Arme schließen können. Und vielleicht auch eine kleine Freundin – wenn Er eine solche hat, wie?«

Tycho ließ sich die Erlaubnis erteilen, das barmherzige Hospital am Abend zu verlassen. Er nahm seine Sachen und ging hinaus.

Es war früher Abend, aber jetzt stand die Sonne rot und klar am Himmel, als hätten sich tatsächlich alle Vorzeichen verkehrt und als würde die Sonne am Abend mit ihrem roten, glühenden Licht aufgehen und am Morgen schwarz und klobig am Horizont versinken. Eine kräftige Brise wehte Wolkenfetzen über den Himmel.

Tycho tastete immer wieder zu seiner Nase und spürte unter

seinen Fingerspitzen die Kälte der Silberplatte. Das Gefühl dieses fremden Gegenstands in seinem Gesicht machte ihn ganz mutlos.

Er grübelte über alles nach, was geschehen war. Und allmählich ging ihm auf, dass er großes Glück gehabt hatte.

Es war nur ein Teil seiner Nase gewesen, eigentlich nur die Nasenspitze, was dem Säbel des Magisters zum Opfer gefallen war, nicht er selbst. Es war nur die Geburt eines Sterns gewesen und nicht das göttliche Strafgericht, das er am Morgen des Duells gesehen hatte. Und der Rest war nichts weiter als eine gewöhnliche Sonnenfinsternis, wie sie alle Dezennien eintrat. Aber wer dachte an so etwas!

Für ein einziges Morgengrauen was das alles jedenfalls zu viel gewesen. Und er war nicht darauf vorbereitet, weil er lieber in den Bierschänken am Hafen saß!

Tycho ging langsam durch die wie immer betriebsame Stadt nach Hause. Er betastete immer wieder diesen silbernen Fremdkörper in seinem Gesicht. Der Wind war noch stärker geworden und riss die Rauchfahnen aus den Schornsteinen.

Der Student bezog seine Mansarde, nachdem er den lästigen Hausbesorger abgewehrt hatte, einen übertrieben freundlichen Mann. Er konnte von hier aus den Wald jenseits des Stadtgrabens sehen, in dem vor vier Tagen das Duell stattgefunden hatte. Was war mit dem Magister? Befand er sich noch in der Stadt? Würde er dem eingebildeten Menschen an der Universität begegnen? Konnte er überhaupt weiterstudieren?

Tycho beschloss, auf seine Eltern zu warten, bevor er nach Antworten suchte. Bis dahin musste er sich erst einmal an die Schmerzen und an die Silberplatte auf seinem Nasenrücken gewöhnen. Am nächsten Tag sollte die künstliche Nase endgültig angepasst werden. Tycho hatte darauf bestanden, dass sie eine Gravur enthielt. *Cassiopeia.* So nannte er den Stern, bei dessen Geburt er dabei gewesen war. Den Stern, der ihn die Nase gekostet hatte. Cassiopeia würde fortan die Richtung seines Lebens bestimmen.

Noch ahnte er nicht, dass es nicht die Geburt seines Sterns gewesen war, der er beigewohnt hatte. Er hatte sein Sterben gesehen.

Begehren

Der Student des Rechts überlegte, ob er zum Barbier, zum Apotheker oder zum Medicus gehen sollte. Die Nase schmerzte. Die Silberplatte saß so fremd und fest in seinem Gesicht und schnitt ins gesunde Fleisch, dass es Tycho nicht mehr aushielt.

Als er durch die Stadt ging, war alles wieder ganz normal. Man hatte die Sonnenfinsternis vergessen und ging den Geschäften der Hanse nach. In den Bürgerhäusern am Hopfenmarkt befand sich eine Ratsapotheke, in der er sich ein Schmerzmittel geben ließ. Ein Kommilitone von der medizinischen Fakultät hatte ihm geraten, eine weiße Ratte über die Nasenwurzel zu führen, das lindere den Schmerz. Ein anderer erbot sich, die Schmerzen mit dem Mund wie ein Gift herauszusaugen und ihn auszuspucken. Doch Tycho hatte den Verdacht, dass dies alles keine Hilfe wäre.

Er blieb vor dem Schaufenster des Ladens stehen und erblickte Schüsseln mit gestoßenen Gewürzen, Kräuter, Hochweine, ein Destilliergerät für Salben und allerlei Kram. Das alles sah wenig Vertrauen erweckend aus. Der heilkundige Apotheker, ein Buckliger mit scharfem, misstrauischem Blick und buschigen Brauen, von dem Tycho hoffte, dass er mehr sei als bloß ein Kräuterhändler, hörte sich mit zusammengekniffenem Mund die Klagen des Kunden an und wickelte ihm dann ein bräunliches Pulver in ein Papier ein.

»Morgens, mittags und abends eine Prise. Aber nicht übertreiben. Nach einigen Tagen geht es Euch besser.«

»Was ist das für ein Pulver?«

Der Heilkundige antwortete unfreundlich: »Es ist ein gemahlenes Doldengewächs von den südlichen Küsten, auch als wilde Engelbrustwurz bekannt, dessen Wurzelstock ätherische Öle enthält, gemischt mit dem Knochenpulver unserer heimischen Eidechse. Etwas Besseres gibt es nicht gegen Schmerzen aller Art. Und nun geht und nehmt es ein.«

In den nächsten Stunden schlenderte Tycho durch Rostock, von den Schmerzen getrieben. Erst in der Nacht ließen sie nach. Tycho besah sich immer wieder im Handspiegel. Ein Ungeheuer, auch wenn das Silber seiner neuen Nase gut zum Schwung seiner braunen Augen und Brauen passte. Er erkannte sich kaum wieder. Nur im Innern spürte er, dass er es war. Tycho Brahe aus Schonen, zwanzig Jahre alt, Sohn des hochwohlgeborenen Offiziers und Geheimrats Otte von Brahe und seiner Gattin Beata Bille, Student der Jurisprudenz in Kopenhagen, Wittenberg, Leipzig und nun in Rostock, ein junger Mann, der unter dem Stern von Cassiopeia stand.

Der Schock saß tief, als nach drei Tagen die Nachricht eintraf, der Vater beordere ihn umgehend nach Knutstorp zurück.

Sie würden also nicht kommen und ihn trösten. Die sanfte, leise Mutter würde ihn nicht an den Busen drücken, nicht im Nacken kraulen, kein liebevolles Bedauern flüstern. Ganz zu schweigen von Katinka. Tycho hatte gehofft, sie könnte die Eltern begleiten. Die junge Katinka mit den bebenden, weißen Brüsten, dem festen Hinterteil und den neckischen Augen. Die junge Köchin fehlte ihm in Rostock am meisten; mit ihr hatte er sich in der Heimat am besten verstanden. Vor allem, wenn sie ihm ihre geheimsten Rezepte verriet, sich mit Tiegeln, Töpfen und Pfannen zu schaffen machte und er ihr dabei in den Ausschnitt schauen konnte. Sie hatte es ihm gestattet, aber darauf geachtet, dass er sie nicht berührte. Katinka besaß einen Versprochenen, den Stallburschen von Knutstorp.

Tycho wusste, er musste dem Befehl seines Vaters folgen, oder der würde ihm umgehend die Mittel streichen. Gleichzeitig spürte er seinen Zorn darüber, abhängig zu sein.

Sollte er dem Vater trotzen und in Rostock bleiben?

Aber wovon sollte er dann leben?

Er fühlte Zorn und Enttäuschung darüber, dass er so jung und so unfertig war. Was hatte er bisher zuwege gebracht? Nichts!

Man muss aus sich selbst heraus etwas schaffen, dachte er, sonst lohnt es nicht zu leben. Oder man muss sich in einer grenzenlosen, zügellosen Liebe als Person auflösen. Das sind die beiden wirklich großen Dinge im Leben. Die lohnenswerten Zustände.

Werde ich jemals dazu in der Lage sein?

Ich werde es nur schaffen, wenn ich meinen eigenen Weg finde!

Tycho benötigte eine Woche, um seine Zelte in Rostock abzubrechen. Manderup Parsbjerg ließ sich nicht blicken. Man munkelte, er sei inzwischen in die Dienste der Kaiserlichen von Schweden getreten.

Der Student aus Schonen löste seine Wohnung unter dem Dach auf. Er verabschiedete sich von seinen Freunden und Kommilitonen, ließ sich von den Ärzten letzte Anweisungen erteilen und kaufte sich eine Passage nach Hause. Er zechte noch eine Nacht mit seinem besten Freund Vicke Schorfer in den Pinten rund um das Kollegium Aquila, wo es die süßesten und leichtfertigsten Mädchen gab, schiffte sich an einem eiskalten Morgen ein und landete zwei Tage später in Kopenhagen.

Tycho ließ sich bei stürmischem Wind nach Landskrona übersetzen. Als er am Hafen Kyrkbakken die Kirche St. Ibbs und die im Bau befindliche Zitadelle mit ihrem dreifachen, sternförmig angelegten Wallgraben erblickte, die der König im Renaissancestil erbauen ließ, fühlte er sich zu Hause. An der Baustelle wartete schon die Kutsche mit dem ewig mürrischen Oldentorp, dem die Gicht die Hände verkrüppelt hatte.

Am Abend traf Tycho bei einsetzendem Schneefall auf dem Gut seines Vaters ein. Die Eltern empfingen ihn so überschwänglich, als käme er von einer Weltreise zurück. Die zehnjährige Schwester Sophie tanzte um ihn herum. Auch sein älterer Bruder Steen, mit dem er sich schon als Kind immer nur gestritten hatte, war aus Helsingborg gekommen. Die anderen sechs Geschwister hielten sich an anderen Orten auf. Katinka stand zwischen den anderen Bediensteten; sie wischte sich die Hände an der Schürze ab, dann umarmte sie ihn stürmisch und gab ihm einen Kuss mitten auf die Silbernase.

Alle lachten. Tycho war selig. Der Magister hatte ihm offensichtlich nicht wirklich etwas anhaben können! Er hätte Katinka im Überschwang der Wiedersehensfreude und seiner eigenen

Verwirrung gern gefragt, ob sie mit ihm schlafen wolle, aber die junge Köchin war schon wieder in ihrer Küche verschwunden, wo die köstlichsten Gerichte und vielleicht auch ihr Versprochener auf sie warteten.

Der Vater ließ seinem Sohn Zeit, auszupacken und sich an den Gedanken zu gewöhnen, wieder daheim zu sein. Otte von Brahe war nicht nur Offizier, sondern auch taktvoll. Beim Essen am Abend gab es noch Gelegenheit genug, um zu besprechen, was zu besprechen war.

Schloss Knutstorp lag idyllisch an einem See, ein von Türmchen gekrönter, ausladender Vierseitenhof aus rotem Klinker mit Nebengebäuden zwischen Wiesen und Wäldern. Tycho schaute aus dem Fenster über das vertraute Anwesen und beschloss, vor dem Abendessen noch einen Spaziergang zu machen. Er nahm Kulle mit, einen treuen Terrier, der sich noch mehr freute als alle anderen, ihn zu sehen.

An diesen Tagen vor dem Julfest lag die Natur in Wartestellung. Alles war gefroren, der See mit einer stumpfen weißen Fläche überzogen. Tycho ließ Kulle über das Eis schlittern und amüsierte sich über dessen Rutschpartien. Ein stilleres Land als dieses hier gibt es nicht, dachte er. Er musste an Rostock denken, an das Leben, das er dort ein Jahr lang geführt hatte. Es war eine laute, schnelllebige Zeit gewesen, ein sorgloses und aufregendes Leben. Er hatte es genossen. Aber jetzt war er froh, hier zu sein.

Plötzlich hörte er eine Stimme. Sie gehörte zweifellos Katinka. Tycho drehte sich um. Das Mädchen rannte ihm nach. Sollte sie nicht in der Küche stehen? War etwas passiert? Er erblickte ihren hastigen Atem als weißen Hauch.

Als sie ihn eingeholt hatte, flog sie ihm um den Hals. Er spürte die Wärme ihres jungen Körpers, der weich und zutraulich war. Verwirrt von den plötzlichen Gefühlen, die ihn übermannten, sagte er: »He, nicht so stürmisch! Du bringst uns ja beide um!«

»Tycho, ich freue mich so sehr, dass du am Leben und wieder zurück bist.«

»Das merke ich, Katinka.«

»Ich habe dich vermisst. Vorhin konnte ich es dir nicht sagen. Aber jetzt wollte ich es nachholen. Du sollst wissen, dass ich dich gern habe. Aber jetzt muss ich wieder zurück.«

»Warte noch! Was soll das heißen, dass du mich gern hast? Wie gern?«

»Sehr gern … zum Fressen gern!«

Sie rannte davon.

»Warte, Katinka! Lass mich nicht allein auf diesem verdammten See! Ich erfriere!«

Schnell war das Mädchen nur noch ein dunkler Punkt in der Winterlandschaft mit ihrem Raureif, ihrem Schnee, der erfrorenen Luft. Tycho machte ebenfalls kehrt und ging langsam zurück. Er rief Kulle und sah zu, wie der Terrier einen Stock apportierte. Seltsames Mädchen, ging es ihm durch den Kopf. Entweder ist sie kokett und spielt mit mir, oder sie meint es ernst. Und was dann? Sie war eine Küchenmagd!

Aber war das nicht egal?

Sie war ein süßes Mädchen, ein warmherziger Mensch. Das allein zählte.

Knutstorp lag in der weißen Stille des immer stärkeren Schneefalls. Zum Abendessen hatte der Vater, dessen Familie zu den höchsten Adelskreisen des Landes gehörte, einige Gäste von Stand eingeladen, die Tycho nur zum Teil kannte. Während des Essens warf ihm Katinka, die mit den anderen Bediensteten die Schüsseln auftrug, vertrauliche Blicke zu. Als sie ihm einen Teil vom gesottenen Peterfisch auf den Teller legte, beugte sie sich so weit vor, dass er ihren schneeweißen Busen bis hin zur rosigen Spitze sehen konnte. Zumindest bildete Tycho sich das ein. Ihn schwindelte.

Verlegen beugte er sich über seinen Teller und stopfte sich den wohlschmeckenden Fisch in den Mund. Das Leben ist sonderbar, dachte er. Die Dinge des Lebens, Tragik und Süße, liegen so eng beieinander. Man muss aufpassen, dass man sie auseinander halten kann.

In seine Gedanken hinein fragte sein Vater: »Nun sag schon, wie es zu diesem Händel gekommen ist, mein Sohn.«

Tycho hob den Kopf und begriff, dass der Vater von Manderup Parsbjerg sprach. Er riss sich von Katinkas Anblick los, den er noch vor dem inneren Auge hatte.

Er kaute und schluckte. Dann antwortete er: »Ach, es ist eine alte Geschichte. Und eine unerfreuliche.«

»Erzähle sie deiner Mutter und mir.«

»Ich habe es nie erwähnt. Es ist zu aberwitzig. Der Magister ist ein schlichter Junge vom Lande. Er hat sich die Berechtigung zum Studium der Jurisprudenz über einen späteren Eintritt in ein Kloster erworben. Nun hasst er alle Adligen, die ein solches Recht schon als Kind in die Wiege gelegt bekommen.«

»Unsinn! Das kann doch gar nicht sein! Dann müsste er doch gegen jeden Mann von Stand kämpfen!«

»Nein. Er hasst nur mich. Ich habe es gewagt, seine Freundin anzuschauen, und er dachte, ich wollte sie wegnehmen. Das war vor zwei Jahren. Seitdem rennt ist er hinter mir her, den Kopf voller Rachegedanken. Und als er vor zwei Monaten nach Rostock kam, legte er sich sofort wieder mit mir an.«

»Einen solchen Mann muss man dingfest machen! Wozu haben wir unsere Gesetze! Alle Unruhestifter sind sofort in Gewahrsam zu nehmen.«

Otte von Brahe sprach im Brustton der Überzeugung. Und alle Anwesenden pflichteten ihm bei.

Doch eine solch plumpe Zustimmung war Tycho unangenehm. Denn tief in seinem Innern hatte er gespürt, dass der Magister von etwas angetrieben wurde, das seine Berechtigung hatte. Tycho wusste nur nicht genau, wie er es nennen sollte.

»Ich hoffe, ich begegne ihm nie mehr«, sagte Tycho. »Er ist ein phantastischer Mensch, ein Kämpfer, dem sein eigenes Leben nichts zu gelten scheint. Man kann Angst vor solchen Menschen bekommen.«

»Er soll es nur nicht wagen, sich noch einmal an dich heranzumachen!« Katinka sprach schnell und warf einen besorgten Blick auf Tycho. Sie erntete einen strengen Blick des Geheimrats, denn Bediensteten war es nicht gestattet, sich in die Gespräche der Gesellschaft einzumischen.

»Und wie ist das mit diesem Stern, den du zu sehen glaubtest?«, warf Pastor Henrik Brockam ein, der an der Längsseite des Tisches neben Valkendorf saß, dem Stadthalter von Kopenhagen. »Er soll in dem Moment geboren worden sein, als dieser Mensch dich verletzte.«

Tycho zögerte. »Nun ja. Ich sah etwas am Himmel vorüberziehen. Etwas Langgestrecktes. Wie ein Zeichen, das mir galt. Und diesen Moment nutzte der Magister aus.«

»Ein Zeichen!«, sagte Mutter Beata Bille, wie immer leise, als befürchtete sie, die anderen zu stören. »Wie bei der Geburt unseres Herrn Jesu in Bethlehem, die sich in ein paar Tagen jährt!«

»Nun mal langsam, Frau!«, entgegnete Otte. »Es war nur etwas Helles.«

»Nein, es war mehr. Vor allem war es keine Einbildung. Genauso wenig wie diese Sonnenfinsternis, von der alle außer mir wussten. Es sah wie ein Stern aus, der entsteht und nun seine Reise am Himmelszelt beginnt.«

Ein Mann mischte sich ein, dem ein runder Hut mit drei Kordeln auf dem Kopf saß. »Nun«, sagte der Astronom Jasper Borg bedeutsam, »das kann durchaus sein. Denn die Sterne, die wir am Himmel sehen, sind ja nicht immer da. Sie kommen und gehen sozusagen. Das haben uns schon die alten Völker aus dem Zweistromland zwischen Euphrat und Tigris gelehrt. Von ihnen haben wir die Kenntnis von den Tierkreiszeichen und den Sternbildern. Wenn wir auch nicht wissen, wie wir verlässlich damit umgehen können. Denn welche Gesetzmäßigkeiten stecken dahinter?«

»Das sollten die Astronomen wissen!«, warf der Pastor ein. »Und vor allem sollten sie durchaus vorsichtig sein mit zu kühnen Behauptungen! Sterne kommen und gehen? Das ist wohl Unsinn! Unser Herr hat sie am Anfang der Schöpfung eingesetzt, Stern für Stern an seinem angestammten Ort, und dort befinden sie sich noch heute.«

Der Astronom runzelte die Stirn und wollte heftig antworten. Doch Beata Bille hob die Hände. »Wollen wir nicht lieber dem nächsten Gang zusprechen? Denn jetzt folgt Elchzunge in Wacholder, die Spezialität Katinkas. Nicht wahr, mein Kind?«

Bei Tisch ertönte ein allgemeines, lang gezogenes: »Mmm ...« Katinka ging hinaus, um das Angekündigte zu holen.

Währenddessen versuchte Tycho, das soeben Gehörte zu verstehen. Er war Jurastudent, und die Paragrafen kamen ihm zwar manchmal auch so vor, als zögen sie kreuz und quer durch den Himmel seines Kopfes, und auch sie kamen und gingen, doch sie waren immerhin verlässlich und stets gleich lautend. Die Sache mit den Sternen war etwas ganz anderes. Das verstand niemand so richtig. Auch nicht die Astronomen, die so klug taten. Der Mensch war schlicht zu dumm, um diese Dinge zu verstehen.

»Warum kann es nicht sein, dass ein Stern geboren wird, Herr Pastor?«, fragte er. »Ist denn die Lebensdauer von Sternen unbegrenzt?«

»Natürlich! Sonst müssten sie ja auch sterben! Es gibt kein Anfang und kein Ende für etwas, das der Herrgott schuf!«

»Und der Mensch?«

»Ja, lebt er etwa nach dem leiblichen Tod nicht in Gestalt seiner Seele im Himmel weiter?«

Tycho kam ein Gedanke. »Sicher. Aber kann es nicht sein, dass auch ein Stern seine Gestalt verändert? Dass er geboren wird und stirbt und dann irgendwie verändert und anderswo weiterlebt?«

»Und stirbt? Ein Stern stirbt? Ich glaube, mein lieber Junge, mit Eurer Nase ist Euch auch der Verstand abhanden gekommen!«

Des Pastors Gesicht war rot angelaufen, und Tycho erkannte, dass er zu weit gegangen war. Im Haus seiner glaubensstrengen Eltern waren solche Töne nicht angemessen. Und schon blickte sein Vater ihn äußerst missbilligend an, während seine Mutter ihm verängstigte Blicke zuwarf.

Tycho gab dennoch nicht auf. »Man sagt uns, die Sonne existiert seit undenklichen Zeiten. Und ihre Kraft wird für eine weitere unvorstellbare Zeitspanne reichen. Und die Sterne? Sind sie nicht auch Sonnen?«

»Wer weiß das schon!«

Der Astronom mischte sich ein. »Der Junge hat durchaus Recht, Herr Pastor. Man kann die Sterne als Sonnen ansehen, denn sie leuchten ja von innen heraus wie die Sonne. Ihre Leuchtkraft scheinen sie tatsächlich aus sich selbst zu gewinnen. Und einige von ihnen verschwenden sich schon vor der Zeit und gehen zugrunde. Das wissen wir, die wir Augen und Ohren haben, aus der nächtlichen Beobachtung.«

Tycho war hingerissen. »Dann heißt das, Sterne können auch sterben? Sonnen können auch sterben? Meine Cassiopeia könnte auch eine Sonne gewesen sein, die gerade stirbt?«

»Wenn die Verschwender unter den Sternen ihre Kraft vergeudet haben, dann explodieren sie wie … wie Schwarzpulver, an das Feuer gelegt wird.«

»Genau so sah die Erscheinung aus, die ich am Morgen des Duells gesehen habe!«, meinte Tycho. »So hell war noch kein Stern. Es ist ein großartiger Gedanke, sich vorzustellen, ein Stern sei eine Art Lebewesen, das bei der Geburt Schmerzen hat und bei seinem Tod noch einmal für kurze Zeit heller leuchtet, bevor es verlischt. Wie nennt man das in der Medizin?«

»Kakophonie!«, sagte der anwesende Wundarzt Waagepersen stolz, ein beleibter Mann mittleren Alters, der neben Beata Bille saß. »Ein euphemistischer Zustand des Todkranken, der kurz vor dem Tod plötzlich zu gesunden scheint und damit seine letzte Lebenskraft aufbraucht.«

»Seht Ihr! Ist das nicht wunderbar! Ein neuer Stern erscheint am Himmel – aber in Wirklichkeit liegt er vielleicht todkrank in seinen letzten Zuckungen! Und ich habe es gesehen!«

»Langsam, junger Freund!«, mahnte der Astronom. »In unserer Wissenschaft muss man sehr sorgfältig vorgehen. Nicht nur wegen der eigenen Wahrheit, sondern auch – wie soll ich es ausdrücken? – weil die Kirche es gar nicht gern sieht, wenn nicht sie es ist, die uns die Erklärungen liefert.«

Der Pastor nickte gewichtig. Dieser Gedanke hatte ihn überzeugt.

»Also immer schön aufgepasst!«

Katinka trug den nächsten Gang auf, und das Gespräch erstarb. Die Bedürfnisse des Magens verdrängten die Bedürfnisse nach Weisheiten und Erklärungen.

Auch Tycho sprach der köstlich duftenden Elchzunge zu. Doch während er aß, dachte er: Und wenn es stimmt, dass ich die Geburt oder auch den Tod eines Sterns gesehen habe, wie weit war dieser Stern dann entfernt? Und für den Fall, er ist gestorben – hat er es dann für mich getan? War es ein Zeichen? Und ist er dann irgendwo auf die Erde gestürzt, von der sie jetzt sagen, dass sie keine Scheibe ist, sondern eine Kugel? Werden wir je etwas darüber erfahren?

Der Duft von Wacholder und Fleisch und der Duft von Katinkas Leib, die jetzt neben ihn trat und ihn mit ihrer Hüfte berührte, als sie noch ein Stück Elchzunge auf den Teller legte, ließ seine bohrenden Gedanken schnell verfliegen.

In Knutstorp war es schön, aber auch langweilig. Tycho besaß hier keine Freunde mehr, sie hatten sich während seiner zweijährigen Studienzeit in alle Winde zerstreut. Seine Eltern waren liebenswerte Menschen, aber mit sich beschäftigt. Die einzige Vertraute war Katinka.

Deshalb setzte er sich am kommenden Tag zu ihr und sah ihr zu.

Katinka bereitete in ihrer Küche aus gebrannten, roten Kacheln das tägliche Mittagessen für neun Personen vor. Um alle Töpfe, den zweihenkeligen Kessel auf dem Feuerhund mitten in der Kohlenglut, die kleinen Töpfe außerhalb des Glutstocks und den Bratenwender rechtzeitig zu bedienen, hatte sie viel zu tun. Sie keuchte und schwitzte und wischte sich mit dem Handrücken die Stirn ab. Tycho ging zu ihr und strich ihr die blonden Haarsträhnen zurück. Dann küsste er sie schnell auf den Hals. Katinka wehrte sich nicht. Sie roch verführerisch. Wie ein Weib, das bereit ist, dachte Tycho. Er wagte es aber nicht, sie zu bedrängen.

Er wollte sich Zeit lassen. Katinka musste entscheiden, wie weit sie gehen wollte. Doch ihr Versprochener, dem sie ein Gelübde gegeben hatte, das sie nicht brechen konnte, kam erst in zwei Tagen von der Fischauktionswoche aus Landskrona zurück.

In Tychos Kopf summten seit dem Vorabend die Gedanken.

»Katinka? Ich weiß nicht, was ich tun soll. Die letzten Wochen haben mich in Verwirrung gestürzt.«

»So? Dann erzähl mal. Ich höre dir beim Kochen zu.«

»Ich fühle mich so richtungslos. Ich weiß nicht, wer ich bin und was ich will. Alles purzelt durcheinander.«

»Komm her und probiere meine Kalbfleischklößchen.«

Tycho ging zu ihr. Sie strich mit zwei Fingern eine dicke, helle Masse aus einer Schüssel und steckte sie ihm zwischen die Lippen. Es schmeckte himmlisch!

»Das Geheimnis sind die Schildkrötenkräuter. Nur ich weiß, wo sie zu finden sind.«

»Es ist ein Geschmack, bei dem man alles andere vergisst«, schwärmte Tycho. Aber eigentlich sah er nur ihren weißen Hals und den Ansatz ihrer Brüste in der Bluse, die sich wie in einem

Ansturm überwältigender Gefühle ihm, seinen Händen, seinem Mund entgegenzudrängen schienen.

Doch Katinkas Blicke besagten, dass sie nicht dazu bereit war. Und ihr Mund sagte: »Nun setz dich wieder. Und erzähle.«

Tycho war enttäuscht und beinahe ein bisschen zornig auf das Mädchen. Sie schien mit ihm zu spielen. Er verspürte plötzlich die aufkeimende Lust, sie zu packen, überall zu berühren und sie gleich hier auf dem Küchenboden zu nehmen. In all diesen betörenden Gerüchen nach Koriander, Pfeffer, Safran, von Gegorenem und Gesottenem diesen göttlichen Körper der jungen Frau zu umfassen und in ihm zu versinken.

Katinka lachte hell. Tycho sah, dass sie ihn kopfschüttelnd anblickte.

»Du machst dich über mich lustig!«

»Aber nein! Ich überlege nur, wie kompliziert manchmal die einfachen Gefühle sind.«

»Die Gefühle sind es nicht. Es sind die Entscheidungen des Kopfes. Wir sollten es miteinander tun, Katinka – ohne Wenn und Aber.«

»Das ist der typische Satz eines Herren. Dienstmägde müssen ein bisschen weiter denken, weißt du? Denn was kommt nach den süßen Gefühlen? Ich kann mich dir nicht einfach – nicht einfach hingeben, ohne über die Folgen Bescheid zu wissen. Darüber muss ich Klarheit haben.«

Wütend sprang Tycho von seinem Hocker, auf den er sich gerade gesetzt hatte. »Dann lass es! Denk nach, bis du alt und vertrocknet bist! Dann lass mich deine Ergebnisse wissen!«

Er stürmte hinaus, ließ eine überrumpelte und traurige Katinka zurück.

Vor dem Haus jedoch kehrte die Vernunft in Tychos Kopf

zurück. Er verlangsamte seinen stürmischen Schritt. Hatte das Mädchen nicht Recht? Plötzlich fiel ihm Manderup Parsbjerg ein. Hörte er nicht sein höhnisches Lachen?

Tycho machte auf dem Absatz kehrt und ging in die Küche zurück.

Katinka sah nur kurz auf und rührte in den Töpfen. Aber sie lächelte. Tycho sagte: »Ich habe es nicht so gemeint. Ich war wütend.«

»Ich weiß.«

»Nichts weißt du. Ich begehre dich. Ich könnte jede andere haben, verstehst du? Das ist keine Sache des Kopfes! Ich will dich haben!«

»Ich will dich auch. Aber es geht nicht.«

»Du bist versprochen, ich weiß. Aber was hat das mit unseren Gefühlen zu tun?«

»Alles. Ich halte mein Wort. Das ist mir soeben klar geworden. Ich mag dich wirklich sehr gern, junger Herr Tycho von Brahe. Aber du bist aus einer anderen Welt, zwischen uns stehen Geburtsrechte. Nein, es würde nicht gut gehen. Und dabei denke ich nicht einmal an mich. Es würde für dich nicht gut gehen. Ein adliger junger Herr soll sich nicht mit einem Dienstmädchen einlassen. So war es vom Anbeginn der Welt, und so wird es auch bleiben.«

»Ist das dein Ernst?«

»Ja. Lass uns einfach Freunde sein. Und von allem anderen träumen wir nur. Einverstanden?«

»Wie soll ich damit einverstanden sein, verdammt noch mal! Du machst dich über mich lustig!«

»Es gibt doch mehr zwischen Mann und Frau als dieses eine, meinst du nicht?«

»Ich weiß nicht …«

»Wenn du mit dir ins Reine kommen willst, rate ich dir, ein paar Tage allein zu sein. Befrage dich selbst. Fahre nach Ven, dort wohnt mein Bruder. Ich gebe dir seine Anschrift. Es ist wunderbar dort, viel schöner als in Knutstorp. Bleib dort drei Tage. Dann komm wieder und sprich mit mir.«

»Ven im Sund?«

»Ja. Eine schmucke Insel, ein Paradies. Dort kannst du deinen Kopf gründlich auslüften, denn mir scheint wirklich, du stehst an einem Wendepunkt deines Lebens.«

»Woher willst du das wissen?«

»Ich bin eine Frau.«

Zwei Tage später folgte Tycho Katinkas Rat. Er fuhr ans Meer und ließ sich von Landskrona aus mit einem Fischkutter zur Insel hinüberfahren. Im kleinen Hafen Bäckviken, wo die bunten Fischerboote für die Geschenke des freigebigen Meeres lagen, mietete er von einem alten Bauern ein kräftiges Reitpferd mit zotteliger Kruppe und dicker Decke. Nach einem Aufstieg durch natürliche Tunnel und Hohlwege an der Steilküste ging es gemächlich über Wiesen und ausgedehnte, jetzt brachliegende und von einem weißen Hauch überzogene Felder.

Drei Kilometer im Landesinnern traf er auf die Behausung von Katinkas Bruder. Es war ein erstaunlich ansehnliches Anwesen eines jungen Gemüsebauern in einem Gebiet mit gutem Boden.

Bakke Jörgensdatter ähnelte seiner Schwester auf erstaunliche Weise. Ein tüchtiger und kluger Mann, der immer genau zu wissen schien, was er zu tun hatte. Seine junge Frau erwies sich ebenfalls als patent und humorvoll. Bei diesen beiden Menschen, die von sechs Uhr morgens bis zum tiefen Abend unaufhörlich arbeiteten und selbst jetzt im Winter nicht zur Ruhe kamen, fühlte Tycho sich geborgen.

Sie waren so selbstverständlich für ihn da!

Eine tiefe Ruhe kehrte in ihm ein. Die Vergangenheit fiel allmählich von ihm ab. Er fühlte, wie ihn neue Kräfte beflügelten und sein Kopf sich aufhellte.

Er war dem jungen Ehepaar dankbar. Er mochte sie sehr. Auch die elfjährige Tochter schloss er in sein Herz. Kristine war ein stilles, kluges Mädchen. Nicht wie die anderen Racker, die er von Knutstorp kannte, frech und vorlaut. Wenn ihn das schlanke, dünne Mädchen aus ihren blauen Augen ansah, hatte er das Gefühl, sie würde in sein Herz blicken.

Bei einem Strandspaziergang am Mittag traf er sie. Sie saß allein im Sand, hielt einen Apfel auf der ausgestreckten, flachen Hand und sah von Zeit zu Zeit zum Horizont, der im starken Dezemberlicht einen Strich zog.

»Was tust du?«

Kristine lachte. »Ich überlege, ob die Erde wirklich ein Apfel ist.«

»Ein Apfel?«

»Natürlich.«

»Und was meinst du, wo ist dann auf der Erde der Stiel?«

»Der Stiel bist du, so steif, wie du immer dastehst.«

»Was?«

»Ich glaube, du weißt nicht recht, was du mit dir anfangen sollst. Stimmt das?«

»Ich muss mich sehr wundern! Bisher hielt ich dich für ein kluges Mädchen.«

»Und jetzt?«

»Weiß ich noch nicht.«

»Papa erzählt, du interessierst dich für die Sterne.«

»Na ja …«

»Er sagt, du glaubst auch, dass Wörter und Gesetze wichtiger sind als Sterne.«

»Sagt er das? Das ist Unsinn.«

»Dann interessieren die Sterne dich wirklich?«

»Ja. Sehr.«

»Erzählst du mir darüber?«

»Das würde ich sehr gern. Aber ich weiß nichts über die Sterne. Bisher habe ich wirklich nur an Wörter und Gesetze gedacht, wie du richtig sagtest. Aber seit einiger Zeit habe ich das Gefühl, es gibt etwas Wichtigeres.«

»Die Sterne?«

»Ja, die Sterne. Der Himmel, das Universum, die Schöpfung. Ob die Erde ein Apfel ist. Oder ein Unterteller, auf dem andere Äpfel liegen.«

»Ich wünschte, ich wäre ein Junge und könnte mich damit beschäftigen. Aber sie sagen, ich soll nähen und flicken lernen. Und wenn ich erwachsen bin, werde ich Köchin. Dann stehe ich in der Küche wie Tante Katinka und rühre in Töpfen, auf denen Fettaugen schwimmen. Keine Sterne.«

»Du bist sehr witzig, Kristine.«

»Und dich mag ich, mit deiner hübschen Nase. Das sieht lustig aus. Es muss Spaß machen, eine solche Nase zu haben.«

»Meinst du?«

»Ja. Dann ist man etwas Besonderes.«

»Was du alles weißt!«

»Ist die Erde nun ein Apfel oder nicht?«

»Na klar.«

»Und darüber rennen die Sterne von einer Seite zur anderen hin und her?«

»Die Sterne reisen, aber nicht hin und her, sondern immer von einer Seite zur anderen. Vielleicht stehen sie aber auch still, und die Erde dreht sich – ich meine, der Apfel. Wir wissen es nicht. Ich habe jedenfalls einen Stern gesehen, der sich schnell bewegt hat. Dadurch habe ich meine Nase bekommen.«

»Eine Sternennase! Das Haus, in dem du mal wohnst und eine Frau hast, musst du Sternenborg nennen!«

»Vielleicht.«

»Du willst doch eine Frau haben?«

»Und willst du mal einen Mann haben?«

»Ich will einen, der wie du ist.«

»Aber du kennst mich doch gar nicht! Außerdem bin ich fast doppelt so alt wie du.«

»Aber das wirst du ja nicht bleiben.«

»Wie bitte? Natürlich werde ich das bleiben.«

»Du bist aber dumm. Du kannst ja gar nicht rechnen.«

Genervt sagte Tycho: »Du bist elf, ich zwanzig, also praktisch doppelt so alt – kapiert!«

»Aber wenn ich siebzehn bin, bist du ja deshalb nicht gleich vierunddreißig.«

Tycho fühlte sich bei einer Schwäche ertappt. Er stammelte: »Nein … natürlich nicht. Dann bin ich sechsundzwanzig.«

»Na also.«

»Was, na also? Viel zu alt für dich.«

»Ich mag dich. Mit und ohne Nase. Aus dir wird noch mal was.«

»Na hör mal! Außerdem bin ich keine gute Partie.«

»Was ist denn das, eine gute Partie?«

»Jemand, der seine Frau rundum glücklich machen kann.«

»Du meinst, damit sie ein Kind bekommt?«

»Wie alt bist du? Du redest so klug daher.«

»Ich *bin* klug. Ich sitze oft allein da und denke über alles nach. Das Leben ist komisch. Mit all dem Wasser drumherum und so und den Menschen, die immer mit ernsten Gesichtern darauf starren und alles Mögliche herausziehen.«

»Du bist ein typisches Inselkind, meine Kleine. In der Stadt weiß man davon nichts, dort gibt es ganz andere Probleme.«

»Die Stadt ist langweilig. Hier auf der Insel ist es schön. Ich habe sie noch nie verlassen, weißt du? Und ich will es auch gar nicht. Der Tag, an dem ich Ven verlassen muss, wird ein Unglückstag sein.«

»Unsinn! Das weißt du doch gar nicht! Du solltest nicht so daherschwätzen. In ein paar Jahren siehst du das ganz anders.«

»In ein paar Jahren? Das hört sich furchtbar lang an! Wie viele Sterne werden bis dahin geboren werden?«

»Vielleicht jeden Tag einer? Oder vielleicht keiner mehr? Ich weiß es nicht.«

»Aber jemand muss doch darauf aufpassen! Sonst wird ein neuer Stern geboren, und niemand sieht ihn! Das wäre zu traurig. Du musst darauf aufpassen! Werde Himmelsbeobachter!«

»Wie du meinst, Schlaukopf!«

»Gehen wir zusammen zurück?«

»Wenn ich dir nicht hinterherrennen muss!«

»Und erzähle noch was vom Sternenhimmel.«

»Schon gut, meine Kleine.«

Sieben Tage später verließ Tycho Brahe die Insel Ven. Die kleine Kristine stand im roten Mantel, eine Strickmütze über den Ohren, am Ufer und winkte dem Fischkutter mit beiden Armen hinterher, bis Tycho sie nicht mehr sah.

Er hatte versprochen, bald wiederzukommen.

Tycho ging zum Bug des Kutters und schaute nach vorn. Was erwartete ihn in der nächsten Zeit? Er musste Entscheidungen treffen. Beim Gedanken an Kristine musste er lächeln. Die kluge Kleine hatte ihn aufgemuntert. Aber seine Probleme konnte das Kind natürlich nicht lösen. Immerhin hatte der Inselaufenthalt ihm gut getan; er fühlte sich ruhig.

Aber er wusste weniger denn je, wie er sein Leben in den Griff bekommen sollte.

In Knutstorp erwartete ihn ungeduldig sein steinreicher Onkel Jorgen aus Tosterup. Der dicke, vor Temperament überschäumende Mann war mit dem neu einsetzenden Pfefferhandel zu Geld gekommen – ein »Pfeffersack«, wie sein leiblicher Bruder Otte ihn wohlwollend nannte. Onkel Jorgen und seine Frau Inger Oxe hatten Tycho als Kleinkind auf ihrem Gut in Tosterup aufwachsen lassen – Otte hatte es als Entführung bezeichnet – und zu ihrem Erben ernannt. Sie hatten unbestreitbar einen Narren an ihm gefressen und bezahlten einen Großteil seines Studiums von Philosophie, Rhetorik und später der Jurisprudenz, seit er es im Alter von dreizehn in Kopenhagen begonnen hatte.

»Ich höre, du willst das Jurastudium hinschmeißen!«, empfing der Onkel ihn mit seiner dröhnenden, aufgeregten Stimme.

Tycho fühlte sich sofort in die Enge getrieben. Er wollte sagen: Nein. Doch in einer Aufwallung von jugendlicher Opposition antwortete er: »Und wenn schon!«

»Du bist dir wohl nicht im Klaren darüber, mein Junge, was das bedeutet! Ich finanziere keine Fürze! Wenn du kein Rechtsverdreher werden willst, was dann?«

Tycho schluckte. Ein Wort stieg in ihm auf, ohne dass er sich traute, es auszusprechen.

»Ich will Astronom werden. Und Mathematiker!«

Onkel Jorgen starrte ihn an, als sähe er ein Gespenst. Dann ließ er sich auf einen Stuhl fallen. »Sternengucker! Das kann nicht wahr sein! Otte, was hast du für eine Brut gezeugt!«

»Nun mal langsam!«, sagte der Geheimrat Brahe. »Noch ist gar nichts entschieden. Astronom? Nun, das höre ich heute zum ersten Mal. Lasse dich ein bisschen genauer darüber aus, Tycho.«

»Ach, es ist noch kein fertiger Plan! Obwohl, besser rechnen zu können ist immer erstrebenswert. Und ich will selbst bestimmen können, was aus mir wird – Geld hin oder her. Natürlich weiß ich es zu schätzen, Onkel Jorgen, dass du mein Studium finanzierst.«

»Dass ich es finanziert habe, meinst du wohl! Für etwas anderes als Jura gibt es keine einzige Öre!«

Mutter Beata Bille mischte sich ein. Wie immer klang ihre Stimme ängstlich. »Junge, überstürze nichts! Heutzutage ist nur das Jurastudium sicher! Rechtsvertreter werden immer gebraucht!«

»Du studierst zu Ende und kommst dann in mein Überseekontor nach Aarhus, fertig, aus! Ich brauche einen Kundigen der Hanserechte, sonst macht die Konkurrenz, die schon auf dem Sprung ist, meine Geschäfte! Beeil dich ein bisschen mit deinen Gesetzen!« Onkel Jorgen war nicht gewillt, Widerspruch aufkommen zu lassen.

Wenn Tycho bisher nur mit Einfällen spielen wollte, um sich selbst seine Möglichkeiten als Talent der Wissenschaft vor Augen zu führen, so festigte sich angesichts der Bevormundung sein Entschluss.

»Ich bin dir für alles dankbar, Onkel Jorgen. Aber ich werde niemals nach Aarhus in ein Kontor gehen. Nicht in deins und nicht in irgendein anderes. Es gibt so viele wichtigere Dinge! Hast du schon einmal gesehen, wie ein Stern geboren wird?«

»Was? Wie?« Onkel Jorgen schien dem Schlagfluss nahe.

»Ja, die Geburt eines Sternes am Himmel. Wer das einmal sah, kann nicht in einem Kontor über Gesetzesbüchern verdämmern.«

Beata Bille stieß einen schwachen Schrei aus. Otte brummte etwas in sich hinein, und Onkel Jorgen erhob sich schwer atmend.

»Otte, mit diesem Bengel wirst du noch viel Kummer haben! Aber das ist nicht mehr meine Angelegenheit. Ich reise nach Aarhus zurück. Wenn ihr euch die Sache noch einmal überlegt habt, lasst mir eine Nachricht zukommen. Bis dahin setze ich den Erbschaftsvertrag aus! Adieu!«

Als er gegangen war, hing Stille im Zimmer. Otte Brahe ging mit langen Schritten auf und ab. Beata Bille rang die Hände, starrte aus dem Fenster und schüttelte den Kopf. Draußen erklangen Rufe, Wiehern und die Geräusche von Kutschenrädern, die durch den Kies der Auffahrt rollten. Tycho fühlte sich schrecklich schuldig.

Was hatte er mit seinen unbedachten Äußerungen angerichtet! Die Eltern hatten den Onkel noch nicht einmal nach draußen begleitet, was noch niemals vorgekommen war.

Er war nahe daran, sich zu entschuldigen, da meldete sich in seinem Kopf die Stimme eines Mädchens. Sie sagte: »Werde Himmelsbeobachter! Dann warte ich auch auf dich!« Der erste Teil kam Tycho bekannt vor, den zweiten hatte er noch nicht gehört. Du hast mir das eingebrockt, kleine Hexe von Ven, durchfuhr es ihn. Du hast mich verhext!

Dann rief er sich zur Ordnung. Er allein war es, der für sich verantwortlich war. Wenn er wirklich Astronom werden wollte, musste er dafür handfeste Gründe vorbringen, die seinen Vater überzeugten.

Eine Kinderstimme reichte dafür nicht aus.

Und was sollte der zweite Teil des Satzes bedeuten? Schwätze nicht so viel, kleine Göre, dachte er. Du weißt nicht, wovon du redest!

»Tycho, Junge«, meldete sein Vater sich zu Wort. »Du machst mir großen Kummer. Das weißt du. Für dich ist eine große Zukunft als Rechtsgelehrter vorgesehen – und sonst gar nichts. Was ist plötzlich los mit dir?«

»Ich habe gewisse Erfahrungen gemacht.«

Otte schüttelte den Kopf. Schließlich sagte er mit schwacher Stimme: »Wenn du kein Rechtsvertreter werden willst – ich kann dich nicht zwingen.«

Tycho wollte antworten: Das sehe ich auch so. Doch er überlegte es sich und erwiderte: »Ich bin dir für dein Verständnis sehr dankbar, Vater. Glaub mir, ich will dir keine Sorgen machen. Auch als Astronom und Mathematiker steht mir eine gute Zukunft bevor, das weiß ich. Muss nicht jeder Mensch seinem inneren Stern folgen?«

»Du scheinst mir eher einem äußeren Stern zu folgen«, brummte Otte.

»Aber auch der kann nur für mich bestimmt sein! Ein Stern,

der mir allein leuchtet! Ich bin jung, Vater. Und so klar wie in diesem Augenblick habe ich meine Zukunft noch nie gesehen! Muss ich solchen Fingerzeigen nicht unbedingt folgen? Und dankbar dafür sein?«

»Vielleicht«, brummte Geheimrat Otte von Brahe wider Willen.

»Lass mich mit Poulsen reden, er ist ein anerkannter Astronom und gehört zu deinen engsten Freunden. Er wird mir vernünftig raten.«

Der Geheimrat seufzte. »Na schön. Sprich mit ihm. Ich werde dich ankündigen.«

Tycho wäre dem Vater am liebsten um den Hals gefallen. Er war sehr erleichtert, dass Vater Otte ihm das schlechte Gewissen nahm. Aber er sagte nur: »Ich habe den besten Vater der Welt.«

Nachdem Tycho vier Tage später mit dem Astronomen Poulsen in Landskrona zusammengetroffen war, ritt er nach Helsingborg. Dort gab es zwar keine Universität, aber eine Privatschule für astronomische Studien. Sie wurde von einem alten Physiker aus dem dänischen Schleswig geleitet.

Mit einem Empfehlungsschreiben Poulsens in der Tasche stellte sich Tycho in der am Stadtrand gelegenen Ausbildungsstätte vor. Der Physiker Skoubo entpuppte sich als verschrobener Freizeitastronom, der seinen elf Schülern mit Eifer seine Vorlieben vermittelte: die christliche Seefahrt, das Kreuz des Südens – und Aquavit. Vor allem dem letzteren Thema widmete er sich mit Feuereifer.

Enttäuscht ritt Tycho wieder in Richtung Landskrona zurück. Unterwegs machte er, einem unbewussten Impuls folgend, auf halber Strecke Halt. Er nahm sich in einer Herberge in Glumslöv ein Zimmer für die Nacht und spazierte in der Dunkelheit am Strand des Ostmeeres entlang.

Über sich hatte er den klaren und tiefen Sternenhimmel der kalten Dezembernacht. Es waren noch zwei Tage bis zum Heiligen Abend.

Tycho hoffte, sein Stern Cassiopeia würde erscheinen und ihm Hinweise geben, würde mit seiner Himmelsbahn seine eigene Lebensbahn vorzeichnen. Er wartete lange. Am Himmel standen Tausende von Sternen. Sie flimmerten weiß glühend und gelb, bewegten sich jedoch keinen Millimeter. Die Sterne schienen festgepinnt zu sein an der Decke des nachtschwarzen Himmels. So wie Schmetterlinge auf dem schwarzen Samt des Sammlerkastens von Onkel Jorgen in Aarhus.

Nein, dachte Tycho, sie bewegen sich niemals. Der Stern, den ich sah, war der einzige Stern, der sich jemals bewegte. Es war ein Zeichen. Es galt mir allein. Und was bedeutet das?

Ich muss Astronom werden!

Mehr Botschaften konnte er aus dem morgendlichen Geschehen in Rostock nicht herauslesen. Ich muss den Himmel beobachten, dachte er. Es ist meine Berufung. Das wird mir gefallen.

Und Kristine.

Und noch während er dies dachte, sah er am Himmel eine Sternschnuppe – die erste, die er erblickte. Sie sah anders aus als sein Stern Cassiopeia. Sie flog achtlos dahin und zerschellte irgendwo auf dem Boden der Nacht.

Sein Stern hingegen war wie eine schöne Tänzerin aufgetreten, die ihn mit ihren gleitenden, aufreizenden Bewegungen in den Bann gezogen hatte. Sie hatte lange am Himmelszelt gewartet – so lange, bis er sie wahrnahm. Und seitdem war er ein anderer Mensch geworden.

Tycho war sicher, sie hatte ihn verzaubert.

Ja, das war das richtige Wort. Verzaubert.

Die Stadt im Sund

So schnell hätte Katinka nicht heiraten müssen, dachte Tycho zornig, als er durch die schmutzigen Straßen von Kopenhagen stapfte, über denen ein blitzsauberer, sonniger Himmel hing. Das war ja wie eine Flucht vor mir. Und der Versprochene, dieser aufgeblasene Kerl? Was hat er, was ich nicht habe?

Tycho verstand die Welt nicht mehr. Er fühlte sich von Katinka verraten und verlassen.

Er betäubte sich in der Universität mit Arbeit. In seiner Studierstube im früheren Rathaus in der Norregade, mit einem schönen, aber überflüssigen Blick auf das gegenüberliegende Konsistorienhaus und den Hafen dahinter, stand an diesem Abend ein kleiner, schwarzer Kasten. Ehrfurchtsvoll starrte ihn Tycho an.

Drei Beine, ein quadratischer Aufsatz, alles aus Edelholz, wie es nur auf der bisher bekannten asiatischen Landmasse vorkam. Vorn ein Glas, an dem man drehen konnte, und dahinter ein anderes, das nach innen gebogen war. Es besaß außen am Loch einen Schutz, eine Art Stirnblende, damit nicht der Himmel mit allzu großer Helligkeit hineinfiel. Wenn Tycho von oben in den Kasten schaute, erschien die eigene Gestalt, die Beine in die Luft gereckt.

Ein kurioses Instrument! Aber was man damit einfangen konnte, waren leider nicht die Blicke schöner Frauen. Weder von Katinka noch von anderen. Sie ließen sich nicht festhalten, sie waren flüchtig. Es waren natürlich auch keine Gedanken, die er darin einfangen konnte. Es war nicht mehr und nicht weniger als das Abbild flackernder Sterne.

Er hatte den Kasten in seiner Studierstube gebaut, um ihn für astronomische Beobachtungen zu verwenden. Geld zum Experimentieren besaß er nun wieder genug, seit sein Vater ihm nach langem Zaudern einen Teil seines zukünftigen Erbes ausgezahlt hatte. Zwar hatte sein Bruder Steen etwas dagegen gehabt und gestritten, doch Vater Otte hatte es durchgesetzt.

Tycho starrte seinen Kasten an. Er hatte einmal von einem flandrischen Rohr gehört, mit dem man in den Himmel eindringen konnte. Mit diesem Rohr für die Ferne, das ebenfalls zwei verschieden zugeschliffene Spiegel besaß wie sein Kasten, konnte man angeblich Objekte größer abbilden als mit einer einfachen Linse. Linse?, dachte Tycho. Er hatte dieses Wort schon mehrfach gebraucht. Sagte man so? Er hatte es so ausgedrückt, obwohl er das Wort vorher noch nie gehört hatte. Er hatte es gefunden, als er über seine Augen nachdachte; es schien ihm passend zu sein für diese gegensätzlich geformten, feingeschliffenen Gläser mit ihren Pupillen.

Pupillen! Linsen!

Tycho überlegte. Wenn ich mir noch einen kleinen Holzkasten baue, dachte er, in den von einer Seite dieser hier hineingeschoben wird, wenn ich diesem gegenüber ein Rohr anbringe, in den zwei nach außen gebogene Gläser zur Erzeugung eines aufrechten Bildes angebracht sind, und wenn dann noch die Rückseite einen durchsichtigen Schirm trägt zum Auffangen des Bildes – dann müsste es gehen!

Der neue Student von Astronomie, Mathematik, Kartografie und Pharmakologie wurde ganz aufgeregt. Er schob seine erneut aufkommende Sehnsucht nach Katinka beiseite. Die untreue Katinka war für ihn gestorben. Und überhaupt – Gefühle mussten warten. Die Frauen mussten warten.

Er redete sich ein, es würde noch viele geben.

Tycho spürte, dass er etwas auf der Spur war, das es bisher noch nicht gegeben hatte. Vielleicht einer Entdeckung von ungeheurem Ausmaß. Dieser Kasten beflügelte ihn so sehr, dass ihm geradezu unheimlich wurde. Er hatte das Gefühl, der Apparat spreche zu ihm und er antworte darauf.

Tycho legte den Zeigefinger an die Nase. Plötzlich spürte er seit langer Zeit wieder einmal die Silberplatte. Kühl und fremd. Wie etwas, das ihn anspornte, mehr zu sein als ein kleiner Student aus Fleisch und Blut mit alltäglichen Instinkten. Die silberne Nase, der er den Spitznamen »Satyr« verdankte, weil sie auf seine Mitstudenten wirkte wie ein Horn, das besondere Sinnlichkeit ausdrückte. Das war Tycho peinlich.

Eine andere Sache wäre es, dachte er, wenn die Mädchen das so sähen und davon angeregt würden.

Er konzentrierte sich wieder. Die Einstellung der Schärfe des Bildes, überlegte er, konnte er durch Verschieben des zweiten Kastens im ersten regeln. So konnte er Bilder einfangen und wiedergeben – im Kasten kopfunter, auf einer Wand regelrecht. Er stand auf und ging in der Studierstube umher. Als er aus dem Fenster blickte, fiel die Abendsonne in seine müden Augen. Irgendetwas zuckte vor ihm auf – ein Sonnenstrahl war direkt auf seine Silbernase gefallen und erzeugte einen künstlichen Blitz.

Blitz, Helligkeit, dachte er. Die flüchtige Erscheinung meines Sterns Cassiopeia. Wenn ich den Kasten gebaut habe, fange ich alles darin ein. Und befrage es. Aber wo sollte er Holz aus Asien bekommen? Und die Gläser? Konnte der beleidigte Onkel Jorgen ihm mit seinen Überseekontakten helfen, obwohl er längst kein Geld mehr überwies?

Tycho kannte einen Glasbläser und einen Glasschleifer in Kopenhagen, beides Väter von Mitstudenten. Wenn er sie einweihte, halfen sie ihm vielleicht. Aber sie durften keine Angst haben. Denn es konnte gefährlich werden.

Tycho starrte den Kasten an. »Foto« hatte sein Professor ihn genannt. »Unter Foto«, hatte er gesagt, »verstehe ich die Gesamtheit der Verfahren, ohne Zeichenstift und Pinsel naturgetreu und dauerhaft Abbildungen auf einem Material herzustellen, dessen chemische Eigenschaften sich durch die Wirkung des Lichts verändern.« Ja, so hatte er es ausgedrückt. Manchmal, dachte Tycho, existieren Worte ohne das Ding dahinter, das sie bezeichnen. Es war ein geheimnisvoller Vorgang: Das Wort stand plötzlich im Kopf auf und zog das Ding hinter sich her – wie sein Stern eine lange, helle Schleppe hinter sich hergezogen hatte. Und eines Tages war das Ding da. Und das Wort, das es bezeichnet hatte, triumphierte. Aber wo kamen solche Worte her? Waren sie immer schon da und brauchten nur jemanden, der sie als Erster dachte und sichtbar machte? Oder pflanzte der Schöpfer sie im rechten Moment ein, weil er die Zeit für gekommen hielt?

Bei dem zweiten Gedanken wurde es Tycho mulmig. Das hieße ja, dass der Schöpfer in diesem Moment zu ihm sprach. Er sah ihn an und deutete auf ihn …

Saß er etwa in diesem schwarzen Kasten?

Tycho berührte den Kasten mit den Fingerspitzen, als erwarte er ein Signal. Es geschah nichts. Draußen bimmelte in diesem Moment das aufgeregte Mittagsglöckchen, und auf den Fluren entstand Unruhe.

Tycho starrte weiter. Er hatte einmal von einem Ochsenauge gehört, eine Art Kugel mit einer eingesetzten Pupille, die innerhalb des Loches einer dunklen Kammer drehbar befestigt war, dadurch imstande, ein weites Blickfeld innerhalb der dunklen Kammer in aufeinander folgenden Bildern sichtbar zu machen. Die Bilder schienen sich zu bewegen wie ein … Er fand keinen passenden Ausdruck. Mithilfe dieses Ochsenauges hatte ein Maler im Osten das Panorama einer großen Stadt gemalt.

Ich muss mir ein *Oculus Artificialis* machen, dachte Tycho. Mit diesem künstlichen Auge kann ich tiefer in den Himmel hineinsehen. Dieses Oculus musste aus trockenem Holz wie diesem hier angefertigt sein. Das Rohr, in dem die Gläser sind, musste herausragen. Auf der einen Seite, der Rückseite, musste es ein kleines Türchen geben, das nach Belieben verstellt werden konnte. In dem Oculus selbst, nahe dem Türchen, befand sich eine Pappe, aus der in der Mitte ein Loch von solchem Durchmesser herausgeschnitten war, dass man bequem mit beiden Augen hindurchblicken konnte … Weiter drinnen musste er ein dem ersten ähnelndes Brett anbringen. Es musste in der Mitte eine so große Öffnung tragen, dass sie von den hineingeworfenen Bildern gut ausgefüllt wurde. Diese Öffnung musste er mit einem ganz dünnen Papier überziehen, getränktem Papier, am besten mit Fischöl getränkt, es musste die aufgefangenen Bilder durchlassen.

Und dann war er seinem Stern ganz nahe!

Im Bann seiner Gedanken lief Tycho wie ein eingesperrtes Tier umher. Immer fünf Meter an einer Wand entlang, dann die anderen Wände. Am Fenster blieb er stehen und blickte über den Hafen. Enge und Weite, Nähe und Ferne, dachte er. Dazwischen ich, mit meiner Sehnsucht nach Liebe, nach Nähe zu den Frauen.

Er stieß sich das Knie an der Kante des Tisches und fluchte leise. Auch in seiner Nase meldete sich wieder der Schmerz. Als er sie betastete, ließ der Schmerz nach.

Ja, dachte er weiter, an der Vorderseite des Oculus muss ein Rohr mit einem System ineinander verschiebbarer Röhren sein. Das äußere Rohr mit den anderen Röhren darin kann ins Oculus hineingedrückt werden. Und, falls nötig, auch herausgezogen. In den Röhren befinden sich zwei oder auch drei Gläser in einer bestimmten Entfernung. Welche das sein darf, muss ich noch errechnen.

Im Innern muss das äußere Glas mit den anderen in einer Reihe und in der nötigen Entfernung voneinander angebracht sein, damit es von dem ölgetränkten Papier den richtigen Abstand hat. Habe ich dann die Stellung durch Prüfung mit den Augen festgestellt, vermerke ich es mit einem Zeichen auf den Röhren, ein Zeichen, das anzeigt, wie weit das Rohr wieder herauszuziehen ist. Die aufgefangenen Bilder können dann gut gesehen werden. Es ist eigentlich recht einfach. Wieso bin ich nicht längst darauf gekommen?

Oder ein anderer?

Aber könnten die Bilder auch darin behalten werden? Das war das nächste Problem. Wie sollte das gehen? Wenn es gelingt, die Bilder festzuhalten – fangen wir damit auch das Ding selbst ein? Wenn ich die Bilder an einem Punkt festhalten könnte, auch dann, wenn der Apparat an einen anderen Ort bewegt werden würde! Das wäre ja …

Die Bilder lebten dann in dem Kasten und nicht mehr in der natürlichen Wirklichkeit!

Man könnte sie nach Belieben hervorrufen und verschwinden lassen. Herrgott im Himmel! Würde das möglich sein? Es käme einer Schöpfung gleich!

Tycho erschrak. War es wirklich die Frage, ob es möglich wäre – oder vielmehr, ob es zu verantworten war? War es richtig oder verwerflich? War es nicht anmaßend? Er bemerkte, dass er sich oft Fragen für Forscher stellte und eigentlich Fragen für Theologen stellen sollte.

Werde Himmelsbeobachter!

Die kleine Kristine war schuld, dass er jetzt hier stand und sich den Kopf zermarterte.

Nein, dachte er, du bist nicht schuld, Mädchen. Du bist vielleicht sogar die Unschuldigste von allen.

Er beschloss, Kristine auf Ven bald wieder einmal zu besuchen.

Auf welchem Weg befinde ich mich, wenn ich weitergehe?, flüsterte er im Selbstgespräch.

Er sah den Apparat an.

Seine Gegenwart beflügelte ihn, aber er machte ihm auch Angst. Und seine Gedanken eilten, ob er nun wollte oder nicht, weiter wie Bilder von Sternen, die mit dem Licht über den Himmel zogen.

Tycho ging zum Wasserkrug und erfrischte sein heißes Gesicht mit einem Schwall kalten Wassers.

Das aufgeregt helle Mittagsglöckchen bimmelte noch immer.

Innen, dachte er weiter, muss das Oculus ganz schwarz sein.

Wenn ich es an einen mitteldunklen Platz bringe, wobei ich mich vor dem im Rücken einfallenden Licht zu hüten habe, und richte es auf einen helleren und auffallenderen Gegenstand, etwa einen Garten oder Marktplatz oder auf den Hafen von Kopenhagen – werde ich den Freunden alles mit den Farben, Bewegungen und Gesten auf dem chinesischen Papier vorführen können! Was für ein Spaß das sein würde!

Plötzlich misstrauisch geworden, drehte er den Apparat mit den Augen zur Wand. Konnte der da Gedanken lesen? Tycho hatte gerade vor ein paar Tagen von Untersuchungen der Kirche gehört. Inquisition, nannten sie das. Etwas aus Italien, ganz neu in Dänemark. Saß diese Inquisition etwa schon in diesem Apparat und beobachtete ihn?

Sah sie seine Erregung, hörte sie seine Selbstgespräche, notierte seine Handreichungen?

Unsinn, dachte er. Du verwechselst Ursache und Wirkung, Tycho Brahe. An diesem verflixten Tag, an dem du Katinka verloren hast, ohne sie je besessen zu haben, denkst du die seltsamsten Gedanken.

Stehen deine Sterne so ungünstig?

Aber das Geheimnis des Apparates blieb.

Plötzlich fiel ihm ein, was sein Bruder Steen ihm vor einiger Zeit beim Essen in Knutstorp erzählt hatte. Ein deutscher Wissenschaftler aus Nürnberg war acht Jahre zuvor als Schüler des hoch geschätzten Astronomen Regiomontanus in den Lissabonner höfischen und gelehrten Kreisen zu Ansehen gekommen. Er konstruierte gleich nach seiner Rückkehr im Frankenland einen Apparat, der so ähnlich gewesen sein musste wie dieser hier. Die Versammlung der Mathematiker und Kosmographen in Lissabon hatte von seiner Konstruktion gehört und sie an die hochnotpeinliche Untersuchung verraten. Nach seiner Rückkehr auf die Iberische Halbinsel hatte man den Deutschen grausam gerädert.

Tycho erschauerte.

Das Geheimnis des Apparats blieb. Er konnte es nicht ergründen.

Aber er beschloss, ein Rohr für die Ferne zu entwickeln, um endlich wieder mit eigenen Augen seinen Stern, die neugeborene Cassiopeia, sehen zu können, die sich immer weiter von ihm entfernte.

Noch ganz in Gedanken versunken, ging Tycho am Abend durch die Stadt. Er konnte nicht schlafen. Und das lag nicht daran, dass sein Strohsack im Karzer der Universität zu hart war. Es lag allein daran, dass er eine innere Unruhe verspürte, die ihn zittern ließ.

Tycho hatte im Speisesaal der Universität, der im Keller lag und von den Studenten »Kannibalen« genannt wurde, gedankenlos etwas Warmes in sich hineingestopft. Er vergaß oft zu essen. Allmählich drang das Leben der abendlichen Stadt in ihn ein und löste seine verhärteten Gedanken auf.

Es war warm, der Frühling hatte sich bereits festgesetzt. Überall gingen, saßen und standen Menschen.

An Schlachterbuden verkauften blau gekleidete Männer mit roten Bärten Fleischstücke, die an Haken hingen. An offenen Holzkohlenfeuern brieten Fische, die Frauen in Körben herbeischafften, die auf dem Rücken festgebunden waren. An Holztheken warteten Würzbier und Apfelwein auf Abnehmer.

Mädchen und Frauen schürzten ihre Röcke, wenn sie über den weit verstreuten Unrat springen oder sich vor heranpreschenden Schweinen in Sicherheit bringen mussten, und zeigten ihre weißen Strümpfe. Sie sind so fröhlich, ging es Tycho durch den Kopf. Und ich vergrabe mich in einem muffigen Zimmer und bohre mich mit allen Sinnen in schwarze Kästen hinein.

Eine verhängte schwarze Sänfte mit dem Wappen des Königs Frederik II. nahm seine Aufmerksamkeit in Anspruch. Sie wurde von vier Bediensteten des Hofes im Eilschritt vorbeigetragen. Die Passanten machten respektvoll Platz. Auch ein schwarzer Kasten, dachte Tycho. Er hätte gern hinter die Vorhänge geblickt. Was der Insasse in diesem Viertel der einfachen Leute wohl zu schaffen hatte? Vielleicht war es ein königlicher Kurier, der Kunde von den Schlachtfeldern gegen die Schweden brachte, ein Krieg, der Kopenhagen noch nicht erreicht hatte.

Tycho musste Steine tragenden Arbeitern ausweichen. Nach der großen Pestepidemie zwanzig Jahre zuvor hatte die Stadtverwaltung überall Brunnen gebaut, um auch den Ärmsten sauberes Wasser zu geben. Auch jetzt noch baute man auf Drängen des Stadthalters Cristoffer Valkendorf, den Tycho als Gast seines Vaters auf Knutstorp kennen gelernt hatte, überall Brunnen.

Tycho ließ sich ziellos weitertreiben.

In der Farvergade, wo neben den Färbern die Perückenmacher ihre Stände hatten, gab es einen Auflauf. Dicht neben dem Hof, der dem Adeligen Peder Christiernzen zu Hjelmso gehörte – auch er ein Freund von Vater Otte Brahe –, erklangen Musik und Geschrei. Ein alter Mann ließ einen Braunbären um den Stadtturm tanzen; zusammen mit dem gewaltigen Tier drehte sich eine Zigeunerin zum Spiel dreier junger Flötisten. Tycho sah ihr zu. Er kannte das Gebäude aus gotländischem Kalkstein und diese Gegend gut. Wegen der idealen Wasserversorgung der nahe gelegenen Wassermühle sollte hier der königliche Färberhof eingerichtet werden, und sein Vater war als Berater vorgesehen. Es wäre ein guter Ort für ein Observatorium, überlegte Tycho. Mit dem Turm, der steinernen Schanze, dem weiten Blick. Vielleicht lasse ich mich hier einmal nieder. Und die Zigeunerin kann bleiben und tanzen. Sie soll immerzu tanzen. Ich will für sie in den schwarzen Kasten blicken und sie darin einfangen.

Er schlenderte weiter durch die engen, gewundenen Straßen. An Katinka dachte er nicht mehr.

Kristine fiel ihm plötzlich ein. Er hörte wieder ihre helle Stimme sagen: *»Werde Himmelsbeobachter, dann warte ich auch auf dich!«* Langsam, Kleine, dachte Tycho aufgeheitert, und plötzlich wünschte er, das Mädchen könnte hier sein, seine Hand ergreifen, ihm Ratschläge erteilen. Aber sie war nur ein Kind! Was für ein kurioses Gebilde das Innere des Menschen ist, dachte er, welche Wünsche und Sehnsüchte sich darin breit machen! Wie entstanden Wünsche? Er wusste es nicht.

Er wusste gar nichts.

Ich brauche Menschen, dachte er. Die Einsamkeit ist ein Fluch. Ich muss mich den Menschen öffnen. Wer nur studiert, wird selbst zu einem schwarzen Kasten, verhüllt und abgeschlossen.

Es nützt aber nichts, viele Menschen um sich zu haben. Auch die Stadt mit ihrer Fülle kann einsam machen. Ich muss mich mit einer Frau einlassen, eine Familie gründen. Nur dann ist die Studiererei erträglich.

Aber woher eine Frau nehmen?

In Kopenhagen gibt es bestimmt zehntausend Frauen, dachte er. Aber ich kenne keine einzige! Ich kenne nur eine auf Ven. Aber die ist klein, inzwischen wohl zwölf Jahre alt. Die taugt nicht für meine Lebensplanung. Es muss eine sinnliche, lebendige Frau sein, jung zwar, aber klug, schön, mit allen Vorzügen der jungen Weiber an den richtigen Stellen. Reich muss sie nicht sein. Geld bedeutet mir nichts.

Wo finde ich eine solche Frau?

Tycho beschloss, in eines der Häuser zu gehen, von denen die Mitstudenten erzählten, wo in Hinterzimmern ein verhängtes Bettgestell mit einem käuflichen Mädchen wartete. Das war immer noch besser, als diese fiebrige, unbestimmte Sehnsucht im ganzen Körper zu erdulden, die ihn verrückt machte.

Er hatte kein schlechtes Gewissen. Wozu war er jung?

Doch Tycho kannte kein solches Haus in Kopenhagen. Also fragte er einige männliche Passanten, die lebenserfahren genug aussahen. Einer von ihnen, ein kräftiger junger Mann mit Bart und Pockennarben, der an einer Ecke auf etwas zu warten schien, machte eine Geste, ihm zu folgen.

Sie gingen durch schmale Gassen und niedrige Tore, hinter denen sich Gärten in Richtung Hafen öffneten. Schließlich standen sie vor einem Haus mit schmaler Straßenfassade, dessen Fenster rot verhängt waren.

»Wir sind da«, flüsterte der Mann verschwörerisch.

Tycho staunte, dass er einen Schlüssel besaß. Gehörten ihm die Mädchen, die hier zu erwarten waren? Sie gingen durch ein Vestibül, in dem es süßlich nach überreifen Pfefferschoten roch, und betraten einen abgedunkelten Raum. Tycho konnte nicht viel erkennen.

Der Mann mit dem Schlüssel deutete übertrieben nachdrücklich mit dem Zeigefinger in eine Ecke. Und jetzt hörte Tycho leises Lachen. Er nahm zwei junge Mädchen wahr, die anscheinend nackt auf einem mit Kissen bedeckten Diwan knieten.

»Nicht so schüchtern, kleiner Mann, komm schon«, lockte ein dunkelhaariges Mädchen mit üppigen Formen, soweit Tycho es erkennen konnte.

Tycho sah den Schließer fragend an. Der wies mit einer Kopfbewegung zu den Mädchen und stieß ihn in ihre Richtung. Tycho spürte eine süße, warme Erregung in sich aufsteigen. Er hatte noch immer wenig Erfahrung mit Mädchen. In Rostock hatte er ein paar geküsst und in einem ähnlichen Haus wie diesem erste Erfahrungen gesammelt, aber danach hatte er Mädchen einfach vergessen. Das Gefühl in seinen Lenden aber sagte ihm, dass das falsch gewesen war.

Er ging langsam auf den Diwan zu und hörte hinter sich die Tür zufallen. Der Mann hatte das Zimmer verlassen. Tycho setzte sich auf die Bettkante und wusste, dass es schüchtern klang, als er fragte: »Wer seid ihr zwei?«

Sie gluckten. »Eva. Das ist Mura.« Die Üppige war die Jüngere und Schönere. Sie fasste seine Hand und legte sie sich auf die nackte Hüfte. »Na, worauf wartest du?«, fragte sie weich. Und Tycho griff fester zu, rückte heran und roch ihren Körper. Sie war Eva und besaß die schönsten Brüste der Schöpfung. Mura, die hellhäutiger und älter war, zog ihn geschickt aus. Und dann bemerkte Tycho, dass er ihren Händen einfach nicht widerstehen konnte.

Er versank in eine ansteigende und schließlich über ihn hinwegflutende Mattigkeit, die von Stöhnen und Wärme ausgefüllt war.

Als er wieder zu sich kam, lag er wohlig erschöpft zwischen den Mädchen. Er ertastete nackte Rücken und Hinterteile, spürte selbst fremde Hände auf seiner nackten Haut und musste plötzlich triumphierend lachen. Die Mädchen stimmten ein.

Dann wurde Tycho bewusst, dass er bezahlen musste. Er zückte seinen Beutel. Doch Eva sagte: »Ist schon erledigt, mach dir keine Sorgen.«

»Wieso? Ihr seid doch käuflich!«

»Eigentlich ja, aber mit dir hat es richtig Spaß gemacht«, erwiderte das Mädchen.

»Ein netter Junge«, sagte Mura, die einen knabenhaften Körper mit flachen Brüsten hatte. »Und jetzt geh«, fügte sie hinzu. »Bevor wir es uns anders überlegen.«

»Aber ich bezahle gern für solche Dienste!«

»Geh schon! Und komme wieder!«

Der schwarze Kasten des Studenten Tycho Brahe begann ein Eigenleben zu führen. Nicht nur, dass er in aller Munde war und sich Legenden um ihn rankten. Er wurde seinem Erbauer auch weggenommen und verschwand vorläufig in den Giftschränken untersuchender Behörden.

An einem Morgen im Frühsommer erschienen Beamte der Kirchenverwaltung im Haus Otte von Brahes in Knutstorp und verhörten die Eltern. Otte war darüber ebenso entsetzt wie Beata Bille, aber er verspürte auch einen gewissen Stolz über seinen erfinderischen Sohn.

Hatten die Behörden wirklich ein Recht, hier herumzuschnüffeln? Die Brahes entstammten nicht nur einer einflussreichen Adelsfamilie, sie waren auch strenggläubige Lutheraner. Und Tycho? Niemals würde Tycho etwas Unrechtes tun! Auch er war streng im lutherischen Glauben erzogen worden!

Man zitierte den Sohn nach Hause.

Tycho reiste über Landskrona aus Kopenhagen an, auf eine Standpauke gefasst. Wie überrascht war er, als nicht nur die Mutter ihn umarmte, als wolle sie ihn nie mehr loslassen, sondern auch Vater Otte ihn brummig an seine Brust drückte. Das hatte es noch nie gegeben! Ja, Otte war stolz auf den Sohn. Und da der Geheimrat in seiner Eigenschaft als Offizier der schonischen Armee soeben zum neuen Festungskommandanten von Helsingborg ernannt worden war und schon den Umzug vorbereitete, war er auch selbstbewusst genug, um der Kirchenbehörde entgegenzutreten.

»Es ist nichts Unrechtes«, sagte Tycho. »Ich versuche nur, Instrumente zu entwickeln, die uns bei der Himmelsbeobachtung helfen können. Mit dem bloßen Auge sehen wir wenig. Wenn wir unsere astronomischen Kenntnisse weiterentwickeln wollen, brauchen wir Instrumente!«

»Junge«, warf die Mutter ein, »sei vorsichtig. Die Kirche versteht keinen Spaß!«

»Sie haben sich schon an den Vatikan gewandt!«, schimpfte Otte. »Die Papisten wittern überall Ungehorsam und Verrat. In deutschen Landen wüten bereits ihre Gerichte, es kommt zu Folterungen und Hinrichtungen.«

»O Gott!« Beata Bille begann zu weinen. Unter Tränen sagte sie: »Willst du nicht heiraten, Tycho? Schaff dir eine Familie an! Das hält dich von dummen Gedanken ab. Eine kleine Frau wird dich auf die richtige Bahn bringen.«

»Das ist kein schlechter Gedanke, ich hatte ihn selbst schon. Andererseits – ich bin auf der richtigen Bahn, Mutter. Meine Gegner, auch die in der Universität, sind auf der falschen Bahn. Sie haben kein Recht, uns das Forschen zu verbieten.«

»Wenn ich Festungskommandant bin, reicht mein Arm weiter als jetzt«, sagte Otte. »Ich werde dich gegen jede Anfeindung beschützen, soweit ich es vermag.«

»Ich weiß, Vater. Ich hoffe, das wird nicht nötig sein. Denn mein schwarzer Kasten, der Dinge näher bringt, als sie in Wirklichkeit sind, ist kein Teufelszeug. Dabei geht alles mit rechten Dingen zu. Ich werde mit diesem und anderen Instrumenten die Geheimnisse des Himmels erforschen. Hätte ich nur ein Observatorium! Irgendeinen Platz, an dem ich dem Himmel näher bin!«

»In der Kopenhagener Farvergade gibt es die steinerne Schanze – du kennst sie. Da die geplante Färberei nicht zustande kommt, weil ich jetzt mit anderen Aufgaben betraut bin, könnten wir den Platz mit dem Stadtturm für dich ausbauen. Wie wäre das?«

»Ich habe auch schon daran gedacht. Es wäre herrlich! Ein idealer Ort!«

»Wir werden sehen, was sich tun lässt. Übrigens bleibst du erst mal einen Monat lang hier. Ich möchte nicht riskieren, dass dir in Kopenhagen etwas passiert. In dieser Zeit werden wir ein Fest für dich veranstalten, auf dem alle Mädchen erscheinen werden, die für dich in Frage kommen. Suche dir eine aus, Tycho! Du wirst am Jahresende einundzwanzig – das richtige Alter, um sich zu vermählen. Über alles andere reden wir später!«

»Ich bin dir sehr dankbar, Vater! Und auch dir, Mutter!«

Schon zwei Wochen später fand das Fest auf Knutstorp statt. Die Eltern hatten keine Kosten gescheut. Von nah und fern reisten die Gäste an. Das stille Landgut glich bald einem Heerlager mit komfortablen Zelten in den Landesfarben.

Tycho hatte sich inzwischen mit Katinka ausgesprochen und

spürte keinen Groll mehr. Und da die junge Frau schon gleich nach der Heirat auseinander gegangen war wie einer ihrer Hefeteige, hatte er auch kein Begehren mehr. Aber er liebte es noch immer, in ihrer Küche zu sitzen, ihr zuzusehen und mit ihr zu sprechen. Katinka war so lebensklug!

An diesem Tag aber hatte er für diesen Ausflug keine Zeit. Tycho musste die Gäste empfangen. Sie kamen aus der näheren Umgebung Schonens auf Pferden und mit Kutschen, von Jütland mit Vierspännern, und einer flog sogar heran wie ein Vogel. Das war Tychos Vetter Karl-Jasper, ein Erfinder, der sich vier Meter lange Flügel umgeschnallt hatte. Er lief jedoch mehr, als er flog.

»Vogel Karl-Jasper!«, rief Sophie immer wieder begeistert und klatschte in die Hände. »Ich will auch fliegen!«

Bruder Steen half an diesem Tag ohne Widerrede beim Organisieren. Hatte das damit zu tun, dass Onkel Jorgen aus Tosterup sein Erbe neu aufteilen wollte? Tycho machte sich keine Gedanken darüber; er fühlte sich an diesem Tag frei von Grübeleien und genoss es, mit den Mädchen zu tändeln.

Da war Else. Sie war siebzehn, die Tochter des Gutsbesitzers Hoige aus Rumskulla. Sie war niedlich, aber auch schrecklich dumm. Sie kicherte in einem fort und verbarg das Gesicht in den Händen. Und da war Marie. Ihr Vater war der berühmte Schreiber der vor ein paar Jahren gescheiterten Kalmarer Union gewesen. Marie war das süßeste Mädchen weit und breit. Sie hatte nur den Nachteil, dass sie jämmerlich stotterte. Tycho fand das sogar reizvoll, denn das Mädchen errötete dabei zart, als hätte sie soeben jemand geküsst. Und da war Bärby aus Ystad. Sie würde das Schloss und alle Ländereien erben, und mit ihr konnte Tycho sich ernsthaft über die Sterne unterhalten. Aber sie war schon neunundzwanzig. Und da waren Fora und Fryken, Zwillingsschwestern, die nur eine einzige Stunde Lebenszeit trennte. Beide waren weißblond und in ihrem Wesen zärtlich, besaßen Stupsnasen und lange, geschmeidige Glieder. Aber Tycho war sich im Klaren darüber, dass er sie beide hätte heiraten müssen, denn eine tat keinen Schritt ohne die andere. Da war Ellen. Sie war stolz und schön, hatte trotz der jungen Jahre schon zwei uneheliche Kinder und suchte einen Vater für sie.

Und da war Falkie. Ein dunkelhaariges Ding aus Dalarna. Sie lebte mit ihrer schwedischen Familie in Helsingborg nahe bei der Festung. Tycho fand sie interessant, denn sie war so alt wie er, studierte Pharmazie und wirkte ernst und erwachsen. Erst im Laufe des Abends fand Tycho heraus, dass sie krank war. Sie litt an einer unheilbaren Krankheit des Blutes und hatte nicht mehr lange zu leben.

Tycho tanzte mit ihnen allen. Und auch mit ihren Müttern. Er fühlte sich beschwingt und genoss alles. Aber noch während die Musik spielte, die Paare sich drehten, man aß und trank, spürte er eine zunehmende Unzufriedenheit in sich. Es war ein Gefühl, als fehlte jemand. Tycho versuchte, dieses Gefühl abzuschütteln. Aber es gelang ihm nicht. Irgendetwas war nicht an seinem Platz.

Unterdessen ging das Fest weiter.

Zwischendurch kam immer wieder seine Mutter zu Tycho und fragte: »Und, ist eine dabei?« Tycho nahm sie und wirbelte sie herum. Ohne eine Antwort zu bekommen, blickte Beata Bille ihren Jungen besorgt an, und ihr Blick drückte die Ahnung aus, wie schwer es für ihn würde, die Passende zu finden. Denn Tycho suchte offensichtlich die eine, perfekte Frau, die nur für ihn gemacht war – einen schönen Stern, der nur für ihn auf die Welt geschickt worden war.

Aber Tycho dachte an diesem Abend gar nicht ans Heiraten. Er umfasste die Mädchen und tanzte wild. Als er die Zwillingsschwestern an sich drückte, musste er an die beiden Freudenmädchen in Kopenhagen denken. Mädchen waren ein Geschenk Gottes! Sie verkörperten ein Lebensgefühl, das mit dem Überfluss zu tun hatte. Alle anderen Beschäftigungen wurden in ihrer Nähe unwichtig. Selbst die Sternguckerei.

Wenn Tycho sich in den Blicken ihrer Augen verlor, sah er darin ebenso viel Weisheit und Lebensgeheimnis wie in der Konstellation der Sterne, die ein unfassbar kluger Schöpfer ins Universum gestellt hatte.

Tycho drehte gerade Falkie über die Tanzfläche. Sie war federleicht, und er spürte, wie der Karottenduft ihres Körpers ihm so in die Nase stieg, dass er erschauerte. Ihr Busen hob und senkte sich immer schwerer; sie blickte ihn aus ihren braunen, stillen Augen an, und in ihrem Blick lag eine Frage. Tycho drückte sie an sich, dann wirbelte er sie wieder lachend im Kreis.

Plötzlich nahm er wahr, dass in Falkies Blick eine solche Traurigkeit lag, dass er den Wirbel jäh stoppen musste, als wäre er gegen eine Schranke gelaufen. Danach tanzten sie langsamer weiter. Tycho wusste nicht, was er sagen sollte; er spürte eine seltsame Befangenheit. Dann stammelte er:

»Kann ich etwas Gutes für dich tun? Ich meine, brauchst du was?«

Um Falkies Mundwinkel flog ein hauchfeines Lächeln. Sie blickte ihn unverwandt an. Dann drängte sie sich näher an ihren Tanzpartner heran. Tycho hielt den Atem an. Er spürte Falkies Körper, ihr Gesicht an seinem. Dann hauchten ihre Lippen:

»Willst du mit mir schlafen? Bitte!«

Für Tycho kam in diesem Moment die Welt zum Stillstand, und die Sterne fielen durcheinander. Unfähig zu sprechen, nickte er nur. Er spürte, wie ihre Lippen ihn auf die Wange küssten.

»Gehen wir hinaus, spazieren«, sagte er dann, noch immer verwirrt. »Aber nicht gemeinsam. Geh du voraus. Wir treffen uns am See.«

Falkie meldete sich bei ihren aufmerksamen Eltern ab und verließ den Festsaal. Tycho ging durch die Flügeltüren auf der anderen Seite in den Park.

Am See wartete Falkie schon. Am Himmel standen noch blutrote Wolken, denn die Sonne war soeben untergegangen. Falkie schaute den Schwänen zu, die auf dem dunklen Wasser kreuzten, als verfolgten sie eine bestimmte Spur. Sie drehte sich zu Tycho um, ging schnell auf ihn zu und umarmte ihn. Es schien ihr egal zu sein, ob jemand sie sah.

»Ich … habe keine Nase!«, stammelte Tycho.

»Doch. Du hast eine. Sie ist aus funkelndem Silber.«

Sie küsste ihn mit heißen, bebenden Lippen.

Tycho zog das vor Begehren zitternde Mädchen mit sich. Auf einer kleinen Lichtung des angrenzenden Waldes, die wie eine Oase von Tannen umschlossen war, zog er Falkie aus.

Er löste ihre Bänder und Haken, entblätterte sie wie eine Rose, drang zu ihrem Innersten vor. Als sie nackt vor ihm stand, ein Wunderwesen im letzten Abendlicht, überschwemmte ihn das Gefühl, als würde die Person, die Tycho Brahe hieß, sich völlig auflösen.

Sie ließen sich auf den warmen Wiesenboden nieder und küssten sich, und Tycho berührte das Mädchen überall.

Jetzt begann sie, ihn zu entkleiden. Er sah ihr zu. In ihren Augen stand nun keine Traurigkeit mehr.

Als auch er nackt war, kamen sie zueinander.

Es war zum Sterben schön.

Zum Sterben.

Tycho sah Falkie nicht wieder. Sie starb zwei Monate später in einem Spital in Dalarna. Als er davon erfuhr, war er tief erschüttert, wie aus der Bahn geworfen in seinem jungen, starken Lebensgefühl. Ein solcher Tod gab Anlass, an allem anderen zu zweifeln.

Am gleichen Tag beschloss er, seine Suche nach einer heiratsfähigen Frau aufzugeben.

Für Tychos Eltern war es ein Schock. Sie mussten mit ansehen, wie ihr Sohn sich wieder in seine Studierstuben zurückzog. Er verbrachte ganze Wochen im Observatorium von Kopenhagen, als suche er eine Antwort auf die bohrende Frage, warum ein so süßes, unschuldiges Wesen wie Falkie, das ihre Lebensbahn kaum begonnen hatte, sterben musste.

»Es ist der Wille des Herrn gewesen«, versuchte Vater Otte ihn bei einem Besuch zu trösten. »Seine Wege können wir Menschen nicht verstehen. Wir müssen uns demütig darein fügen.«

»Aber ich will mich nicht fügen«, antwortete Tycho empört. »Es ist ein Skandal! Ich werde es niemals hinnehmen!«

»Du bist noch sehr jung, mein Sohn. Eines Tages wirst du ruhiger.«

Tycho stürzte sich in die Arbeit. Er schrieb an einem Buch, das er *»De stella nova«* nennen wollte. Bald schon hatte er auch neue Instrumente entwickelt. Seine mechanischen und astronomischen Kenntnisse gingen Hand in Hand. Man wurde auf ihn aufmerksam.

Eines Tages im Herbst bekam er die Einladung, in Kopenhagen einen Vortrag zu halten.

Tycho war so aufgeregt, dass er an dem betreffenden Tag Magenschmerzen bekam. Ihm entging, dass im überfüllten Auditorium der Universität unter Studenten und Professoren auch zwei Männer saßen, die nicht recht ins Bild passten.

Der eine war der Kämmerer des Königs Frederik II., der den Auftrag hatte, die Eigenarten des jungen Wissenschaftlers Brahe zu studieren. Er beobachtete ihn fortwährend mit einem Lorgnon.

Der zweite Fremde besaß das dunkle Gesicht eines Südländers. Doch Haar und Bart waren schon ebenso grau wie seine Augen. Es war ein Abgesandter des Vatikans, der das Feuer der Inquisition nach Dänemark und Schweden tragen sollte.

Dafür brauchte er einen Schuldigen und ein schnelles Opfer.

Das gefangene Bild

Die Pastoren blickten finster. Während sie bemüht würdevoll den Apparat umkreisten, der auf drei hölzernen Beinen stand, hielten andere Pastoren, vor allem die älteren, betont Abstand von dem Kasten, als würde er ihnen Furcht einflößen.

Dieses Gefühl beherrschte fast alle Anwesenden im kosmographischen Kabinett der Universität zu Kopenhagen.

»Dieses Gerät«, sagte ein dürrer Pastor, der so farblos war, dass nur sein gelbes Gebiss auffiel, »kann es nicht geben. Dies ist aus zwei Gründen nahe liegend. Es gibt keinen Konstruktionsplan für ein solches Gebilde – auf der ganzen uns bekannten Welt nicht. Und es gibt keinen Bedarf für ein solches Gebilde – auf der ganzen uns bekannten Welt nicht.«

»Da habt Ihr Recht, Pastor Möllerup«, führte ein anderer fort, dem die tiefen Falten im Gesicht das Aussehen einer Echse verliehen. »Die Abbildung des menschlichen Antlitzes durch das Licht ist Zauberei, nur geheimnisvollen Kräften zugänglich, derer sich die Häretiker bedienen – Juden, Muslime, Ungläubige. Wir reformierten Christenmenschen kennen das Schattenbild, das den Umriss gibt, und wir kennen das Spiegelbild auf der blanken Glätte von poliertem Metall. Aber dies hier entfernt sich auf unheimliche Weise von der Schöpfung. Es ist so, als würde es eine zweite Wirklichkeit entwerfen, und das ist abscheulich!«

»Ja, Möllerup«, hakte der Erste wieder ein und schien den Apparat mit seiner Klappbrille aufspießen zu wollen, die er sich erregt von der Nase gerissen hatte. »Schon ein Spiegelbild besitzt in unserer Vorstellung seltsame Kräfte. Es kann zuweilen, losgelöst vom Menschen, eine unheimliche Nebenexistenz führen. Solange das Spiegelbild existiert, saugt es dem Menschen das Blut aus, macht ihn schlaff und mutlos.«

»Dagegen hilft nur das Wort des Herrn«, sagte einer.

»Oder es geht wie bei dem Knaben Earinus – Ihr erinnert Euch, er war der Mundschenk des Kaisers Domitian –, als der göttliche Cupido ihm den Spiegel vorhielt und das darin aufgefangene Bild in Gold verwandelte. Er warf das Bild auf das glänzende Metall und prägte es dort ein, so wie ein Münzpräger mit seinen Werkzeugen das Antlitz unserer Könige verewigt – Gott segne König Frederik. Und man kennt jene Schwarzkünstler in süddeutschen Landen, die ein Gesicht in einem mit

Wasser gefüllten Gefäß festhalten, das Wasser binnen eines Augenblicks gefrieren lassen und darin das Bild fangen. Ich habe es selbst auf Jahrmärkten in Basel gesehen, wenn Ihr mir diese persönliche Bemerkung gestattet.«

»Frühe Blitze der Erkenntnis oder Teufelswerk – das ist hier die Frage, Pastoren!«

Ein anderer Kirchenbeamter, der eine enge, gerüschte Halskrause und den schwarzen Hut des Magisters trug, mischte sich ein. »Ich hörte einmal bei einem Ketzer, der unter der Folter verhört wurde, folgende Geschichte. Jemand – ich kenne den Namen, aber ich nenne ihn nicht – setzt einen feinen Stoff zusammen, der sehr klebrig ist und sehr geneigt, trocken zu werden und sich zu erhärten. Mithilfe desselben wird binnen kurzer Zeit ein Gemälde gemacht. Sie überziehen mit diesem Stoff ein Stück Leinwand, wie die Maler es benutzen, und bringen diese vor die Gegenstände, welche sie abbilden wollen. Die erste Wirkung der Leinwand ist diejenige eines Spiegels – man sieht darin alle nahen und fernen Körper, von denen das Licht ein Bild entwerfen kann. Aber was ein Spiegel nicht vermag: Die Leinwand hält durch ihren klebrigen Überzug die Bilder fest. Man bringt die Leinwand fort und schafft sie an einen dunklen Ort – einen Abort, ein Verließ, ein geheimes Laboratorium. Eine Stunde später ist der Überzug getrocknet, und man hat ein Gemälde …«

»Das ist lasterhaft! Und Ekel erregend! Wie gut, dass wir so aufgeklärt sind, dass wir uns nur an das Wort halten!«

»Ach, nennt mir doch den Namen dieses Gewährsmannes«, warf ein blasser Beamter mit messerscharfen Lippen ein, der ein Notizpapier gezückt hatte.

»Nein, auf keinen Fall. Denn seht Ihr, eine Erfindung ist nicht an Namen gebunden, sondern ist das Endprodukt der Arbeiten und Mühen früherer Generationen, also eine schmackhafte Frucht vom Baum vergangener Zeiten. Was sollen da Namen?«

»Vorsicht! Jener Ketzer, von dem Ihr erzählt, steht an der Schwelle eines neuen, gefährlichen Weltbildes. Ihr wollt ihn decken?«

»Beruhigt Euch, er ist ja bereits verurteilt. Außerdem geht es doch überhaupt nicht um meine Informanten, oder? Es geht doch hier um jenen Apparat dort, nicht wahr? Könnt Ihr Euch gütigerweise daran erinnern? Machen wir uns also klar – dort steht dieses Ding. Offensichtlich etwas, das einem Wunsch entspricht, den wir schon aus der Antike kennen: dem Wunsch, ein Objekt abzubilden, es im Bild wiederzugeben und dieses Bild auf Dauer haften zu lassen. Oder nicht?«

»Das widerspricht im Ganzen unserem reformierten Lutherismus!«

»Und ich möchte, um die Debatte wieder auf den Gegenstand zu lenken, daran erinnern, dass wir etwas kennen, das wir ›dunkle Kammer‹ nennen. Also jenen verfinsterten Raum, in den das Licht nur durch eine kleine Öffnung einfallen kann. Auf der Wand, die der Öffnung gegenüberliegt, zeichnet das einfallende Licht die außerhalb der Kammer vor dem Loch befindlichen Dinge ab. Eine höchst einfache Erscheinung. Und hat sie mit jenem Objekt dort nichts zu tun? Ja oder nein, ihr Herren Beamten von der hochnotpeinlichen Kongregation?«

»Doch«, sagte mit einem Anflug von Enthusiasmus ein anderer. »Ein gutes Beispiel, Pastor! Ich selbst weiß davon zu berichten. Ich lebte in meiner frühen Zeit am nördlichen Rand des Eismeeres in einem Zelt. Dort konnte ich beständig die Naturerscheinung der umgekehrten Bilder beobachten, die von den draußen befindlichen Dingen, welche von der Sonne beleuchtet waren, deutlich auf den gegenüberliegenden weißen Wänden des abgedunkelten Innenraums abgezeichnet wurden, etwa durch ein Loch in der geschlossenen Haustür. Diese Erscheinung ist hier, in unserer Heimat, sehr selten, selbst im Süden Jütlands. Aber in den Ländern, in denen starkes Sonnenlicht außerhalb und Dunkelheit innerhalb des Hauses oder Zeltes herrschen, muss sie schon in früherer Zeit wohl bekannt gewesen sein, auch wenn man in den Werken der alten Schriftkundigen nur wenige Hinweise darauf findet.«

Ein Gelehrter mit schlohweißen Haaren, der wohl neunzig Jahre zählen musste, in der vorderen Reihe auf einem Gichtstuhl saß und ein Rohr ans rechte Ohr hielt, verschaffte sich Gehör. »Ich stelle den Jungen hier in der Untersuchung die folgende Frage. Warum wird jemand, der durch die verschränkten Finger zur Zeit einer Sonnenfinsternis, wie wir sie Ende des letzten Jahres hatten, zur Sonne blickt, ihren Glanz in Gestalt des unvollständigen Mondes wahrnehmen? Nun? Ihr schweigt? Deswegen weil Licht, das durch ein eckiges Loch fällt, nicht eckig ist, sondern weil das Licht ungeformt und umgekehrt durch die Öffnung fällt. Weil es sich um einen geraden Doppelkegel handelt, den das Licht von der Sonne zum Loch und wieder vom Loch zur Erde bildet, so wird auch bei unvollständiger Form der Sonne das Licht wieder jene Gestalt abbilden, welche die Sonne zeigt. Da nun der Sonnenkreis nicht vollständig ist, werden auch die Strahlen entsprechend hervorkommen.«

»Herr Professor«, warf ein dürrer Beamter aus dem Justizpalast ein, »ich verstehe nicht, was Ihr meint. Bei allem Respekt.«

»Ihr versteht nicht einmal diese allgemeine Fragestellung«, zürnte der Alte, »und doch ist sie nur von Aristoteles. Wir leben zwei Jahrtausende später. Und noch immer beschäftigen wir uns mit seinen Problemen. Und wir richten über jene, die einen solchen Apparat erschaffen haben. Doch es ist Gottes Werk, wenn es göttliche Gedanken sind, die es möglich machten!«

»Es ist keineswegs Gottes Werk, Professor! Wir sollten bei unserer Zusammenkunft nicht in Bewunderung verfallen, sondern Fragen stellen und diese möglichst beantworten. Ich stelle folgende Frage: Was ist eine Entdeckung?«

»Eine Entdeckung?«, echoten die Anwesenden.

»Nun, ich will eine Antwort versuchen«, fuhr der Beamte fort. »Ist die schlichte Wahrnehmung einer Erscheinung schon eine Entdeckung? Keineswegs. Zur Wahrnehmung muss die Überlegung, die Frage nach dem Wesen und der Ursache der wahrgenommenen Erscheinung treten. Das konnte Aristoteles noch nicht tun. Deshalb mussten noch Jahrhunderte vergehen und uns hervorbringen, bevor eine Antwort möglich war. Wir sollten also Mut beweisen, weiterfragen und auch keine Scheu vor den Antworten haben. Es handelt sich hier um einen rein theoretischen Streit.«

»Der jedoch durchaus gefährlich werden kann, wenn er Gedanken wiedergibt, mit denen er das Erbe der Häretiker in der Wissenschaft antritt!«

»Auch dann, wenn dies der notwendige Umweg ist, um die verlorenen Kenntnisse der antiken Wissenschaft an das Abendland weiterzureichen?«

»Auch dann, gewiss. Vielleicht sogar gerade dann. Denn umso schwerer wäre es dann, die verbotenen Gedanken von den erlaubten zu unterscheiden.«

Eine Pause trat ein, während die Gelehrten und Beamten im Geiste ihre Positionen zurechtrückten, um für den Fortgang der

Debatte gerüstet zu sein. In das Schweigen hinein fiel mit lautem Knall eine Tür ins Schloss. Es war Tycho Brahe, der Erbauer des schwarzen Kastens.

Er kam zu spät, weil er sich die ganze Nacht Gedanken um seine Zukunft gemacht hatte. Schlaflos hatte er sich in den Kissen gewälzt und am Morgen die Glocken nicht gehört.

»Vergebung, ehrwürdige Herren«, murmelte er und reihte sich verlegen vor dem Gegenstand der Untersuchung ein, die eigentlich ihm galt. Missbilligende Blicke trafen ihn.

Der Dekan der Universität strich sich über den Bart und sagte: »Reden wir von den Gesetzen der Spiegelung, meine Herren. Sie waren schon im elften Jahrhundert bekannt …«

»Wenn auch nur den Arabern …«

»Ja, gewiss. Aber deshalb sollten wir diese Tatbestände nicht außer Acht lassen, nicht wahr? Auch den Berechnungsgesetzen des Lichts kamen jene arabischen Gelehrten, die damals zum Ruhme ihres Herrn forschten, schon sehr nahe. Können wir es uns leisten, diese Ergebnisse zu ignorieren?«

»Ich pflichte dem Herrn Dekan bei«, meldete sich ein Student der Astronomie aus dem äußersten Norden des Landes, den Tycho gut kannte. »Ja, ich möchte mir erlauben, aus der Handschrift eines alten arabischen Meisters vorzulesen – Ibn Al Haitham. Er schreibt: Das Bild der Sonne zur Zeit der Verfinsterung, falls sie nicht eine totale ist, zeigt, wenn ihr Licht aus einem engen runden Loche austritt und zu einer dem Loche gegenüberliegenden Ebene gelangt, die Gestalt der Mondsichel … Das Bild der Sonne zeigt diese Gestalt nur dann, wenn das Loch sehr eng ist. Wird das Loch größer, so ändert sich das Bild, und die Veränderung wächst mit der zunehmenden Weite. Ist das Loch sehr weit, so verschwindet das sichelförmige Bild, und das Bild an der Wand wird rund, falls das Loch rund ist …«

»Das sage ich doch!«, warf der schlohweiße Gelehrte aufgeregt ein.

»Entstammt das Eurer Überzeugung, junger Mann?«, fragte der Dekan.

»Ich habe mir erlaubt, es aus dem Maurischen zu traduzieren«, sagte der Student bescheiden und eitel zugleich.

»Ein gutes Beispiel an richtiger Stelle«, sagte der Dekan. »Jenes Prinzip des Al Haithan, in eine feste Gestalt gegossen – das wäre jener Kasten des Studenten Tycho Brahe.«

Gemurmel in der Versammlung.

»Aber«, fuhr der Dekan lächelnd fort, »wenn es euch behagt, ihr Herren, können wir auch auf Werke unserer eigenen Kultur verweisen, die dem Ruhm der Wissenschaft dienten. Ich erinnere nur an Albertus oder Pisanus, gelehrte Mönche, die umfangreiche Studien über Licht und Optik niedergeschrieben haben. Dies sage ich vor allem jenen Herren, die der Kirchenbehörde von unserer Disputation berichten werden.«

Durch einen Teil der Versammlung ging Unruhe. Die Herren wussten, dass jeder Gelehrte in Dänemark sich inzwischen auf einem schmalen Grat zwischen Ruhm und Verdacht bewegte. Das betraf auch die Studenten, und diesen Tycho Brahe im besonderen Maße, denn er war neugierig und unruhig und kannte offenbar keine Angst.

»Die göttliche Vorsehung«, begann ein Kleriker mit getragener Stimme, »erzwingt, dass alle Wirkungen etwas von ihren Ursachen haben – ist es nicht so?«

Zustimmung bei den Universitätsgelehrten und Staatsbeamten.

»Wer möchte es für möglich halten, dass ein so kleiner Raum wie der, von dem wir vorhin sprachen, die Bilder des ganzen Himmels zu fassen vermag! Welch großartiges Geschehen! All dies veranlasst das menschliche Vorstellungsvermögen zur Betrachtung des Göttlichen. Hier werden alle Gestalten, alle Farben, alle Bilder der Teile des Weltalls in einem Punkte zusammengedrängt. Wie ist es möglich, dass aus verschwommenen Ursachen so klare und deutliche Wirkungen hervorgehen können wie diese Bilder? Es ist nur möglich durch Gottes Fügung! Gelobt sei der Herr!«

»Gelobt sei der Herr!«, murmelte die Versammlung. Und der Kleriker beobachtete aus den Augenwinkeln, ob einige Anwesende sich dabei zurückhielten. Sein Blick fiel auf den Studenten Tycho Brahe, dessen Lippen sich nicht bewegt hatten. Er stutzte. Dann fuhr er fort:

»Wenn wir in Gott uns bewegen und in Seiner Botschaft forschen, können wir uns offen jedem Problem zuwenden. Wir dürfen nur nicht die Grenzen unseres Glaubens verrücken.«

»Deshalb erlaubt mir bitte«, meldete sich nun Tycho Brahe zu Wort, der seine Verlegenheit überwunden hatte, »dass ich Euch von einem Experiment berichte, das ich gestern Mittag angestellt habe!«

Er hatte sich an den Dekan gewendet, und als dieser zustimmend nickte, fuhr Tycho fort: »Ich setzte um die Zeit des höchsten Sonnenstandes eine runde Linse aus Glas in den Fensterladen ein …«

»Eine was?«

»Eine Art Pupille des Auges! Es ist eine runde, leicht gebogene Scheibe aus Glas, die mir ein Glasbläser in einem Vorort anfertigte. Ähnlich jener Scheibe in dem Apparat dort. Nun, ich schloss das Fenster – und die durch die Öffnung entworfenen Bilder zeichneten sich auf der gegenüberliegenden Wand ab, wenn auch schwach in den Farben. Als ich aber ein weißes Blatt chinesisches Papier an die Stelle hielt, an der die Bilder zu erkennen waren, sah ich das Gewünschte in wundervoller Weise erhalten. Doppelte Gesichter und dreifache, ja vierfache Augen! Und mich selbst einäugig und mit abgewendetem Antlitz! Und der Hohlspiegel zeigte mir noch zahllose andere Wunder …«

Einer der Herren bekreuzigte sich. Ein anderer ging wortlos hinaus. Draußen hörte man das Pochen eines Zeremonienstabs und die Ankündigung eines Namens. Dann fiel die Tür ins Schloss, und es herrschte wieder Ruhe.

»Interessant, Studiosus Brahe!«, sagte der Dekan nachdenklich.

»Nun«, sagte der Kleriker zögernd, »wir wollen das für den Moment nicht verwerfen. Ebenso wenig, wie wir die Erfindung der Zentralperspektive verwerfen, die uns ein neues Bild von der Welt gibt, auch wenn dies in Gottes vollendetes Schöpfungswerk einzugreifen und den menschlichen Blick ungebührlich hervorzuheben scheint. Ich betone – es *scheint* einzugreifen. In Wirklichkeit macht es uns die Herrlichkeit der Schöpfung nur deutlicher sichtbar, wie wir heute wissen.«

Tycho sagte beinahe trotzig: »Wir bekommen auf diese Weise, durch das Abblenden mit einem weißen Blatt, einfach nur hellere Bilder. Daran kann nichts sein, das dem Herrgott nicht gefällt!«

»Wollt Ihr behaupten, Ihr könntet erkennen, was dem Herrgott gefällt und was nicht?«, sagte der Kleriker gefährlich leise.

»Nein, natürlich nicht …«

»Lasst den Studiosus Brahe weiterreden, Ehrwürden, er ist

einer unserer hellsten Köpfe. Vielleicht hat er uns noch interessante Dinge mitzuteilen.«

»Also sprecht«, sagte der Kleriker verächtlich und lehnte sich abwartend in seinem Sessel aus poliertem Zedernholz zurück.

Tycho bekam ein rotes Gesicht. Die Begeisterung packte ihn. »Ich fand heraus, auf welche Weise die Abbilder wunderbar werden. Man muss in das genannte Lichtloch ein Perspektiv mit mehreren Linsen stellen. Aus diesem fällt das Bild dann in einen Hohlspiegel, der weiter entfernt stehen muss, als sein Mittelpunkt austrägt. So werden die Bilder zwar umgekehrt hineinfallen, aber aufrecht wieder herausfallen – wegen des weit abstehenden Mittelpunkts. Bringt man nun über dem Loch ein weißes Papier an, so fallen die Bilder der außen befindlichen Gegenstände so klar und deutlich darauf, dass man sich nicht genug darüber verwundern kann. Damit man es nicht ohne Erfolg versuche, sei gesagt, dass die Krümmungsradien der Linsen und des Hohlspiegels in einem bestimmten Verhältnis stehen müssen. So viel habe ich bisher herausgefunden.«

Erstaunt sahen ihn alle Anwesenden an. Einer sagte: »Aber das ist es ja, was dieser geheimnisvolle Apparat aus Eurer Hand abbildet! Genau das!«

»Ja«, antwortete Tycho bescheiden. »Aber nicht ganz. Denn die Beobachtung und Verfertigung eines angemessenen äußeren Rahmens und Gehäuses sind zwei verschiedene Dinge.«

»Ihr scheint mir auszuweichen«, sagte der Kleriker.

»Außerdem, verehrte Herren«, warf rasch der Dekan ein, »steht dieser Apparat auf dem Boden der Ergebnisse unserer Forschung. An dieser Universität geht die Wissenschaft nun einmal über die Kenntnis des Zerlegens eines Ziegenbocks hinaus.«

Alle lachten. Es war ein befreiendes Lachen. Jemand schlug dem Dekan auf die Schulter.

»Dennoch, junger Mann, wie nennt Ihr ein solches Gerät, wo Ihr es doch wart, der es gebaut hat, und nicht die Universität?«

Tycho zögerte einen Moment, dann sagte er: »In gewisser Weise haben wir alle es gebaut. Denn ich experimentiere ja in einem Raum, in dem ich und noch mehrere Personen Platz haben. In diesem Raum fange ich die Bilder von draußen auf und gebe sie verkehrt herum wieder. Versteht ihr, hohe Herren? Man könnte sagen, dass ich in diesem Apparat lebe – ich bin ein Teil davon, wie wir alle. Und wie ich den Apparat nenne? Weil er die Welt auf dem Kopf stehend wiedergibt, würde ich ihn *Camera Obscura* nennen.«

»Camera Obscura! Er nennt es Camera Obscura!«, echoten die Anwesenden. Es klang wie die Beschwörungsformel einer Sekte.

»Camera Obscura also«, sagte der Dekan. »Ja, das klingt logisch. Ein Apparat, der das Seltsame einfängt und verkehrt herum wiedergibt. Hat nicht schon der große Leonardo da Vinci im schwierigen Jahr 1500 eine ausführliche Beschreibung davon gegeben? Aber damit sind wir unserer entscheidenden Frage noch nicht näher gekommen. Nämlich ob dieser Apparat das Werk eines Ketzers ist.«

»Eindeutig ja«, warf der Kleriker ein. »Er ist letzten Endes gefährlich. Und sein Erbauer ebenfalls.«

Tycho spürte, wie ihm kalter Schweiß über den Rücken lief.

»Wir haben keine Macht«, sagte Ludwig von Paramo und strich sich müde über den grauen Bart. »Wir können keine Strafe auferlegen, auch wo wir es möchten. Unsere Aufgabe besteht allein darin, die Seelen der Menschen zu retten. Wir wollen sie auf den Weg des Heils zurückbringen und denen, die danach verlangen, heilsame Bußen auferlegen. Alles geschieht nur zum Besten der irrenden Seelen, um ihre Sünden zu tilgen.«

»Aber ihr in Sizilien verurteilt und kerkert jeden Tag ein, den der Herr anbrechen lässt!«

»Nein, nein. Wir befehlen nur dem Verurteilten, sich in das Gefängnis zu begeben, sich dort einzuschließen und bei Wasser und Brot Buße zu tun. Wenn er flüchten will, ist er ein Wahnsinniger, der die wohltuende Medizin abweist, die ihm zu seiner Heilung angeboten wird. Er verschmäht Wein und Öl für seine Wunden.«

»Und wenn Ihr verbrennen lasst?«

Der Inquisitor des Vatikans sah den Frager, einen jungen Pastor aus Gumslov, mitleidig an. »Damit haben wir nichts zu tun. Aber Satan wirkt eben durch die Vermittlung seiner Verehrer. Wenn also der Verdächtigte verstockt ist oder seine Bekehrung nur geheuchelt, können wir nichts mehr für ihn tun. Dann müssen wir dem Ketzer unseren Schutz entziehen. Wir übergeben ihn der Staatsgewalt und den weltlichen Gerichten. Wegen seiner strafbaren Handlungen hat die Kirche dann nichts mehr mit ihm zu schaffen; dann ist es Sache des weltlichen Arms. *Debita animadversione puniendum*, versteht Ihr?«

Schaudernd sagte der junge, strohblonde Pastor: »Er soll bestraft werden, wie er es verdient hat. Ja, ich kenne diese Formel genau – in dieser Zeit ist es unmöglich, sie nicht zu kennen. Aber, Ehrwürden, wir hören, dass die Beschuldigten nicht einmal mehr einzeln verbrannt werden. Der Bischof von Gent hat innerhalb von drei Monaten fünfhundert Menschen verbrannt, der Bischof von Bamberg sechshundert, der Bischof von Würzburg neunhundert! Müssen wir nicht an den Einfluss von uns Hirten auf unsere Herde denken?«

»Ich sagte schon, damit haben wir nichts zu tun.«

»Ehrwürden, der Vatikan und der päpstliche Glaube überhaupt haben in unserem reformierten Dänemark nichts zu suchen. Eure Gesetze gelten hier nicht nach all den Glaubenskriegen. Wir können euch nicht unterstützen. Und – verzeiht mir – wir wollen es auch nicht. Jeder Planet ist sozusagen, wie euer Savonarola sagte, am stärksten in seinem eigenen Haus.«

»Das tut nichts zur Sache! Unterstützt mich nur so weit, wie ich es verlange. Den Rest erledige ich ohne die Zustimmung der hiesigen Kirche.«

»Man hört, Ihr beschäftigt autorisierte Folterer in Euren Diensten, um die Verdächtigen zu quälen.«

»Unsere *religiosus tortoren* sind keine Barbaren, sie gehen nüchtern vor, um die Wahrheit zu erzwingen. Wir haben keinen Genuss an der Tortur.«

»Aber dennoch. Sich das vorzustellen …«

»Genug geschwatzt, Pastor! Ich bin nicht angereist, um mit Euch zu diskutieren. Sagt mir zunächst nur eines. Der Heilige Vater ist besorgt wegen der zunehmenden Häresie unter den Wissenschaften Eures Landes. Orientalische Hirngespinste über den angeblichen Einfluss der Sterne dringen ins Abendland ein. Die nordischen Völker Skandinaviens sind von diesem Aberglauben des Heidentums besonders bedroht. Ein gewisser Tycho Brahe soll dabei eine maßgebliche Rolle spielen. Wo finde ich ihn?«

»Tycho Brahe ist ein junger Mann! Er hat soeben sein Studium in Kopenhagen beendet und trägt den Magisterhut der Astronomie. Es ist ein außergewöhnlich begabter Mensch!«

»Er praktiziert einen Manichäismus, den schon der heilige Augustinus verurteilte!«

»Meint Ihr wirklich? Eure Dominikanerorden lassen sich von Astrologen und Astronomen beraten!«

»Auch die Dominikaner, die Hunde des Herrn, werden inzwischen von uns überwacht. Alle sind gefährdet – und gefährlich!«

»Die Astronomie gehört nicht zu den verbotenen Künsten, Ehrwürden. Alle großen Männer, die ich kenne, gläubige Menschen, bedienen sich der Astronomie. Jeder Prälat im Land hat seinen Sternendeuter, und er würde es nicht wagen, dessen Rat nach der ausgiebigen Beobachtung der Astrolabien unbeachtet zu lassen!«

»Die Sternenkunde beraubt den Menschen seines freien Willens, impft ihm den Glauben an ein blindes Geschick ein und begünstigt den Hang zum Götzendienst, indem sie die Allmacht des Schöpfers auf seine Geschöpfe zu übertragen versucht.«

»Das kann ich nicht so sehen. Ich denke …«

»Aufenthalt! Wohnort! Mit wem hat er Umgang!«

»Wenn Ihr es unbedingt wollt, lasse ich Euch eine Liste anfertigen. Mit der könnt Ihr verfahren, wie Ihr wollt. Aber ich wasche meine Hände in Unschuld.«

»Tut das. Tut es ausgiebig. Aber jetzt schnell die Liste, Pastor!«

Als der parfümierte Brief ihn erreichte, trank Tycho gerade Tee mit Rum aus einem blauen Henkelglas. Er erkannte den Boten sofort an seinem Wappen. Und als er den Brief aufriss und las, begriff er, dass der Absender auf eine umgehende Antwort wartete. Er nahm Federkiel, Tinte und Pergament und schrieb:

Fühle mich hoch geehrt und eile, Eurem Befehl nachzukommen.

»Dann bis morgen Abend bei Sonnenuntergang«, sagte der mitlesende Bote, als er das Antwortschreiben in Empfang nahm. »Ihr werdet abgeholt.«

Dieser Tag stürzte Tycho Brahe, der gerade über eine Empfehlung nachgedacht hatte, seine astronomischen Studien im süddeutschen Basel fortzusetzen, in größte Besorgnis. Was wollte der König von ihm, einem kleinen adligen Magister? Er konnte es sich beim besten Willen nicht vorstellen. Hatten etwa die Schnüffler des Vatikans damit zu tun, die seit einiger Zeit versuchten, in die Universitäten Eingang zu finden, um Ketzer aufzuspüren?

Am nächsten Abend war Tycho schon vor der Zeit bereit. Er hatte seinen einzigen, dunklen Leibrock mit Brustpelz angezogen und darüber einen Reitmantel aus Arras gelegt; auf seinem Kopf saß eine bestickte Mütze.

Da er wieder in Kopenhagen und allein lebte, war der Weg nach Schloss Frederiksborg nicht weit, und er hatte sich den ganzen Tag auf die Einladung vorbereiten können, ohne auf jemanden Rücksicht nehmen zu müssen. In seinem kleinen Stadthaushalt regierte er unbehelligt wie ein kleiner Herrscher.

Was wollte der König von ihm?

Tycho wusste wenig über das Königshaus. Er kannte die Sterne am Himmelsbaum besser als die Verzweigungen des königlichen dänischen Stammbaumes. Immerhin wusste er, dass sein Landesherr Frederik II. nur zehn Jahre älter war als er selbst und unverheiratet. Man sorgte sich bereits um die Nachkommenschaft. Aber was der König für ein Mensch war, darüber besaß Tycho Brahe nicht die geringste Kenntnis. Und auch keine Vorstellung.

Als die Kutsche in den Schlosspark einfuhr, war Tycho überwältigt. Es war eine eigene Welt, von der er trotz seiner adligen Herkunft bisher keine Vorstellung gehabt hatte.

Der Park war angelegt im neuen Landschaftsstil mit Alleen, Rabatten, Fontänen, Statuen und Tempeln. Auf den Wegen flanierten Gäste; auf den kleinen, künstlichen Seen glitten Gondeln dahin. Über allem schwebte die feine Musik von Flötisten und Violinisten, die in kleinen, offenen Pavillons verstreut waren.

Ja, dachte Tycho, in einem solchen Park werde ich eines Tages mein eigenes Observatorium bauen. Er sah es vor sich. Ein zentraler Tempelbau mit Kuppeln und Türmen für die Sternenbeobachtung in der Mitte eines Parks, mit sternenförmigen Wegen als Hauptachsen, die das beruhigende Grün so wie in diesem Park durchschnitten. Und außen herum im Quadrat Mauern in der Farbe morgendlicher Sonnenstrahlen, die den Bereich nach Art einer Bastille schützten. An jeder Mauerseite eine runde vorspringende Bastei, aber nicht für Geschütze, sondern für Sternenpavillons, von denen aus nicht ein Feind beschossen, sondern Blicke in den Himmel gerichtet werden konnten.

Eine Sternenschanze. Ein Schloss im Angesicht des Himmels.

Der Kutscher setzte ihn vor der Freitreppe des königlichen Schlosses ab. Tycho stieg die vierzig Stufen hinauf; es war wie eine Prozession in Richtung der Sonne. Noch zehn Schritte, und oben schwangen die Flügeltüren auf. Der erste der Säle öffnete sich. Überall war Glanz und Prunk.

Tycho zögerte einen Moment lang einzutreten. Der Glanz von draußen, wo die untergehende Sonne jetzt ein blaugoldenes, rotes und blaues Gemälde über die grünen Teppiche des Parks gemalt hatte, setzte sich drinnen fort.

Eine würdevolle, dick gepuderte Empfangsdame nahm Tychos Arm. Ein Zeremonienmeister kündigte ihn an. Hübsche junge Damen mit wehenden Schleiern und wedelnden Fächern standen an den Seiten und blickten ihm neugierig entgegen. Wer war dieser gut aussehende junge Mann mit dem letzten modischen Schrei im Gesicht? Eine Silbernase! So etwas hatte die Noblesse noch nicht gesehen!

Und noch während der junge Ankömmling über die dicken Teppiche ins Herz der dänischen Macht schritt, fasste so mancher anwesende Aristokrat der Entschluss, sich ebenfalls eine solche Nase anzuschaffen.

Welch eine snobistische Geste! Sie musste Schule machen! Tycho war vom ersten Moment seines Auftretens bei Hofe an das geflüsterte und auch laut ausposaunte Hauptgesprächsthema.

Er wurde in den Festsaal geführt, in dem Diener mit goldenen Tabletts umhereilten, auf denen sich Früchte, Süßigkeiten, kunstvolle Schöpfungen aus Schokolade und Schälchen mit duftenden Essenzen befanden. Festliche Geigenmusik von Musikanten, die sich in alle Ecken des Saales verteilt hatten, erklang auch hier.

Der junge Magister Tycho von Brahe durchquerte den mit spiegelglatten Marmorfliesen ausgelegten Raum, in dem die Kronleuchter so tief hingen und tausend Kerzen so geheimnisvoll flackerten, dass sie die Silberplatte seiner Nase zum Glitzern und Funkeln brachten. Ihn umgab eine einzigartige Aura, von der er selbst gar nichts wusste.

Nach und nach erstarben die Gespräche der Anwesenden.

Tycho wurde nach langer Zeit wieder bewusst, dass er eine künstliche Nase trug. Er hatte es beinahe vergessen. Er ging durch eine sich bildende Gasse von Gaffern auf den Thron zu. Die Frauen warfen ihm viel sagende Blicke zu, die Männer musterten ihn abschätzig, nicht wenige auch verächtlich.

Wer, um alles in der Welt, war dieser junge Mann mit dem eigenwilligen Auftreten?

Als Tycho vor dem Thron niederkniete, der Ausrufer erneut seinen Namen rief und die Gästeschar zu raunen begann, überkam ihn ein bisher nicht gekanntes Gefühl. Es war das wärmende Gefühl von Eigenliebe, nicht eitel, sondern Vertrauen erweckend. Ein Gefühl, wichtig zu sein, nicht umsonst gelebt zu haben. Ein Gefühl wie ein schützender Mantel, der ihm umgelegt wurde.

»Wir haben Ihn zu uns gebeten, damit Er uns erzählt. Wir hören viel von Seinen Entdeckungen. Stimmt es, dass Er die Geburt eines Sternes beobachtet hat?«

Mein Gott, dachte Tycho, das ist die Stimme meines Königs. Und er spricht zu mir!

Er bemühte sich, seine Antwort bestimmt klingen zu lassen. Es fiel ihm nicht leicht, denn tausend Gedankenfetzen huschten ihm durch den Kopf.

»Ja, mein König. Ich kann behaupten, dies tatsächlich als erster Sterblicher gesehen zu haben. Jedenfalls ist uns kein Bericht bekannt, in dem von einem solchen Vorgang die Rede ist.«

»Und was bedeutet das?«

»Nun, Majestät, es bedeutet so unendlich viel, dass ich gar nicht weiß, wo ich anfangen soll.«

»Fangt am Anfang an.«

Die Gäste lachten.

Tycho bemühte sich, einen verständlichen Bericht zu geben. Doch während er sprach, drang etwas anderes als Worte in sein Bewusstsein. Er sah sich selbst, vor dem königlichen Thron, inmitten einer Schar von Gästen, die das Beste von Dänemarks Gesellschaft darstellten. Es war die Macht, es war die Herrschaft! Und man lauschte ihm.

War es zu fassen!

Tycho fasste immer mehr Mut, seine Stimme hob sich. Und als er endete, herrschte für einen Moment Schweigen. Tycho hoffte insgeheim, man würde ihn nun mit Beifall bedenken. Doch der König sagte nur: »Brav, mein Astronom. Ihr werdet in meine Dienste treten. Besprecht die Einzelheiten mit meinem Kämmerer. Und nun geht und amüsiert Euch.«

Noch bevor Tycho wusste, wie ihm geschah, zog ihn eine junge Dame am Arm hinaus. Sie flüsterte ihm etwas zu, doch er verstand es nicht sogleich; es war wohl ihr Name.

Sie führte ihn in den Saal des Tanzes. Dort waren im Wechsel ausladende, geschweifte Spiegelflächen und Landschaftsgemälde angeordnet, was wie ein Vexierspiel wirkte. Die Lüster mit Kristallbehang und schwanenhalsförmigen, ausladenden Kerzenhaltern warfen ein verführerisches Licht und steigerten den Eindruck, sich in der Tiefe der Spiegel zu verlieren.

In diesem prachtvollen Saal drehten sich Paare im Tanz.

Und auch sie begannen, hundert Runden zu drehen – so hingebungsvoll, dass die weißen Köpfe der Umstehenden, die neugierig herübergafften, sich zu einer weißen, endlosen Schliere verflüchtigten, bis die junge, fremde Dame sich mit erhitzten Wangen an Tycho lehnte. Er spürte ihren bebenden, jungen Leib, dem ein schwacher, warmer Geruch entströmte, wie die Sonne ihn blühenden Beerensträuchern entlockt.

»Setzen wir uns einen Moment?«, schlug er verwirrt vor. Sie nickte atemlos. Er führte sie zu einer runden Sitzgruppe.

»Tycho Brahe, nicht wahr? Nein, Ihr braucht nicht förmlich zu sein. Hier kennt jeder Euren Namen. Ich bin Prinzessin Helli von Halbe und Langstedt. Mein Vater ist Stadtkommandant von Aarhus, er ist mit Eurem Vater bekannt. Ist Tanzen nicht wunderbar?«

»Es war der Höhepunkt meines bisherigen Lebens, Prinzessin! Mit Euch zu tanzen ist himmlisch.«

»Da wisst Ihr ja, wovon Ihr sprecht, nicht wahr? Wie ist es, zwischen den Sternen des himmlischen Zeltes spazieren zu gehen? Ist es schwerelos, süß oder geheimnisvoll? Kann man sich nicht verirren?«

Sie lachte geziert. Die Prinzessin war anziehend. Aber so affektiert, wie verwöhnte junge Adlige waren. Tycho kannte nur eine Ausnahme – sich selbst. Er ließ den Blick über den Ansatz ihres jungen, prachtvollen Busens gleiten, den sie ihm zu enthüllen schien, als sie sich ihm entgegenbeugte.

Solche süßen Wesen existieren im Universum nicht, ging es ihm durch den Kopf. Und auch die Geburt eines Sterns hat nichts dergleichen. Man muss seine Blicke schon auf die Erde richten, um so viel Bezauberndes zu erleben.

Und er sagte: »Ich fürchte, es ist das Schicksal der Astronomen, im Himmel allein zu sein. Das kann durchaus befriedigen.

Aber wirklich im Himmel ist ein Mann nur dann, wenn er eine so faszinierende Dame wie Euch kennen lernt.«

»Oh, Ihr versteht es zu plaudern«, sagte sie entzückt. »In welcher Profession kennt Ihr Euch noch aus? Habt Ihr Schwächen?«

»Für entzückende junge Damen, ja. Ich glaube, ich war in meinem Leben noch nie so glücklich wie jetzt.«

Besitzergreifend sah sie ihn an. »Ach, tatsächlich? Lasst Euch genauer darüber aus.«

Tycho hörte eine warnende Stimme in seinem Innern. Du bist kein Galan, sagte sie, sondern Astronom. Gefühle sind nichts für dich, halte dich an deine Beobachtungen.

»Prinzessin! Trinkt Ihr ein Glas mit mir? Ich weiß nicht, was es hier gibt, aber wir werden schon etwas Passendes finden.«

Sie kicherte. »Mir behagt der Punsch am besten. Holt Ihr uns ein Gläschen? Wir könnten aus einem trinken!«

Während Tycho den Saal durchquerte und zum Buffet ging, sah er in der Ferne den König auf seinem Thron. Vor ihm sprangen jetzt Akrobaten umher, bauten Türme, wirbelten im Flickflack. Tycho fühlte sich wunschlos glücklich. Er nahm sich einen bis zum Rand gefüllten Kelch und trug ihn zurück, ohne einen Tropfen zu verschütten.

Doch die Prinzessin war verschwunden.

Tycho setzte sich. Er nippte am Punsch, der bitter-süß nach Früchten schmeckte, die er nicht kannte. Was für eine verführerische Welt! Und er war ein Bestandteil davon. Astronom des Königs? War das nicht eine großartige Aussicht? Er konnte nicht glauben, dass ihm das Schicksal so gnädig gestimmt war.

Vorsicht, dachte er. Irgendwo gibt es einen Fallstrick. Zu schnell stellt sich das Glück niemals ein.

Doch er genoss den Augenblick und nippte ein weiteres Mal

am Punsch; dann nahm er einen kräftigen Schluck. Das Getränk erfüllte ihn mit Wärme und Zuversicht.

Während er so dasaß, sich umsah und die vielen schönen Frauen am Arm eitler Männer bewunderte, trat die Prinzessin auf ihn zu. In ihrer Begleitung waren drei weitere junge Damen. Sie setzten sich um ihn herum. Prinzessin Helli sagte:

»Das sind meine Freundinnen. Konstanze von Hohenhausen, Halve von Braunschweig. Und diese schöne Dame hier ist Sofie von Mecklenburg, zu jung, um mit ihr zu tändeln, aber schon die Favoritin des Königs. Also Vorsicht, Astronom, nicht zu nahe treten, nur schauen.«

Sie lachten amüsiert. Tycho war die Vertraulichkeit peinlich; er empfand sie als plump. Er nickte den Fräuleins zu und reichte Prinzessin Helli das Glas. »Euer Punsch, Prinzessin. Ich habe gewagt, schon daran zu nippen, während ich Euch vermisste.«

Sie trank einen durstigen Schluck. Dann gab sie das Glas ungeniert an ihre Freundinnen weiter. »Ein wunderschöner Abend. Ein betörendes Fest. In Dänemark weiß man zu feiern, nicht wahr, Herr Tycho?«

Er nickte der Prinzessin zu. »Und ich darf dank der Güte des Königs davon kosten. Es ist wirklich vernünftig, dass er mich eingeladen hat.«

Sie lachten wieder. Prinzessin Sofie, ein blondes, zartes Mädchen von höchstens sechzehn Jahren, sagte: »Woher habt Ihr Eure faszinierende Nase? Im Vertrauen gesagt, musste ich einigen der anwesenden Herren versprechen, es auszukundschaften. Sie wollen es Euch nämlich unbedingt nachmachen, sodass ich schon eine ganze Armee junger Kavaliere mit einer solchen Nase herumstolzieren sehe.«

»Das empfehle ich nicht«, sagte Tycho. »Die jungen Herren

bei Hofe halten offenbar alles für eine Mode. Aber es ist keine Mode und kein Schmuck. Die Nase wurde mir bei einem Duell abgehauen.«

Die jungen Frauen taxierten ihn unter gesenkten Lidern und langen Wimpern mit Kennerblick, der jedoch jetzt eine ängstliche Note bekam.

»Wie schrecklich! Das muss doch wehgetan haben?« Prinzessin Konstanze hielt sich das Händchen vor das blau geschminkte Mündchen. Tycho bemerkte lange, hauchdünne Narben an ihren Pulsadern.

»Nun, Schmerzen bringen einen nicht um. Im Gegensatz zu Liebesschmerzen, möchte ich hinzufügen. Die können tödlich sein. Besonders wenn man jung ist und die Welt so alt erscheint, dass sie mit tausend Tonnen auf einem lastet. Und der Geliebte ist nicht da.«

Sie starrten ihn mit offenen Mündchen an. Prinzessin Halve hauchte: »Da habt Ihr den Nagel auf den Kopf getroffen, Herr Tycho. Das ist mir tatsächlich widerfahren. Und der Prinzessin Konstanze auch – nicht wahr, Conny?«

Tycho wollte sagen: Aber Ihr lebt doch noch, süße Damen. Doch er schwieg wie ein Kavalier.

Konstanze von Hohenhausen bemerkte: »Über dieses Thema sollten wir lieber schweigen. Es ist zu ernst für diesen heiteren Abend. Liebeskummer ist tatsächlich eine Mordwaffe.«

»Apropos Mordwaffe … mit welcher Waffe wurde Euch die Nase abgeschlagen, Herr Tycho? Mit einem Degen?«

»Nein, wir benutzten Säbel. Mein Gegner war geübter als ich. Es war am Morgen der Sonnenfinsternis. Und der Tag, an dem ich die Geburt eines Sternes sah. An diesem Tag, das kann ich sagen, wendete sich mein Leben.«

Prinzessin Helli sagte: »Ihr seid ein so erfahrener Mensch, obwohl Ihr kaum älter seid als wir Mädchen!«

»Ja«, fügte Prinzessin Halve hinzu und ließ wie unabsichtlich einen Finger über ihr Dekolletee streichen. »Ein Mann, der sich im Leben auskennt. Die jungen Männer bei Hofe erwecken gern diesen Anschein, aber sie wissen nichts. Was sie kennen, bewegt sich innerhalb des Rechtecks eines Wildparks, den sie bei der Jagd durchstreifen.«

Als die jungen Prinzessinen sich puderten, bemerkte Tycho aus den Augenwinkeln einen Mann, der ihn aus einiger Entfernung unverwandt anstarrte. Von der Perücke bis zu den Schnallenschuhen war er grau. Nur seine braunen Augen schienen zu leben.

Er kannte ihn nicht.

Die Prinzessinen erhoben sich, um Toilette zu machen. Nur Sofie von Mecklenburg blieb bei Tycho Brahe sitzen. Sie war ein so hübsches Mädchen, dass Tycho beinahe Angst hatte, sie anzusehen; er befürchtete, sich unsterblich in sie zu verlieben. Sie blinzelte ihn an, vollführte eine bezaubernde Geste mit den nackten Armen und sagte:

»Dies alles wird mir einmal gehören. Aber ich lege keinen Wert darauf. Viel lieber würde ich auf einem Landgut wohnen wie Ihr und mit dem lieben Frederik zusammen sein. Aber bis dahin vergehen noch Jahre. Und wer weiß – wenn uns diese lästigen dynastischen Streitereien in die Quere kommen, kann es noch unerträglich lange dauern.«

Sofie führte den Fächer wie eine zärtliche Feder über den Hals und an ihrem weißen Busen vorbei. Tycho wusste, diese Geste war nicht für ihn bestimmt, aber er genoss dennoch die Gegenwart des schönen Mädchens. Jeder Mann war durch ein solches Wesen geadelt.

In einem plötzlich aufwallenden Gefühl sagte er: »Verzeiht, Prinzessin. Darf ich Euch die Hand küssen?«

Sie errötete. Dann reichte sie ihm die Hand, und er drückte seine Lippen ganz vorsichtig darauf, als befürchte er, sie zu verletzen. Sie lächelte ihm zu.

»Ihr seid ein Schatz«, hauchte sie.

In diesem Moment ertönten Trompetenstöße. Es war das Zeichen für das Festmahl. Alles strömte zur Tafel. Tycho reichte der Prinzessin den Arm. Doch die Etikette sah für sie einen Platz an der Stirnseite vor, während Tycho an der hinteren Längsseite des mit bestickten Tüchern belegten, mit kostbaren Geschirren und Kristallgläsern bestandenen und mit vielarmigen Kerzenständern bestückten Tisches seinen Namen fand.

Der Saal, in dem die Tafel stand, besaß aus Eichenholz getäfelte Wände mit alten Reliefschnitzereien. Über den sechs Türen bemerkte Tycho, der alles in sich aufnahm, bedeutende Supraporten, die Stillleben mit Gaumenfreuden der Tafel zeigten. Ringsherum standen Truhen aus der Renaissance mit Darstellungen aus der biblischen Geschichte.

Man nahm Platz. Die Bediensteten trugen riesige Silberschüsseln und Platten herein. Auf Tranchierbrettern lagen Wildbret, dampfende Filets, Fasane, kleine gebratene Ferkel und etwas, das wie gebackener Rücken in großen Staudenblättern aussah. Tycho beugte sich interessiert nach vorn und sog den Duft der Gewürze ein. Es roch nach wildem Thymian, Nelken, Pfeffer, einem ihm unbekannten, scharfen Aroma und nach Pfirsichblüten. Die Diener schenkten funkelnden Rotwein in die mit Rosenblättern belegten Gläser.

Als Letzter nahm der König mit seiner Familie Platz, und der Festschmaus begann. Tycho aß ohne Hunger, doch mit dem neugierigen Appetit des bisher von der großen Welt Ausgeschlossenen.

Als er nach einer Weile in die Runde blickte, sah er überall errötete Gesichter, trinkende, sich zuprostende Menschen und schmatzende Münder, die unaufhörlich auf und zu gingen und immer wieder gestopft wurden. Man aß und rülpste, wischte sich die Hände ab, die eben noch das Fleisch zerrissen hatten. Die jungen Damen tauchten ihre Hände in Schälchen mit Rosenwasser. Der Nachtisch bestand aus eingelegten Früchten, etlichen verschiedenen Cremes und wunderbar duftenden Sommersalaten.

Die königliche Familie aß mit gemessenen Bewegungen, als würde sie einen Takt anschlagen, der für alle schicklich sein sollte.

Als Tycho zu Prinzessin Sofie und den anderen jungen Prinzessinnen hinüberschaute, bemerkte er ihre Blicke. Sie sahen ihn unverwandt an. Er nahm es mit Freude zur Kenntnis und nickte den Damen verschwörerisch zu.

Neben Tycho saßen ältere Herrschaften. Es war ihm recht, dass sie mit ihren Begleitern beschäftigt waren. Die Männer gegenüber starrten ihn ungeniert an, richteten jedoch nicht das Wort an ihn, sondern sprachen laut und demonstrativ nur miteinander.

Nachdem der König die Tafel aufgelöst hatte, seinen Gästen jedoch erlaubte weiterzuspeisen, erhob sich auch Tycho und ging in Gedanken versunken in einen der Salons, um zu rauchen.

»Herr Astronom?«, sagte plötzlich eine Stimme an seinem Ohr. »Kommt mit. Jemand erwartet Euch.«

Tycho drehte sich überrascht um und sah einen schwitzenden

Mann im Reitanzug mit Halstuch. Seine Augen besaßen herabhängende Lider, was ihm einen traurigen, aber auch verschlagenen Ausdruck verlieh.

»Wer seid Ihr? Was wollt Ihr?«

»Nur einen Augenblick«, drängte der Fremde. »Dort hinüber.«

Tycho folgte ihm. In einem halbdunklen Nachbarzimmer, das zu den Räumen der Lakaien führte, warteten bei einem Paravent zwei weitere Männer. Als Tycho eintrat, hoben sie beruhigend die Hand. »Keine Sorge, mein Herr. Nichts von Belang. Nur eine Information.«

Der Wortführer befand sich im Halbschatten und war nicht genau zu erkennen, musste aber noch sehr jung sein und sprach mit Akzent. Er besaß eine heisere Stimme, wie durch eine Verletzung der Stimmbänder. »Wir möchten Euch etwas sagen, und das schnell – dann verschwinden wir wieder. Es ist zu Eurer eigenen Sicherheit. Ihr seid in großer Gefahr, Herr von Brahe, gewisse Kreise bereiten eine Untersuchung gegen Euch vor.«

»Was meint Ihr? Welche Kreise? Eine Untersuchung worüber? Ich habe keine Feinde. Außer einem.« Tycho deutete auf seine silberne Nase.

»Ihr irrt Euch! Habt Ihr noch nichts von der Inquisition gehört? Von Kirchenkreisen, die vom Vatikan aus jedes fortschrittliche Denken als Ketzerei verfolgen?«

»Ja, schon. Aber was hat das mit mir zu tun?«

»Ich sage Euch nur so viel – ein Inquisitor aus Sizilien ist bereits auf Euch angesetzt. Ja, mehr noch. Er befindet sich sogar in diesem Augenblick unter den Gästen. Also nehmt Euch in Acht. Schützt Euch!«

»Wie soll das gehen?«

»Am besten, Ihr sucht Euch humanistisch empfindende Männer. Dieses Land, müsst Ihr wissen, besitzt eine Opposition. Es gibt nicht nur monarchistisch gesinnte Menschen, nicht nur das Königshaus und seine Wucherungen. Wir sympathisieren mit aufgeklärten Ideen aus deutschen Landen, mit einem Thomas Müntzer und einem Ludwig von Freiersleben, die ermordet worden sind. In nicht allzu ferner Zeit werdet Ihr hier andere Verhältnisse antreffen, auch wenn wir im Augenblick noch Opfer zu beklagen haben. Der arbeitende Mensch, der Bauer, der Handwerker – sie stimmen für eine andere Sache als für die Oberschicht, die das Land mit Festen und Parforcejagden ruiniert.«

»Wie heißt Ihr?«

»Das tut nichts zur Sache. Denkt nur über meine Worte nach.«

Tycho versuchte, sein Gegenüber genauer zu erkennen. Schließlich gelang es ihm. Er erblickte einen hoch aufgerichteten, höchstens dreißigjährigen Mann in der Tracht eines Gelehrten, über die locker ein Reisemantel lag. Sein breiter Schädel mit dem halblangen Haar und dem fein ziselierten Kinnbart war von einem roten Birett bedeckt, an der eine Feder steckte. Der müde Zug um die heruntergezogenen Mundwinkel und die weit auseinander stehenden Augen standen im Gegensatz zur fiebrigen Energie seiner Gesten. Es musste einer jener Aufrührer aus Deutschland sein, von denen man jetzt viel hörte.

»Interessiert Ihr Euch für die Sache der einfachen Leute, Herr von Brahe?«

»Wenn Ihr mich in ihre Sache einspannen wollt – das wird nicht gehen. Ich bin Astronom, kein Ritter.«

Sein Gegenüber lächelte jetzt. »Astronomen sind Aufklärer,

ob sie wollen oder nicht. Ihre Wahrheiten widersprechen der landläufigen Propaganda über das Leben, die für die große Masse ausgegeben wird.«

»Ich kenne Euch und Eure Freunde nicht, mein Herr. Ich weiß also wirklich nicht …«

»Genügt es, wenn ich Euch sage, dass Ihr und wir gleichermaßen unser Leben verwirkt haben, wenn man uns hier zusammen entdeckt? Ihr geltet als Ketzer der himmlischen Regionen, wir als solche der irdischen. Wir akzeptieren die vorgegebenen Herrschaftsverhältnisse nicht.«

»Am Himmelszelt gibt es keine Herrschaft.«

»Ach, seid Ihr ganz sicher? Da habe ich andere Hinweise.«

»Herr Tycho?« Die Stimme von Prinzessin Helli näherte sich.

Tycho Brahe, seinen Gegenübern zugewandt, hob ratlos die Schultern. Es gab nichts zu sagen.

»Wir sehen uns wieder. Vielleicht genau dann, wenn Ihr es nicht erwartet. Und hütet Euch vor den grauen Männern!«

»Herr Tycho? Wo steckt Ihr?«

»Denkt an meine Worte. Und nun Salut und Heya! Geht wieder zu den anderen zurück. Man sucht offensichtlich schon nach Euch. Haltet Euch an die Damen, werter Herr von Brahe, von denen droht eine vergleichsweise geringe Gefahr!«

Wie ein Spuk verschwanden die drei Männer im Dunkel. An der Terrasse klappte eine Tür, dann hatte die Nacht sie verschluckt.

»Ah, da seid Ihr ja, Herr Tycho! War es etwas Besonderes? Hat jemand Euch belästigt?« Die Prinzessin war näher getreten.

»Nur ein paar Worte«, sagte Tycho nachdenklich. »Es hatte keine Bedeutung.«

»Dann könnten wir wieder tanzen, nicht wahr?«

»Gewiss«, erwiderte Tycho. »Gehen wir wieder tanzen. Nehmen wir unsere Sorgen unter die Schuhe!«

Im Festsaal schaute er sich vergeblich nach dem grauen Mann um, der ihm vorhin aufgefallen war.

Wieder tanzten er und Prinzessin Helli einen Reigen. Tycho genoss es, wie schnell die Welt um sie herum versank, wenngleich ihn seit dem Gespräch mit den Unbekannten böse Vorahnungen plagten.

Der Kreis der anderen Tänzer schloss sie in einen Kokon aus Bewegungen, Düften, Freudenlauten und Musik ein.

»Mir ist ganz schwindlig, es ist herrlich!«, lachte die Prinzessin.

»Soll ich Euch fester halten?«

»Ihr seid ein Satyr!«

Jetzt lachten beide. Doch weil ein neues Menuett begann, mussten sie sich einreihen. Während der vorgeschriebenen Tanzfiguren, die artig gesetzt wurden, kam Tycho wieder zu Atem. So lässt sich das Leben angenehm verbringen, dachte er. Mit Musik und Tanz. Aber auf Dauer gesehen war das nur etwas für junge Damen.

Als sie nach dem Menuett die Tänzer verließen, um sich einen Erfrischungstrunk zu holen, trat der Kämmerer des Königs auf Tycho zu. Er kannte den groß gewachsenen Mann mit dem spöttischen Mund und der auffallend hohen Stirn unter der gepuderten Perücke inzwischen. In seiner Begleitung befand sich ein Dutzend würdevoller Herren.

Der Kämmerer sagte schon von weitem: »Diese Ehrenmänner hier sind begierig, einige Fragen an Euch zu stellen. Wir haben nicht jeden Abend einen so gebildeten jungen Wissenschaftler unter uns. Nicht wahr?«

Tycho spürte Unwillen in sich aufsteigen. Er hatte nichts zu sagen und wollte lieber weitertanzen. Prinzessin Helli jedoch warf ihm einen aufmunternden Blick zu und überließ ihn den anrückenden Herrschaften. Immer wollen sie Erklärungen von mir, dachte Tycho. Aber dann sagte eine andere Stimme in ihm, dass er sich in diese Rolle zu fügen hatte, denn er war Astronom, vielleicht sehr bald der erste Astronom des Königs.

Und kein Tänzer.

Einer der Herren, ein dürrer Mann mit einem Vogelkopf auf einem ausgedörrten Hals, starrte Tycho säuerlich an. »Gebt uns einen Einblick in Eure Forschungen, Magister«, sagte er. »Man hört Erstaunliches über Euch.«

Tycho erwiderte: »Gut. Setzen wir uns einen Moment. Vielleicht kann ich Euch ein paar kleine Geheimnisse anvertrauen, um Eure Neugier zu befriedigen.«

Er ging mit den Herren zu einer Sitzgruppe, die vor schweren Gobelins mit Schlachtenmotiven aufgestellt war. Der Kämmerer zog sich mit einer angedeuteten Verbeugung zurück.

»Astronomen sind meist schweigsam und abweisend«, sagte einer der Herren. »Ihr scheint mir eine Ausnahme zu sein.«

»Nein«, erwiderte Tycho, »ich bin ein typischer Vertreter meiner Zunft. Habt Ihr schon einmal eine ganze Nacht lang in den Himmel geschaut, mein Herr? In das Antlitz der Schöpfung? Da lernt man zu schweigen. Man wird ergriffen von der unfassbaren Größe des Seienden – und gläubig.«

»Wart Ihr das vorher etwa nicht?«

»Wahrer Glaube entsteht erst durch Erleben, vor allem bei sehr jungen Menschen, nicht wahr?«

»Herr Brahe, Euer Elternhaus ist sehr vornehm. Ihr entstammt einem der alten Geschlechter des Landes. Einige Verwandte Eures Vaters sind Berater des Königshauses. Ist die Sternendeuterei nicht unter Eurem Vermögen?«

»Man braucht Astronomen ebenso wie Küfer, Bauern und Schiffskapitäne. In bin also in guter Gesellschaft. Und jetzt will mich sogar der König an seinen Hof holen. Sollte das etwa unter meinem Vermögen sein – dem König zu dienen?«

»Liebt Ihr König Frederik denn mit der nötigen Inbrunst?«

»Ich liebe meinen Vater und meine Mutter. Und ich liebe meine Geschwister. Kann man eine Majestät lieben?«

»Das solltet Ihr! Das müsst Ihr! Dazu seid Ihr als Untertan verpflichtet!«

»Damit sind wir bei der Politik. Ihr aber wolltet doch etwas über meine Wissenschaft erfahren.«

»Dann erzählt endlich!«

In diesem Moment sah Tycho eine graue Gestalt. Es war der Unbekannte, der ihn beobachtet hatte. Der Mann begann ein Gespräch mit Prinzessin Helli.

»Also, worauf wartet Ihr?«

Irritiert ordnete Tycho seine Gedanken. Dann setzte er zu einer Rede an, sprach von der Erforschung des Himmels, von der kosmischen Materie aus Dunkelheit und Sternenstaub, ihrer Verteilung und Bewegung. Zwischendurch warf er immer wieder Blicke dorthin, wo der Graue noch immer mit der Prinzessin sprach; es schien, als bedränge er sie. Tycho wollte aufspringen und hinübereilen, doch er beherrschte sich und sprach weiter von Schwingungen im sichtbaren Bereich und den Ahnungen im Korpuskularbereich, vom Frühlingspunkt der Ekliptik, von den Meridianen und den Deklinationskreisen. Die Herren lauschten atemlos.

»Aber mit welchen Instrumenten sammelt Ihr alle diese Beobachtungen, Herr Magister?«

Tycho sah den jungen Frager, der gerötete Wangen besaß, freundlich an.

»Da gibt es viele. Das Wichtigste besitze ich noch nicht – es müsste eine Art Fernrohr sein, mit dem ich die Sterne zu mir heranziehen kann. Ich besitze aber ein wunderbares Prismenastrolab, einen Astrographen, einen Reflektor und ein Heliostat. Mit meinem Visier kann ich die Winkelskala mit einer Präzision von einer halben Bogenminute einteilen, sodass ich inzwischen Messungen vornehmen kann, die hundertmal genauer sind als bisher. Meine wichtigsten und unschätzbar kostbaren Instrumente sind jedoch die Augen. Nehmt mir meine Augen, und ich bin nutzloser als ein Ungeborener.«

»Gebt bloß keine Hinweise für Eure Feinde, Herr von Brahe!«

»Ich habe keine Feinde.«

Allgemeines Gelächter.

»Ein Astronom ist doch ein seltsames Wesen«, warf einer der Zuhörer ein. »Er steht mit den Beinen auf der Erde und hängt mit dem Kopf im Universum. Ein Zwitterwesen. In keiner der Welten wirklich zu Hause.«

Tycho nickte. »Da habt Ihr durchaus Recht, mein Herr. In aller Bescheidenheit nehme ich diese besondere Position ein. Aber ich weiß natürlich, dass ich letztlich auf der Erde beheimatet bin. Ich weiß es, weil ich jeden Morgen mein Nachtgeschirr leeren muss.«

Einige lachten, andere rümpften die Nase.

»Erklärt uns doch einmal, woher die Helligkeit der Himmelskörper kommt, Herr Astronom!«

»Nun, wisst Ihr, das ist eines der großen Geheimnisse. Und ich enträtsele es Euch ganz im Vertrauen, weil wir hier unter uns sind. Die Helligkeit der Sterne kommt nicht daher, wie man bisher annahm, weil unser leuchtender Blick auf sie fällt. Nein, sie kommt daher, weil die Sterne Sonnen sind!«

»Die Sterne sind Sonnen? Das ist wohl nicht möglich.«

»Mir scheint es so. Sie leuchten aus sich heraus. Nichts bescheint sie. Also müssen es Sonnen sein.«

»Im Universum gibt es nur eine einzige Sonne, Herr Magister. Und das ist unsere Sonne. Sie kreist um die Erde, die das Zentrum der Schöpfung ist. Seid Ihr anderer Meinung?«

Vorsicht!, mahnte eine Stimme in Tycho. Er antwortete ausweichend: »Die Bewegungsgesetze des Himmels kennen wir noch nicht. Im Grunde wissen wir gar nichts über die Dinge über uns. Nur dass der Schöpfer sie eingesetzt hat, das wissen wir.«

Der Vogelköpfige starrte ihn an, als wollte er sagen: Da habt Ihr gerade noch mal Euren Hals aus der Schlinge gezogen!

Tycho wurde zunehmend unkonzentriert. Immer wieder blickte er zu dem Mann in Grau hinüber. Er war missgelaunt und beendete bald das Gespräch. In diesem Moment zog der Graue sich in einen anderen Raum zurück.

Tycho sehnte sich nach den Prinzessinnen. Vor allem nach Sofie von Mecklenburg. Doch er konnte sie nirgendwo entdecken. Auch Prinzessin Helli war verschwunden, als hätte der Graue sie entführt. Nicht einmal ihr Duft war geblieben.

Diese Wesen sind meine wahren Sterne, dachte Tycho. Meine von innen heraus leuchtenden Gestirne. Ihre Bewegungen kenne ich genau – sie bewegen sich so schön.

Und um sie zu beobachten, muss ich kein Fernrohr erfinden.

In der Nacht stand ein Gefährt vor Tychos Haus am Stadtrand von Kopenhagen. Es war eine schwarze Kutsche. Tycho sah sie zunächst nicht, weil das ausladende Dach mehrerer Eichen des botanischen Gartens sie verdeckte. Tagsüber war sie verschwunden, doch in der nächsten Nacht stand sie wieder da.

Als Tycho das Gefährt mit den vier schwarzen Rappen zum ersten Mal erblickte, bekam er Herzklopfen. Die zugezogenen karmesinroten Vorhänge in den Seitenfenstern, das unbekannte Dunkel im Innern der Kutsche, die ohne Kutscher dastand – der Anblick schnürte ihm die Kehle zu. Irgendetwas Ungutes ging von der Kutsche aus. Es ist das Gefährt des Todes, ging es Tycho durch den Kopf. Und drinnen sitzt er wahrscheinlich selbst, der schwarze Tod, in Gestalt eines der hartherzigen Kirchenmänner, von denen man jetzt in der Stadt häufig mit gesenkter Stimme erzählt.

Tycho beobachtete die Kutsche mehrere Nächte. Sie kam nicht, sie war einfach da. Und sie fuhr davon, wenn er eingeschlafen war.

Mit der Zeit vernachlässigte er seine Bemühungen um die Verbesserung seines Visiers, und tagsüber war er müde. Als der König ihn erneut rief, damit er mit dem Kämmerer die Einzelheiten seines Umzugs an den Hof besprechen konnte, war er fahrig und mürrisch.

Er wagte es nicht, sich den nächtlichen Insassen der Kutsche anzuschauen. So etwas wie Todesangst hielt ihn davon ab.

Dann, eines Nachts, war das Gefährt verschwunden. Dafür machte Tycho eine andere Entdeckung – und sie flößte ihm noch größeres Entsetzen ein.

Er sah im Dunkel eines gegenüberliegenden Hauseinganges eine Gestalt. Zuerst war es nur ein Paar Schuhe, die in den matten Lichtkreis einer brennenden Pechpfanne ragten. Doch als ein heftiger Wind die flackernden Flammen der Nachtbeleuchtung auseinander riss, fiel das Licht auf das Gesicht des Mannes. Ein höhnisches, bleiches Antlitz. Er starrte unverwandt zu seinem Fenster im ersten Stockwerk hinauf.

Tycho erschrak.

Er hatte diesen Mann beinahe vergessen, aber er war es.

Magister Manderup Parsbjerg.

Zweiter Teil

Insel Ven.
Uraniborg.
Kopenhagen.

1572–1578

Schmerzen

Die Steine besaßen scharfe Kanten. Einige bildeten so bösartige Grate, dass sie blutende Wunden hervorriefen. Die Männer in seiner Begleitung fluchten.

Es waren acht an der Zahl. Er hatte sie für seine Zwecke genau ausgesucht, und weil sie jung waren, fluchten sie ohne jeden Respekt. Doch auch ihrem Anführer – inzwischen Rektor der Universität von Kopenhagen – entfuhren hin und wieder nicht stubenreine Flüche. Besonders jetzt, als er ausrutschte und auf die rechte Hand fiel. Die Wunde schmerzte höllisch. Zwar war sie schon vier Jahre alt und vernarbt, aber der Degen des Magisters war bei ihrem letzten Duell in Kopenhagen tief in den Handballen eingedrungen, nur knapp an der Blutbahn vorbei. Seitdem schmerzte die Hand, und manchmal blieben die Finger steif.

Tycho Brahe wünschte in diesem Moment, er hätte seinem unversöhnlichen Feind Schlimmeres beigebracht als die gleiche Verletzung, die bei Einbruch des Abends zum jähen Abbruch des Duells geführt hatte. Aber das lag ebenso im Dunkel der Vergangenheit wie das vorangegangene Duell in Rostock, das ihn die Nase gekostet hatte. Es war jetzt nebensächlich, ja es schien einem anderen Leben anzugehören.

Tycho versuchte, den Schmerz abzuschütteln, was ihm nach

einer Weile auch gelang. Er richtete sich kerzengerade auf, um seinen Gefährten den Anblick eines im Schmerz verkrümmten Anführers zu ersparen. Nach dem anstrengenden Aufstieg lag jetzt das Gelände vor ihnen.

Tychos Blicke schweiften wie die seiner Gehilfen über die ganze Insel, auf deren höchstem Punkt sie endlich angelangt waren. In der Ferne, im gleichmäßigen Abstand einer Kreisform, schimmerte mittagsblau das Meer.

Das war es nun, ihr Paradies!

Ein mühsamer Aufstieg nach der Landung in Bäckviken durch gangbare, natürliche Korridore an den schroffen Felsen ringsum, gegen die eine unaufhörlich schäumende Brandung donnerte; dann die Wanderung über steinige Wiesen und Hügel und hinab durch fruchtbare Täler, in denen versteckte Ortschaften lagen. Und jetzt standen sie hier. Unter einem hohen, lichtdurchfluteten, wie durchsichtig wirkenden Himmel, aus dem sich nachts die Sterne zu ihnen hinunterbeugen würden, um ihre Fragen zu beantworten.

Tycho wischte sich den Schweiß aus der Stirn und blickte seine Begleiter der Reihe nach an. »Nun? Was sagt ihr dazu?«

Sein engster Mitarbeiter Jens, ein Junge aus Jütland mit feuerrotem Haar, erwiderte: »Es ist genial, Meister von Brahe. Hier kann uns nichts verborgen bleiben! Wir werden allen Geheimnissen auf die Spur kommen!«

Die anderen sieben Mann nickten. Kohlemann, der begabteste Student, jedoch unzuverlässig, wenn ein Frauenrock auch nur in seine Nähe kam, schickte ein begeistertes »Hier ist es! Hier machen wir's!« hinterher.

Und der fünfzehnjährige Niels Montergade rief: »Unser bisher bester Spielplatz, eine Sternenburg!«

»Gut«, sagte Tycho. »Dann lasst uns beginnen.«

Die Hochebene war weit und schien dicht unter dem Himmel in der Luft zu schweben; der Rest der Insel fiel darunter zum Meer hin ab. Jetzt galt es, den richtigen Ort für den späteren Aushub zu finden. Die jungen Männer griffen nach ihren Instrumenten und machten sich daran, sie nach dem Licht und den Himmelsrichtungen einzustellen. Tycho beobachtete sie dabei, jedoch nicht wie ihr Lehrer, sondern wie ihr Gefährte. Der Jüngste war in dem Alter, in dem er selbst einst das Studium begonnen hatte, der Älteste war fünfundzwanzig, und alle waren voller Leidenschaft. Tycho kam zu dem Schluss, dass er keine besseren Mitarbeiter haben konnte.

Der höchste Punkt der Insel musste Schritt für Schritt erkundet werden. Nichts durfte dem Zufall überlassen bleiben. Das Ausmessen und Abschreiten begann. Schon wenig später waren ihre Hosenbeine zerrissen von Dornen, die Schuhe schmutzig, das Leder teilweise zerschlissen von den Steinen, und es gab hässliche Schürfwunden an Beinen und Armen. Randolff, ein blasser Student aus Malmö, war sogar gestürzt und hatte sich das Gesicht aufgerissen. Der junge Montergade blutete am Hals. Aber sie spürten es nicht und klagten nicht. Die Begeisterung, hier einen Himmelswagen bauen zu dürfen, der sie bald – wenn auch nur in der Vorstellung und an den Instrumenten – in den Himmel hinauffahren würde, erfüllte sie alle.

Es war ihr Traum.

Tycho, der sich inmitten seiner Studiosi am wohlsten fühlte, gab die notwendigen Anweisungen. Mit Schnüren vermaß man den Boden und steckte das Areal mit Pflöcken ab. Der erste Spatenstich ließ zwar das Eisen Funken sprühend zur Seite brechen, weil die Felsen zu hart waren, doch schon beim zweiten Mal ging es besser. Tief bohrte sich das Eisen jetzt in die satte, fruchtbare Erde. Ja, die Erde der Insel war überaus ertragreich. Deshalb ahnte Tycho, dass ihnen die Bewohner bald mit Feindschaft begegnen würden. Aber das musste er in Kauf nehmen. Der Plan war wichtiger. Wenn die Fundamentarbeiter und Maurer der Bauhütte auf die Insel kamen, musste alles vorbereitet sein.

Tycho entledigte sich seines Überwurfs und krempelte die Ärmel auf. Bald flogen die Erdklumpen zur Seite, ebenso die Steine, die darin eingebettet waren. Unter den Steinen kamen weitere Steine zum Vorschein. Dann eine neuerliche Schicht. Und das war erst der Anfang. Doch als sie gegen Abend eine Fläche von hundert mal hundert Metern markiert, angestochen und vertieft hatten, schien alles leicht gewesen zu sein, auch wenn ihnen sämtliche Körperteile schmerzten. Die Sterne erwarteten Enthusiasmus von ihnen, und sie besaßen ihn und gaben ihn.

Als die Sonne bereits tief stand und allmählich begann, auf den Horizont hinabzugleiten, um ein letztes Stück darauf entlangzurollen, beendeten sie die Arbeit. Tycho Brahe und seine jungen Männer schlugen Zelte auf und machten ein Feuer. Sie hatten gehört, dass es auf der Insel Wölfe gab. Nachts schwammen auch Wildschweine vom Festland herüber; an der näher gelegenen Küste von Jütland hatte man sogar Braunbären gesehen. Die Bauern auf Ven klagten darüber, dass ihre Schweine und Kälber gerissen wurden.

Tycho, jetzt sechsundzwanzig Jahre alt und gewohnt, hinter Instrumenten zu sitzen, war ebenso erschöpft wie die anderen. Körperliche Anstrengungen kannte er nur von den Festen, wenn er am Hof ausgiebig mit den jungen Damen tanzte. Als die Feuer brannten, der Rauch funkenstiebend aufstieg und die mitgebrachten Fische am Drehspieß dufteten, hätte er sich gern ins weiche Moos gelegt und dem Schreien der Pfauen gelauscht, die bei Sonnenuntergang auf die Bäume kletterten und dort während der Nacht wie dunkle Nester hingen. Er hätte sich gern seinen Gedanken hingegeben. Gedanken an Sofie. Ja, vor allem an sie, die jetzige Königin des Landes. Heute Morgen hatte sie endlich geheiratet. Und Frederik der Zweite hatte für seine junge Frau ein Fest ausgerichtet, das im ganzen Land Erstaunen hervorrief. Manchem schien es, als wolle der König seine junge Frau mit Prunk und Pracht überwältigen und an sich fesseln. Nur Tycho schien zu wissen, dass es dessen nicht bedurft hätte, weil Sofie ihren Gemahl innig liebte.

Sie hatte es Tycho in den zurückliegenden Jahren, wenn sie sich bei Hofe trafen, immer wieder anvertraut. Und immer dann hatte er eine bitter-süße, tiefe Traurigkeit verspürt. Nicht dass er sich erlaubt hätte, Sofie von Mecklenburg wirklich zu begehren, aber er war auf eine freundschaftliche Weise in sie verliebt.

Ebenso wie in Kristine, die Tochter der Jörgensdatter. Aber dieses Kind war nur eine kleine, schmale Gestalt in einer fernen Erinnerung, er hatte sie seit damals nicht wieder gesehen. Und da Katinka, die Köchin, seit dem Tod seines Vaters vor zwei Jahren nicht mehr in Knudstorp arbeitete, hatte er nicht nach ihrer kleinen Cousine gefragt. Tycho sah Kristine noch immer beim Abschied – winkend, in ihrem roten Mantel – und erschrak beinahe, als ihm einfiel, dass sie inzwischen siebzehn Jahre alt war. Ob sie noch bei ihren Eltern wohnte? Hatte sie nicht gesagt, sie würde Ven niemals verlassen? Er nahm sich vor, sie in der nächsten Zeit, die er auf der Insel verbrachte, aufzusuchen.

Die Fische waren gebraten. Und damit war es mit der Ruhe für Tycho vorbei.

»Herr Rektor, erzählt uns von Euren Plänen. Wir sind begierig, mehr davon zu hören!«

»Ja, wie groß wird das Observatorium?«

»Wann werden die Stämme für das Fundament angeflößt, und wo kommen die Bausteine her?«

»Werden wir unter der Erde leben oder in der Höhe?«

»Was wird die Kirche sagen?«

Sie aßen mit den Händen und tranken Met aus Tonflaschen. Tycho wollte die ungeduldigen Frager nicht auf die Folter spannen. Aber war er nicht selbst noch ein Lernender? Jedenfalls besaß er noch nicht auf jede Frage eine Antwort, und so machte er eine mäßigende Handbewegung.

»Der Reihe nach. Wie die Kirche sich stellen wird, kann niemand sagen. Wenn sie sich mit meiner Schrift *De stella nova* beschäftigt haben, werden wir sehen, was sie tun. Vielleicht schicken sie Truppen, um die Errichtung der Anlage zu verhindern. Vielleicht warten sie ab und zerstören später alles. Ich werde das Observatorium übrigens Uraniborg nennen, nach der Göttin der Astronomie in der Mythologie der Griechen – wenn sie davon hören, dürften sie noch zorniger werden. Aber ich kann mich nicht nach Gebetbüchern richten, sonst wissen wir auch im nächsten Jahrhundert noch nichts von den Sternen. Wir werden unser Haus aus rotem Backstein errichten und mit Sandstein dekorieren. Es wird zwei Etagen haben. Ich plane einen Zentralbau mit vier Türmen nach jeder Himmelsrichtung. Wir wohnen in der Mitte. Jeder erhält einen eigenen Raum. Oben errichten wir unsere Instrumente, und im Keller experimentieren wir.«

»Wird es einen Garten geben? Ich möchte darin spazieren gehen!«

»Ja, Jens, wir werden um das Gebäude herum einen sternenförmigen, symmetrischen Garten nach unserem Ideal der Renaissance anlegen, wie der König es vorlebt. Und eine Mauer mit vier Außentürmen, die uns sowohl zur Beobachtung des Himmels dienen als auch vor anrückenden Soldaten der Kirche oder missgünstigen Bauern warnen, die ihr fruchtbares Land zurückhaben wollen.«

»Kann das wirklich geschehen?«

»Auf dieser Insel kann alles geschehen, Jens. Ich werde euch bei Gelegenheit von den Sagen und Mythen erzählen, die es hier gibt.«

»Ich weiß«, sagte Montergade. »Ich habe die Knytlingasaga gelesen. Absalons Burg soll hier gestanden haben. Die Bewohner von Ven behaupten, im Schilf unter den dicken Mauern blühten auch im Winter Frühlingstriebe, aus der ehemaligen Bäckerei dufte es in klaren Mondnächten nach frisch gebackenem Brot, und aus dem Brunnen, der aus schweren, ausgehöhlten und senkrecht gespaltenen Eichenstämmen bestand, steigen manchmal menschliche Stimmen empor.«

Tycho nickte. »Und es hat Tote gegeben, und man weiß nicht, ob diese Leute eines natürlichen Todes gestorben sind. Hier ist viel Blut geflossen, viel Unrecht geschehen. Und es gibt wilde Tiere.«

Montergade fragte: »Kann unsere Familie uns besuchen, wenn wir es wollen?«

Tycho hatte das ängstliche Beben in der Stimme des jungen Mannes nicht überhört. »Natürlich. Wir werden Verbindung zur Welt halten. Keine Angst, wir sind hier ja nicht im Weltenraum, wir sind ihm nur recht nahe. Wir haben zwar die Sterne im Antlitz, aber festen Boden unter den Füßen. Es kann uns also nichts geschehen.«

»Ich wäre traurig«, sagte Jens, »wenn einer von uns hier sterben müsste.«

Tycho wusste nicht, was er darauf antworten sollte, weder als Rektor noch als väterlicher Freund, deshalb gab er lieber Auskunft über die technischen Probleme bei Bau, über die Größe der Fundamente, wie man die Löcher bohrte und die Steine brach, wer den Mörtel anrührte, ob ein Schmied für die Werkzeuge nötig sei, welche Flaschenzüge sie brauchten, wie viele Hilfskräfte man insgesamt benötige und wo diese herkommen sollten.

Dann schwieg er. Auch die anderen hingen ihren eigenen Gedanken nach. Sie aßen schweigend weiter.

Jetzt war es stockfinster. Die Geräusche des Waldes nahmen zu. Von Ferne hörte man die Brandung. Dänemark war so weit; dies hier war kaum Teil ihres Heimatlandes. Es schien eher ein Teil des Himmels zu sein.

Tycho fröstelte. Worauf ließ er sich ein? War es nicht zu gefährlich? Drohten nicht von überall Gefahren und Strafen? Aber er und seine Studenten hatten die Besitznahme lang vorbereitet, die der König immer wieder hinausgezögert hatte. Es musste endlich mit der Arbeit angefangen werden! Und sie alle waren freiwillig hier.

Bald wurde es kühl, und alle krochen in ihre Zelte. Tycho saß noch eine Weile am Feuer. Er wusste, er konnte nicht einschlafen. Also beschloss er, lieber gleich einen Rundgang durch die nähere Umgebung zu machen und sich dabei vielleicht müde zu laufen.

Sie hatten sich den Mittelpunkt der Insel für ihr Observatorium ausgesucht. Tycho ging ein Stück nach Norden; vielleicht konnte er an der Küste die Lichter Kopenhagens sehen. Die Nacht war dunkel, die dünne Sichel des Mondes ließ nur schwaches Licht zu. Tycho dachte an seine Sterne. An Cassiopeia – und an Kristine, an Katinka, an Falkie, an Sofie. Es sind leuchtende Wesen, dachte er, wie geschaffen, die Lebensbahn eines einsamen Mannes zu erhellen. Er fühlte sich plötzlich sehr einsam. Eine tiefe Sehnsucht nach einer Gefährtin überkam ihn. Er empfand wie nie zuvor, dass er in dieser Hinsicht bisher versagt hatte. Es war ihm nicht gelungen, über die Tändeleien und das höfische, niemals erst gemeinte Spielen hinaus eine Frau an sich zu binden.

Manchmal, dachte er, sind die Frauen ferner als die Sterne am Himmel, obwohl sie auf der Erde leben.

Er beobachtete den Sternenhimmel. Ob die Planeten wirklich in einer riesigen Kristallsphäre ruhten oder ob sie sich, wie Tycho glaubte, in einem gänzlich leeren Raum bewegten? Seine Blicke verloren sich, und er stolperte über eine Wurzel im weichen Waldboden. Wieder fiel er auf die verletzte Hand. Ein weiß glühender Schmerz durchfuhr ihn. Er verfluchte sich und den Magister Manderup Parsbjerg.

Um ihn herum herrschte völlige Stille. Nichts rührte sich. Langsam kam die Küste näher. Während Tycho weiterging, dachte er über sein Verhältnis zu seinem König nach. Frederik hielt seit damals seine schützende Hand über ihn. Vielleicht sorgten auch die jungen Damen in seinem Gefolge dafür, dass ihm nichts geschah. Einmal, vor vier Jahren, hatte die Inquisition ihn bereits gepackt. Mit Schaudern erinnerte sich Tycho an die verhängte Kutsche vor seinem Haus, an den grauen Inquisitor aus Sizilien, an die Vorladungen im Haus der Kongregation und an die bohrenden Fragen. Sie hatten ihm sogar die Folterinstrumente gezeigt.

Es hätte nicht viel gefehlt, und er wäre ins Verderben gestürzt, in die Folterkeller geworfen und ein für alle Mal ausgelöscht worden. Doch Frederik hatte ihn davor bewahrt. Bis heute wusste Tycho nicht, wem er seine damalige Rettung zu verdanken hatte. Vielleicht Prinzessin Helli. Oder Sofie von Mecklenburg.

Jetzt kam die Küste in Sicht. Tatsächlich blinkten drüben auf dem Festland ein paar Lichter der Stadt – ferne Fackeln und Feuer. Die Stadt war unwirklich, ein unruhiges Tier in der Dunkelheit, voller Gier und unvorhersehbarem Tun.

Tycho beschloss in diesem Moment, dass diese Metropole ihm auch weiterhin fern und im Dunkeln bleiben sollte. Er würde sich auf dieser Insel festsetzen. Hier war sein Platz.

Aber dazu brauchte er ein weibliches Wesen an seiner Seite. Und er wusste genau – unter den jungen Damen vom Königshof, an dem er bis jetzt ausschließlich verkehrt hatte, würde seine Auserwählte kaum zu finden sein. Er hätte ihnen nichts bieten können.

Hinter ihm knackte es plötzlich, und irgendetwas strich durchs Unterholz. Tycho stieg strenger Wildgeruch in die Nase. Er duckte sich instinktiv. Ihn durchfuhr der panische Gedanke, dass er wehrlos war. Wenn ihn ein wildes Tier anfiel, vielleicht ein Braunbär, hatte er nicht einmal ein Messer zur Verteidigung. Er verfluchte seine Arglosigkeit. Langsam bückte er sich und tastete den Boden nach einem Stück Holz ab, das er als Waffe verwenden konnte. Dann brach seitlich von ihm plötzlich etwas hervor. Im Knacken der Zweige und dem Rascheln des Farns erblickte er zwei Schwarzkittel mit gewaltigen Hauern. Keiler! Sie kamen auf ihn zu – und jagten an ihm vorbei.

Tycho war der Schreck in die Glieder gefahren. Als er sich halbwegs erholt hatte, schwor er sich, sich in Zukunft zu bewaffnen. Mit einem Stilett konnte er seit damals umgehen. Vielleicht war es sogar angebracht, sich gegen die unbekannten Gefahren dieser Insel mit einem Säbel oder einer dieser neuen Musketen zu bewaffnen.

Als er die Küstenlinie entlangblickte, nahm er zur Rechten mehrere Häuser wahr. Dort musste sich ein Ort befinden. Plötzlich glaubte Tycho, die Häuseransammlung wieder zu erkennen. War es nicht das Dorf, in dessen Nähe der Hof des Gemüsebauers Bakke Jörgensdatter lag? Tycho wusste den Namen der Ansiedlung nicht mehr, erkannte aber den zu großen weißen Kirchturm mit seinen plumpen Formen wieder. Es versetzte ihm einen Stich ins Herz. Ja, dort drüben lebte die kleine Kristine Jörgensdatter! In den Ereignissen der zurückliegenden Jahre hatte er sie eine Weile völlig vergessen. Aber der Zufall hatte ihn wieder in ihre Nähe geführt. Oder war es das von den Sternen vorgezeichnete Schicksal?

Tycho überlegte einen Moment; dann folgte er seinem inneren Impuls und ging in Richtung des Dorfes. Als er die ersten Häuser erreichte, nahm er linker Hand die geduckten Umrisse des Hofes zwischen den Weiden am Bach war. Dort lebten die Jörgensdatter! Sein Aufenthalt vor sechs Jahren stand ihm sofort wieder lebendig vor Augen.

Lebensbahnen sind wie Himmelsbahnen, dachte er, sie beschreiben in ihrem Lauf die wichtigen, unverrückbaren Dinge. Wir müssen nur aufgeschlossen sein, wir müssen ihnen nur folgen.

Sollte er sich bemerkbar machen? Was für eine Überraschung es sein würde, wenn er sich dem Mädchen zu erkennen gab!

Doch Tycho zögerte. Wenn Kristine wirklich dort hinter den dicken Mauern des Bauernhauses wohnte, vielleicht noch immer in ihrer Kammer unter dem Dach, in Höhe der Baumwipfel, wäre es wunderbar, sie jetzt in die Arme zu schließen. Er blickte hinüber. Zwischen ihm und dem Mädchen lag die Nacht mit ihren Sehnsüchten und Abgründen der Seele.

Tycho musste sich eingestehen, dass er Kristine kaum kannte. Sie war beinahe eine Fremde für ihn. Und doch hatte ihre Begegnung eine tiefe Spur in ihm hinterlassen. Er glaubte noch immer, dass er nur durch sie zum Astronomen geworden war. Aber aus dem Kind war eine junge Frau geworden. Wie würde sie aussehen?

Dies war ein unwirklicher Ort für starke Gefühle; das spürte Tycho. Die fahle Mondsichel verstärkte noch diesen Eindruck.

Er lauschte und versuchte sich vorzustellen, Kristine könnte seine Gegenwart spüren und würde ans Fenster treten. Stumm flehte er darum. Doch alles blieb still, nichts rührte sich.

Dann schrie ein Käuzchen. Etwas raschelte und lief davon. Im Dorf schlug ein Hund an. Bald würde die Morgendämmerung anbrechen. Tycho stand noch eine Weile regungslos da. Die Umrisse des Hauses der Jörgensdatter schimmerten geheimnisvoll, denn sie verbargen etwas Kostbares. Noch immer zauderte er. Dann wandte er sich ab.

Er hatte beschlossen, bei Tag wiederzukommen.

Er verfolgt mich seit acht Jahren. Mit Achtzehn musste ich zum ersten Mal um mein Leben kämpfen und seitdem noch dreimal. Er ist ein tief in der Ehre gekränkter, in sich verbohrter Mensch. Ich schulde ihm nichts. Aber er hat das Recht auf seiner Seite.«

Der Gesandte des Königs blickte ihn misstrauisch an. »In unserem Land? Wenn es stimmt, was Ihr sagt, handelt es sich ja geradezu um Mordversuche! Das wird durch kein königliches Gesetz gedeckt!«

»Und doch ist es so. Parsbjerg kommt und verschwindet wieder. Und jedes Mal zwingt er mich zum Kampf. Er hat Sekundanten, die sämtliche Finten beherrschen. Und wer weiß, welche Hintermänner ihn stützen. Ich kann es mir nicht vorstellen. Jedenfalls blieb er bis jetzt ungeschoren.«

Der Gesandte meinte nachdenklich: »Aber warum entzieht Ihr Euch ihm nicht? Erteilt seinen Forderungen eine Absage! Ihr seid ein freier Mann und müsst Euch doch nicht auf solch mörderische Kämpfe einlassen!«

»Ich bin, wie Ihr wisst, von adliger Abstammung und deshalb meinem Ruf und dem Namen meiner Familie schuldig, der Schmach zu begegnen. Alles andere würde als Feigheit verurteilt.«

»Da habt Ihr sicher Recht. Wir könnten es so einrichten, dass Euer Todfeind, falls er wieder auftaucht, zumindest für die Zeit des geplanten Duells, sagen wir … verhört wird. Nach ein paar Tagen dürfte seine Kampfeslust verraucht sein, und Ihr müsst Euch ihm nicht stellen.«

»Nein«, sagte Tycho Brahe entschieden. »Das wäre ebenso unrecht, wie es unerträglich ist, dass in unserem aufgeklärten Land noch immer das Recht des Stärkeren und die Sitten der freien Wildbahn gelten. Der Magister Parsbjerg ist so tief gekränkt, dass nichts ihn aufhält. Ich werde ihn töten müssen, will ich Ruhe vor ihm finden.«

»Seid auf der Hut, Herr von Brahe! Ihr begebt Euch in Todesgefahr! Dieser Gegner ist geübt, und Ihr seid es nicht. Ihr habt doch schon genug Probleme! Und damit komme ich zum eigentlichen Grund meines Besuchs auf Ven. Man fragt sich in Kopenhagen, woher Sie das Recht nehmen, hier zu graben! Auf der Insel gehört Euch nicht ein einziger Zentimeter Land! Die Bauern werden unruhig!«

Tycho wandte sich um und blickte über das fertig abgesteckte Areal, auf dem Uraniborg entstehen sollte. Inzwischen war auch das Holz fürs Fundament heraufgeschleppt worden.

»Diese Insel gehört niemandem. Und das wiederum bedeutet, dass sie allen gehört! Ein königliches Grundrecht existiert auf Ven nicht. Die Bauern beackern das Land aus Gewohnheitsrechten, die niemals festgeschrieben wurden. Gewiss, wir nehmen Ackerland und Weideland in Anspruch, aber der Nutzen, den unsere Arbeit einbringt, überwiegt weit den Verlust an Grund und Boden.«

»Was soll ich also dem König melden? Weshalb soll der Hof Euch hier gewähren lassen?«

Tycho fasste sich an die Silbernase, die Platte drückte seit ein paar Tagen besonders unangenehm. »Dänemark wird den Sternen niemals so nahe sein wie durch unsere Arbeit. Sagt das Seiner Majestät. Vielleicht wird das Observatorium und die Sternenburg der königlichen Kasse fünf Prozent des jährlichen

Aufkommens kosten – ich weiß, das ist unglaublich viel. Aber der Gewinn, mein Herr, wird schwerer aufgewogen. Er besteht aus Silberstaub der Planetennebel und aus goldenen Sternen, die wir herunter auf die Erde holen. Stellt Euch das nur vor! Kein Gold der Welt wiegt diesen Schatz auf!«

Der Gesandte blickte ihn misstrauisch an. »Das klingt schön, aber wenig handfest, Meister Brahe. Stellt Euch vor, der König gibt sich mit Himmelspoesie zufrieden – wir führen seit Jahren Krieg gegen Schweden, und die Kosten fressen uns auf! Können wir uns da Sternenguckerei leisten?«

»Ihr seid toll! Sternenguckerei! Ich muss Euch bitten, weniger geringschätzig über meine Aufgabe zu sprechen! Sieht der König das inzwischen ebenso? Oder schießt nur Ihr über das Ziel hinaus?!«

Der Gesandte war wider Willen errötet. Er musste sich nicht gegenüber einem Akademiker rechtfertigen, wusste aber gleichzeitig, dass dieser Mann inzwischen in allen Landen bekannt war. Sein Buch *De stella nova* hatte die Gelehrten in ganz Europa erreicht und aufgerüttelt. Der Herr von Brahe war ein berühmter Mann! Also kühlte der Gesandte seine Erregung ab und sagte:

»Verzeiht meine persönliche Sicht der Dinge! Ich bin Staatsbeamter, der die Einkommen des Landes zusammenhalten muss. Vielleicht ist es mir nicht gegeben, Eure Tätigkeiten zu verstehen und richtig zu würdigen.«

»Sagt dem König, hier wird gearbeitet. Dänemark wird in ein paar Jahren, wenn die Observatorien stehen, eine führende Rolle in der bekannten Welt einnehmen, was unsere Kenntnisse von der Schöpfung und dem Universum angeht. Er soll mich nur arbeiten lassen, alles andere regle ich. Mit den Bauern auf Ven werde ich auskommen.«

»Na schön. Wir lassen Euch gewähren. Aber macht uns keinen Ärger. Sonst werden wir einschreiten. Zumindest lassen wir dann die Kirche gewähren, die noch immer Eure Auslieferung erreichen will, lieber heute als morgen. Und ehrlich gesagt kann ich das verstehen! Sterne, die kommen und gehen? Planeten, die ständig in Bewegung sind, und die Erde soll nur einer unter vielen sein? Lächerlich!«

»Wenn es lächerlich ist, habe ich es nicht zu verantworten, werter Herr! Dann macht es unserem Herrgott zum Vorwurf, er hat die Sache so eingerichtet!«

»Herr von Brahe! Das ist Blasphemie!«

»Unsinn, es ist die Wahrheit! Aber sorgt Euch nicht. Denn was ich inzwischen im Weltall herausgefunden habe, ist ganz und gar nicht lächerlich! Es ist von solcher Erhabenheit, dass alles Menschenwerk davor verblasst! Selbst für einen ungläubigen Menschen – wenn es denn vorstellbar ist, es gäbe einen auf dem Erdenrund – muss der Anblick der Sterne und das Begreifen ihrer Gesetze zu höchst gläubigem Erschauern und Ehrfurcht vor der Schöpfung führen! Man darf nicht davor scheuen, sich dem Anblick der Dinge auszusetzen, auch wenn dadurch lieb gewordener Aberglauben ad absurdum geführt wird.«

»Ich werde dem König Bericht erstatten. Wie er Eure Gedanken aufnimmt, könnt Ihr, auch ohne noch einmal von mir zu hören, am Fernbleiben königlicher Truppen von dieser Insel oder ihrer Besetzung erkennen. Rüstet Euch für beide Möglichkeiten.«

Tycho verbeugte sich tiefer als üblich, um sein freches Lächeln zu verbergen. »Ich tue nichts anderes, werter Herr!«

Als er wieder allein war, spürte der Astronom tiefes Unbehagen. Ihm wurde klar, auf welch schmalem Grat er wandelte. Er konnte berühmt werden oder auf dem Scheiterhaufen enden. Ein anderer Astronom, mit dem er korrespondierte – er hieß Galilei –, war darüber fast verrückt geworden. Auch dieser in Pisa lebende, sehr junge Mann – ein Wunderkind, das schon mit acht Jahren Vorlesungen hielt – war von der Abneigung durchdrungen, zuvor Gedachtes und Behauptetes ungeprüft hinzunehmen. Sie hatten sich darüber ausgetauscht, dass Kometen wiederkehrende und berechenbare Himmelserscheinungen waren, und er hatte ihm wichtige Erkenntnisse über die Sonnenfinsternis liefern können. Wir Astronomen, dachte Tycho, stehen im Verdacht, von teuflischer Wissbegierde getrieben zu sein und dem Herrgott ins Handwerk zu pfuschen. Dabei wollen wir nur seine Herrlichkeit mit immer neuen Entdeckungen beweisen.

Tycho Brahe erblickte durch den Schlitz des Zelteinganges die Gefährten. Draußen lag gleißendes Licht über allem. Sie waren noch immer damit beschäftigt, den gezeichneten Grundriss des Observatoriums auf die Bodenfläche zu übertragen. Die Gerüste für die Flaschenzüge wurden vorbereitet, überall lagen Mörtelbretter, Schaufeln, Richtscheite und Senkbleie herum. Morgen würden die Bauleute kommen. Tycho begriff einmal mehr, dass sie alle in Gefahr waren. Mein Gott, er übernahm eine schwere Verantwortung! Im Gedanken daran spürte er eine solche Unruhe, dass er es im Zelt nicht mehr aushielt.

Er wusste jetzt, was er tun musste. Nun war die Stunde gekommen, das Leben zu spüren. Die Sterne mussten warten. Es war die Stunde für das Wiedersehen mit Kristine!

»Wohin, Meister?«, rief Jens ihm zu, als Tycho das Pferd sattelte.

»Einen längst überfälligen Besuch machen, bevor uns alle der Teufel holt!«

Verständnislos sah der Schüler ihn an. Doch Tycho gab keine weiteren Erklärungen und ritt davon.

Mittags erreichte er den Hof der Jörgensdatter. Inzwischen war eine starke Brise vom Sund her aufgekommen.

Er hatte sich während des Rittes überlegt, wie er dem Mädchen gegenübertreten sollte. Wie konnte er erklären, dass er sie so lange nicht besucht hatte! Er besaß ja selbst keine Erklärung dafür. Hatte er es ihr nicht versprochen? Nein. Sie war es, die gesagt hatte: »Werde Astronom, dann warte ich auf dich.« Oder so ähnlich. Tycho hatte ihre genauen Worte nicht mehr im Ohr, damals kamen sie ihm ungehörig vor. Aber jetzt – er fühlte eine fiebrige Erregung in sich aufsteigen –, jetzt klangen diese Worte sinnvoll.

Wie eine selbstverständliche Einladung für eine tief gehende Begegnung zwischen Mann und Frau. Aber Kristine war siebzehn!

Und sie war die Tochter eines Bauern!

In erster Linie, dachte Tycho, ist sie ein Mensch. Eine junge Frau, die sich vielleicht an mich erinnert.

Ob sie sich wirklich an ihn erinnerte?

Auf dem Hof war niemand zu sehen. Vielleicht saßen die Jörgensdatter zu Tisch. Und die Knechte arbeiteten auf den Feldern. Aber auch auf den Feldern bewegte sich nichts außer schwarz gefiederten Vögeln, die in Scharen pickten.

Sie wohnen nicht mehr hier, musste Tycho plötzlich denken. Sechs Jahre sind vergangen, und sie sind längst fortgezogen. Kristine ist verheiratet. Warum sollte sie auf einen Sternengucker warten! Sie war längst die blutjunge Frau eines kräftigen Bauern, der mit ihr zwölf Kinder zeugt! Die Vorstellung schmerzte ihn so sehr, dass er wütend aus dem Sattel auf den Hof stürmte. Kristine hatte kein Recht, jemanden zu heiraten, ohne ihn zu fragen!

Du täuschst dich, wies er sich gleich darauf zurecht, sie hat jedes Recht der Welt dazu. Und sie hat mich längst vergessen, weil ich sie vergessen habe.

Als er zu den Dachfenstern hinaufblickte, vermeinte er, hinter einer Gardine eine Bewegung zu sehen. War jemand dort? War sie es? »Kristine?«, rief er. »Hallo! Herr Jörgensdatter, Frau Jörgensdatter? Ist jemand da?«

Die niedrige Haustür, an der ein Blumenkranz hing, flog auf. Eine junge Frau trat mit eingezogenen Schultern heraus. Tycho erkannte sie nicht. Es war eine junge, schlanke Frau mit goldenem Haar, weißer Haut und Sommersprossen im hübschen Gesicht. Ihre Glieder waren grazil und lang und zeichneten sich unter ihrem leichten Sommerkleid aus grünem Linnen ab. Sie kam ihm vor, als würde sie innen heraus leuchten, so als wohne die Sonne in ihrem jungen Körper. Eine Inselfee, ging es Tycho durch den Kopf. Ihr Gang war bestimmt, ihre Gesten anmutig. Sie ging ohne zu zögern auf ihn zu, streckte ihm die Hand mit einer burschikosen Geste entgegen und sah ihn dabei aus blauen Augen an.

»So seid Ihr tatsächlich zurückgekommen, Herr Astronom? Das ist schön!«

Es fiel ihm wie Schuppen von den Augen. Warum hatte er sie nicht gleich erkannt! Sie war so schön geworden! Doch ihre Stimme hatte sich nicht verändert: Sie war fest, als wäre sie ihrer Sache sicher, und besaß einen melodischen Unterton.

»Kristine? Bist du es wirklich? Ich freue mich so!«

»Darf ich Euch umarmen? Ihr seid ein berühmter Mann geworden!«

Er breitete die Arme aus und wartete auf sie. Sie kam ganz langsam auf ihn zu, blieb dicht vor ihm stehen und sah ihn prüfend an. Ihr Blick drang in ihn ein wie Wärme. Dann schmiegte sie sich mit einer gleitenden Bewegung an ihn und umfasste ihn, als wollte sie mit ihm verschmelzen, weil er ihr gehörte, Teil von ihr war. Ein solches Glücksgefühl hatte Tycho noch nie erlebt.

»Kristine, ich … Kristine …«, stammelte er. »Hast du tatsächlich auf mich gewartet?«

»Natürlich. Ich habe es doch gesagt.«

»Ja, aber man sagt so viel.«

»Ich nicht. Ich spreche wenig. Aber was ich sage, das meine ich auch so. Das hat sich nicht geändert.«

»Kristine, Kristine!«

»Ich wusste, du würdest kommen, Tycho Brahe! Ich habe jeden Tag gewartet. Aber ich war nicht ungeduldig, denn ich wusste ja, dass es Zeit braucht. Und heute war der Tag.«

»Ich habe es auch gespürt. Aber erzähl doch! Wie ist es dir ergangen? – Mein Gott, wie schön du geworden bist!«

»Lass uns zum Meer gehen, ich will dir etwas zeigen! Komm!«

Sie zog ihn an der Hand mit sich. Tycho schwirrte der Kopf. Und doch war mit ihr alles so selbstverständlich. Es gab keine Unklarheiten, keine Zweifel. Kristine Jörgensdatter, dachte er verwundert, ein Wesen, das fest auf meiner Bahn steht und mir eine Richtung gibt.

Wunderbar!

Am Meer angekommen, stiegen sie in eine Grotte hinab. Hier

schäumte das Wasser in weißer Gischt an phantastischen Felssporen vorbei, die wie Zauberwesen aussahen. Dort, wo es sich beruhigte, strömte es in einem abgründigen Grün dahin. An einer Stelle fiel von oben der Strahl der Mittagssonne ein; es kam Tycho wie ein Dom vor, und auf dem Lichtstrahl saß der Friedensengel.

Kristine machte eine umfassende Geste.

»Hier habe ich auf dich gewartet, Tycho. Fünf Jahre, zehn Monate und vierzehn Tage lang.«

»Ich bin sprachlos!«

»Jetzt pass einmal auf!«

Das Mädchen ließ in einer einzigen, grazilen Bewegung ihr Kleid zu Boden gleiten. Darunter war sie nackt. Tycho glaubte zu träumen. Dann sprang Kristine kopfüber ins Wasser. Tycho sah sie in der kristallklaren, grünen Tiefe abtauchen, dann verschwand sie unter dem Felsen.

Er rief erschreckt ihren Namen. Was hatte sie vor? Schon überlegte er, ihr hinterherzuspringen, als er im Rücken ein Geräusch vernahm. Es war Kristine. Sie war unter dem Felsen hindurchgetaucht. Jetzt stützte sie ihre Arme auf den Stein und sprang ans Trockene. In ihrer ausgestreckten Hand hielt sie einen frischen roten Apfel. Noch bevor Tycho überlegen konnte, woher sie die Frucht hatte, überwältigte ihn ihr Anblick. Er konnte sich nicht davon losreißen. Auf der hellen Haut, unter der die Sonne zu wohnen schien, perlten an vollkommenen, grazilen Gliedern die Wasserperlen. Kristine war so schön wie eine soeben geborene Wasserelfe.

»Kristine, bitte … zieh dich wieder an«, stammelte Tycho. »Du bist zu schön, ich möchte nicht …«

»Was meinst du damit? Sieh doch, ich habe dir unseren Apfel mitgebracht. Du wirst es nicht glauben, ich züchte sie dort unten. Erinnerst du dich an unsere erste Begegnung? Damals hielt ich die Erde für einen Apfel und dich für den Stiel, der stocksteif absteht.«

Sie stand nahe vor ihm. Ihre Brüste waren ein Traum, ihre Hüften und die Beine makellos, und das schmale, dunkle Vlies zwischen ihren Schenkeln lockte ihn magisch an. Sie schien ohne Scham zu sein.

»Bitte, bedeck dich, Mädchen. Ich weiß sonst nicht, was ich tue …«

»Warum weißt du es nicht? Tu es doch!«

»Dich lieben? Hast du dir die Folgen überlegt?«

»Natürlich. Ich bin nur für dich auf der Welt.«

Sie legte den Apfel auf den Boden. Dann trat sie so dicht an ihn heran, dass ihre Brustspitzen ihn berührten. Tycho erschauerte. Er spürte ihren nackten Leib, roch ihren Geruch nach Wind und Meer. Als er sie an sich zog und sie in einem langen Kuss versanken, gab es keine Gedanken, keine Fragen mehr. Alles geschah ganz selbstverständlich.

Sie liebten sich auf dem Felsboden, der jedoch seltsam weich schien. Kristine genoss es so selbstbestimmt, dass Tycho sich wunderte, woher sie diese Sicherheit besaß. Denn sie war noch Jungfrau. Sie lächelte mit geschlossenen Augen und bewegte sich sanft, und er küsste sie überall. Mit allen Sternen versank die Welt um sie herum.

Danach zog Kristine den schon halb entkleideten Tycho gänzlich aus und deutete aufs Wasser. »Komm mit. Ich zeige dir meinen Unterwassergarten.«

Sie tauchten. Das Wasser war kühl und klar.

Als sie unterhalb des Felsens waren, öffnete sich plötzlich

eine neue Höhle. Es war wie eine unterirdische Oase in der Wasserwüste. Umspült vom Wasser, zeigte sich eine kleine Insel, die von heller Erde bedeckt war. Und darauf standen drei kleine Apfelbäume, die bereits Früchte trugen. Einige größere Äpfel hatte Kristine in einer Reuse ins Wasser gehängt, wo sie vom Salz konserviert wurden. Durch ein Loch in der Felsenseite fiel Sonnenlicht ein.

Tycho konnte den Anblick kaum fassen, es war ein Wunder. »Wie nennst du diesen Ort?«

»Es ist unser Sternenborg. Nachts kann ich die Sterne sehen, tagsüber scheint die Sonne. Hier träume ich von uns und unseren Kindern.«

»Hast du diesen unglaublichen Ort allein hergerichtet?«

»Nein, meine Eltern kannten ihn vor mir und haben mir geholfen. Mein Vater wusste alles über Gärten und Paradiesgärten.«

»Wusste ...?«

»Sie sind vor drei Jahren gestorben. Damals gab es eine Seuche auf Ven. Wusstest du das nicht?«

Tycho überkam das Gefühl, trotz seiner Kenntnisse der Sterne gar nichts zu wissen.

»Es ist unfassbar für mich, Kristine, dass du tatsächlich auf mich gewartet hast! Und ich fühle mich so klein, weil ich es nicht getan habe.«

»Du brauchst kein schlechtes Gewissen zu haben.«

»Hast du nicht manchmal daran gezweifelt, dass ich zurückkomme?«

»Nie. Ich habe dich ja auf allen deinen Wegen mit meinen Gedanken begleitet. Ich wusste immer, welche Umwege du noch machen musst, um zu mir zu finden.«

»Mein Gott, es waren wirklich Umwege.«

»Der Weg war klar vorgezeichnet.«

»Kristine?«

»Ja?«

»Wie geht es mit uns weiter?«

Verwundert schaute sie ihn an. »Was meinst du? Wir sind Mann und Frau. Wir werden zusammenleben und Kinder haben. Wir bauen unser Leben auf.«

»Aber ich bin Astronom und baue ein Observatorium. Ich werde in den nächsten drei Jahren nicht viel Zeit für dich haben.«

»Du arbeitest tagsüber mit deinen Gesellen, und nachts lieben wir uns. Mehr Gewissheit brauche ich nicht.«

»Mit dir zusammen ist alles so einfach. Ich weiß nicht, ob das gehen wird.«

»Natürlich geht das. Ich nehme dir alle Sorgen ab. Baue dein Observatorium, und wenn es fertig ist, baust du noch eins und nennst es die Sternenburg. Dorthin ziehen wir dann und bleiben bis zu unserem Lebensende.«

»Es ist unvorstellbar für mich! Ich habe überlegt und überlegt, und mir wurde immer klarer, dass ich niemals eine Frau an meiner Seite dafür begeistern könnte, auf der Insel zu leben. Fernab von den Vergnügungen des Hofes. Und dabei habe ich das Naheliegende ganz übersehen. Dich! Kannst du mir verzeihen?«

»Warum sollte ich dir verzeihen? Du bist doch da. Ich habe dich ja. Es ist alles so gekommen, wie es bestimmt war.«

»Besuchst du mich, wenn ich Uraniborg baue?«

»Ich kenne den Bauplatz genau. Ich war oft dort und habe dich erwartet. Ich wusste, du würdest dort bauen. Als du und deine Männer dann wirklich gekommen seid, bin ich allerdings nicht mehr dorthin geritten, sondern habe in meinem Elternhaus auf dich gewartet. Es schien mir, als gleite alles in die richtigen Bahnen. Ich brauchte nur abzuwarten – bis heute Mittag.«

»Ich bringe dich nach Hause, Kristine. Zeig mir, wie du wohnst. Ich möchte das Haus gern wieder sehen, an das ich seit damals so gute Erinnerungen habe.«

»Das Zimmer, in dem du übernachtet hast, ist genau so geblieben, ich habe die Möbel nicht verrückt. Du kannst dort einziehen.«

»Das wäre wundervoll, aber ich muss an der Baustelle bleiben, die Männer brauchen mich. Ich besuche dich, so oft es geht.«

»Wie du willst, Tycho.«

»Kristine? Lass uns noch einmal lieben«, sagte Tycho.

Kristine zog sich aus. Und er versank an ihrem Körper in einem Gefühl unaussprechlichen Glücks.

Die nächsten Tage hatte Tycho Brahe das ständige Gefühl zu schweben. Alles schien so leicht. Die Sonne hatte im Herzen des Astronomen, der die Himmelsnächte mit seinen brennenden Blicken absuchte, Einzug gehalten. Es war die Geburt einer Sonne mit Namen Kristine Jörgensdatter gewesen.

Inzwischen waren die Handwerker der Bauhütte eingetroffen. Nun herrschte tagsüber ein verwirrendes Treiben. Steinmetze und Hauer, Hucker, Zimmerleute und Fundamenteure teilten jeden Meter der Baustelle unter sich auf. Schon war der Boden übersät von Steinsplittern, Holzspänen und Mörtelklumpen. Gerüste aus Eibenholz erhoben sich vom feuchten Erdboden. Die Logik des Gesamtplans wurde allmählich sichtbar.

Sie arbeiteten sechs Tage die Woche von Sonnenaufgang bis Sonnenuntergang. Der Felsstein auf Ven war hart und musste mit guten, scharfen Geräten geschlagen werden. Die Steine schienen ein Eigenleben zu besitzen; jedes Mal, wenn sie Gestalt annehmen sollten, ließen sie die Meißel abrutschen, dass die Funken stoben. Noch schwieriger wurde es, als die italienischen Ornamente für die Innenwände des Eingangsbereichs angefertigt werden mussten: das Blattwerk, die Gesichter von Fabelwesen, Jagdszenen. Das waren Aufgaben für wahre Künstler, beinahe für Alchimisten, die aus Klumpen von Erde, die in Jahrtausenden gehärtet worden war, glänzende Schätze herausschlagen konnten.

Aber dafür wurden sie bezahlt, untergebracht und verköstigt. Und Tycho wusste, er beschäftigte die besten Männer.

Abends verließ er den Bauplatz, der von Lärm erfüllt war, und ritt hinüber zum Haus der Jörgensdatter. Dort bereitete Kristine ihm ein Abendmahl und zugleich eine Messe auf dem Altar ihres Körpers. Tycho konnte von beidem einfach nicht genug bekommen.

Doch je glücklicher er wurde, desto mehr fraß sich eine Ahnung in ihn hinein, die von Unheil kündete. Konnte ein solches Glück von Dauer sein?

Kristine war an allem interessiert. »Was muss ein Astronom machen?«, fragte sie.

»Er tut nicht das, was ein Mann tut, der eine Frau liebt.«

»Nein, im Ernst! Was machst du?«

Als er ausweichend antwortete, wie man es bei Menschen tut, denen man nicht allzu viel Verständnis zutraut, sagte Kristine: »Ich habe dein Buch gelesen. Aber ich habe nicht alles verstanden. Ich hoffte, du würdest mich einweihen.«

Beschämt erwiderte er: »Ich habe einen Kasten konstruiert, mit dem ich sichtbare Gegenstände, auch wenn sie ziemlich weit vom Auge des Betrachters entfernt sind, so klar sehe, als wären sie ganz in der Nähe. Ich habe mich dabei auf die Lehre von der Strahlenbrechung gestützt. Ich nahm ein Bleirohr und brachte an beiden Enden Sehgläser an. Beide Gläser sind auf der einen Seite eben; eines jedoch ist auf der anderen Seite konvex, während das andere konkav ist. Dann legte ich das Auge an die ...«

»Konkave Seite ...?«

»Ja. Woher weißt du? Nun, jedenfalls sah ich die Gegenstände ziemlich groß und nah – dreimal näher und neunmal größer, als man sie mit bloßem Auge sieht.«

»Wunderschön! Wenn ich doch auch einen solchen Kasten besäße! Ich könnte dich noch näher sehen, immer größer und größer, und dann könnte ich in dich hineinkriechen.«

»Du kleiner Dummkopf. Ich bin es, der in dich hineinkriechen möchte! Ich werde einen Kasten mit einem Bleirohr konstruieren, in dem ich dich einfange – nicht dich, dein Bild. Ich fange es ein und trage es dann immer bei mir. Aber du musst lächeln.«

»Und wie kann ich sehen, wie sich das Lächeln in deinem Gesicht verändert? Hast du dafür ein Instrument?«

»Ich werde eines erfinden. Denn es ist viel wichtiger, sich der Nähe eines geliebten Wesens zu versichern, als die Sterne am Nachthimmel zu beobachten, damit sie uns näher kommen. Das habe ich nun begriffen. Im Grunde habe ich alles nur dafür getan, damit ich dich eines Tages gewinne und dir so nahe wie möglich sein kann.«

»Und dann? Wie weiter? Was tust du sonst noch?«

»Alle von uns am Himmel erblickten Dinge zeichne ich auf Papier nach. Ich zeichne die Umrisse zweier Kreise und zweier Quadrate, von denen das eine vierhundert Mal größer ist als das andere. Das ist dann gegeben, wenn der Durchmesser des größeren Objekts das Zwanzigfache vom Durchmesser des kleineren Objekts besitzt. Aber davon will ich jetzt nicht sprechen. Komm, meine Geliebte! Sieh mich an! Ich will dich nicht durch einen Kasten sehen, ich will dich mit bloßem Auge betrachten, will dich mit bloßen Händen berühren. So! Und so!«

Kristine lachte glücklich. »Du weißt so viel, und ich bin so dumm …«

»Unsinn. Du bist die klügste Frau der Welt! Ich weiß, wovon ich rede, ich kenne die Frauen bei Hofe!«

»Kennst du sie alle?«

»Ein paar. Es gibt sehr nette, aber die meisten sind strohdumm. Sie können nicht mal lesen oder schreiben. Nicht einmal ihren eigenen Namen! Das gilt übrigens auch für die Herren.«

So plauderten sie weiter. Der Abend verging. Die Nächte vergingen. Sonne, Mond und Sterne gingen auf und unter. Und die Erde drehte sich in einer elliptischen Bahn.

Am siebten Tag, nach der erfolgten Fundamentierung, begannen die eigentlichen Bauarbeiten auf Uraniborg.

Am achten Tag standen plötzlich mehrere Reiter auf der Anhöhe, die zur Küste hin abfiel.

Tycho witterte auf Anhieb Ärger. Der Anführer der Männer ritt auf einem schwarzen Hengst auf ihn zu und fragte im scharfen Tonfall: »Kennt Ihr einen Meister Nicalaus Reymers aus Henstedt in Dithmarschen?«

»Wer soll das sein?«

»Ein Mann, der bis zu seinem achtzehnten Jahr Schweine gehütet hat.«

»Mit solchen Männern habe ich keinen Umgang, ich bin Astronom. Tycho von Brahe ist mein Name.«

»Dann war er Landmesser, lernte Lesen und Schreiben und druckte eine lateinische Grammatik. Sein vorgesetzter Dienstherr förderte ihn, der dänische Edelmann Erik Lange von Engelholm in Jütland. Jetzt ist er Mathematiker und Astronom. Ihr solltet ihn kennen lernen.«

»Warum?«

»Er beschuldigt Euch, ihn betrogen zu haben.«

Verwundert sagte Tycho: »Und was habe ich ihm angetan?«

»Ihr habt ihm sein astronomisches Weltbild gestohlen und als das Eure ausgegeben. Der König ist zornig. Wir bringen Euch an den Hof nach Frederiksborg.«

»Aber ich kenne diesen Mann nicht! Außerdem bin ich mit einer Frau verabredet.«

»Das kann warten. Kommt!«

Die Reiter nahmen den Astronomen in die Mitte wie einen Gefangenen. Und hätte Tycho gewusst, wie lange sein Aufenthalt auf Frederiksborg dauern würde, hätte er sich auch als Gefangener gefühlt. So aber dachte er nur: Bringen wir es schnell hinter uns. Und dann, Kristine, bin ich wieder bei dir!

Sie kamen erst um Mitternacht am Hof des Königs an. Es war eine wolkenlose und sternenklare Nacht. Man führte den Astronomen sofort zum König. Tycho hatte schon davon gehört, dass Frederik kaum schlief. Er litt an Angstzuständen, die mit der Dunkelheit kamen.

Der König empfing ihn im Nachtgewand im Bett sitzend. Im

Hintergrund erblickte Tycho an die zwanzig Berater, die in Lehnstühlen saßen. Einige schienen zu dösen. Frederik winkte Tycho heran. Er schien erfreut, ihn zu sehen. Dann aber winkte er noch einem anderen Mann zu. Aus dem Halbschatten zwischen den Fenstern löste sich ein Bär von einem Kerl, massig, beleibt, mit gerötetem Gesicht und wildem Backenbart. Nicalaus Reymers, genannt Reymarus Ursus!

Jetzt standen sich die beiden Kontrahenten rechts und links vom königlichen Bett gegenüber. Reymers starrte Tycho so hasserfüllt an, wie dieser es bisher nur von seinem anderen Feind kannte, dem Magister Parsbjerg.

»Ich kenne diesen Mann nicht!«, stieß Tycho hervor. »Wenn ich auch weiß, wie er heißt. Eure Gesandten haben mir seinen Namen gesagt.«

Doch der König hob die Hand. »Er gibt vor, Euch zu kennen, Meister von Brahe. Und das reicht meinen Ratgebern für eine Anklage gegen Euch.«

Tychos Gegenüber starrte mit geballten Fäusten auf seine Silbernase. Tycho fühlte sich in diesem Moment so unvollkommen wie nie zuvor, irgendwie gebrechlich. Ein Schuljunge im Angesicht des Strafgerichts. Aber dann schüttelte er dieses Gefühl ab.

»Wessen beschuldigt er mich?«

»Er soll es Euch selbst erklären.«

Reymarus Ursus lachte dröhnend. »Tu nicht so, als wüsstest du es nicht, du Dieb! Du gibst meine astronomischen Kenntnisse als die deinen aus und hast sie doch von mir gestohlen! Der Ruhm, den du geerntet hast, steht auf tönernen Füßen! Ich werde dafür sorgen, dass du in den Turm geworfen wirst!«

»Aber ich weiß doch gar nicht, welche Theorien Ihr vertretet, Meister Reymers! Wie kann ich sie dann gestohlen haben!«

»Es war in Henstedt, auf dem Gut meines Gönners. Damals standen wir uns noch als Kollegen gegenüber, aber du hast meine Ahnungslosigkeit und Freundlichkeit arglistig ausgenutzt!«

»Ich war nie in Henstedt. Wo liegt das?«

»Oh, ich könnte dich …!«

Der König hob die Hand, dabei verrutschte sein seidenes Nachtgewand und gab einen Arm von durchsichtiger Blässe frei. »Ihr seid am Bett des Königs, wollt Ihr Euch dessen erinnern, meine Herren Astronomen!«

»Verzeiht, Majestät!«

»Ihr werdet euren Zwist nicht hier austragen. Ich quartiere euch so lange in Frederiksborg ein, bis ihr alle strittigen Punkte geklärt habt. Erst dann seid ihr wieder frei. Ich kann es keinem meiner Wissenschaftler gestatten, in der Öffentlichkeit schlecht über den anderen zu reden, denn es fällt auf Uns zurück.«

»Aber Majestät!«, warf Tycho ein. »So glaubt mir doch, ich kenne diesen Mann nicht! Und ich bin nicht interessiert an einer Auseinandersetzung mit ihm! Ich baue Uraniborg, und dort braucht man mich! Ich kann keine Stunde länger bleiben!«

»Wie ich hörte«, warf der König ein, »habt Ihr eine Geliebte auf Ven. Nennt Ihr das Arbeit? Baut man eine Sternwarte mit Liebesschwüren?«

»Majestät, glaubt mir, meine Arbeit leidet nicht darunter. Im Gegenteil spüre ich neue Kräfte. Unser Observatorium wird schöner als alles, was man bisher sah.«

»Ihr habt meine Genehmigung nicht, ein solches Haus zu bauen, Meister Brahe! Ven gehört Euch nicht. Ich könnte mir aber einfallen lassen, es Euch zum Lehen zu geben. Aber dafür müsst Ihr etwas tun! Ihr werdet Euren Händel mit Meister Reymers klären, und Ihr werdet mir ein Weilchen des Nachts Gesellschaft leisten. Erzählt mir von den Sternen! Wenn Ihr das gut könnt und mich überzeugt, wird es Euer Schaden nicht sein.«

»Majestät ...«

»Geht jetzt. Morgen früh will ich Nachricht darüber, wie ihr euch geeinigt habt. Und kommt mir nicht ohne Ergebnis!«

Tycho war wie vor den Kopf geschlagen. Welcher unselige Geist hatte sich dieses böse Spiel ausgedacht! Er wäre gern umgehend davongeritten, zurück nach Ven, zu Kristine, nach Uraniborg! Aber es wäre eine sinnlose Flucht gewesen, mit einem schnellen Ende. Er musste sich dem anderen stellen, und sei es noch so absurd.

Man führte beide Männer in einen Saal, an dessen Seiten sich lange Reihen von Chorstühlen befanden. Dort saßen trotz der Nachtstunde Männer mit den Hüten der Magister und Doktoren, aber auch Kirchenbeamte. Tycho konnte es nicht fassen. Sollte ihr Disput jetzt gleich und öffentlich ausgetragen und bewertet werden?

Reymers schien entsprechend vorgesorgt zu haben. Er steuerte sofort auf einen Sessel zu, ließ sich hineinfallen und deutete auf Tycho. »Nun rechtfertigt Euch! Beweist, dass Eure kosmische Theorie in allen Einzelheiten von Euch selbst stammt. Oder schweigt für immer!«

»Aber das kann ich nicht beweisen! Dazu müssten alle meine Mitarbeiter Stellung nehmen! Was ist das für ein hinterhältiges Spiel! Außerdem müsst Ihr Eure Anschuldigungen beweisen. Im Zweifel gilt immer das Recht des Beschuldigten!«

Zustimmendes Gemurmel von den Sitzreihen. Reymers erhob sich. »Das könnte Euch so passen, Dieb! Stellt doch einmal

Euer heliozentrisches Weltbild dar und beweist dann, dass es so originell ist, wie man allenthalben sagt. Ihr seid ja damit berühmt geworden. Zeigt uns Eure Quellen auf!«

Wohl oder übel begann Tycho Brahe, seine Theorien über die Sterne in einer Kurzfassung darzustellen. Dass die Erde vom Mond und einigen Planeten umkreist wurde, sich selbst jedoch um die Sonne drehte. Als er fertig war, lachte Reymers dröhnend.

»Es ist mein System! Mein System! Und alle Anwesenden hier wissen es! Ich habe es in meiner Schrift ›Über astronomische Thesen‹ dargelegt! Und Ihr wollt behaupten, es stamme alles von Euch?«

Tycho sagte: »Ebenso könnte ich behaupten, Ihr seid es, der meine Theorien über die Sterne abgekupfert hat! Ja, Ihr seid der Dieb, Meister Reymers! Ergreift diesen Dieb dort, ihr Herren! Er ist ein gemeiner Kopist meiner Ideen!«

Reymers war wütend aufgesprungen und wollte ihm an den Kragen. Genau das hatte Tycho bezweckt. Er wusste, es würde einen schlechten Eindruck hinterlassen, doch die Beobachter an den Seitenwänden schritten ein. Sie trennten die Kampfhähne und drückten den angreifenden Reymers auf seinen Sitz zurück.

Einer sagte: »Wir sind hier am Königshof! Es soll sich ausschließlich um eine wissenschaftliche Disputation handeln. Wir werden nicht eher auseinander gehen, bis wir alles geklärt haben. So will es König Frederik.«

Tycho fühlte die Müdigkeit im Kopf und in den Gliedern. Er hätte sich gern hingelegt und von Kristine geträumt. Aber er wusste, dass man ihn nicht eher aus den Fingern ließ, bis dies hier geklärt war. Also begann er mit einer feurigen Darstellung seines Systems der sterbenden Sterne. Als er endete, bemerkte er, dass Reymers ebenso eingeschlafen war wie einige andere Anwesende.

Der Vorsitzende des Kollegiums stand auf und sagte: »Ich werte es als Zeichen, dass Meister von Brahe die Wahrheit sagt, wenn ich sehe, dass Meister Reymers eingeschlafen ist. Er konnte den Ausführungen nicht folgen. Aber kann man seiner eigenen Theorie nicht folgen? Nein, es scheint mir, dass er es ist, der sich mit fremden Federn schmückt, nicht Meister Brahe. Das werde ich dem König melden.«

Tycho sagte überrascht: »Kann ich dann gehen?«

»Nein. Ihr habt nur den ersten Teil Eurer Pflichten erfüllt. Der zweite Teil besagt, dass Ihr dem König nachts Gesellschaft zu leisten habt, bis er Euer überdrüssig wird.«

»Ich bin ganz in seiner Hand«, sagte Tycho.

»Dann geht hinüber in den Schlafsaal. Bis zum Morgengrauen sind es noch zwei Stunden. Wiegt den König in den Schlaf, das ist der beste Weg zurück nach Ven zu Eurer Elfe. Aber wird sie auf Euch warten?«

»Das weiß nur sie selbst. Wenn ich es wert bin, wird sie auf mich warten. Kann ein Mann mehr erlangen als das?«

»Was fragt Ihr mich! Ich bin Geistlicher.«

»Ihr dauert mich!«

Tycho schlief immer weniger, jedoch mehr als sein König. Aber der schien nie die Augen zu schließen. Am Tag gelang es dem Astronomen, ein paar Stunden allein in seiner Kammer zu sein und zu schlafen. Und in jeder Nacht, die der König ihn rief, musste er erzählen. Von den Sternen und ihren Bahnen. Von der Nähe des Himmels und der Ferne geliebter Menschen.

Der Hofstaat des Königs war stets gegenwärtig. Manchmal

waren auch die Favoritinnen Frederiks darunter. Und eines Morgens kam Königin Sofie von einem Aufenthalt in Jütland zurück, wo sie auf dem Bischofssitz von Roskilde die heißen Sommertage verbracht hatte. Die junge Königin war noch schöner geworden. Sie erinnerte Tycho an seine Kristine, besaß in ihrem Verhalten aber etwas Starres, das wohl mit ihren höfischen Pflichten zu tun hatte.

Tycho durfte Sofie am nächsten Tag aufsuchen. Er war glücklich, ein vertrautes, weibliches Wesen in seiner Nähe zu haben. Sie empfing ihn mit den Worten: »Mein lieber, trauriger Freund! Ich könnte erwirken, dass Eure Freundin aus Ven an den Hof gebracht wird, dann könnte ich Euch wieder lachen sehen.«

»Sie verlässt Ven nicht. Es wäre für sie ein Tag des Unglücks. Ich muss selbst auf die Insel, um sie wieder zu sehen.«

»Ein eigenwilliges Geschöpf! Sagt nur ein Wort, Herr von Brahe, und wir lassen sie ohne Widerrede holen!«

»Ich danke Euch, Königin. Aber ich will es nicht.«

»Ich habe schon gehört, dass der König Fortschritte macht. Und jetzt, wo ich wieder bei ihm bin, wird er gänzlich ruhiger werden. Es kann also durchaus sein, dass Ihr bald wieder nach Ven zurückdürft.«

»Ich sehne den Tag herbei!«

»Aber warum amüsiert Ihr Euch unterdessen nicht ein wenig? Ich schicke Euch ein paar nette junge und auch durchaus gebildete Frauen, die Euch aufmuntern! Ihr seid doch der Unterhaltung aufgeschlossen?«

»Ja, schon, aber …«

»Kein Aber! Ich sorge dafür, dass es Euch hier an nichts mangelt. Verlasst Euch nur ganz auf mich!«

Obwohl Königin Sofie nun nachts wieder in seinem Bett lag, schlief der König nicht. Tycho Brahe wurde geholt. Er musste erzählen. Immer weiter und weiter. Manchmal lag dann sogar nachts die Königin im seidenen Schlafgewand wach im Bett ihres Gemahls und lauschte seinen Berichten von den Sternen. Der Anblick der schönen, jungen Frau im Bett machte es Tycho nicht einfacher, die Fassung zu wahren. Doch er schaffte es, sich auf die Darstellung seiner Wissenschaft zu konzentrieren.

Zum Dank schickte Sofie ihm zwei Animierdamen und einen jungen Galan aufs Zimmer.

Tycho wusste nicht, was er mit dem Besuch anfangen wollte; er wollte eigentlich allein sein. Doch mit der Zeit vermochte es diese Gesellschaft, ihn aufzuheitern. Die Mädchen waren anmutig und willig. Zwar rührte er sie nicht an, doch er genoss ihre Gegenwart aus sanfter Schönheit, Düften und weiblichen Bewegungen mit der Zeit immer mehr. Und der Galan erwies sich als ein hochgebildeter Unterhalter aus Holstein, der amouröse Geschichten von französischen Höfen zum Besten gab.

Die beiden jungen Frauen waren so angeregt davon, dass sie an einem Morgen begannen, einander zu liebkosen. Sie sagten sich gegenseitig süße Schmeicheleien, wobei sie aus den Augenwinkeln den Astronomen beobachteten. Eine von beiden, sie hieß Ursula, besaß eine wohlklingende Stimme, mit der sie Tycho bat, sich ihrer zu bedienen. Und als der junge Mann sie zu küssen begann und mit dem Ausdruck gespielter Lüsternheit ihre Brüste streichelte, war auch Tycho nahe daran, schwach zu werden. Aber er dachte an Kristine und schickte die drei aus seinem Zimmer.

Königin Sofie lag nachts nicht mehr im Bett des Königs. Sie

ließ Tycho an den Nachmittagen zum Tee rufen. Und sie plauderten über die lockeren Sitten an den europäischen Höfen. Sofie hatte inzwischen einige kennen gelernt.

»Glaubt mir«, sagte sie, »es geht überall schamlos zu. Selbst auf den Bischofssitzen. Für eine tugendhafte Person, wie ich es bin, ist das reichlich schockierend.«

»Ich weiß«, sagte Tycho. »Ihr habt immer nur Euren König geliebt. Ihr müsst eine glückliche Frau sein.«

»In dieser sittenlosen Welt? Das ist schwer. Aber es stimmt, ich will nur eines – den König glücklich machen. Wenn er nur schlafen könnte!«

»Was könnt Ihr dafür tun, Königin?«

»Ich weiß es nicht.«

»Verzeiht – wie ist es mit der Liebe?«

»Ich verehre ihn zutiefst, ich sagte es ja schon.«

»Nun, es gibt andere Formen der Liebe. Ihr wisst schon ...«

»Wir ... haben uns in der Hochzeitsnacht nicht genähert. Der König kann es nicht, er ist ... Es ist nicht leicht, das auszudrücken.«

»Und seitdem?«

Sie schüttelte den Kopf.

»Versucht es, Königin. Versucht es immer wieder. Es ist der Himmel auf Erden!«

Sie blickte ihn an. Und in der Tiefe ihrer Augen sah er etwas, das fremder und geheimnisvoller war als die unendliche Tiefe des Universums.

Nach diesem Gespräch sah Tycho die Königin nicht mehr. Sie ließ ihn nicht mehr rufen. Und da auch der König seine Anwesenheit nicht wünschte, blieb er nachts in seinem Zimmer.

Er dachte über die Sterne nach.

Und träumte von Kristine.

Die Gefangenschaft wurde immer unerträglicher. Tycho dachte an Flucht, unternahm aber nichts. Sie wäre ihm nicht gelungen. Was sollte er tun? Sollte er Kristine an den Hof holen lassen? Wenn er nur wüsste, wie es ihr ging!

In seiner Verzweiflung verspürte Tycho zuerst allmählich, dann immer stärker den Wunsch, sich mit Vergnügungen zu betäuben. Die Stimmung am Königshof machte ihn dafür anfällig. Und die Frauen hier waren so anziehend! Er wusste, es war unmoralisch, doch er unterdrückte seine Skrupel. In seiner Situation brauchte er etwas, das ihn tröstete.

Es gab jeden Abend frivole Feste, von denen er bisher noch keine Ahnung gehabt hatte.

Man gab sich in Frederiksborg allen möglichen Ausschweifungen hin, die Tycho bislang nur in einem Harem für möglich gehalten hatte. Tänzerinnen mit nacktem Busen traten auf, Artisten simulierten den Geschlechtsakt, Kampfhunde wurden aufeinander gehetzt. Die Feste waren sinnlich, schamlos – und undänisch. Tycho fragte sich, ob die Moralhüter des Landes nichts von den Ausschweifungen wussten. Auf einem dieser Feste erblickte er auch die Königin, die Wange an Wange mit einem Verehrer tanzte, der wie ein Italiener aussah. Und schließlich traf Tycho auch die Prinzessin Helli wieder.

Die junge Prinzessin war noch immer unverheiratet. Sie besaß ganz eigene Vorstellungen von der Ehe und hielt damit auch nicht hinter dem Berg. Tycho überraschte sie in inniger Umarmung mit einem kräftigen Bediensteten in Livree, dessen Hände unter ihren Röcken verschwanden.

Später erklärte ihm Helli, deren Lippen noch rot von Küssen waren und einen lüsternen Zug bekommen hatten: »Für mich gibt es nur eins im Leben, die grenzenlose Lust. Glaubt mir, mein Freund, alles andere ist Lüge. Die Ehe? Bah! Standesdünkel? Igitt! Ich nehme, wen ich bekommen kann, nur potent muss er sein.«

»Aber Prinzessin, Ihr schockiert mich! Was hat Euch zu solchen Ansichten gebracht?«

»Mehrere Männer, mein Lieber. Und ich sehe, wie die schönsten und hoffnungsvollsten jungen Frauen an der Seite stumpfsinniger Männer verfallen. Wie ihre mädchenhaften Sehnsüchte mit Füßen getreten werden. Wie sie in der Ehe resignieren, wie reformierte Gottesdienste mit Weihrauch, Geschwätz, Enthaltsamkeit, Phrasen und moralischen Drohungen gehalten werden. Nein, das Leben ist eine verderbliche Ware, findet Ihr nicht? Man muss es schnell leben, sonst ist es vergällt.«

Tycho fiel in einen Zwiespalt der Gefühle. Einerseits stieß ihn die lüsterne Offenheit der Prinzessin ab. Andererseits war sie so reizvoll, bebte voller Leben und Lust, dass er sich zu ihr hingezogen fühlte.

»Ihr seid eine wunderbare Person, Prinzessin«, sagte er, »der Mann, der Euch besitzt, muss vor Glück sterben.«

»Oh, damit hat es Zeit! Vorher muss er noch einiges andere tun! Ihr beispielsweise, Herr von Brahe, könntet mich schwach werden lassen. Ihr besitzt etwas Stattliches, Erfahrenes, trotz Eurer jungen Jahre. Und Eure Nase verleiht Euch den Zug eines Kämpfers, eines Kriegers. Unwiderstehlich!«

Tycho stand auf und küsste der Prinzessin die Hand. Als er sich wieder setzen wollte, hielt sie ihn fest. »Küsst mich richtig, Astronom! Ich bin ein richtiger Stern, ganz nah und lebendig! Haltet mich fest, bevor ich in den Tiefen des Universums verschwinde!«

Sie lachte hell und perlend. Aus ihrem Dekolletee stieg ein Duft nach Bereitschaft und Hingabe. Tycho küsste ihren Hals, ihren Brustansatz, ihren Mund. Dann legte die Prinzessin ihm die flache Hand auf die Lippen.

»Nicht hier! Kommt heute Nacht zu mir, Tycho. Ich warte schon jetzt auf Euch, aber es soll einen schöneren Rahmen für uns geben.«

»Ich werde kommen.«

Tief in seinem Innern spürte Tycho das Unmoralische seines Tuns, und er hasste sich dafür. Er empfand die Gegenwart seiner geliebten Kristine, sah ihre Blicke, hörte ihre Stimme. Doch er wehrte sie ab. In dieser für ihn schmählichen Lage wollte er nichts von seiner Treue wissen, und auch nichts von ihrer. Er brachte sein Gewissen zum Schweigen.

Und dann fieberte er der Nacht mit der Prinzessin entgegen.

Während er wartete, brachten Bedienstete ihm Kleider. Seidene Unterwäsche, Gewänder aus Samt, Schals und Bänder. Zwei Kammerzofen entkleideten und badeten ihn. Sie wuschen ihn überall und salbten ihn schließlich mit Ölen. Aus kleinen Tiegeln und Schälchen betupften sie ihn mit aromatischen Tinkturen. Als sie ihn ankleideten, war die Dunkelheit hereingebrochen, und Tycho fühlte sich wie neugeboren.

Wie ein anderer Mann.

Wie ein Liebhaber.

Er ging wie unter dem Einfluss betäubender Sterne hinüber zum Schlosstrakt, in dem die Prinzessin wohnte.

Er betrat das Boudoir zum ersten Mal. Überall Brokattapeten, Gobelins, dicke Teppiche. Es duftete nach starken, fremden Essenzen, nach Myrrhe, nach Balsam, nach einer Art Tabak. So stellte Tycho sich den Orient vor.

Die Prinzessin empfing ihn auf einem Sofa liegend, das von Kissen und Tüchern überquoll. Um ihre Zähne weiß zu halten, kaute sie unentwegt *Mastix*, das Harz einer Pistazie, und um den Atem rein zu halten, mehrere Gewürznelken.

Aber was Tycho weit mehr erstaunte war die Tatsache, dass sie zwischendurch eine Wasserpfeife rauchte, aus der jener betörende Duft aufstieg.

»Es ist Opium«, sagte sie. »Die Orientalen haben es mit ihren Karawanen nach Venedig gebracht, und dort kauften es unsere seefahrenden Kaufleute. Es garantiert himmlische Träume. Kommt und raucht.«

Tycho ließ sich auf dem Sofa neben der Prinzessin nieder, deren Körper ein durchsichtiges Seidengewand bedeckte, unter dem sie nichts trug. Er erblickte ihre Scham, ihre entblößten Glieder, die rosigen Spitzen ihrer Brüste.

Er rauchte, und augenblicklich durchströmte ihn ein süßes Glücksgefühl. Und während ihn Bilder von orientalischen Lustbarkeiten durchzogen und er sich Haremsszenen im fernsten Afrika vorstellte, stand die Prinzessin auf.

Sie wiegte sich in den Hüften. Ihr schwellender Körper war in Bewegung.

Es war ein atemberaubendes Bild.

Wie ein Sonnenstrahl nahm Helli mit den Bewegungen ihrer langen Glieder den Rhythmus einer unhörbaren Musik auf. Tycho fand, sie sah unglaublich nackt aus.

Die Prinzessin beobachtete ihn aus den Augenwinkeln.

Sie küsste beim Tanzen ihre Fingerspitzen, atmete den Duft von unsichtbaren Blumen ein und drückte sie an ihre Brust, sie streifte sich etwas über die Finger, was gar nicht da war – vielleicht Zimbeln – und spielte etwas, wobei sie den Kopf neigte, um ihren Klang besser genießen zu können. Schließlich streckte sie ihre Arme auf Schulterhöhe aus und hob und senkte sie in wellenartigen Bewegungen, die zwischen den Schulterblättern begannen und sich bis in die Finger und darüber hinaus fortzusetzen schienen.

Wie eine Kobra, ging es Tycho durch den Kopf.

Die Prinzessin beugte jetzt ihr Rückgrat langsam nach hinten und warf sich in einen Wirbel drehender, kreisender Bewegungen, alles ohne Anstrengung. Ihr Tanz war wie eine Beschwörung uralter Geister, die bei diesem Anblick gewiss verzückt ihre bösen Absichten aufgaben und zu guten Geistern wurden. Wie ein Echo aus alter Zeit erinnerten ihre Bewegungen an etwas, das vor dieser plumpen Gegenwart gelegen haben musste.

Tycho war hingerissen. Wo hatte sie so tanzen gelernt? Sicher nicht am dänischen Hof.

Er war erregt, konnte sich der Wirkung der Tanzfiguren nicht entziehen und wollte es auch gar nicht. Ohne dass er es merkte, saugte er am Mundstück der Opiumpfeife.

Ein Sprichwort fiel ihm ein, das er ein paar Tage zuvor gehört hatte: Das Leben ist wie eine Zigeunerin, für jeden tanzt sie nur kurz. Das stimmt, dachte er. Deshalb ist es schön, sich dem Vergnügen hinzugeben.

Hellis Rhythmus wurde schneller. Der Stoff ihrer durchsichtigen Bekleidung war so anschmiegsam, dass ihre Rundungen einen Aufruhr zu entfesseln schienen, während sie sich gleitend bewegte.

In Tychos Kopf bildete sich die Vorstellung, es gäbe nur noch ihn und diese junge, verführerische Frau. Sie war kaum noch ein Gegenüber, sie war schon eins mit ihm, mit seinen Begierden, zu einem Teil seiner Lust.

Er bat sie, mit dem Tanz aufzuhören und winkte sie zu sich heran. Sie kam sofort. Und dann bot sie sich ihm schamlos dar.

Er küsste sie überall, riss ihr das Gewand mit den Zähnen vom Körper. Sie öffnete sich ihm mit einer solchen Hingabe, dass es für Tycho, den neugeborenen Liebhaber, nicht den geringsten Zweifel an der Richtigkeit seines Tuns gab.

Dies hier war das Leben.

Es war zum Sterben süß.

Erst als sie sich nach einer Ewigkeit wieder voneinander lösten, kehrten die klaren Gedanken zurück. Er konnte der Prinzessin nichts vorwerfen, er selbst war es, der Vorwürfe verdiente.

Aber war es wirklich so? War das Leben nicht eine verderbliche Ware, die jetzt gleich genossen werden musste?

Tycho taumelte empor. Er verspürte keine Abneigung gegen sie, doch der Gedanke daran, wie schwach er soeben gewesen war, ließ ihn vollends nüchtern werden.

»Ihr seid ein Traum, Prinzessin«, sagte er zum Abschied. »Aber jetzt bin ich erwacht.«

In den kommenden Nächten wurde er wieder zu Frederik gerufen.

Der König fragte, der Astronom antwortete.

Er erzählte wieder von den Dingen des Himmels.

Vom ptolemäischen und vom kopernikanischen Weltsystem. Über den neuen Stern Cassiopeia. Über die Botschaft der Sterne allgemein. Sprachen sie wirklich zu den Menschen, wie der Astronom behauptete? Waren das nicht Trugbilder eines einsamen Beobachters, eines Sternendeuters, der die Welt verzerrt wahrnahm? Konnte man ihm trauen?

Ja, sagte Tycho, man muss allen Astronomen trauen, die Vermesser der Luft sind, so wie auch die Landmesser die Felder vermessen und mit Gewissheit sagen können, wie lang und breit sie sind.

Tycho sprach und sprach.

Und während er redete, vergaß er das unmoralische Abenteuer mit der Prinzessin Helli. Und das helle Gesicht von Kristine nahm Besitz von allen seinen Gedanken.

Kristine Jörgensdatter! Seine Kristine!

Schließlich schlief der König ein.

Er schlief jetzt in jeder Nacht mehrere Stunden.

Und da er immer länger schlief, schließlich bis zum Morgen, kam der Tag, an dem Tycho Brahe entlassen wurde.

Es war der dreiundfünfzigste Tag.

Tycho stieg auf sein Pferd, ritt zum Hafen hinunter und ließ sich von einem Fährmann hinüberrudern. Er warf keinen Blick zurück, wollte nur auf seine Insel. Seine Sehnsucht nach Kristine war so überwältigend, dass ihm Tränen in die Augen stiegen. Er schämte sich ihrer nicht.

Sie war es, die er begehrte.

Nur sie.

Das spürte er deutlicher als jemals zuvor.

Und er gab seinem Pferd die Sporen.

Es war ein strahlender Julitag, als die Glocken der Welt die freudige Kunde übermittelten. Hier schlug die schwerste Glocke mit ihrem riesigen Schwengel feierlich gegen Gusseisen, dort bimmelten Glöckchen aufgeregt am Strang, und die von den geistlichen Jungen mit der Hand betätigten Kirchenglocken von St. Ibbo sangen dazu ihr hell jubelndes Lied.

Tycho blickte Kristine verliebt an. Sie sah bezaubernd aus. Das Gold ihrer Haare, in dem bunte Kränze steckten, und das Blau ihrer Augen passten wunderbar zu ihrer lichtdurchfluteten Haut, und diese harmonierte wie auf den schönsten Gemälden jütländischer Maler mit dem grashellen Grün ihres Hochzeitskleides. Die junge Frau war geadelt vom Glück dieses Tages, an dem sie die Frau des Astronomen wurde.

Und Tycho Brahe wusste ganz genau, dass er richtig handelte. Zwar hatte er nun den gesamten Hof gegen sich, all die lüsternen Damen und eitlen Herren, jene Verehrerinnen und Schmarotzer, die es ihm niemals verzeihen würden, dass er eine gewöhnliche Frau aus dem Volk, eine Bauerstochter ehelichte. Aber das war ihm gleich.

Denn was sie alle nicht wussten: Er hatte einen Engel geheiratet.

Das Paar nahm die Huldigungen und Glückwünsche der Anwesenden entgegen. Tychos Eltern waren gekommen, die sechs Geschwister, sogar der Onkel Jörgen aus Aarhus, der ihn wieder als Erbe eingesetzt hatte. Der brummige Steinmetz Tobias Gemberlin, der die schönsten Altartafeln und Psalmtafeln mit dem Wappen der Familie Brahe angefertigt hatte, reichte ihm den Schlüssel der Kirche. Tychos Studenten waren aus Kopenhagen angereist; seine Mitarbeiter waren vor Freude schon am Mittag so betrunken wie die Bauleute, mit denen sie gezecht hatten.

Kristine schien mit sämtlichen Bewohnern der Insel befreundet zu sein, denn alle kamen. Die Bauern ließen Kristine hochleben, und die Bauersfrauen schmückten den Weg, auf dem sie ging, mit Blumen. Die Kinder tanzten einen Reigen nach dem anderen um sie herum.

Am Abend sollte es ein Festessen geben, wie die Insel es noch nie gesehen hatte. Zuvor aber wollte Tycho seiner jungen Angetrauten sein Uraniborg zeigen, das nach einem Jahr Bauzeit endlich auf den Tag genau fertig geworden war.

Tycho setzte Kristine in seine Kutsche, die von zwei stämmigen Hengsten gezogen wurde, und fuhr hinüber auf das Plateau, um sein Observatorium mit dem einzigen Stern einzuweihen, der ihm an diesem Tag etwas bedeutete.

Er hatte die Bauleute weggeschickt. Ein Teil war zum Festland zurückgekehrt, die anderen vergnügten sich auf der Hochzeitsfeier. Als sie auf Uraniborg eintrafen, stand die Sonne am höchsten.

Kristine, die drei Monate lang nicht hier gewesen war, kam aus dem Staunen nicht heraus.

»Das ist es. Wie gefällt es dir, meine schöne Frau?«

»Es ist herrlich! Hier ist man den Sternen wirklich nahe. Gehen wir hinein?«

Er hob sie auf und trug sie auf den Armen über die Schwelle. Drinnen im Haupthaus aus roten Backsteinen, an dessen Wänden die Himmelszeichen aus ornamentalem Sandstein glänzten, ließ er Kristine wieder herunter. Sie war so begeistert, dass sie sich um sich selbst drehte, immer wieder, wie in einem Rausch; so ließ sie die Räume mit den italienischen und holländischen Malereien an sich vorüberziehen.

Tycho ging ihr nach. Er sah, wie Kristine durch die beiden Hauptflure tanzte – hier tauchte sie vor seinen Blicken auf, dort verschwand sie, um am Ende des Ganges, wo eine aufgesetzte Glaskuppel das Himmelslicht einfallen ließ, wieder aufzutauchen.

Er hielt sie nicht auf. Sie sollte Uraniborg auf ihre übermütige Weise in Besitz nehmen.

Kristine stieg mit zurückgelegtem Kopf, die Blicke nach oben gerichtet, wo die Decken in fünf Türmen spitz zuliefen, aus dem unteren Flur in die obere Etage. Dann kam sie zurück, küsste Tycho flüchtig auf den Mund und tanzte hinüber zur Bibliothek, die sich im südlichen Turm befand.

Die Bibliothek war bereits voll eingerichtet, Tychos ganzer Stolz. Dreitausend Bände mit den Schriften der klügsten Köpfe der Menschheitsgeschichte.

»Ich werde sie alle lesen«, flüsterte Kristine ehrfürchtig. Dann lachte sie ein mädchenhaftes Lachen. »Wenn ich mit dir fertig bin, mein Gemahl!«

Wieder küsste sie ihn, entzog sich aber seinen Händen. Sie war wie ein Hauch vom Meer, wie ein flüchtiger Traum von einer Frau, die nur im Sonnenlicht sichtbar wird.

Kristine besichtigte die große Küche im Nordturm, deren Kamin bis in den Himmel zu reichen schien. Hier würde sie für ihren Mann und später für die Kinder kochen. Lachs in Dillsoße, Rentierzunge mit Thymian, Rehleber geröstet in Aquavitschaum, wilde Erdbeeren in geschlagener Elchkuhsahne. Und die Kinder würden sitzen und warten, bis die Mutter mit dem liebenden Lächeln kam, und während sie aßen, würde sie ihnen Märchen erzählen.

Märchen von Astronomen, die sich aufmachten, die Sterne vom Himmel zu holen, und von ihren Frauen, die sie aufsammelten.

In der Mitte der Sternenburg berührte Tycho seine Frau an diesem Tag zum ersten Mal, wie ein Mann sein Weib berühren sollte. Er trat von hinten an sie heran und umfasste ihre vollen, jungen Brüste. In diesem Raum, der von vier gleich langen Wänden umschlossen wurde und nach oben geöffnet war wie ein Schacht, auf dem die Blicke in den Himmel fahren konnten, berührte auch Kristine ihn, wie ein Weib ihren Gatten berühren sollte. Sie fuhr mit den Händen sanft wie ein Hauch über seine Schenkel und ertastete seine schon harte Männlichkeit.

Aber sie war noch nicht bereit. Sie flog weiter. Ein auf der Erde gelandeter Engel, der noch nicht ankommen wollte.

Die drei Räume für Besucher im Westen waren rasch durchschritten. Im vierten Zimmer stand ein großer Diwan. Tycho hatte ihn sich von einem ansässigen Türken in Helsingborg anfertigen lassen, wo sein Vater jetzt endlich Kommandant der Festung war und mit Mutter Beata Bille wohnte.

Als Kristine die Lagerstatt erblickte, errötete sie mädchenhaft. Sie ging schnell auf Tycho zu. »Mein Geliebter!«, flüsterte sie. »Warte noch ein wenig.«

Die Treppe zum ersten Stock bestand aus Holz vom Isefjord; es war schwer und weich, für die Ewigkeit. Oben sah Kristine in die beiden kleineren und danach in den großen Raum, dessen Wände mit schweren Gobelins behängt waren. Sie zeigten antike Liebesszenen. Faunen zwischen den Schenkeln nackter

Frauen. Gespielinnen in hingebungsvoller Pose mit männlichen Putten. Amor mit aufgerichtetem Liebespfeil.

Kristine trat an die Wände und berührte deren Pracht. Sie war eine Bauerntochter, und die Schönheit verzauberte sie.

»Er ist für königliche Gäste«, sagte Tycho, der hinter sie getreten war und über ihre Schulter sah. »Auch Frederik und Sofie sollen hier verweilen und sich wohl fühlen. Wäre das nicht schön?«

»Du kennst sie beide, ich nicht. Glaubst du, sie kommen und besuchen uns?«

Tycho streifte den Träger ihres grasgrünen Hochzeitskleids von ihrer nackten Schulter. Er küsste sie. Küsste ihren Hals. Fuhr mit der Zunge über den zarten Flaum blonder Härchen in ihrem Nacken. Knabberte an ihrem Ohrläppchen.

»Sie werden kommen, um dich zu sehen, meine Königin.«

»Was ich noch nicht gesehen habe, ist dein Laboratorium«, meinte Kristine schließlich atemlos.

»Später.«

»Nein, lieber jetzt.«

»Ich zeig es dir.«

Sie gingen wieder hinunter. Unter der Erde befanden sich zehn Zimmer. Dort würden seine Studenten wohnen. In der Mitte war jener Raum, in dem Tycho Brahe nicht nur über Himmelsbahnen nachdenken, sondern auch alchimistische Versuche machen wollte. Die Öfen standen schon bereit. Erde zu Porzellan, Sterne zu Gold, Gedanken und Blicke zu Büchern.

»Es ist schön hier. Wir werden bis zu unserem Lebensende auf Uraniborg bleiben, nicht wahr?«

Tycho bemerkte den ängstlichen Unterton in Kristines Stimme. Was war es, das ihr die Vorstellung unerträglich machte, Ven eines Tages verlassen zu müssen?

»Ich zeige dir den Garten, meine Geliebte.«

»Den Garten der Liebe? Oder der Lüste?«

»Von beidem!«

Als Kristine den Park erblickte, lief sie wie ein Kind voraus, hüpfend, springend. Sie deutete auf die vier kleinen Burgen in den Eckpunkten der roten Sandsteinmauer, als wäre sie es, die Tycho alles zeigen wollte. Sie lief über die Rabatte zu den Pavillons, die wie aus Papier in den Basteien auf Gespräche warteten. Kristine versuchte, sich hinter den Hecken der Baumreihen zu verstecken, doch Tycho sah ihre Gestalt leuchten wie Sonnenlicht im dunklen Wald.

Nein, Kristine konnte sich vor ihm nicht verbergen.

Er ging ihr nach in die kleinen Sternenhäuser im Osten und Westen, in das Leseturmhaus im Süden, in das Nordgebäude für müde Gäste, die hier auf Ottomanen ausruhen konnten. Er beobachtete seine Frau, wie sie von Blumenstock zu Blumenstock eilte, hier die Hyazinthen begrüßte, dort am Rhododendron stehen blieb, sich am Lavendel berauschte, die Sonnensegel der gelben Raute in Büscheln umfasste. Ihn erfüllte Stolz, dass er seiner schönen Frau dies alles bieten konnte. Die Gartenmeister von Alnarp hatten Wunderdinge bewirkt, und es gefiel seiner Frau.

Tycho war zufrieden.

Doch jetzt war die Zeit gekommen, etwas anderes zu tun, als Gegenstände zu bewundern. Jetzt war die Zeit reif für das Pflücken anderer Blüten als Oleander und Ginster.

Tycho blickte seine junge Frau an und vermeinte, gleichzeitig seinen wahren Stern im Zeichen von Cassiopeia zu erblicken. Eine gerade geborene Sonne im Mittelpunkt seines Seins. Er sah Kristine durch den Garten und alle Räume von Uraniborg tanzen, mit der Begeisterung eines Kindes das Bauwerk anhimmeln, und gleichzeitig sah er durch sie die Welt, wie sie wirklich war.

Wie war sie? Ein aufgeschlagenes Buch der Liebe. Mit Sternen, Himmelsbahnen und dem Lächeln süßer Lippen.

Tycho Brahe war an diesem Tag ein glücklicher Mann. Und da er nicht wusste, ob es nicht sein letzter Tag war, genoss er ihn in vollen Zügen.

Richtig glücklich wurde der Astronom mit der Silbernase in der darauf folgenden Zeit jedoch nicht mehr; der Druck der Aufgabe, die ihn erwartete, war gewaltig. Doch Kristine, sein Stern in Uraniborg, machte es ihm möglich, alles zu vergessen, was ihn bedrängte. Er vergaß den Magister Parsbjerg, den Astronomen Reymarus Ursus, die grauen Beamten der kirchlichen Kongregation – und den König.

Ven war seine Liebesinsel. Und Uraniborg wurde der Ort, an dem die Sterne ihn so beflügelten, dass er seiner Frau den Himmel auf Erden bereitete.

Das Observatorium wurde vollends eingerichtet, und zehn Studenten nahmen die Arbeit an den Instrumenten auf. Tycho schloss mit ihnen feste Arbeitsverträge für drei Jahre gegen freie Kost und Logis; sie verpflichteten sich im Gegenzug, ihre Ergebnisse nicht an Dritte zu verkaufen.

Jeden Tag kamen neue Gäste. Die Sternwarte mit ihren wohnlichen Räumen, in denen man vom Universum nichts anderes spürte als dessen wunderbare Harmonie, wurde zum Mittelpunkt der Insel Ven. Und der Mittelpunkt Dänemarks.

Schon war Tycho Brahe das Tagesgespräch in allen europäischen Hauptstädten. Der soeben gekrönte Habsburger Kaiser der Deutschen, Rudolf II., bemühte sich, Tycho an den Hradschin nach Prag zu holen. Er versprach ihm alles, was er begehrte. Landgraf Wilhelm der Vierte in Kassel, selbst ein Freizeitastronom, bedrängte ihn, an seinen Hof zu kommen. Offerten aus Madrid, Rom, sogar aus Peking boten ihm ein gesichertes Leben und uneingeschränkte Forschungsfreiheit. Tycho Brahe schlug alles aus.

Gelehrte vieler europäischer Lande bemühten sich, eine Besuchserlaubnis in der berühmtesten Sternenburg des Kontinents zu erhalten. Man sprach voller Bewunderung und Hochachtung von dem Astronomen mit der Silbernase.

Doch eines Tages war das alles zu Ende.

An einem Tag im November des Jahres 1576, dem gleichen Monat, in dem König Frederik seinem Astronomen den größten Wunsch erfüllte und ihm die Insel Ven zum Lehen gab, geschahen zwei Dinge.

Kristines gleichnamige zweijährige Tochter starb an einem fliegenden Fieber in den Armen der Mutter und hinterließ untröstliche Eltern.

Und auf Ven wurde ein Mord verübt.

Tycho kam mit den Auswirkungen der Bluttat in Berührung, als er und Kristine am Morgen vom Leichenhaus des Friedhofs zurückkehrten. Kristine war jetzt gefasst, doch unter ihren traurigen Augen lagen dunkle Ringe. Tycho stützte sie, konnte aber selbst kein Wort hervorbringen. Die kleine Kristine hatte trotz ihrer Jugend ihrer Mutter so ähnlich gesehen!

An diesem Tag ging ihr kurzes Glück zu Ende.

Die junge, bildschöne Frau war am Vorabend auf die Insel gekommen. Niemand wusste, weshalb. Niemand kannte sie. Sie war allein. Gleichzeitig hatten Bauern einen Mann gesehen, dessen Beschreibung auf Reymarus Ursus passte.

Schon am Tag zuvor hatte Tycho das Gefühl gehabt, jemand verfolge ihn. Er hörte Schritte, ein Knacken im Unterholz, sah einen Schatten verschwinden, als er sich umdrehte. Natürlich hatte er dem Ganzen keine Bedeutung beigemessen; sein Leben auf Uraniborg war angefüllt mit Begegnungen, Besuchen, Gesprächen und der Anwesenheit fremder Menschen.

Aber jetzt, ein Tag später, bekam alles eine andere Bedeutung.

Jetzt war die königliche Polizei auf der Insel, und der Erste, den sie verhörte, war Tycho Brahe. Er galt nicht nur als der Herr der Insel – waren Astronomen nicht insgesamt verdächtige, gefährliche Menschen?

Acht bärbeißige Beamte in der Uniform des Königs hämmerten gegen die Türen von Uraniborg. Tycho verließ Kristine, die er soeben in ihr Schlafzimmer begleitet hatte, damit sich die gramerfüllte junge Frau ausruhen konnte. Er öffnete.

»Magister von Brahe?«

»Der bin ich.«

»Gewährt uns Einlass. Wir müssen Euch verhören.«

»In welcher Angelegenheit?«

»Ihr kennt Frau Regitze Oxenstierna?«

»Wer soll das sein?«

»Antwortet nur, die Fragen stellen wir.«

»Ich kenne keine Person mit diesem Namen.«

»Aber man behauptet das.«

»Wer?«

»Bauern.«

»Dann lügen sie.«

»Begleitet uns zu den Klippen im Norden.«

Tycho wurde von den Reitern in die Mitte genommen, als wäre er bereits überführt. Als sie ans Meer gelangten, sah er sofort die Absperrungen.

In einem aufgeschlagenen Zelt residierte ein Inspektor aus Kopenhagen. Um ihn herum standen dienstbeflissen Polizisten vom Festland. Ven besaß keine eigene Polizei.

»Der Herr Inspektor Henrik von Rüsensteen«, flüsterte ein Begleiter ihm zu.

Der Genannte, ein unangenehmer, bulliger Mensch mit starren Augen, deutete vor seinen niedrigen Tisch. Tycho ging dorthin. Der Inspektor brüllte: »Frau von Oxenstierna ist gestern auf diese verdammte Insel gekommen, und heute liegt sie tot zwischen den Felsen im Meer. Wo wart Ihr die letzten beiden Tage?«

Es war eher eine Schuldzuweisung als eine Frage.

Tycho blieb ruhig. »Ich verstehe nicht. Jeder weiß, wo ich mich aufhalte.«

»Antwortet gefälligst genauer!«, brüllte der Inspektor mit hochrotem Kopf.

Tycho beschloss, sich nicht aufzuregen, und blickte den Choleriker aufreizend gelassen an. »Wie heißt Ihr?«

»Ich sagte doch, es ist der Herr von Rüsensteen!«, flüsterte die Stimme des Begleiters.

Der Inspektor hatte sich halb erhoben und stützte sich auf die steifen Arme; seine Hände waren zu Fäusten geballt, sein Mund schnappte auf wie bei einem Fisch. Dann ließ er sich auf den Hocker zurückfallen.

»Herr von Brahe! Jetzt ist Schluss mit dem Geplänkel! Antwortet auf meine Frage, oder ich lasse Euch abführen!«

»Ihr werdet nichts dergleichen tun, Inspektor. Ich stehe unter dem Schutz unseres Königs Frederik. Rührt mich an, und Eure Laufbahn ist beendet.«

Der Inspektor dachte nach. Dann sagte er, wobei ihm anzusehen war, wie mühsam er sich im Zaum hielt: »Wir untersuchen einen Mord. Wir brauchen jede Aussage. Jeder Hinweis kann wichtig sein.«

»Aber ja! Natürlich! Wartet – in den letzten beiden Tagen, sagtet Ihr?« Tycho tat so, als dachte er nach. »Soweit ich mich erinnere, verbrachte ich die Zeit auf Uraniborg. Ich habe genau elf Zeugen, meine Frau und meine zehn Assistenten.«

»So, so«, brummte der Inspektor.

»Warum befragt Ihr sie nicht?«

»Der Reihe nach. Jetzt seid Ihr dran. Und gebt mir keine Ratschläge!«

»In Ordnung. Übrigens, woher wisst Ihr, dass die Tote ermordet wurde? Kann es nicht ein Unfall gewesen sein?«

»Wir besitzen eine entscheidende Zeugenaussage.«

»Ach?«

»Ein Augenzeuge. Er gibt an, Euch zu dem Zeitpunkt an den Klippen gesehen zu haben, als die Frau dort zu Tode kam.«

»Und das nennt Ihr eine entscheidende Zeugenaussage? Das kann jeder behaupten, der mir nicht wohlgesinnt ist. Wer ist dieser Zeuge?«

»Das darf ich Euch nicht sagen …«

»Ich sage kein einziges Wort mehr, wenn Ihr mir nicht augenblicklich den Namen dieses Zeugen nennt!«

»Ein Herr Reymers«, sagte der Inspektor mit plötzlich unsicherer Stimme.

Tycho konnte es nicht fassen. Sein Konkurrent! Da war ein Komplott im Gange! Reymarus Ursus, der Bär!

»Hört zu, Herr Inspektor. Bei allem Respekt, aber jeder im Lande weiß, dass dieser Mann, seines Zeichens Astronom und Mathematiker, mir übel will. Er behauptet seit einiger Zeit dies und jenes. Am Hof des Königs sind wir uns das erste Mal begegnet, dennoch behauptet er, wir würden uns schon seit Jahren kennen. Fragt den König, er war Zeuge der Auseinandersetzung – die übrigens zu meinen Gunsten entschieden wurde.«

»Das werden wir zu gegebener Zeit tun. Und jetzt schaut Euch die Tote an, vielleicht hellt Euer Gedächtnis sich ja doch noch auf.«

Man brachte ein Bündel herbei. Als die Polizisten es auslegten, kam darin eine nackte Leiche zum Vorschein. Ein zerschmetterter Körper, der aus blutigen Knochen bestand. Tycho schauderte. Das einzig Unversehrte an der Leiche war ihr Gesicht: wächserne Haut, aufgerissene Augen, ein verschobener Mund. Ein Gesicht, das Tycho noch nie gesehen hatte.

Er sagte es dem Inspektor.

Die Tote wurde wieder eingewickelt und zu einem Fuhrwerk gebracht.

»Und nun?«

»Ich muss Euch bitten, die Insel nicht zu verlassen. Am besten, Ihr bleibt in Eurer Sternwarte. Die aufgebrachten Bauern könnten Euch belästigen, Herr von Brahe!«

Tycho blickte den Inspektor ungläubig an. »Wollt Ihr behaupten, die Bewohner dieser Insel sind gegen mich aufgebracht?«

»Ja.«

»Weshalb?«

»Man behauptet, Ihr hättet nicht nur diese Frau auf dem Gewissen, sondern Ihr wärt auch mitschuldig am Tod Eurer zweijährigen Tochter Kristine, die Ihr heute Morgen so feierlich zu Grabe getragen habt.«

»Wollt Ihr damit andeuten, der Grablegung würde nicht die tief empfundene Trauer der Eltern zugrunde liegen?«

»Ich deute gar nichts an. Die Bauern reden dies und jenes.«

»Hört zu! Auf dieser Insel haben sich schon viele Dinge ereignet. Im Volksglauben herrschte hier einst der Teufel persönlich. Er ritt des Nachts mit seinen Weibern durch die Lüfte, getrieben vom Aufwind an den vier Küsten. Die Bauern wissen gar nichts! Sie wissen nur, was ihnen die Vorfahren vorgelogen haben. Und das sollen Eure Zeugen sein? Dass ich nicht lache!«

»Mein Hauptzeuge ist Herr Reymers, Nicalaus. Ich sagte es bereits. Wir stellen euch gegenüber.«

»Tut das! Aber schnell, damit ich diesen Verleumder in Grund und Boden stampfen kann!«

»Von den Klippen stürzen, meint Ihr?«

Tycho schwieg. Er wollte sich nicht um Kopf und Kragen reden. Diese Polizisten waren gegen ihn voreingenommen. Aber war es möglich, dass sie einem Reymers glaubten?

Man entließ ihn mit der Auflage, sich für den Abend auf Uraniborg bereitzuhalten. Dort sollte Reymers seine Anschuldigung wiederholen. Als ob es einer solchen Aufforderung bedurft hätte! Tycho zählte schon jetzt die Minuten bis zum Abend.

Er ritt nach Hause.

Kristine erwartete ihn voller Angst. »Was war denn? Was wollten sie von dir?«

Tycho berichtete es ihr. Seine junge Frau war fassungslos. »Müssen wir jetzt für irgendetwas büßen, Tycho?«

»Aber nein! Was redest du denn! Die Anschuldigungen werden sich in Luft auflösen!«

»Wir haben gesündigt, Tycho. Wir haben schon vor der Hochzeit Umgang miteinander gehabt!«

»Ich weiß, Liebste, aber mach dir keine Sorgen. Der Herrgott ist auf unserer Seite, uns kann nichts geschehen.«

Am Abend stand Reymarus Ursus plötzlich mitten in der Eingangshalle von Uraniborg. Er schien nur darauf zu warten, sich auf Tycho Brahe zu stürzen. Erst dann nahm Tycho die Beamten wahr, die hinter dem Astronomen aus Dithmarschen aufmarschiert waren.

»Willkommen auf Uraniborg!«, entfuhr es Tycho nach dem ersten Schreck. »Üblicherweise läuten Besucher an der Türglocke draußen.«

Der Inspektor schob sich an Reymers vorbei. »Kommen wir am besten gleich zur Sache! Herr Reymers – wiederholt, was Ihr uns bei der Vernehmung mitgeteilt habt!«

Reymers sagte in unheildrohendem Tonfall: »Er schlich auf den Klippen herum. Ich fragte mich, was er dort wolle, er ist doch Astronom und kein Bergsteiger. Ich beobachtete ihn den ganzen Tag. Dann habe ich ihn aus den Augen verloren. In der Nacht ist es dann passiert, und am nächsten Morgen fand man die Leiche der Frau. Für mich ist es eindeutig, dass Herr Brahe mit dem Mord zu tun hat.«

Etwas an seinen Worten machte Tycho stutzig. Er wusste

aber nicht gleich, was es war. Als es ihm klar wurde, fuhr der Inspektor ihn an:

»Nun, wie äußert Ihr Euch dazu?«

Tycho gab keine Antwort und ließ Kristine holen. Als sie neben ihm stand, legte er ihr den Arm um die Schultern und ließ Reymers die Anschuldigung wiederholen. Kristine schüttelte den Kopf.

»Das stimmt nicht. Mein Mann war die ganze Nacht bei mir. Wir waren besorgt wegen der Kleinen. Sie starb am Morgen gegen fünf Uhr am Fieber. Der Medicus kann es bezeugen. Er hat meinen Mann ja auch gesehen.«

Sowohl Reymers als auch der Inspektor schwiegen verblüfft. Mit einer solchen Wendung schienen sie nicht gerechnet zu haben.

»Und vor dem Morgengrauen, so um Mitternacht, wo war er da?« Reymers gab nicht auf.

»Es tut mir Leid, dass Eure Tochter tot ist«, sagte der Inspektor brummig. »Trotzdem bleibt ein Rest …«

»Was für ein Rest?«, brüllte Tycho los. »Wie kommt Ihr dazu, mich und meine arme Frau mit diesen haarsträubenden Anschuldigungen zu belästigen! Habt Ihr denn nicht gehört, was sie sagte! Habt Ihr nicht gehört, was Reymers sagte? Er sagte: In der Nacht ist es dann passiert! Woher weiß er, wann etwas passiert ist? War er dabei? Verhaftet ihn wegen dringenden Tatverdachts!«

Der Inspektor kratzte sich am Hals. »Es gibt da noch etwas …«

»Was!«

»Auch zwei Bauern wollen gesehen haben, wie Ihr an den Klippen wart.«

»In der Nacht? Bauern? Was hätten die dort zu tun?«

»Was hattet Ihr dort zu tun, Herr Astronom?«

Tycho beruhigte sich wieder. »Jetzt passt einmal auf, Inspektor. Ihr führt ab sofort eine Untersuchung, die sich auf Tatsachen gründet, und keinen Prozess, der auf Vorurteilen beruht, verstanden? Oder ich werde mich offiziell beim König beschweren, und dann seid Ihr ganz schnell Euer Amt los und werdet strafversetzt. Wenn Ihr Glück habt, bleiben Euch die Galeeren erspart!«

»Dafür habt Ihr keinen Grund. Ich mache nur meine Arbeit.«

»Aber recht schlampig, mein Herr! Habt Ihr denn die Frage geklärt, warum dieser Mann überhaupt auf der Insel ist? Was will er hier? Und wer ist diese Frau? Was wollte sie hier?«

»Darüber haben wir in der Tat unsere Spekulationen angestellt.«

»Und?«

»Das geht Euch nichts an, es betrifft Euch nicht.«

»Ach? Wisst Ihr denn nicht, dass dieser Kerl da hinter mir her ist? Er versucht seit einiger Zeit, meinen guten Ruf zu ruinieren! Und Ihr haben die Frechheit, mir zu sagen, seine Anwesenheit auf meiner Insel ginge mich nichts an!«

»Liebling, beruhige dich«, sagte Kristine leise.

»Nein«, antwortete Tycho, »vor solchen Anschuldigungen darf ich mich nicht beruhigen.«

»Wir gehen jetzt. Aber wir kommen wieder. Haltet Euch bereit.«

Tycho deutete auf Reymers. »Und was ist mit dem da?«

»Das entscheiden wir noch.«

»Lasst ihn auf der Insel frei herumlaufen, und es gibt ein Unglück.«

»Will Er mir drohen?«, brüllte Reymers.

Kristine packte Tychos Arm. »Lass«, sagte sie.

Das Ehepaar schaute den ungebetenen Besuchern mit gemischten Gefühlen hinterher. Sie ahnten, dass noch weiteres Ungemach auf sie zukam.

Mitten in der Nacht wurde der Astronom wach. Irgendetwas stimmte nicht. Er tastete nach seiner Frau. Das Bett war kalt und leer. Er fuhr hoch, sprang aus dem Bett und warf sich den Morgenmantel über.

Uraniborg lag im tiefsten Schlaf. Die Assistenten hatten ihre Beobachtungen schon vor Mitternacht aufgegeben, weil dicke Wolken am Himmel über Ven hingen. Von keinem der Türme und Balkone aus, die nur als Instrumentenplattform dienten, zeigte sich ein Stern. Auch der Mond war verschwunden. Deshalb war auch Tycho früh schlafen gegangen.

Er rief nach Kristine. Keine Antwort.

Tycho zündete eine Kerze an und entfachte auf dem Flur eine Fackel. Die Treppe vor ihm lag im Halbdunkel. Er hörte keinen Laut. Ein Luftzug ließ die Fackel flattern; die Flamme zerfaserte.

Tycho hielt den Atem an.

Was war da los? Sollte er Jens wecken? Oder Regverd, den stärksten seiner jungen Himmelsbeobachter? Er beschloss, der Sache allein auf den Grund zu gehen.

Unten angekommen, inspizierte er das Laboratorium. Niemand hielt sich dort auf, auch im Observatorium nicht. Schon wollte Tycho hinausgehen, als er plötzlich stutzte. Ihm schien die Anordnung der Instrumente verändert. Hatte am Abend nicht der große Mauerquadrant anders gestanden, der die Bogenhöhen über dem Horizont maß, wenn die Himmelskörper den Meridianplaneten passierten? Er zeigte jetzt nach Süden. Hatten sie nicht beschlossen, ihn – wie ganz Uraniborg – so auszurichten, dass nachts die größte Abdeckung des Firmamentes gewährleistet und der Quadrant exakt nach Osten eingestellt war?

Jemand hatte hier etwas verändert. Tycho wollte sich gerade den Sockel des Instruments näher ansehen, als aus dem Dunkel zwei Arme nach ihm griffen. Er erstarrte. Eine Stimme flüsterte: »Er ist da drinnen in der Tiefe.«

Es war die Stimme seiner Frau.

»Was machst du hier, um des Himmels willen?«

»Ich konnte nicht schlafen und bin in die Küche gegangen. Da sah ich Licht. Es ist Reymers! Er machte sich an den Instrumenten zu schaffen!«

»Warum hast du mich nicht geweckt?«

»Du schläfst ohnehin zu wenig.«

»Verdammt, wenn ich diesen Kerl in die Finger kriege!«

»Er hat etwas in den Instrumentenraum gestellt, Tycho, danach drehte sich dort alles.«

Magnete, um die Einstellungen rückgängig zu machen, dachte Tycho. »Geh hinauf ins Schlafzimmer, Kristine«, sagte er. »Warte dort auf mich. Noch besser, schick mir Regverd herunter. Wir wollen doch sehen, ob wir uns gegen diesen Kerl nicht wehren können.«

»Er ist mit einem Messer bewaffnet, eine Art Machete.«

»Und du beschützt mich mit deiner Liebe, mir kann also nichts passieren. Geh jetzt.«

Als Kristine auf der Treppe verschwunden war, überlegte Tycho, was er tun sollte. Doch bevor er sich einen Plan zurechtgelegt hatte, geschah etwas.

Der Eindringling musste etwas von ihrer Unterhaltung gehört oder das Licht gesehen haben.

Tycho hörte plötzlich ein Poltern. Ein Schatten sprang auf ihn zu. Eine übermächtige Gestalt flog geradezu heran, etwas traf ihn an der Schulter. Er spürte einen stechenden Schmerz. Dann packte er mit der anderen Hand zu und bekam ein Fell zu fassen. Als Tycho daran riss, löste sich eine menschliche Gestalt daraus. Der Eindringling stürmte davon. Tycho hielt den Fellumhang hoch, fluchte und warf ihn dann zu Boden.

Er rannte hinter Reymers her. Doch der war schon durch die geöffnete Tür des nördlichen Torturms verschwunden. Tycho sah ihn durch den Garten fliehen und schließlich dort untertauchen, wo die Obstbäume standen.

Sollte er ihn verfolgen? Nein, er musste sich um die Instrumente kümmern.

Als er den großen Beobachtungsraum betrat, der neben dem Laboratorium lag, sah er den Schaden sofort.

Alle genauen Einstellungen an den Instrumenten waren rückgängig gemacht worden. Der astronomische Radius war überall verschoben. Die Instrumente für die Positionsbestimmungen und Bewegungsmessungen, die Quadranten, die Sextanten für die Entfernungen, selbst sein schwarzer Kasten mit den beiden Pupillen, in dem er Sterne und Gesichter einfing, waren beschädigt. Der Globus magnus war so verdreht, dass seine Vertikale die Insel Ven auf der Skala markierte. Die Astrolabien, durch die er mit bloßem Augen an den Rand des sichtbaren Universums ging, lagen umgekippt in ihren Gestellen. Die Fenster zum Himmel standen offen, ein feiner Nieselregen drang herein.

Die Arbeit von Monaten war zerstört. Sie mussten ganz von vorn anfangen.

Aber zuerst musste er sich um Kristine kümmern.

Als Tycho die Treppe zum ersten Stock des Observatoriums hinaufstieg, meldete sich der stechende Schmerz in seiner Schulter zurück. Er taumelte für einen Moment. Ihm wurde schwarz vor Augen. Sein Assistent Regverd fand ihn zusammengesunken und half ihm auf die Beine.

Tycho sagte grimmig: »Mit Reymers sind wir noch lange nicht fertig.«

Gegen Morgen klopfte Inspektor von Rüsensteen an die Tür. Er war allein. Seine Miene war bekümmert.

»Herr von Brahe, ich muss mich entschuldigen. Und ich hoffe, Ihr nehmt meine Entschuldigung an. Reymers hat zugeben, die Unwahrheit gesagt zu haben. Er war eifersüchtig auf Euch. Er sagt, er hat eingesehen, dass Ihr der größere Astronom sind. Aber schaut einmal nach, er muss in Eurem Instrumentenraum irgendetwas angerichtet haben. Jedenfalls war er ziemlich verwirrt.«

In Tychos Kopf drehte sich noch alles, und seine Schulter schmerzte heftig. Es war Kristine nicht gelungen, ihn in den Schlaf zu singen.

»Wo ist Reymers jetzt?«

»Wir haben ihn nach Helsingborg gebracht. Dort wird er bleiben, bis die Gesandtschaft aus Dithmarschen ihn abholt.«

»Und die Tote?«

»Auch die Bauern haben ihre Anschuldigungen zurückgenommen. Es war ein Unfall. Die Frau ist Malerin und kam aus Ystad herüber. Sie wurde inzwischen identifiziert. Sie wollte die Steilküste an der Stelle malen, wo sie vierzig Meter hoch ist.«

Noch am gleichen Tag ritt Tycho Brahe über seine Insel. Er machte an jedem Bauernhof Halt, stieg vom Pferd und fragte die Bewohner, ob sie eine Klage gegen ihn vorzubringen hatten. Es waren verschlossene Menschen, daran gewöhnt, dass sie niemand fragte. Und da sie durch leidvolle Erfahrungen mit Herrschaften misstrauisch waren, witterten sie in den Fragen des Herrn von Brahe nichts anderes als eine Hinterlist.

»Ich will nur wissen, was Ihr über mich denkt, Junker Spreckelsen«, sagte er gerade zu einem rotnasigen Baum von einem Mann, hinter dem sich eine verhärmte Frau und fünf Kinder duckten.

»Ich weiß nichts«, sagte der Bauer.

»Jemand hat falsches Zeugnis gegen mich abgelegt und damit gegen das fünfte Gebot verstoßen. Es muss einen Grund dafür geben. Habe ich euch etwas getan?«

»Ich weiß nichts.«

Am nächsten Hof dasselbe. Ängstlichkeit. Verschlagenheit. Schweigen.

Ein Kartoffelbauer wollte nur etwas sagen, wenn er dafür Geld bekäme. Tycho gab ihm keines.

Er war ratlos. Allmählich wurde ihm klar, dass er etwas falsch gemacht hatte. Er hatte die Insel für seine Zwecke allzu selbstverständlich in Besitz genommen. Auch das Lehen des Königs änderte nichts daran, dass er auf die Landbevölkerung angewiesen war. Jetzt suchte er sie zum ersten Mal auf, aber nicht, um sie kennen zu lernen.

Tycho machte sich nichts vor. Er verachtete ihre Unterwürfigkeit. Hatten diese einfachen Leute es verdient, besser behandelt zu werden? Waren sie nicht gemein und bösartig, roh und herzlos, ein Spielball ihrer tierischen Instinkte?

So hatten es ihm seine Hofmeister in Knudstorp beigebracht. Und so dachte er noch heute.

Aber etwas in seinem Innern sagte ihm, dass es falsch sei.

Tycho Brahe wollte geachtet werden, auch von den einfachen Leuten. So wie Kristine von ihnen geachtet wurde, der sie an ihrem Hochzeitstag allesamt die Reverenz erwiesen hatten. Warum waren sie ihm gegenüber so verschlossen? Ist es wirklich erstrebenswert, dachte Tycho, während er weiterritt, ein Mann von adliger Abkunft zu sein, wenn sich einem dadurch so vieles verschließt? Sieht man nicht viel freier, wenn man von unten her blickt?

Wenn er mit Kristine darüber sprach, neckte sie ihn nur. »Mein Nobelmann!«, nannte sie ihn dann. »Armer, unwissender Mann aus reicher Familie.«

Tycho wurde wütend, wenn er daran dachte. Diese Menschen besaßen etwas, das er niemals haben würde. Wie sollte er es nennen? Instinkt? Er selbst musste sich alles mit der Kraft seines Verstandes erarbeiten. Die Sterne beobachten, den Meridianplaneten einsortieren, messen, was nicht zu messen war, mathematisch denken …

Er musste entscheiden, ob Kometen tatsächlich wiederkehrende und berechenbare Himmelserscheinungen waren, wie es schon der deutsche Astronom Johannes Regiomontanus behauptet und wie Tycho inzwischen nachgewiesen hatte. Aber man glaubte ihm nicht. Man verdächtigte und observierte ihn.

War nicht auch der Vatikan ein Observatorium ganz eigener Art? Nur richteten sie dort ihre Blicke nicht zu den Sternen, wie sie es tun sollten, denn dort oben wohnte ihr Herrgott, sondern auf die Menschen.

Man hielt die Beobachtung des Himmels noch immer für Häresie.

Dann sollen sie mich doch steinigen, dachte Tycho. Oder ihren Raubtieren von der Kongregation vorwerfen. In Mecklenburg, Böhmen und auf Sizilien brannten schon wieder die Scheiterhaufen.

Die grauen Bestien mit dem salbungsvollen Gemurmel auf den schmalen Lippen waren wieder unterwegs. Tycho hatte davon gehört, dass sie auch Schonen aufsuchten, wie schon vor sieben Jahren. Schonen, zu dem auch Ven gehörte. Die Insel des Astronomen und seiner schönen jungen Frau.

Neulich hatte er sogar ein Lied gehört, das Kristine und ihn besang. Das Lied erzählte davon, dass ein neuer Stern am Firmament aufgegangen sei, den man nur sehen könne, wenn man die Liebe im Herzen habe.

Kristine! In ihm wuchs die Sehnsucht nach seiner Frau. Jedes Mal, wenn er sich auch nur für Stunden von ihr trennte, wurde ihm diese Sehnsucht zur Qual.

Tycho ritt gedankenverloren weiter. Ohne es zu merken, bewegte er sich in eine Richtung, die ihn nicht auf geradem Weg nach Hause führte.

Sie erwarteten ihn am Rand einer Lichtung.

Es waren ihrer mindestens zwanzig. Sie trugen Rüstungen, Kettenhemden, Helme, Schwerter. Als Tycho von ihnen eingeschlossen war, regte sich Wut in seinem Herzen. Konnte ihn auf dieser Insel denn jeder verleumden und überfallen?

Ihre Pferde trugen Decken, die fremde Wappen zeigten. Die Tiere schnaubten erregt; einige bäumten sich auf, mühsam von ihren Reitern gebändigt. Tycho vernahm unverständliche Laute. Als einer, offenbar der Anführer, das Visier hochklappte, blickte Tycho in braune, wässrige Augen. Der Mann sagte:

»Es ist lange her, dass Cassiopeia aufgegangen ist, nicht wahr? Nun, das war einmal. Ich war am Morgen jenes Duells vor langer Zeit ein Sekundant Eures Gegners, dieses Magisters. Aber nicht deshalb sind wir hier. Wir sind hier, weil Krieg herrscht. Auf dem Festland wütet der Kriegsgott, und wir sind seine Hunde. Ihr werdet mit uns kommen, Astronom. Wir brauchen Euch, damit Ihr stets den günstigen Weg errechnet. Niemand will in die Irre gehen, und wir schon gar nicht. Zeigt uns die Erfolg versprechende Himmelsbahn auf Erden, und es wird Euer Schaden nicht sein.« Er blickte seine Kumpane an. »Ergreift ihn!«

Ehe Tycho wusste, wie ihm geschah, packten harte Fäuste die Zügel seines Rappen und rissen das Pferd mit sich. Es ging an die Nordküste. Dort warteten schon ihre Boote. Tycho wurde auf einem verstaut, in dem eine junge Frau von der Insel saß, die er als Besitzerin einer *Fitte* kannte, einem vom königlichen Vogt zugeteilten Platz auf einem der spätsommerlichen Heringsmärkte. War ihr Mann nicht ein Friedloser, der sich dem König gegenüber schuldig gemacht hatte? Hatte man nicht auf einem *Birketing* davon gesprochen, der Tingversammlung des Rechtskreises von Uraniborg? Hieß die Frau nicht Fredersen?

»Es war der siebenjährige nordische Krieg, er hat uns alle ins Unglück gestürzt!«

Brahe fand ihre Stimme wunderschön. Sie war weich wie Samt und stand in seltsamem Kontrast zu ihrem Äußeren, dem roten, rissigen Gesicht, in dem ein breiter Mund wie ein Fisch im Netz zappelte.

»Wer sind die?«, fragte Tycho mit unterdrückter Stimme. »Was wollen die von uns?«

»Sie sind Friedlose wie mein Mann, Gott hab ihn selig. Sie haben Landesverrat begangen, weil sie sich den Schweden anschlossen, die ihnen größere Beute versprachen.«

»Haben wir denn Krieg?«

Die Frau lachte so schrill und laut, dass die Soldaten ihre Waffen hoben. »Wer seid Ihr? Der Professor Unwissend? Natürlich haben wir Krieg!«

»Ich habe nur den Himmel beobachtet.«

»Und was habt Ihr da gesehen? Den Krieg der Sterne? Schaut auf die Erde, Herr Astronom. Hier finden die wahren Kriege statt. Hier herrscht das Elend. Aber davon wisst ihr hohen Herren ja nichts! Die Lordschaften sind mit sich selbst beschäftigt.«

Tycho fragte: »Was ist der Grund für diesen Krieg?«

»Einen Grund braucht es nicht. Wir haben immer Krieg. Mal mit diesem, mal mit jenem. Es ist immer Zeit für eine ordentliche Schlacht auf Kosten der armen Leute.«

Die Friedlosen

Etwas war faul im Staate Dänemark. Die Verhältnisse zwischen Schleswig und Hirtshals, zwischen Ystad und Möllebeek wurden immer verworrener. Zu dem Zwist mit der Kirche, die in der Zeit der katholischen Erneuerung wieder auf dem Vormarsch war, kam der Kampf des Königtums gegen den Adel, der sich mit gefährlichen schwedischen Usurpatoren verbündete, die mit neuen Musketen und Feldschlangen ins Kernland vorrückten.

Und aus dem richtungslosen, längst demoralisierten Teutonia im Süden fielen nun arbeitslos gewordene Reichsritter aus dem Hessischen und Württembergischen mit der Parole ein: Nur der Krieg ernährt die Krieger.

Tycho Brahe, der die Welt bisher nur durch die Instrumente kannte, musste leidvoll erfahren, dass er in einer Zeit der Rechtlosigkeit lebte. In einer Zeit der endlosen Zwistigkeiten zwischen Familien, verarmten Rittergeschlechtern, gesetzlosen Stämmen, egoistischen Sippen, Religionsgemeinschaften, mächtiger Kirche und unfähigem Staat.

Schon seit zwei Monaten war er Gefangener der Friedlosen. Sie nahmen ihn in ihre Mitte, ließen ihn nicht aus den Augen und zogen mit ihm kreuz und quer durch die Lande, in alle vier Himmelsrichtungen, stets auf der Suche nach Hader und Scharmützel. Und vor allem nach Beute. Von Tycho Brahe verlangten sie günstige Horoskope und Vorhersagen der Himmelsbewegungen, die ihre eigenen Bewegungen auf den schmutzigen Straßen des Reiches beschützten. Und da sie wussten, dass ihr Gefangener auch Alchimist und Chemiker, ja sogar Mediziner war, brachten sie ihm Blei und Staub und verlangten, er solle daraus Gold machen. Und wenn sie von Schwerthieben bluteten, musste er die richtigen Kräuter zur Hand haben, um die Wunden zu heilen.

So lernte Tycho von Brahe sein Mutterland als ein Aufmarschgebiet von Gesetzlosen kennen, von Abenteurern, Mördern und Ausgestoßenen, die ihre besondere Art von Heimat suchten: die grenzenlose, willkürliche Freiheit von jeder Verantwortung.

Tycho von Brahe wurde in den Monaten seiner Gefangenschaft zu einem äußerlich ruhigen Menschen, den nichts beeindruckte. Wenn er auf dem Feld der Scharmützel gebraucht wurde, machte er seine Arbeit; wenn er mit bloßem Auge den Nachthimmel absuchte, versuchte er, nicht zu lügen. Aber wenn er nachts in seinem Zelt allein war, das Blut abgewaschen und die Zeichen gedeutet waren, übermannte ihn die Sehnsucht nach seiner Kristine Jörgensdatter. Dann schämte er sich seiner Tränen nicht.

Er sah den Anführer der Friedlosen, einen gewissen Troense, auf seinem mächtigen Hengst vorbeireiten und spürte den verächtlichen Blick dieses Mannes. Dann konnte es geschehen, dass tief in seinem Innern ein kleines, bösartiges Tier hervorbrechen wollte. Doch Tycho konnte das Raubtier seines Hasses immer wieder zügeln. Das rettete sein Leben.

Zurzeit zogen sie nach Norden.

Es war Herbst. Die Küste blieb zur Rechten im Blickfeld. Tag für Tag ging es bei Wind und Regen, Staub und Schlamm weiter fort von Ven. Tychos Glück verschwand mit jedem Kilometer weiter hinter Nebelwänden, so feucht und schwer wie Vorhänge, die ein böses Schicksal endgültig vor die Vergangenheit zog.

Bald hatte Tycho so viele Tote gesehen, dass er sie nicht mehr zählte. Schlimmer noch, er hatte kein Mitleid mit ihnen. Wenn die Friedlosen einen ihrer Verletzten brachten, den er verarzten sollte, tat er es ohne Mitgefühl, wie ein selbst zum Tode Verurteilter. Tychos einziger Gedanke, der ihm wie ein Stachel im Kopf saß, war bald nur noch ein kümmerlicher Rest eines zertrümmerten Gedächtnisses. Es war ein Name. Kristine!

So wenig Mitleid, wie Tycho den Friedlosen entgegenbrachte, so wenig Mitleid hatten sie mit ihm. Wenn er die Krieger anblickte, starrten sie mit kalten Augen wie Reptilien zurück. Was konnte sein Schmerz gegen den Zorn wilder Teutonen, Sachsen oder Anhaltiner, die überall Vogelfreie waren, schon ausrichten? Und wenn er die Sterne befragte, schien es ihm, als antworteten sie wahrheitsgemäß: Diese Krieger werden sterben, ihre Tage sind gezählt. Tycho verriet ihnen davon nichts. Er sagte ihnen: Ihr werdet im Norden und Süden siegreich sein. Dänemark wird euch zu Füßen liegen.

Tycho schaute ihrem Treiben zu. Sie schlugen und stachen sich erbarmungslos durch ein schon geplündertes Land im Norden. In der zehnten Woche, als sie am See von Flynderborg in einen Hinterhalt von Bauern gerieten, musste Tycho eine Bewährungsprobe bestehen, an der er fast zerbrochen wäre. Er musste eine Armamputation vornehmen. Obwohl er vier Semester in Kopenhagen studiert hatte, reichten seine medizinischen Kenntnisse für einen solchen Eingriff nicht aus, und seine Instrumente konnte er nicht reinigen. Der Krieger starb am Wundbrand.

Während Tycho ihn notdürftig beerdigte, bevor sie weiterzogen, dachte er zum ersten Mal daran, seinem Leben ein Ende zu bereiten. Sein schwer bewachtes Leben, fern von zu Hause, erschien ihm nicht mehr lebenswert. Oder war es etwa lebenswert, immer tiefer in den Schmutz und die Kälte des Nordens zu ziehen, immer tiefer verstrickt zu werden in diese Hölle aus Totschlag, Vergewaltigung, Raub und Brandstiftung? Während Tycho den Toten begrub, spürte er das Salz seines Schweißes in den Augen. Oder waren es Tränen?

Er wischte es ab. Nein, solange noch ein Funken Hoffnung bestand, Kristine gesund wieder zu sehen, durfte er solche Gedanken nicht hegen. Er war nicht allein auf der Welt, auch wenn es so schien.

Abends lauschte er den Siegesgesängen der Krieger. Er nahm daran nicht teil, und sie forderten ihn auch nicht dazu auf. Lustlos löffelte er seine Kohlsuppe, und sein Blick suchte seine Sterne.

Die Männer in knielangen Schlachtröcken, Lederhelmen, Nackenschutz und Panzerhemden trugen draußen, in einer trommelförmigen Sänfte, die Mätresse des Anführers vorbei. Tycho Brahe sah sie zum ersten Mal. Sie war so schön und sanft, dass er sich fragte, was sie mit dem groben Troense zu schaffen hatte. Als sie mit dem Anführer öffentlich kopulierte, damit seine Ausnahmestellung innerhalb des rohen Haufens gezeigt werde, wandte Tycho den Blick von der jungen Frau. Auch sie erschien ihm plötzlich nur noch wie Schmutz unter Schmutz, ein Haufen Erde, zu einem Körper geformt, der sich mit einem anderen vereinigte und vergehen musste.

Doch auch Tycho verwilderte immer mehr. Im vierten Monat seiner Verschleppung war er ein bösartiges, geducktes Bündel eines Mannes, der nur widerwillig seine Pflicht erfüllte. Und sie zogen immer weiter nach Norden.

Die Friedlosen hatten keinen Sinn für die Schönheit der nordischen Landschaft, noch hegten sie Bewunderung für die harte Arbeit der Landbevölkerung. Sie machten Beute. Und wenn sich ihnen neue Männer anschließen wollten – junge, starke Bauernsöhne –, nahmen sie diese auf, nachdem sie ihren Befehl befolgt und einen friedlichen Bauern mit eigener Hand erwürgt hatten.

Viele konnten es nicht. Aber einige schafften es.

Nach anstrengenden Marschtagen und Scharmützeln erreichte die inzwischen fünfundvierzig Mann starke Truppe den nördlichsten Punkt Jütlands. Da Tycho sein Pferd gleich hinter

Troense führen musste, sah er sofort, dass Skagen ausgestorben war. Die Häuser standen leer. Von einem Blinden, den man zurückgelassen hatte, erfuhren sie den Grund. Die Bauern rüsteten zur Gegenwehr; sie begannen Krieger auszuheben, um die umherziehenden Söldnerheere zu bekämpfen.

Die Friedlosen zogen an der Küste entlang.

Auf den Schären vermuteten sie versteckte Bauern und deren Weiber, doch sie besaßen keine Boote, um sich davon zu überzeugen. Zwei Tage später türmten sich vor ihnen künstliche Wälle auf. Vorsicht war geboten. In den dichten Wäldern dahinter konnte die wilde Vorhut der Bauern lauern, dressierte Wölfe, die sich auf Befehl ihrer Herren in blutrünstige Bestien verwandelten.

Doch es blieb alles ruhig. Kein Feind ließ sich blicken.

Als es am nächsten Morgen weiterging, wurden die Wege so schmal, dass die Friedlosen ihre Reittiere hinter sich herziehen mussten. Am Abend erreichte man ungefährdet eine Anhöhe, auf der sich eine Burg erhob. Doch die Wehranlage, mächtig gegen den Abgrund des Meeres gebaut, über das die Normannen einfallen konnten, war leer. Der Feind schien sich wie ein Gespenst zu verflüchtigen; er zog sich mit seinen Bestien zurück, die Bauern verhielten sich geschickt.

Der Tross schlug in der Burg sein Nachtlager auf, und die Krieger mussten erkennen, wie nahe sie ihrem eigenen Himmel gekommen waren. Es wurde erbärmlich kalt. Feuer mussten entzündet werden, und die Flammen schlugen hoch bis zu den Turmzinnen.

So oder ähnlich war jeder Abend. Die Tage reihten sich aneinander. Tycho dachte nicht mehr daran, dass es jenseits davon noch etwas anderes geben konnte.

Westlich von ihrem jetzigen Aufenthaltsort befand sich die Stadt Tillitse. Der Anführer der Friedlosen teilte seinen Haufen in drei Abteilungen und legte den Weg in die Stadt in Schlachtordnung zurück. In Tillitse begrüßte sie niemand. In den leeren Straßen war nichts zu hören als das Schnauben ihrer eigenen Pferde, ihre Tritte und das Schlagen auf ihre Schilde aus Holz und Bronze.

Hinter der Stadt jedoch erblickte Tycho als Erster auf einem Hügel über den Häusern eine Armee.

Tycho verstand nichts von Kriegstaktik, begriff also wenig von dem, was jetzt geschah. Während sich um ihn herum, auf immer engerem Raum, die eigenen Krieger drängten, dachte er an Flucht.

Troense schlug sein Lager in der Stadt auf. In der Nacht loderten am gegenüberliegenden Berghang die Wachtfeuer der anderen; es schienen mehr zu sein, als Sterne am Himmel standen. Waren es Bauernkrieger? Schweden? Finnen? Niemand wusste es.

Tycho fühlte sich aufgerieben und gänzlich nutzlos.

Er war müde. Wo war sein eigenes Leben? Ging es ihn etwas an, was er sah und mit anhören musste? Er schloss für einen Moment die Augen und hörte in seinem Kopf den sanften Wellenschlag der Ostsee am Ufer der Insel Ven. Jetzt aber stand er hier, an einem fremden, gnadenlosen Ufer des Nordens.

Einen Fluchtversuch zu planen wäre sinnlos gewesen; die Wachen hätten es vereitelt. Tycho war auch gar nicht fähig, etwas Überlegtes zu tun. Er tat gar nichts.

Als die Friedlosen noch vor Morgengrauen aufbrachen, um ihre bisher größte und vielleicht letzte Schlacht zu schlagen, blieb er einfach dort, wo er war.

Und während die Männer mit klirrenden Rüstungen und Waffen, begleitet vom Knarren des Leders ihrer Beinkleider, Schilde und Pferdesättel aufbrachen, blieb Tycho im Staub der Stadt sitzen, wartete, bis eine fahle Sonne aufging und vergrub das Gesicht in den Händen.

Nach einer Weile stand er auf, holte sich sein Pferd und ritt nach Süden.

Er kam nur langsam voran. Erst jetzt begriff er das volle Ausmaß dieses nordischen Krieges, in den sich Dänen, Schweden, Normannen, Finnen und Teutonen verkrallt hatten. Überall waren die Brücken und Felder, die Weiler und Ortschaften zerstört, auf den Wegen lagen Steine und Blumen.

Je weiter er nach Süden kam, desto häufiger waren im aufgeweichten Erdboden Spuren zu sehen, die von nackten Füßen stammten. Offenbar gab es keine Reittiere oder Lasttiere mehr; an ihre Stelle waren Menschen getreten.

Am schlimmsten war es in der Nähe menschlicher Behausungen. Hier lagen Leichen, unbeweint, unbestattet. Ihr Verwesungsgeruch machte das Atmen zur Qual.

Als Tycho im Innenhof eines verlassenen Hauses rastete, das aus wärmedämmenden Lehmziegelmauern gebaut war, machte er einen grausigen Fund. Er entdeckte in einer Grube zwanzig Tote, Männer und Frauen. Streitäxte hatten ihre Schädel bis zum Kinn gespalten. Hier mussten Barbaren am Werk gewesen sein, die keinem Heer angehörten, vielleicht herumziehende Söldner wie die Friedlosen, die das Kriegschaos für ihre Beutezüge nutzten.

Tycho wühlte in Abfallhaufen, um etwas Essbares zu finden. Wenn er auf eines der wenigen Haustiere stieß, die den Kampf und die Plünderungen überlebt hatten, begannen ungestüme Verfolgungsjagden. Sie endeten fast immer damit, dass die Kreatur kreischend das Weite suchte und Tycho aufgeben musste, um Luft zu schöpfen. Dann hörte er das Knurren seines Magens umso deutlicher.

Er gewöhnte sich daran, Schlangen zu erlegen und Fische aus den Bächen mit der bloßen Hand zu fangen. Über dem ganzen Land lag eine unnatürliche Stille. Tycho vegetierte dahin und verlor auch den Rest seiner Hoffnung.

Er schleppte sich weiter.

Wenn am Himmel Raubvögel auftauchten, schlug er einen großen Bogen. Meist ging er nachts und verkroch sich am Tag. Einmal bemerkte er in einiger Entfernung Staubwolken, die aufgewirbelt wurden, und hörte ein Donnern und Dröhnen. Das mussten durchziehende neue Heere oder marodierende Horden sein. Neuer Tod, neues Elend.

Tycho wurde immer scheuer und mied jeden Kontakt in den Ortschaften. Wenn er hin und wieder Bauern sah, die auf den Feldern herumstocherten, wich er ihnen aus, obwohl er von ihnen vielleicht etwas Essbares bekommen hätte. Er hatte die menschliche Gemeinschaft der Seelen satt. Wenn der Weg ihn an der Küste entlangführte, saß er manchmal zusammengesunken da und starrte übers Meer nach Osten. Wann endlich würde seine Insel in Sicht kommen?

Tag für Tag, Woche für Woche vergingen. Langsam kam Tycho von Brahe nach Süden voran.

Stets bemüht, in Deckung zu bleiben, ritt er dahin. Sein Pferd ernährte sich von Gräsern und Wurzeln, wurde aber immer klappriger. Tycho benötigte zwei Monate für den Rückweg, sechzig entbehrungsreiche, trostlose Tage.

Wenn er in den Nächten rastete und das Feuer erloschen war, hörte er Geräusche. Irgendetwas schlich vor den Höhlen vorbei, in denen er Unterschlupf suchte. Dann wartete Tycho mit gezogenem Messer, bis draußen wieder Ruhe eingekehrt war. Erst dann fiel er in einen unruhigen Schlaf, der von zusammenhanglosen Gedankenblitzen beherrscht war.

Am Morgen standen wie das Omen eines untergehenden Landes die Nebelbänke über der flachen Landschaft.

Als er sich durstig über den Spiegel eines Bachs beugte, entsetzte er sich über sein Aussehen. Er erkannte sich selbst kaum wieder. Die Haare lang und verfilzt, der Bart ebenso, die Augen rot geädert, die Lippen rissig, die Gesichtshaut aufgedunsen.

Als er weiterritt, glich es einer Flucht vor sich selbst.

Schließlich, nach einer Überfahrt in einem alten, geflickten Boot, kam die Küste Fünens in Sicht. Er landete und begann, die Insel zu Fuß zu überqueren. Sein Pferd hatte er zurücklassen müssen. Als er in den Osten der Insel gelangte, sah er in der Ferne die Häuser einer Stadt. Es musste Kopenhagen sein, doch Tycho hielt sich nicht damit auf. Er war nur von dem Gedanken besessen, nach Ven zu kommen.

Auch hier fand er ein verlassenes Boot. Fischer waren nicht zu sehen.

Auf Ven schien der Krieg nicht gewütet zu haben. Der kleine Hafen Bäkviken war intakt.

Doch Tycho blieb misstrauisch. Er zwang sich zur Ruhe und marschierte weiter.

Endlich kamen die Mauern von Uraniborg in Sicht.

Tycho stieg auf einen Baum, der ihm freie Sicht ermöglichte. Nach und nach fiel die Angst von ihm ab, und der vertraute Anblick machte seine Gedanken klarer.

Die Mauern der Anlage schienen unzerstört. Und Kristine? Befand sie sich darin?

Da Tycho nichts Verdächtiges bemerkte, gab es für ihn kein Halten mehr. Er sprang vom Baum, rannte die Anhöhe hinauf, stolperte, wirbelte Staub auf. Steine kullerten vor ihm her. Er erreichte den Westturm, wo er und Kristine oft Tee getrunken hatten. Er stürmte durch die kleine Pforte, verharrte zwischen den Obstbäumen, eilte zum Park, lief weiter. Im Haupthaus riss er eine Tür auf. Dann eine zweite.

Und erstarrte.

Tycho sah sich einer Furcht einflößenden Axtsichel gegenüber, die ihm ein bärtiger, noch junger Mann gegen den Kopf stieß. Dahinter duckte sich eine weitere Gestalt im Halbdunkel. Wie ein Tier knurrend, eine Keule über den Kopf erhoben.

»Jens? Jens, bist du das?«

Der andere starrte ihn ungläubig an. Tycho blickte in ein wutverzerrtes, zum Kampf entschlossenes Gesicht. Jetzt sprang aus dem Schatten die zweite Gestalt hervor. Sie löste sich aus der Dunkelheit des Raumes, und Tycho sah, dass es eine Frau war.

Sie war schwanger.

Jetzt erkannte er sie.

Es war Kristine!

Tycho brachte kein Wort mehr hervor. Er breitete nur die Arme aus. Die junge Frau ließ die Keule fallen, näherte sich langsam, blieb dicht vor ihm stehen. Ihre fragenden Blicke tasteten sein Gesicht ab. Es schmerzte Tycho, dass sie ihn nicht erkannte. Sie berührte ihn mit den Fingerspitzen, erkundete sein verwildertes Gesicht. Er schloss die Augen, nahm ihren Duft wahr, den Geruch eines jungen, köstlichen Körpers, einer Frau, die es gewohnt ist, sich im Freien aufzuhalten.

»Tycho?«

Er nickte stumm. Zu mehr war er nicht mehr in der Lage.

Wir bekommen ein Kind, dachte er.

Ich bin wieder zu Hause.

Zwischenspiel auf Schloss Frederiksborg 1588

Der König starb, wie die Ketzerin auf dem Scheiterhaufen es angedroht hatte, noch bevor die gierigen Flammen ihre nackten Beine erreichten. Er starb durch die Hitze seines unheilbaren Fiebers lange vor Anbruch des Morgengrauens in der Stunde des Wolfs.

Noch um Mitternacht hatten seine Ärzte ihn erbrechen lassen, hatten Blutegel angesetzt, hatten ihn heiß und kalt gewaschen, sogar in einem mit Weihrauch ausgeräucherten und mit Hostien gereinigten Eichenholzzuber unter Wassergüssen gebadet und unter eine Schwitzglocke gesetzt, wobei er den obligatorischen, gewickelten Hut und aus Gründen der Scham den Badequast trug. Dann hatten sie ihn aufgesetzt, mit heißen Tüchern trockengerieben, Lassköpfe angesetzt, um auf seinem Rücken Beulen zu erzeugen und sie anzustechen, bis Blut heraustrat. Sie verabreichten dem sterbenden König gemahlene *Archangelica officinalis*, die den Schweiß und den Harn treiben und seine Nerven stärken sollten; sie führten ihn herum und leiteten ihn zum Leibstuhl am *locus secretus* hinter der niedrigen Tapetentür aus rotem Brokat.

Dann ließen sie ihn zur Ader.

Man hatte seine Arme und Beine mit Löserbinden abgeschnürt, die jetzt blau hervortretenden Venen im rechten Arm mit einem spitzen Messer, dem *Layeysens*, aufgeschnitten und danach auch am linken Bein so viel Blut genommen und in Tiegeln aus dünnem, chinesischem Porzellan aufgefangen, dass er jetzt ganz bleich und leblos in den Kissen lag.

Die akademischen Ärzte, kundig in der griechischen und jüdisch-arabischen Medizin, hatten sich lange mit gewichtigen Mienen beraten, hatten sich zurückgezogen und waren wieder aufmarschiert. Alle zwölf. Mit vibrierenden Backenbärten, unter würdevollen, flachen Hüten, in wehenden, schwarzen Gewändern, die Arme gebieterisch in den weiten Ärmelausschnitten ausgestreckt, die Nase im Gegensatz zum König hoch erhoben. Einer von ihnen las jetzt laut aus einem medizinischen Brevier vor, das kostbarer eingefasst war als die Heilige Schrift, die auf dem aufgedunsenen Bauch des Monarchen lag.

»Sind bei einem König die Gefäße mit Blut gefüllt, so müssen sie von dem schädlichen Schleim und dem durch die Verdauung gelieferten Saft durch einen Einschnitt gereinigt werden. Wird bei einem König ein Gefäß angeschnitten, so erleidet das Blut, wie bei einem plötzlichen Schrecken, eine Erschütterung, und was dann zuerst zutage kommt, ist Blut. Das faulige und zersetzte Blut fließen aber gleichzeitig ab; daher kommt es, dass verschieden gefärbt ist, was ausfließt, weil es aus Fäulnis und Blut besteht. Sobald die Fäulnis mit dem Blut ausgeflossen ist, folgt reines Blut, sodann muss man mit der Blutentziehung aufhören.«

»Ist das nicht ketzerisch?«, murmelte ein Kaplan. »Kann ein König fauliges Blut haben?«

»Nur wenn er vergiftet wurde«, sagte ein anderer.

»Nein, auch dann ist es immer noch rein und hell. Es muss ja das beste Blut im ganzen Lande sein, sonst wäre es kein königliches Blut!«

Da des Königs Blut jedoch, wie alle sich überzeugen konnten, die sich darüber beugten, tatsächlich dunkel war und übel roch, ließen sie ihn noch einmal zur Ader. Aber das Blut wurde nicht heller, und sie mussten mit dem Aderlass aufhören.

Dann legten sie ihm Leibbinden an, die in Zinnober und Kräuterölen getränkt waren, und betupften Hals und Gesicht mit Zibet und Rosenöl, wie es bei Influenza angeraten war. Der vom anhaltinischen Hof angereiste Erste Leibarzt der nordischen Königshäuser, Professor Dr. med. Caspar Peucer, dessen Vertrauen erweckendes Antlitz ein Nasenbart schmückte, der wie ein mächtiges Zeltdach aussah, rätselte über des Königs ungewöhnliche Anatomie. Er drückte hier und zog dort, und schließlich erteilte er Anweisungen. Anschließend führte einer seiner mitgereisten Helfer einen kleinen Magneten, einen Bronzering und ein junges, lebendes Meerschweinchen über den ausgezehrten, von feinen blauen Äderchen überzogenen Körper des Königs.

Es nützte alles nichts. König Frederik war müde. Er hatte zu viel gesehen, zu viel entscheiden müssen, in zu vielen Nächten lange wach gelegen.

Der König verlangte nach der Letzten Ölung, die nicht der Erzeugung eines besseren Geruchs, sondern seiner Vorbereitung auf das Himmelreich diente. Die Priester und Beichtväter wurden in das von schwarzen Kerzen nur schwach erleuchtete Gemach und Sterbezimmer gerufen, das gleichzeitig ein Spiegelzimmer war, denn der König hatte es geliebt, vor allem in der Nacht nicht allein zu sein. Die Geistlichen schwenkten schon beim Eintreten den dampfenden, wenn auch kalten Weihrauchkessel und sangen leise. Ihre Mienen waren noch ernster als die der Ärzte.

Jetzt lag der König in den Bergen seiner verschwitzten Kissen und äußerte mit eingefallener, fast gänzlich durch seinen Atem nach innen gesaugter Stimme seinen letzten Wunsch:

»Lasst mich um Gottes willen sterben.«

Und sie ließen ihn sterben. Aber nicht, ohne all die Rituale des christlichen Abendlandes an ihm durchexerziert zu haben, die getan werden mussten, wenn ein König starb. Und alle – außer Königin Sofie, die selbst am Herzen erkrankt war und zur Kur auf Anholt weilte – waren dabei und wollten noch einen Blick auf den lebenden Herrscher erhaschen, der neunundzwanzig Jahre lang zur Zufriedenheit fast aller regiert hatte.

So herrschte im Schlafgemach des Königs, in dem er in dieser Nacht starb, ein großes Gedränge.

Im ständigen Kommen und Gehen seines Hofstaates machte Frederik kurz nach Sonnenaufgang – ein letzter Strahl des heraufziehenden Tageslichts schien seine Stirn zu küssen – die Augen für immer zu. Und in den angrenzenden Fluren, Fluchten, Suiten und Gemächern vernahmen es fast alle anderen Bediensteten, Begünstigten, Abgesandten, Erbberechtigten und Mätressen, die im Sterbezimmer keinen Einlass gefunden hatten. Sie erhoben sich.

Alle in Frederiksborg dachten darüber nach, was nun geschehen sollte. Und je weiter entfernt im Schloss sie sich vom Sterbezimmer des Königs aufhielten, desto geringer schien ihre tief empfundene Trauer zu sein.

Denn in den Außensuiten, Fluren und Foyers, bis hin zu den Gewölben, Remisen, Heizungskellern, Wasserhebewerken und

Alleen, nahm gleich nach Sonnenaufgang der Lärm wie an jedem gewöhnlichen Tag zu, und die Geschäfte wurden abgewickelt wie eh und je.

Die Lieferanten fuhren vor und wieder davon, die Dienerschaft wurde von Kammerherren gedrillt, die Stubenmädchen reinigten die Laken von Flecken und drehten das Bettzeug noch einmal um, die Küchenjungs wienerten das Tafelsilber und bekamen schallende Ohrfeigen, wenn sie etwas fallen ließen – woraufhin sie es scheppernd fallen ließen. Und die Hofdamen übten den Knicks unter den verschärften Bedingungen des morastigen Untergrunds am Fuße der Freitreppen und beschmutzten so ihre von feinen Spitzen eingefassten Röcke.

Und als schließlich die Stallknechte, Pferdezüchter und Gärtner am frühen Vormittag zum ständigen Klang der schweren Glocken von der Palastkirche und dem Bimmeln der Kapellenglöckchen gefragt wurden, wie es nun weitergehen sollte ohne den teuren Verstorbenen, den unersetzlichen Landesvater Frederik, da dachten sie lange nach und sagten schließlich kurz angebunden:

»Es wird ein neuer König kommen.«

Und so war es auch.

Der neue König stand schon bereit. Genauer gesagt saß er bereit. Als Frederik starb, saß er nicht mehr als zwei Flure und eine Zimmerflucht weiter im Licht der mehrstufigen Kronleuchter im größten Spielzimmer.

Allerdings spielte er nicht. Und die anderen Anwesenden auch nicht. Die Spieltische mit den kostbaren Intarsien aus poliertem Edelholz dienten ihnen als Ablage für die Gesetzesbücher. Der Hofstaat und die Schranzen berieten, was nun zu tun sei.

Den schlauen Ratgebern des Thronnachfolgers fiel alles Mögliche ein. Diese Ratgeber waren vornehmlich der Reichsadmiral Peder Monck, der Reichsrat Hak Holgersen Ulfstand, der Kanzler Niels Kaas, der Kanzleisekretär Steen Bille, der Landmarschall Jörgen Rosenkrantz und der Hofmarschall Jakob Krabbe zu Skillinge. Sie lasen, interpretierten und diskutierten. Und während sie mit halblauten Stimmen sprachen und ihre Blicke gedankenlos, wenn auch mit Genuss über die teuren Ledertapeten, die goldenen oder vergoldeten Profilleisten, die eingezogenen Blütenornamente, die stuckierten Spiegel und die Ganzfigurenporträts an den Wänden glitten, flüsterte Prinz Kristian seiner Freundin Anna Katharina zu:

»Wir machen nachher Stockspringen. Ich weiß im Park ein hübsches, verstecktes Viereck dafür, in dem es keine Wasserpfützen gibt. Und wenn du vom vielen Springen heiß bist, will ich dich küssen.«

Anna Katharina schien von der Aussicht begeistert. »Ich ziehe meine weißen Kniestrümpfe und die roten Schnallenschuhe an. Wenn du willst, kannst du dabei zusehen.«

Prinz Kristian hatte gerötete Wangen bekommen. Als einer seiner Ratgeber sich an ihn wandte, bedachte er ihn mit einem feindseligen Blick. Der Kammerherr Preben Bilt fragte:

»Hoheit, wünscht Ihr am Mittag eine Ansprache anlässlich dieses für uns alle so traurigen Ereignisses zu halten?«

Prinz Kristian antwortete: »Das könnt Ihr machen, Bilt. Ich habe wichtigere Dinge zu tun.«

Die anwesenden Herren nickten überzeugt. Ja, das stimmte. Alle waren sich einig, dass der Prinz sich erst austoben müsse, bevor er das Zepter der Macht ergriff. Denn er war elf Jahre alt, und seine Verlobte, die Prinzessin Anna Katharina von Brandenburg, war dreizehn. Jugend hat ihren eigenen Sinn. Aber man würde sie schon lenken und leiten.

Nur der Taufpater des jungen Prinzen aus der Frauenkirche wollte etwas einwenden, schwieg aber, als die strengen Blicke der anderen ihn trafen. Pater Egidius war es gewesen, der beim Tauffest das Stück »Kampf zwischen David und Goliath« mit Kopenhagener Studenten einstudiert und im Schlosshof aufgeführt hatte. Schon das Kind Kristian musste sehr beeindruckt davon gewesen sein, was sein späteres Verhalten erklärte, denn die schauspielenden Studenten gingen so in der Handlung auf, dass sie sich gegenseitig blutig schlugen. Und der alte Reichsadmiral Peder Skram, der wegen seiner schlechten Augen der Szene am nächsten saß, sprang über die Schranke, um sich in den Streit auf der Bühne, die er nicht für eine solche hielt, einzumischen. Das war der Moment gewesen, wo Prinz Kristian auf dem Arm seines Taufpaters entsetzlich zu schreien anfing.

Er brüllte, schniefte und schrie. Und er hörte fünf Tage nicht mehr damit auf.

Seine Kindheit, die weitgehend ruhig verlief, verbrachte der Prinz in Mecklenburg, wo er Anna Katharina kennen lernte, in Skanderborg und Kolding. Er zeigte früh Talente, die er jedoch bald wieder vergaß. Und seitdem er auf Frederiksborg war und König werden sollte, zeigte er nur noch Interesse für Stockspringen. Vielleicht lag es daran, dass er es mit Anna Katharina spielte, der er beim Anziehen ihrer sehr langen weißen Baumwollstrümpfe zusehen durfte.

An diesem Morgen jedenfalls wurde die Tür zum Schlafzimmer des alten Königs, das nun sein Sterbezimmer war, so laut zugeschlagen, dass jeder es hören konnte. Und die Hofherren gingen einige Flure und Fluchten weiter und öffneten die Flügeltür zum Spielzimmer und dem dahinter befindlichen Gemach des Prinzen Kristian. Sie traten ein und sagten:

»Der König ist tot. Es lebe der König.«

Prinz Kristian sah auf. Er vergaß den Anblick von Anna Katharinas weißen Baumwollstrümpfen nur unwillig. Aber er musste die neuen Pflichten zumindest anerkennen. Er tat das, was man im Augenblick von ihm erwartete, nämlich aufzustehen und sich demütig in Richtung des Sterbezimmers zu verbeugen, das im Osten des Schlosses lag.

Es war eine schöne, wenn auch nur zeremonielle Geste. Denn im Innern dachte der junge Prinz weiterhin nur an Anna Katharinas weiße Strümpfe und ihre langen Beine. Und er wusste, eines Tages würden diese Strümpfe ihm gehören. Und diese Beine.

In der Zwischenzeit jedoch musste er sich auf die lästigen Staatsgeschäfte vorbereiten, die er in acht Jahren übernehmen würde, wenn seine Mutter abdankte. Er musste sich mit Hauslehrern streiten, Diener mit jungenhaften Launen schikanieren, die feuchten Küsse und Ermahnungen von Gouvernanten ertragen, die falschen Schmeicheleien von gekauften Hofschranzen über sich ergehen lassen.

Erst wenn er dies alles überstanden hatte, durfte er sich wieder um Anna Katharinas weiße Strümpfe kümmern.

Der junge Prinz hielt Ausschau nach seiner Mutter. Sie war die Einzige, die ihn die trüben Aussichten der kommenden Zeit ertragen ließ. Aber wo war sie?

Sie erhielt in diesem Augenblick die Nachricht von des Königs Ableben, erschrak und machte sich umgehend bereit für eine lange Rückreise.

Als die Königin Sofie am dritten Tag endlich auf Frederiksborg eintraf, blass und angegriffen, führte man sie sofort ins Sterbezimmer, in dem es stark nach Weihrauch, Myrrhe und etwas anderem, sehr Süßlichem roch. Sie unterdrückte ein Ekelgefühl, trat nahe an das Sterbebett heran und sagte zum toten König:

»Die Sterne standen lange Zeit sehr gut für uns. Wir haben ein erfülltes Leben geführt, nicht wahr, mein Gemahl? Aber jetzt stehen die Sterne schlecht. Wir müssen uns ein neues Horoskop erstellen lassen. Nicht für dich, mein Geliebter, denn du brauchst keins mehr. Aber für mich und für unsere Kinder, vor allem für unseren Kristian. Denn ich brauche keine Gefühle, ich brauche Sicherheiten, deshalb ist mir die Mutterrolle jetzt lästig, und ich will aus den Sternen lesen, was zu tun ist. Lasst Tycho von Brahe kommen. Ich vertraue ihm.«

Prinz Kristian wurden diese ersten Worte der eintreffenden Königin, seiner lange vermissten, zärtlich geliebten Mutter, beim Stockspielen übermittelt.

Er hatte gerade zum Wurf ausgeholt und hielt nun inne. Während Anna Katharina warten musste, auf seinen Wurf hin mit gerafften Röcken loszuspringen, verdunkelte sich die Stirn des jungen Prinzen. Und er antwortete, was seitdem alle Dänen auswendig dahersagen konnten, auch die Zahnlosen und Blinden, ja beinahe selbst die Stummen:

»Dieser Tycho Brahe ist kein aufgehender Stern. Er ist eine sterbende Sonne. Ich will ihn nicht sehen. Er soll es nicht wagen, auf Schloss Frederiksborg, das bald einen anderen Namen tragen wird, zu erscheinen und meiner Mutter Horoskope zu verkünden. Oder sein Stern sinkt noch viel tiefer als bisher schon.«

Tycho hörte diese Worte natürlich nicht. Denn er war bereits, von zwei königlichen Boten in roter Livree dazu aufgefordert, auf dem Weg ins Schloss. Seine gut gefederte Kutsche schaukelte über die schlechten Wege jenseits der Anlegestelle am Kopenhagener Hafen.

Er war nach dem Übersetzen aus Ven dem Schloss schon nahe, bog in die lange Allee ein und erreichte die Wachen. Und die hohen, eisenbeschlagenen Sprossenräder der königlichen Kutsche versanken nur manchmal in Schlaglöchern und tiefen, sehr tiefen Pfützen.

Denn in diesem Sommer regnete es in Dänemark beinahe ununterbrochen. Die Sonne stand nur selten kraftlos an einem flachen Himmel. Schon munkelte man von einem Gottesgericht, von bevorstehenden Katastrophen, Erdaufrissen und Kometen mit feurigen Bahnen.

Die Stimmung im Land war trübe. Und überhaupt verdunkelte sich der Himmel auch bei Tag immer mehr.

Zweites Buch

»Dass ich sterblich bin, weiß ich,
und dass meine Tage gezählt sind,
aber wenn ich im Geist
den vielfach verschlungenen Kreisbahnen
der Gestirne nachspüre,
dann berühre ich mit den Füßen
nicht mehr die Erde.«

Ptolemaios

Dritter Teil

Kopenhagen.
Kassel.
Padua.
Venedig.

1596–1598

Die Frist

Der zukünftige König befahl zwei Hochzeiten. Eine für sich und eine für den bedeutendsten Astronomen seiner Zeit.

Er wollte sich endlich mit Anna Katharina, der Brandenburgerin mit den langen, weißen Strümpfen, vermählen und Tycho von Brahe mit seiner älteren Halbschwester Edwiga aus dem Hause Holstein. Er sah in königlicher Souveränität darüber hinweg, dass Edwiga bereits fünfzig Jahre zählte, und auch darüber, dass der Astronom bereits verheiratet war.

Er zitierte Tycho von Brahe ein ums andere Mal nach Kopenhagen.

Er äußerte seine Wünsche, die eigentlich Befehle waren. Er ließ ihn mit Edwiga allein. Und wenn Tycho Brahe dann wiederholte, er habe bereits eine schöne, treue Frau und Mutter seiner Kinder und er werde sich niemals von ihr trennen, dann erwiderte der König, wobei sein jugendlich dünner Spitzbart mächtig zitterte:

»Unsinn! Es ist mein Befehl, und dabei bleibt es! Ihr nehmt sie zur Gattin, oder ich lasse Euch in Geiselhaft nehmen! Edwiga ist die reichste Frau Jütlands! Eine solche Partie schlägt niemand aus, der bei Verstand ist!«

Doch Tycho von Brahe, Erster königlicher Astronom und

Mathematiker, war bei Verstand und widersetzte sich. Er sah keinen Grund für eine Scheidung und keinen für eine neue Heirat. Sein Leben mit Kristine auf der inzwischen errichteten Sternenburg von Ven war für ihn das Paradies. Auch wenn nach der kleinen Tochter Kristine bald auch der Sohn Claus früh gestorben war und die Gesundheit der anderen sechs Kinder oft Sorge bereitete – Tycho Brahe besaß alles, was er brauchte, und wollte nicht mehr.

Der zukünftige König Kristian der Vierte grollte, drohte und schob seine eigene Hochzeit immer wieder hinaus.

Er wollte die Doppelhochzeit.

Tycho blieb standhaft.

Noch wagte es Prinz Kristian nicht, ihn in Geiselhaft zu nehmen. Er besprach sich mit seiner Mutter und überlegte sich andere königliche Mittel. Um diese, mit neuer Macht ausgestattet, auch zu bekommen und legal anwenden zu können, erklärte er endlich seine Kindheit für beendet und ließ sich mit neunzehn Jahren zum Herrscher über das Land der Dänen krönen.

Der 29. August 1596 war ein langweiliger Tag mit langweiligem Wetter.

Man hatte die Frauenkirche in der Norregade herausgeputzt. Mit ihren weißen Kreidequadern leuchtete sie wie Absaloms Burg. Auf der Spitze des Ostturms, dem Pinnaculum, waren weithin sichtbar goldene, juwelenbesetzte Schreine mit kostbaren Reliquien untergebracht; auf ihrem stumpfen Westturm mit den umlaufenden Zinnen aus Kupfer flatterten die Fahnen der Königshöfe Europas, und die Monarchen reisten auf allen Wegen an.

Auch Tycho von Brahe, Kristine und die sechs Kinder wohnten der feierlichen Krönung in der Basilika bei. Und da die

Frauenkirche in ihren spätromanischen Abmessungen nur einer besseren Dorfkirche mit hohem Mittelschiff, niedrigen Seitenschiffen und einem Querschiff glich – wenn auch mit der kostbarsten Ausstattung ihrer Zeit versehen –, konnte Tycho dem König in die Augen sehen. Und der Astronom bemerkte, dass der neue König ihm unter seiner schweren Krone hin und wieder wütende Blicke zuwarf. Das machte ihn selbst wütend, denn er war nicht der Mann, der kuschte. Nicht einmal vor seinem König.

Aber dadurch stachelte er die Wut Kristians immer weiter an. Und vielleicht war es dieser ausufernden königlichen Wut zu verdanken, dass die Krönungsfeier für Tycho in einer Bedrohung endete.

Die zweitausendzweihundert Pferde der angereisten Fürsten und Gesandten wurden bereits im nahen Dorf Valby am Roskildevej versorgt, das Kopenhagen mit Fleisch, Fisch und Gemüse ernährte. Dort waren die Krönungsgäste am frühen Morgen mit einem Feuerwerk von fünfundzwanzigtausend Schuss und dem Abfeuern der Festungskanonen empfangen worden. Valby, das Dorf der achtzig Seelen, glich einem riesigen Zeltlager vor einer entscheidenden Schlacht. Und eine solche stand auch bevor. Es war die Schlacht um die größten Attraktionen, von denen die Chronisten der Zeit später zu berichten hatten. König Kristian wollte mit seiner Heirat in die Geschichte eingehen.

Die Bevölkerung Kopenhagens erhielt an diesem Tag ein Geschenk. Auf dem Amagertorv hatte Kristian einen Brunnen bauen lassen, aus dem Wein floss. Fünfunddreißigtausend Gläser standen dafür bereit. Auf langen Tafeln im Ströget warteten sechstausend gebratene Spanferkel auf den Heißhunger der zumeist armen Stadtbewohner. Bedienstete des Hofes verlasen auf dem Rathausplatz Grußadressen und ließen den König hochleben; anschließend zogen sie durch die gewundenen Straßen der Altstadt und warfen versilberte Geldmünzen in die Menge, als wären es bunte Bonbons.

Auch für seine eigenen Krönungsgäste sorgte Kristian aufs Beste. Er hatte elftausendzweihundert Steintöpfe Wein bei dem Weinhändler Willumske von Dellen bestellt, und das holländische Handelshaus lieferte den süßesten Tropfen. Schon seit Tagen waren die königlichen Jäger der Umgebung samt aller verfügbaren Hetzjäger und Treiber damit ausgelastet, Wild zu erlegen, und nun warteten in den Vorratskellern des Hofes Hunderte von eingesalzenen Rehen, Wildschweinen, Hirschen, Hasen, Rebhühnern, Wildtauben und Fasanen, Stelzvögeln und Wasservögeln auf ihre weitere Verwendung. Und in den großen Fischbecken schwammen Rochen, Krebse, Hechte und Petermänner dem Moment entgegen, in dem Scharen von Köchen und Küchengehilfen sich auf sie stürzen würden, um sie in schmackhafte Gerichte zu verwandeln.

Daneben standen noch lebend bereit: einhundert Rinder, einhundert Schafe, einhundert Schweine und zusätzlich für jeden der zehn geplanten Festtage einhundert Ferkel, sechzig weitere fette Schweine für Suppen, zweihundert Zicklein, zweihundert Lämmer, einhundert Kälber, zweitausend Hühnerbrüste und sechstausend Eier. Sparsamkeit war dem Ansinnen der Notabeln fremd. So begann das Fest. Und noch am gleichen Morgen, die Krönung war gerade vollzogen, tafelten die Küchenmeister das erste von drei Mittagsmenüs auf. Es gab:

legierte Kükensuppe. Kapaun in weißem Pudding mit Granatapfel und rotem Zuckerwerk. Ein Viertel vom Zicklein in einer Soße aus Orangen. Als Zwischengericht für Heißhungrige Krebse, Steinbeißer in Aspik und zum Dessert gemahlenes Wildbret. Gewürzter Hypocras mit Zimtwaffeln rundeten die Gänge ab.

Am Abend stand bereit: kalter Salbei mit Küken und kleinen Gänsen. Vinaigrette. Pasteten aus Kaninchen mit Pudding aus Zickleingekröse, goldbraun gebratene Rebhuhnköpfe. Zum Abschluss servierte man Früchte und Käse, dazu süßen Wein.

Die feinen, dem Hochadel vorbehaltenen Gewürze in goldenen Schälchen, für deren Anlieferung Tychos Onkel, der Ostindienhändler Jörgen Brahe aus Aarhus, den Zuschlag bekommen hatte und deren Tafelanordnung ebenso vorgeschrieben war wie die Sitzordnung für höfische Feiern aus dem Jahr 1336, bestanden aus Paradieskorn, Nardenwurzel, Zimtblüten, Safran, Galgant, Samen der Muskatnuss, Zimt, Nelken, Ingwer, Salz und natürlich langem Pfeffer, für den Onkel Jörgen besonders geschätzt war.

Noten und Text für die Dankeshymnen an Gott und den König fanden die Gäste auf den Schneiden der Messer eingeritzt. Und der Tanz danach, sofern sich noch ein Gast bewegen konnte, fand mit dem Gesang von neunzehn Chören zum Fackelschein in den Schlossgärten statt.

Tycho von Brahe tanzte an diesem Tag nicht.

Er saß dem neuen König Kristian dem Vierten gegenüber, an dessen rechter Seite sich die Königin Anna Katharina und zur Linken die Königinmutter Sofie niedergelassen hatte. Tycho wurde begleitet von seiner Frau Kristine. Und in diesem Moment betrat des Königs Halbschwester Edwiga das Privatgemach im Westflügel des Schlosses.

Kristine sah Edwiga zum ersten Mal. Die Jütländerin war

eine wenig imposante Erscheinung; ihr Hals war lang und faltig, ihr Körper gedrungen, doch ihr Gesicht war schön. Es war noch nicht verwelkt; die dunklen Augen blitzten, und das Haar türmte sich zu einer kraftvollen Haube.

»Tycho von Brahe«, sagte der junge König, »Ihr wisst, es ist mein Wunsch, dass Ihr meine liebe Halbschwester aus erster Ehe meines verstorbenen Vaters freit. Und Ihr, Frau Kristine, sollt darüber nicht traurig sein. Denn Ihr könnt die Gattin zur linken Hand bleiben. Unsere Kirche wird das absegnen, wie sie es in dringenden Fällen immer tut. Und dieser Fall *ist* dringend, denn Edwiga braucht, um es deutlich zu sagen, einen Mann. Und ihr Reichtum braucht einen notablen Verwalter, damit er der königlichen Kasse nutzbar gemacht werden kann, was erst nach einer Eheschließung geschehen kann.«

Kristine war bleich und schaute ihren Mann an. Sie wusste nicht, welche Antwort sie geben sollte. Aber da der König von ihr auch keine erwartete, sagte Tycho:

»Mein König, Ihr stürzt uns in größte Verwirrung. Unsere eheliche Verbindung währt bereits zweiundzwanzig Jahre. Wir sind auf Ven glücklich. Unsere beiden Observatorien und die Papiermühle arbeiten vorzüglich. Ich habe die Absicht, in Kürze einen Sternenkatalog vorzulegen, der in aller Welt Maßstäbe für die Himmelsbeobachtung setzen wird. Ich möchte mich nicht verändern. Ich möchte nicht heiraten.«

»Ihr werdet heiraten, Herr von Brahe!«

»Nein! Niemals! Ihr könnt mich dazu ebenso wenig zwingen wie Eure Halbschwester.«

Edwiga mischte sich ein. Sie hatte eine helle, keifende Stimme, und während sie sprach, verzog sie die Lippen zu einem schmalen Strich. »Herr von Brahe, wir müssen unsere persönlichen Wünsche manchmal zurückstellen. Unser Land verlangt gerade in diesen verworrenen Zeiten klare Verhältnisse. Ihr seid ein sehr respektabler Mann. Aber mit Verlaub – Eure kleine Frau steht weit unter Eurer Würde. Sie ist eine Bauerntochter!«

Empört wollte Kristine aufspringen, doch Tycho ergriff ihren Arm und beruhigte sie. »Ihr seid beleidigend, werte Dame«, sagte er. »Und ungeschickt noch dazu. So gewinnt Ihr mein Herz nicht. Wer meine Frau beleidigt, der tut es auch mir an.«

Der König wischte alles mit einer Handbewegung fort. »Wir haben seit zehn Jahren Krieg. Meine Berater sagen mir, dass unsere Finanzen am Boden sind. Wir brauchen den Reichtum des Hauses Jütland.«

»Dann verheiratet Eure Halbschwester mit einem anderen. Mit irgendeinem Edelmann vom Kopenhagener Hof! Sind die rothaarigen Lümmel von Mehldahls nicht gerade heiratswillig? Warum ausgerechnet ich?«

»Weil ich es so will. Ich habe einen Narren an Euch gefressen! Erinnert Euch, Ihr habt mir im Auftrag meiner Mutter ein ungünstiges Geburtshoroskop ausgestellt, nach dem ich bereits tot sein müsste. Ich lebe noch! Und zum Dank dafür, dass Ihr Euch getäuscht habt und ich Euch diesen Fehler verzeihe, folgt Ihr jetzt meinem Befehl.«

»Nein, tut mir Leid …«

Die Königinmutter warf ein: »Das Horoskop hat mit alldem nichts zu tun. Herr von Brahe erstellte es damals nach dem Stand der Sterne. Dass die gültige Vorhersage nicht zutraf, ist nicht seiner böswilligen Absicht zu schulden. Und er hat deshalb auch nichts abzubüßen.«

König Kristian schien ihre Worte überhört zu haben und

starrte Tycho Brahe mit bewegungsloser Miene an. Dann lehnte er sich langsam im Sessel zurück. Seine Stimme war ohne Regung, als er sagte: »Ich werde Euch zwingen. Ich nehme Euch solange in Beugehaft, bis Ihr bereit seid.«

Tycho Brahe konnte es nicht fassen. Er hob den Arm und ließ ihn wieder fallen.

»Aber Kristian!«, tadelte die Königinmutter.

»Zwei Wochen in völliger Dunkelheit und bei Wasser und Brot werden Euch überzeugen, dass es in jedem Fall besser ist, den Wünschen des Königs zu folgen.«

Kristine schrie leise auf und schlug die Hände vor ihr blasses Gesicht. Sie begann zu schluchzen.

Die Königinmutter versuchte weiter zu schlichten. Sie wirkte unglücklich; in ihrem Gesicht lag ein müder Zug. »Es muss eine andere Lösung geben. Wenn Herr von Brahe nicht heiraten will …«

»Er wird meinem Befehl folgen wie jeder andere im Land!«, rief Kristian. »Ich kann nicht dulden, dass sich mir jemand widersetzt!«

Königin Anna Katharina hatte bisher geschwiegen. Jetzt sagte sie: »Mein Gemahl meint, es wäre schade, wenn Ihr seine Interessen falsch deuten würdet, Herr von Brahe. Er will nur Euer Bestes, Ihr würdet Reichtümer ernten, die Eurer Arbeit zugute kommen. Ist es denn nicht bloß ein formaler Akt? Wir könnten es doch so einrichten, dass nach der Trauung alles beim Alten bleibt.«

»Richtig«, sagte die Königinmutter Sofie, »nur hätten wir dann gültige Titel, auf die wir zurückgreifen können.«

»Ihr vergesst die ehelichen Pflichten!«, warf der junge König hämisch ein.

Es war Kristine anzusehen, wie sehr sie davor grauste, sich diesen Punkt vorzustellen.

Edwiga war trotz ihres fortgeschrittenen Alters rot geworden und betupfte sich den Hals mit einem seidenen Taschentuch.

Tycho Brahe erhob sich. Mit schweren Schritten ging er an die hohen Sprossenfenster und blickte nach draußen. Es war schon fast Mitternacht, aber immer noch hell; die Mittsommernacht stand dicht unter der Horizontlinie. Sterne und Mond waren leuchtend aufgezogen. Schließlich drehte er sich um und sprach den König an.

»Nein. Es geht um das Prinzip. Ich bin ein freier Mann und lasse mich nicht nötigen. Sucht Euch einen anderen Mann, Edwiga. Und Ihr, mein König, einen anderen Untertanen, der wider sein Gewissen handeln kann.«

»Langsam, um Gottes willen!« Die Königinmutter war ebenfalls aufgestanden. »Lasst uns nichts übereilen, das wir später bereuen könnten! Herr von Brahe, Ihr seid als halsstarrig und unversöhnlich bekannt und macht Eurem Ruf alle Ehre. Die Bauern auf Ven klagen über Eure harte Hand. Aber in diesem einen Fall, ich bitte Euch um unserer früheren Freundschaft willen, gebt nach! Sucht mit uns nach einer Lösung!«

»Er soll daran denken, dass ich mit einem Federstrich seine Privilegien auf Ven beenden kann!« Kristian schien nicht bereit nachzugeben. »Seine Arbeit wirft keinen Gewinn für uns ab, sie kostet nur Geld. Wir könnten uns gezwungen sehen, alles rückgängig zu machen. Ich bin den Beschlüssen meines Vorgängers auf diesem Thron nicht treuepflichtig.«

»Aber Kristian, du sprichst von deinem Vater!«

»Und wenn schon!«

Anna Katharina warf nachdenklich ein: »Es gibt am mecklenburgischen Königshof einen Mann, der ebenfalls in Frage käme. Es ist …«

»Unsinn!«, fuhr der König sie an. »Ich weiß, dass es andere Männer gibt. Aber ich will ihn! Ihn, ihn!«

Die Anwesenden blickten einander ratlos an. Von draußen war Tanzmusik, gespielt von Flöten und Trompeten, und das Lachen der Gäste zu hören. Drinnen herrschte eisiges Schweigen.

Schließlich sagte die Königinmutter: »Es muss eine Lösung geben!«

Unversöhnlich erklärte der König: »Er hat zwei Wochen Bedenkzeit. Keinen Tag länger. Dann muss er die Folgen tragen!«

Während die Familie sich im Haus beriet, jagte Tycho zwischen Uraniborg und Sternenborg dem verfügbaren weißen Leinenzeug nach, das er benötigte. Kristine hatte ihre Kinder um sich gescharrt, um sie mit dem Ernst der Lage vertraut zu machen. Und Tycho, der eine Flugschrift drucken wollte, um das beabsichtigte Unrecht des Königs anzuprangern, brauchte dafür Papier. Da er das ausdrückliche Privileg für alle Leinenlumpen auf Ven besaß, jagte er hinter den verstockten Mägden her, um an ihr Leinenzeug zu gelangen.

Er kümmerte sich um alles. Jetzt kam er gerade aus dem Haus eines Bauern zurück, unter dem Arm einen ganzen Packen weißes, aber sichtbar benutztes Linnen. Er ließ es in seine Papiermühle schaffen, in der er seine Schriften drucken ließ, um von königlicher Zensur unabhängig zu sein, und betrat danach die Sternenburg. Im Wohnzimmer, dessen große Fenster nach allen Seiten gingen, saßen seine Lieben.

Da war die Älteste, die zweiundzwanzigjährige Magdalena, die einen schonischen Edelmann heiraten wollte. Die achtzehnjährige Sophie, gerade im Begriff, auf Eriksholm in den Stand der Ehe zu treten. Die siebzehnjährige Elisabeth, verlobt mit dem Assistenten ihres Vaters, Franz Tengnagel von Kamp. Dann noch die sechzehnjährige Sidsel, der fünfzehnjährige Tyge und der dreizehnjährige Jörgen.

Und die Mutter Kristine, inzwischen im einundvierzigsten Jahr, aber noch schlank, blond und energisch wie eh und je. Sie bat um den Rat ihrer Kinder.

»Was können wir tun, um dem Zorn unseres Königs zu entgehen?«

Tyge, ein Junge mit braunen Locken, sagte eifrig: »Auf jeden Fall darf Vater keine Flugschrift herausbringen, sonst werden wir Ausgestoßene sein. Man wird unsere gesamte Familie ächten.«

»Ich werde sie drucken«, sagte der eintretende Tycho, der die Worte seines Sohnes gehört hatte, und schlug die Bohlentür so laut zu, dass die Teetassen auf dem schweren Tisch tanzten, als freuten sie sich über seine entschiedenen Worte. »Ich lasse mir das nicht gefallen.«

»Aber du erreichst nichts anderes, als dass der König dich einsperren lässt!«

Tycho blickte seinen Sohn Tyge an. Hatte er nicht Recht? »Es ist egal, ob ich die Flugschrift schreibe oder nicht. Kristian wird sich ohnehin an mir rächen. Aus irgendeinem Grund habe ich ihn nicht auf meiner Seite. Wodurch das geschehen ist, weiß ich nicht. Das Geburtshoroskop, von dem er immer spricht, kann es allein nicht sein; so etwas vergisst man. Es muss noch etwas anderes geben.«

Sophie, die hübscheste der Mädchen und ihrer Mutter am ähnlichsten, fragte: »Könntest du nicht so tun, als würdest du auf die Sache eingehen? Und mit Edwiga einigst du dich unter der Hand?«

»Sophie, du bist achtzehn, du kennst noch nichts vom Leben, auch wenn dein zukünftiger Mann auf Schloss Eriksholm schon auf dich wartet. Glaubst du im Ernst, in der Liebe könne man Absprachen wie in einem Kontor treffen? Sie will mich, und sie wird rasend eifersüchtig sein, wenn ich mich ihr nicht ganz und gar zuwende.«

Sidsel, ein Mädchen, das nicht still sitzen konnte, warf ungeduldig ein: »Kläre das mit dem König, Vater Tycho, damit wir endlich wieder über wichtigere Dinge reden können!«

»Was sind wichtigere Dinge, mein Kind, als solche Bedrohungen, die auf uns zukommen? Kannst du dir überhaupt vorstellen, was uns erwartet? Wir werden ins Unglück gestürzt!« Kristine schaute mit mildem Tadel auf ihre Tochter.

»Pah! Was soll uns schon geschehen! Wir gehören zum höchsten Adel! Onkel Otte ist noch immer Festungskommandant in Helsingborg, und Onkel Oxe ist Statthalter von Kopenhagen geworden!«

Tycho schüttelte den Kopf. »Wir müssen alles gut bedenken. Es kann eine Katastrophe geben. Kristian ist rachsüchtig. Er wird nicht eher Ruhe geben, bis alles nach seinem Willen geschehen ist. Ich kenne ihn gut. Schließlich steht sein Charakter tatsächlich unter einem schlechten Stern, nämlich der Venus. Vielleicht macht er mir das zum Vorwurf, obwohl ich wahrlich nichts dafür kann.«

»Man sucht immer nach einem Schuldigen für eigene Fehler«, meinte Sidsel altklug.

Kristine sagte: »Kannst du nicht über die Königinmutter auf ihn Einfluss nehmen lassen? Du kennst sie doch gut!«

»Sofie? Sie ist nicht mehr die Sofie von damals, mit der ich in Salons saß und plauderte, Kristine. Seit König Frederik gestorben ist, macht sie einen müden, verbitterten Eindruck. Sie ist an der Macht ihres Sohnes interessiert, an sonst nichts. Sie hört mir nicht mehr zu.«

Das jüngste Kind, Jörgen, war gerade im Stimmbruch. Er krähte: »Kannst du nicht ein neues Horoskop erstellen, in dem steht, wenn der König nicht seine Drohung gegen dich zurückzieht, fällt ihm ein Stern auf den Kopf?«

Die Kinder lachten, die Erwachsenen aber blieben ernst. »Die Idee wäre nicht schlecht«, sagte Tycho zerstreut, »aber er liest keine Horoskope mehr. Weder von mir noch von einem anderen Astronomen. Davon ist er für alle Zeit kuriert. Er will keine neuen Hiobsbotschaften. Nein, wir müssen uns etwas anderes einfallen lassen.«

»Aber was?«

»Ich weiß es nicht, Jörgen.«

»Vielleicht weiß ich eine Lösung.« Kristine war um den Tisch herumgegangen und stand dicht vor ihrem Mann. »Du heiratest sie tatsächlich und vergisst mich.«

»Das ist nicht dein Ernst!«

Kristine zuckte die schmalen Schultern. Sie blickte unglücklich drein. »Warum nicht? Du kannst uns ja regelmäßig Geld schicken, damit wir überleben.«

»Kristine! Bist du verrückt! Denkst du wirklich, nach allem, was wir erlebt haben, verlasse ich dich?«

»Ach, Tycho, es sind schon andere Dinge geschehen. Das Leben bleibt nicht so, wie es ist.«

»Das kommt überhaupt nicht in Frage!«

»Denk darüber nach.«

»Es wäre ein Kuhhandel, den ich mir nie verzeihen könnte. Nein. Komm her!«

Tycho umarmte seine Frau und wiegte sie in den Armen. Die Kinder kamen dazu. Und so standen sie alle mitten im Raum wie ein großes, sich sanft bewegendes Tier aus Menschenleibern, ratlos, mutlos, aber eine Familie und deshalb nicht allein.

Am nächsten Morgen bei Tisch – die Assistenten waren gerade zu ihren Instrumentenplätzen gegangen, nur Willem Janzoon Blaeu war noch anwesend – sagte Tycho: »Es gibt einen Ausweg. Allerdings weiß ich nicht, ob er für Euch alle nicht eine Zumutung ist.«

»Erzähl.«

Tycho blickte erst Kristine, dann die Kinder an. »Wir könnten Ven verlassen …«

Schweigen. Entsetzte Blicke. Verdutzte Laute.

Kristine sagte rasch: »Ven verlassen? Aber das hier ist alles für uns! Es ist unser Leben! Es käme einem kleinen Tod gleich.«

Die Kinder machten ratlose Mienen. Einige waren blass geworden.

Tycho sagte: »Ich habe Angebote von anderen Fürstenhäusern. Ich könnte in Padua arbeiten, wo der große Galilei wirkt. Oder in Prag, bei Kaiser Rudolf, einem weltabgeschiedenen Herrscher, der aber dem Neuen dienen will und sich auf seiner Burg den geheimen Wissenschaften hingibt. Auch am Kasseler Hof des Landgrafen Wilhelm, wo es eine bedeutende Sternwarte gibt, ist seit langem ein Platz für mich reserviert. Ich habe darüber ausführlich mit Seiner Exzellenz korrespondiert. Warum nicht etwas wagen?«

»Aber du kannst doch unmöglich alles zurücklassen, was du dir aufgebaut hast!«

»Irgendwann muss man ohnehin alles zurücklassen. Warum also nicht jetzt?«

Kristine sah ihn ungläubig an. »Ich hätte mir nie träumen lassen, dass du eines Tages so redest.«

»Ich auch nicht.«

»Und die Observatorien? Die Instrumente? Die Bücher und Unterlagen? Die Assistenten?«

»Bücher und Instrumente nehme ich mit. Wer mich begleiten will, ist willkommen, der Rest kann hier bleiben.«

»Vater Tycho, mach uns nicht unglücklich!« Sidsel begann leise zu weinen.

»Für den Fall, es käme dazu, würde ich keins von euch Kindern befehlen, uns zu begleiten. Wer von euch würde lieber hier bleiben?« Tycho blickte in die Runde.

Magdalene sagte als Erste: »Ich bin im Wort. Ich bleibe natürlich in Schonen und gründe meine eigene Familie.«

»Sophie?«

Das Mädchen nickte. »Ich ziehe nach Schloss Eriksholm.«

»Elisabeth?«

»Ich muss mich mit Franz besprechen. Wenn er dich begleiten würde, käme ich natürlich auch mit.«

»Sidsel, Tyge, Jörgen?«

Die Kinder – in einem Alter, in dem sie noch nicht allein existieren konnten – drängten sich an ihren Vater.

Tycho sagte: »So schlecht sieht es gar nicht aus. Es käme keiner Flucht gleich. Betrachten wir es als längere Reise, die unter einem guten Stern stehen wird. – Nur der König darf nichts davon erfahren.«

»Und wie willst du das verhindern?«

»Ich werde ihm meine Einwilligung mit der Heirat übermitteln. Dann haben wir Zeit genug, die Zelte abzubrechen und die Reise vorzubereiten. Natürlich müsste ich vieles mitnehmen, und das ist ein aufwendiges Unterfangen. Aber es ginge wohl.«

Kristine blickte ihren Mann unverwandt an. Dann füllten ihre Augen sich mit Tränen, denn sie hatte verstanden, dass für Tycho die Abreise von Ven schon beschlossene Sache war.

In der Nacht blieben sie wach. Tycho und Kristine kamen zueinander; dann lagen sie im Bett, hielten einander in den Armen und blickten schweigend zur Decke. Jeder war in seine Gedanken versunken. Schließlich sagte Kristine:

»Weißt du noch, dass ich dir vor Jahren sagte, es wäre für mich ein Unglück, wenn ich Ven verlassen müsste? Das ist wirklich so. Und doch würde ich natürlich mit dir gehen. Willst du den Grund für meine dunklen Ahnungen wissen, die mich seit meiner Kindheit begleiten?«

»Ich habe oft daran gedacht. Ja, sag es mir.«

»Erinnerst du dich an die kleine Oase unter dem Wasser? Dort sind wir Mann und Frau geworden.«

»Natürlich! Es war ein verzauberter Ort. Es kommt mir noch heute wie ein Traum vor.«

»Es war ein Traum! Ich war seitdem nicht mehr dort. Es liegt eine Wahrsagung auf diesem Ort, von dem mein verstorbener Vater mir erzählte, als er dort die drei Apfelbäume pflanzte. Dem Ganzen liegt eine Sage zugrunde.«

»Erzähl sie mir, Geliebte, wir haben die ganze Nacht Zeit.«

»Es war als Frö, der König von Schonen, den König von Norwegen schlug, Siwardus, und die Frauen der Hofleute ins Hurenhaus schickte. Frö gab sie der öffentlichen Unzucht preis. Als Regner, der neue König der Dänen, diese Nachricht hörte, eilte er nach Norwegen, um seinen Großvater Siwardus zu rächen. Als er eintraf, strömten Frauen, die teils entehrende Behandlung erdulden mussten, teils um ihre Keuschheit fürchteten, in Männerkleidern in seinem Lager zusammen. Lieber wollten sie den Tod als die Schande. Regner, der ein Rächer der Frauen sein wollte, nahm ihre Hilfe an. Unter diesen Frauen, erzählt die Sage weiter, war Lathgertha, eine kriegserfahrene Kämpferin, die mit männlichem Mut in der jungfräulichen Brust unter den tüchtigsten Streitern kämpfte. Ihr wallendes Haar verriet sie als Frau, und alle bewunderten sie. Regner bekannte nach dem Kampf, er habe ihr seinen Sieg zu verdanken. Er suchte nach ihr und warb um sie, denn er wollte sie heiraten. Doch Lathgertha war verschwunden – und blieb es bis heute.«

»Bis heute?«

»Mein Vater behauptete, sie lebe in unserer Oase mit den Apfelbäumen, und ich sei ihre Nachfahrin. Und wenn ich Ven verlasse, dann tauche hier der Krieg wieder auf, und Ven werde zerstört.«

»Aber das sind Hirngespinste, Aberglauben!«

»Hör weiter, denn jetzt geht die Erzählung auch dich an. Lathgertha verachtete zwar im Herzen die Werbung, stimmte aber zum Schein zu. Als sie durch ihre trugvolle Antwort den verliebten Freier hatte glauben lassen, sein Wunsch würde erfüllt, ließ sie im Vorhof ihres Palasts einen Bären mit einem Hund zusammen anbinden, um durch diese wilden Tiere ihr jungfräuliches Gemach gegen alles Ungestüm des Liebhabers zu schützen.«

»Und weiter?«

»Regner kam, erlegte die Bestien und nahm die Jungfrau als legitimen Preis für die überwundene Gefahr.«

»Ich verstehe, was du mir sagen willst.«

»Was denn?«

»Du kannst nicht mit mir ziehen, weil du dann Unglück über deine Insel bringen würdest. Und du bist sicher, dieses Unglück wird eintreten, weil ich mit der Halbschwester des Königs Kristian ein trügerisches Spiel treibe.«

»Ja.«

»Aber es gibt keine andere Lösung.«

»Nein.«

»Und du wirst trotzdem mit mir kommen?«

»Ja.«

»Ich weiß nicht, es ist eine absonderliche Geschichte. Glaubst du wirklich an eine solche Bestimmung?«

»Mein Vater hat es mir so eingebläut. Ich bin damit aufgewachsen.«

»Kristine, lass uns das alles vergessen. Wir sind frei! Und noch nicht zu alt! Wir könnten noch einmal anfangen!«

»Glaubst du das, mein Liebster?«

»Das glaube ich.«

»Dann wagen wir es!«

Auf gefährlichen Wegen

Der Morgen war kalt, sonnig und klar. Doch vom Sund her brachte der Wind schon die ersten dunklen Wolken heran. Und auch der Mut der Menschen verdunkelte sich, die Augen wurden trüber; hier und da füllten sie sich sogar mit Tränen. Der Tag des Abschieds war gekommen.

Tycho Brahe hatte drei mit Zeltplanen überdachte Leiterwagen mit Büchern und Instrumentenkisten beladen lassen. Alles, was für den Betrieb der Observatorien nicht unbedingt vonnöten war, lag gut verstaut auf den Fahrzeugen, die jeweils von vier schonischen Pferden gezogen wurden. In der ersten Kutsche mit dem bunten Globus am Sitzbock würden er, Kristine und die Kinder Sidsel, Tyge und Jörgen reisen. In der zweiten, die an den Rädern mehrere Glöckchen besaß, die jede Viertelmeile maßen und anschlugen, würden Elisabeth und ihr Verlobter Franz Tengnagel von Kamp und die beiden Assistenten Willem Janzoon Blaeu und Peder Flemlose sitzen.

Die Fuhrwerke besaßen außerdem kleine Klappen auf dem gefederten Kutschbock für die Kissen, damit sie nicht rutschen konnten, Vorratsräume unter den Sitzen, je einen Bedientensitz hinten, der jedoch leer blieb, und einen Werkzeugkasten für mögliche Reparaturen oder die Demontage der Fahrzeuge an den Bergpässen; der Kasten befand sich unter dem Wagengehäuse, neben der Stelle, wo gewöhnlich Hunde untergebracht waren.

Es war ein trauriger Abschied.

Magdalene und Elisabeth lagen sich mit ihrer Mutter schon seit einer geschlagenen Stunde in den Armen. Sie konnten sich einfach nicht voneinander trennen. Immer wieder fiel Kristine noch etwas ein, das sie ihren beiden daheim bleibenden Töchtern mit auf den Weg geben wollte. Es tröstete sie, dass sie deren zukünftigen Männern voll vertrauen konnte; beide waren von adliger Herkunft und würden bestens für sie sorgen.

Tycho hatte alles gut geplant. Am Königshof bereitete man sich bereits auf die Hochzeit in drei Monaten vor. Am Abend zuvor hatte Uraniborg noch einen Besucher gehabt, den Prior des

St.-Johanniter-Ordens, Freiherr zu Mörsberg und Beffort. Er hatte Tycho begeistert erzählt, dass die kaiserlichen Kriegsvölker unter ihrem Befehlshaber, dem spanischen General und Admiral der niederländischen Meere, Karl Graf von Mansfeld, gerade im Land der Ungarn die ungläubigen Türken völlig aufgerieben hatten. Tycho jedoch interessierte dies nur am Rande; er hatte seinen Besucher eingeschworen, dem königlichen Beauftragten, Gouverneur Steen Moltzen, dem Herrn von Kronborg in einer Woche vom ruhigen Leben auf Sternenborg zu berichten. Der Prior, ein erklärter Feind der Ehe zur linken Hand, versprach es feierlich.

Tycho Brahe ging noch einmal durch die Türen, die sich zu beiden Seiten öffneten, in seine Sternenburg und das Observatorium und begann seinen Weg ganz unten. Neben dem gut gefüllten Weinkeller, dessen Schätze er seinen Assistenten schenkte, standen im Gewölbe das Destillierwerk und die Öfen, mit denen er und seine neun Mitarbeiter versucht hatten, Heilmittel gegen die großen kontinentalen Seuchen herzustellen. Kurzfristig hatten sie sich auch mit der Fertigung von Gold beschäftigt. Tycho war der Meinung, dass alle diese Versuche ihn den Sternen nicht näher gebracht hatten, vielleicht aber den Menschen – und deshalb war es der Mühe wert gewesen.

Überall standen seine Assistenten und grüßten ihn. Ihm wurde schwer ums Herz. Konnte er sein Lebenswerk wirklich hinter sich lassen? Hatte er nicht zu viel Kraft und Geist in dies alles gesteckt? Dann aber sagte er sich: Wenn Kristine es schafft, Ven zu verlassen, kann ich es auch. Und er verließ die Räume mit den brennenden Öfen und den glucksenden Reagenzgläsern, ging durch die ausladenden, prächtigen Säle, die mit den Porträts großer Männer seiner Zeit bestückt waren, und hob unwillkürlich die Hand, als er am Bild des Landgrafen Wilhelm von Hessen vorbeikam, als danke er ihm für die Einladung.

Dann bestieg er einen Turm. Er ging zu seinem größten Globus aus Messing, ein Geschenk des Holländers Jocop Florent aus Amsterdam, und drehte ihn gedankenverloren. Sein Blick schweifte über die eingravierten, von ihm entdeckten Tierkreiszeichen und über die Tabellen mit den Symbolen für die Sterne erster bis sechster Größe, den dunklen und ungewissen Sternen. Über die Tabelle der Bewegungen der festen Sterne für die kommenden einhundert Jahre. Und er sah auf dem Globus ein letztes Mal seinen eigenen Stern Cassiopeia, den neuen Stern von 1572, der sechzehn Monate lang gelebt hatte, siebentausend Erddurchmesser von ihm entfernt. Er betrachtete die achthundert himmlischen Zeichen, seinen Sternenkatalog, den er in dem runden Turm selbst angebracht hatte, stellte sich ein letztes Mal vor, wie das Dach aufging und der Nachthimmel erschien. Wie oft hatte er das erlebt!

Er suchte auch die übrigen vier Türme auf, war aber nicht mehr auf alles konzentriert. Er wollte einfach nur noch einmal die Dinge sehen und berühren. Die beweglichen Fenster, Gestelle mit Musikinstrumenten, die Wandschirme in den Winkeln, die Kunstwerke, die Bücher, die Atlanten und Karten. Und die Instrumente aus Kupfer, Messing und Silber, die astronomischen Konstruktionen, groß wie Bäume, ausgestattet mit Löchern aus wöchentlichen Tagesdaten und Sonntagsbuchstaben, mit denen er seine Sterne sehen konnte.

Tycho betrat den Innenhof und ging um den Brunnen herum, den er und Kristine mit hundert Einfällen geschmückt hatten, mit Röhren, Bildern, Tieren, fliegenden Vögeln. Er streifte durch seine Papiermühle, deren große Räder sich mit wenig

Wasser drehen konnten, andere Schleif- und Stampfmühlen antrieben und halfen, Leinenlumpen zu Papier zu machen und das Wasserwerk für andere Brunnen im Park in Bewegung zu halten, damit das Wasser, dieser kostbare Stoff, nicht verloren ging. Noch einmal besuchte er wehmütig die Buchdruckerei mit ihren drei Kammern voller gedruckter Werke sowie das Kunsthaus seiner Glashütte. Aus dem Meierhof, der in den Parkanlagen des äußeren Bereichs lag, drangen die Laute seiner Tiere, der Fasanen, Pfauen, Puten, Gänse und Pferde herüber, als wollten auch sie Abschied von ihrem Züchter nehmen, der ihnen viel Zeit gegönnt hatte.

Und schließlich stand er vor dem Bett in seiner einsamen Kammer. Hier hatte er die Nächte verbracht, wenn er Kristine nicht stören wollte.

Neben dieses Bett hatte er ein großes, hohes Rad gestellt, von dem ein Teil zur Mauer hinaus gerichtet war. Er konnte es in der Nacht im Bett umdrehen und den Lauf des Himmels durch die Buchstabenlöcher betrachten. Tycho hatte sich immer mit allem verbunden gefühlt – mit jedem Stern, zu jeder Zeit, und mit jeder Sternensekunde seines eigenen Lebens. Jetzt spürte er, wie etwas zerriss, das eigentlich nicht getrennt werden durfte. Das Einssein zwischen dem eigenen Dasein und der Schöpfung, zwischen Erde und Himmel.

Tycho spürte einen Kloß im Hals. Er schluckte. Er musste sich die Augen wischen. Dann trat er an sein liebstes Gerät und tat etwas Seltsames.

Es war ein hoher Himmelsglobus der unbeweglichen Sterne, gefertigt aus Messing, gebläutem Eisen und Magneteisen, mit koloriertem Papier bedruckt; die Meridianringe waren aus Silber. Tycho legte seine Silbernase an die Kartusche mit seinem eigenen Brustbild und dem Wappen seiner verstorbenen Eltern, der Brahes und Billes.

Denkt an mich und betet für uns, liebe Eltern, wir brauchen jetzt euren Beistand, dachte er. Wo auch immer ihr jetzt seid.

Es gab einen silberhellen Ton, als seine künstliche Nase mit dem eingravierten Motto auf der silbernen Platte zusammenstieß, das da lautete: *Non haberi sed esse.* Es war sein Lebensmotto; er hatte es oft durch diese besondere Berührung spüren wollen. So und nicht anders. Es hatte ihm jedes Mal Kraft gegeben.

Nicht scheinen, sondern sein.

Als er nach draußen trat, standen dort alle und blickten ihm entgegen. Sie waren bereit.

Und er war es auch.

Wie jeden Tag fuhren Hunderte von Schiffen durch den Sund in der Meerenge zwischen Schloss Helsingborg und Schloss Kronborg; deshalb hätten auch die schärfsten königlichen Beobachter das Schiff mit den vier Pferdefuhrwerken von der Insel Ven nicht entdecken können.

Doch Tycho sah mit seinen geübten, scharfen Augen, die in die Tiefen des Weltalls geblickt hatten, mächtige Kriegssegler am Kopenhagener Hafen liegen, jeder sechs Gaden hoch, mit großem Heckaufbau und je fünfzig Geschützen zu jeder Seite. Er erkannte sogar ihre Namen: *Gefion*, *Josaphat*, *Josua* und *Samson*. Doch er beruhigte sich mit dem Gedanken, dass diese Schiffe kaum ihretwegen da waren.

Bei der Anlandung auf der schonischen Seite nach einer halben Meile Fahrt zahlte Tycho den üblichen Zoll in *Rosennoble* und *Angelotten* pro Mast, den auch die reisenden Kaufleute,

Münzmeister, Schmelzer und Lieferanten, die sich in einer endlosen Reihe drängten, zahlen mussten. Den königlichen Wechsel, den er seit der Herrschaftszeit Frederiks ebenfalls besaß, wagte er nicht zu benutzen; er hätte zu schnell Aufsehen erregen und seine Flucht verraten können.

Als sie das schonische Festland betraten, atmete Tycho auf; schließlich trug er die Verantwortung für alle. Bis hierhin war alles gut gegangen.

Kristine, die seine innere Unruhe spürte, schmiegte sich beruhigend an ihn, blickte zu den Kindern und schaute dann zum Himmel. Es würde mild und trocken bleiben. Sie sah erleichtert aus. Und das ließ in Tycho ein gutes Gefühl für die kommende Reise entstehen.

Langsam setzte sich der seltsame Tross nach Osten in Bewegung. Tycho wollte an die schonische Südküste und von dort auf das deutsche Festland bei Rügen und Pommern übersetzen. Danach begann die große Fahrt nach Kassel im Hessischen.

Zwischen Lund und Ystad waren noch etliche Zollstellen zu passieren. Hier, in einer Gegend, die viel bereist wurde und annehmbare Wegstrecken besaß, kassierten die Regionalfürsten Burkart von Dalldorf, Dan von Stengel, Georg von Schirnhausen und Plocko von Hobrok schamlos ab. Tycho kannte sie alle persönlich; er zahlte mit der Gewissheit, sie nie wieder sehen zu müssen.

Der Gedanke war nicht leicht für ihn, doch er musste den Tatsachen ins Auge sehen: Seine zweite Heimat Ven war für immer verloren, wie das gesamte Heimatland. Denn solange König Kristian regierte, konnte Tycho nicht zurück. Man würde ihn wie einen Vogelfreien behandeln.

Alle gaben sich Mühe, sich in die Gewohnheiten und Notwendigkeiten der Reise einzuleben. Der Tross passierte Wiesen und Wälder, Äcker und Seen, ländliche Lusthäuser mit prächtigen Parks, Holzhütten mit kärglichen Gärten und kleine Ortschaften mit überragenden Kirchen und den zierlichen Türmen geistlicher Güter. Des Königs berühmte schonische Pferdezucht besaß überall verstreute vornehme Landgüter. Doch Pferde benötigten die Brahes nicht – sie besaßen kräftige, ausdauernde Zugtiere. Auch die Fuhrwerke und Kutschen taten ihren Dienst und rumpelten über die Wege und Straßen des südlichen Schonen, die nun wieder schlechter wurden.

Überall, wo sie hielten, erregten sie Aufsehen. Tychos Silbernase schien im ganzen Land bekannt zu sein. Kinder umsprangen die Wagen und wollten die Nase berühren, als brächte sie Glück. Die Erwachsenen aber glaubten, Tycho sei ein Alchimist, der den Teufel beschwor, und sie riefen ihre Kinder ängstlich zurück.

Kurz hinter Lund, als sie schon nach einem geeigneten Rastplatz Ausschau hielten, stießen sie jenseits eines zugewachsenen Angers auf einen Bauernhof, auf dem alles anders zu sein schien.

Dort wurde eine Hochzeit gefeiert. An diesem Tag scherten sich die Landleute nicht um Religion, Staatsräson und Aberglauben. Es wurde gegessen, getrunken und getanzt. Tycho und seine Leute wurden willkommen geheißen. Sie gaben sich nicht als Edelleute zu erkennen, durften die Fuhrwerke auf dem Gelände hinter der Scheune abstellen und mitfeiern. Auch Betten für die Nacht standen bereit.

Die Braut begrüßte sie in einem rot gegürteten, langen blauen Kleid, das mit silbernen und vergoldeten Blechstücken übersät war, die Buchstaben, Blumen, Sterne und Zeichen zeigten.

»Was sind das für Sterne an Eurem Kleid, Jungfer?«, wollte Tycho verwundert wissen.

Sie antwortete: »Wir haben von einem dänischen Astronomen gehört, der behauptet, jeder besitze seinen eigenen Stern und müsse ihm sein Leben lang folgen. Dies hier sind meine Sterne, an die ich glaube. Aber heute sind sie nur wegen der Schönheit da.«

Tycho erkannte, dass die junge Frau von ihm sprach, gab sich aber zurückhaltend. Die Frau lud ihn und sein Gefolge zur Tafel. An langen Tischen saßen schon an die hundert Leute. Die meisten sahen müde und krank aus, auch wenn sie jetzt von geistigen Getränken rote Wangen hatten. Sie strichen mit den Fingern aus irdenen, bemalten Schüsseln gekochtes Korn, mit heißer Butter übergossen, in ihre Münder. Nach einer Pause, in der Wacholderschnaps getrunken wurde, gab es mehrere gebratene Hechte an Spießen, und jeder schnitt sich ein Stück ab und bestrich es erneut mit flüssiger Butter. Dazu trank man starkes Bier aus Krügen und Kubben.

Der Abend verlief gemütlich und ohne Streit. Tycho hatte nicht gewusst, dass Landleute so friedlich zusammensitzen konnten. In den besseren Kreisen hatte man eine denkbar schlechte Meinung von diesen Leuten, und man verachtete sie abgrundtief.

Die Nacht kam, und bald legten sich alle schlafen. Das Haus besaß nur Zimmer oben im Dach. In der Nacht leuchteten der Mond und die Sterne hinein. Am Morgen, kurz vor Sonnenaufgang, drangen aus dem Wald so laute Geräusche von Birkhühnern und Geierfalken, dass von den Gästen, die nicht daran gewöhnt waren, keiner mehr schlafen konnte. Kristine erhob sich als Erste von ihrem Lager, danach Tycho und seine Gefährten.

Sie richteten leise ihre Sachen her, und eine halbe Stunde später zog der Tross weiter.

In der folgenden Nacht blieben sie im Freien und lagerten in einer ausgedehnten, mit mannshohem Farn bestandenen Ebene. Die Luft wurde strenger, und Sie vermeinten, schon das Meer zu riechen. Tycho hatte ein Gewehr mitgenommen, mit dem er auf die Jagd ging, begleitet von seinem zukünftigen Schwiegersohn von Kamp. Die Muskete war mit grünem Samt überzogen und mit Silber beschlagen; sie war ein Geschenk von Herzog Hans aus Holstein zu Tychos Hochzeit.

Die Jagd verlief erfolgreich. Er traf auf siebzig Schritt einen Rehbock und zerlegte ihn mithilfe von Willem Janzoon Blaeu, der aus einem Geschlecht von Stadtmetzgern kam. Kristine briet das Fleisch am Feuer.

In der letzten Nacht vor Erreichen des Ostseehafens Ystad lagerten sie mit Erlaubnis des Bauern in großen Pflaumenplantagen. Tycho kaufte einige Flaschen scharfen, aromatischen Schnaps und ein beißendes Elixier aus Pflaumen, das gegen alles helfen sollte. Er selbst hatte in den Kellern von Uraniborg versucht, das Spezifikum zu entwickeln, nach dem sämtliche Alchimisten im Auftrag der Königshäuser suchten, doch es war ihm nicht gelungen.

Das Leben, das die Familie nun führte, erschien ihr trotz aller Entbehrungen und Ungewissheiten so anregend, dass die gute Laune langsam stieg. Vor allem die Kinder genossen die Reise, weil sie ihre Eltern stets um sich hatten. Tycho fragte sich, warum er Ven nicht früher verlassen hatte. Im Augenblick empfand er keine Sehnsucht nach seiner alten Wirkungsstätte mit ihren komplizierten Verhältnissen. Im Gegenteil – Wald, Felder und der freie Himmel waren ihm die angenehmsten Gefährten.

Sie erreichten die Ostsee bei Ystad am folgenden Mittag. Das Donnern der Wellen an der Küste war schon von weitem zu hören gewesen; es erinnerte sie an Ven, auch wenn die Verhältnisse von Wind und Wellen hier im *Mare Goticum* weitaus wilder, urtümlicher waren. Von Ystad aus gab es einen regelmäßigen Schiffsverkehr nach Rügen.

Sie fuhren mit ihren Fahrzeugen durch eine Art Ladeluke auf das Segelschiff, das von erstaunlicher Größe war. Es maß fünfzig Meter in der Länge, dreißig Meter in der Breite und war am Heck fast sieben Stockwerke hoch. Mit seinen Ankern und Seilen versehen, mitsamt aller Vorräte in drei Unterdecks, beladen mit Mastbäumen, die man für Schiffe braucht, und mit Rahen, an die man die Segel bindet, weiter mit Zentnern von Eisen und Kupfer und Weinfässern beladen, glich es einem Handelsschiff für weite Fahrten. Und tatsächlich wollte es über die Algarve nach Westafrika, wo es in einem neu entdeckten Land an der grünen Küste von Kap Verde große Märkte zu eröffnen galt.

Der Kapitän der *Gothia* hieß Georg Ladu, besaß viele kleine Narben auf Brust und Armen und hatte seine Karriere als Seeräuber in norwegischen Diensten begonnen. Er reservierte Tycho und seinem Anhang die schönsten Kabinen für die Überfahrt, die zwanzig Stunden dauern sollte. Tycho zahlte in Goldtalern.

Die Überfahrt wurde stürmisch, der Herbst kündigte sich an. Das Schiff lag schwer in der See, musste aber wegen seiner vollen Ladung jedes Auf und Ab der Wellen annehmen. Mitten auf See wurde es den Kindern so übel, dass sie an Deck mussten. Sie übergaben sich an der Reling. Die Seekrankheit schüttelte auch die Assistenten Tychos, vor allem den schmächtigen Flemlose, doch Kristine, obwohl zum ersten Mal auf einem richtigen

Schiff, blieb davon verschont. Sie betete allerdings auch inbrünstig dafür, nur unterbrochen von ihrer tätigen Fürsorge für Tyge, Jörgen und Sidsel.

Gegen Morgengrauen schwollen die Wellen zu Brechern an. Das schwere Segelschiff schlingerte, stürmte auf den Wellenbergen empor und fiel ächzend in die Wasserschluchten. Das Würgen der Seekranken an Deck wurde beinahe so laut wie das Tosen des Windes.

Als die deutsche Küste endlich in Sicht kam, waren alle über die Maßen froh. Auch wenn sich der Hafen mit Namen Medese nur als winzige, ungastliche Anlegestelle ohne größeren Ort entpuppte, wollte Tycho einige Stunden verweilen, damit die Seinen sich erholen konnten. Außerdem musste er sich in dem neuen Land erst orientieren.

Ein alter Arbeiter unterwies ihn in der Beschaffenheit der Straßen in Richtung Südwesten. Auch er wusste nicht, dass das holsteinische Festland wenige Dutzend Meilen westwärts in diesen Tagen schon zu Dänemark gehörte, wegen der kriegerischen Grafen von Holsathia. Aber das spielte auch keine Rolle, denn sie stießen auf keine Menschenseele. Niemand hielt sie an und fragte nach ihren Absichten, niemand verlangte Wegegeld.

Sie brauchten einen Tag, um die Insel Rygia zu durchqueren, die bei den Einheimischen Rügen hieß. An deren Ende befand sich eine provisorische Holzbrücke, die eingezogen werden konnte, wenn Schiffe untendurch fuhren. Die Türme und Dächer der Stadt Stralsund leuchteten verführerisch und stolz in der Herbstsonne, doch sie ließen alles linker Hand liegen. Tycho wollte so schnell als möglich Pommern hinter sich lassen. Er rechnete damit, dass es einen knappen Monat dauern würde,

Kassel und damit den Hof des Landgrafen zu erreichen, wo er sich noch vor dem Wintereinbruch angekündigt hatte.

Zwei Tage später zogen sie durch ein Sumpfgebiet, in dem unübersehbare Schwärme von Kranichen lagerten, fast mannsgroße Vögel, die aus dem Norden kamen und dem Sonnenlicht hinterherzogen. Bei ihrem Anblick dachte Tycho Brahe zum ersten Mal im Leben daran, wie schön es sein müsste, in einem warmen Land zu leben. In diesem Moment beneidete er den Astronomen Galileo Galilei in Padua, eine Stadt, die er sich als sonnenüberflutetes Paradies vorstellte. Dass dem keineswegs so war, sollte er später noch erfahren.

An manchen Abenden färbte der Himmel sich so purpurrot, das die Reisenden aus dem Norden an Katastrophen und Kriege denken mussten. Doch es waren die flammenden Farben der Sonnenuntergänge hier auf dem nördlichen Festland, wo nördliche und südliche Wetter wie auf einem Turnierplatz zusammenprallten.

Die nächste Nacht verbrachten sie im Dorf Bützow an einem See. Jörgen bekam Husten; ein Fieber hielt ihn gepackt, und er fröstelte schrecklich. Tycho verabreichte ihm ein Rezept aus Aloe, Mastix, Paeonienwurz, Firnis und kleinen, geriebenen Seuerblättern, das er in seinem pharmazeutischen Labor selbst entwickelt hatte, und in der Nacht verschwand das Fieber.

In Bützow wohnten ein Dutzend Familien, Glaubensflüchtlinge aus Wallonien, die vor den Kaiserlichen in Flandern geflohen waren. Sie standen unter dem Schutz des Grafen von Barth, der sich mitten in den Sumpf eine mächtige Burg hatte bauen lassen. Er suchte in der Boddenlandschaft nach der untergegangenen, sagenhaften Stadt Vineta, dem einstigen goldenen Venedig des Nordens, und die Wallonen mussten ihm bei dieser Suche helfen. Als Gegenleistung füllte er ihre Kornspeicher und erlaubte ihnen, Wild zu jagen, was eigentlich ausschließliches Herrenrecht war.

Jörgen wurde wieder ganz gesund, und so zogen sie weiter.

Es ging nach Süden. Tychos Assistent Willem Janzoon Blaeu brach sich bei der Überquerung eines reißenden Baches ein Bein, das geschient werden musste. Kristine bekam allmählich ihre Farbe zurück; sie schien die Bedrückung durch die sagenhaften Prophezeiungen, an die sie auf Ven geglaubt hatte, allmählich zu vergessen. Tycho vermied es beinahe ängstlich, sie über die Insel zu befragen. Die Kinder sangen oft während der Fahrt, wobei sich besonders Jörgen mit seinem krächzenden Stimmbruchorgan hervortat.

Je näher sie der Stadt Rostock kamen, desto unwohler wurde es Tycho. Die Duelle mit dem Magister Manderup Parsbjerg kamen ihm in den Sinn, und unwillkürlich tastete er zu seiner Nase, die seit einiger Zeit wieder schmerzte. Sollte er Kristine diese Stadt zumuten? Nach kurzer Überlegung beschloss er, sie zu umgehen. Auf dem Weg nach Kassel gab es noch genug Unwägbarkeiten und Verzögerungen; jedes künstliche Hindernis wollte er vermeiden.

Rostock versank hinter ihnen, doch seine Rauchfahnen waren noch längere Zeit zu sehen.

Nach vielen Tagesmärschen erreichten sie an einem Samstagnachmittag den kleinen Fischerort Waren, der an einem der vielen Seen in dieser Gegend lag. Hier wurde der Wittling gefangen, und sie stopften sich beim abendlichen Lagerfeuer mit dem köstlichen Fisch voll. Ein Student mit einem Bündel auf dem Rücken kam an ihr Feuer, wurde eingeladen und erzählte, dass vier Tage zuvor eine Kaufmannsgruppe, die von

Hamburg nach Stralsund reiste, von Wegelagerern überfallen und umgebracht worden war.

»Wer tut so etwas?«

Der Student zuckte die Schultern. »Es gibt viele Ausgestoßene in dieser Gegend. Mal sind es Slawen, mal Wenden, mal Finnen. Man muss mit allem rechnen.«

»Wer ist der Herrscher in dieser Gegend?«

»Herrscher ist im Mecklenburgischen derjenige, der mit Waffengewalt die Macht an sich reißt. Ich kann Euch die Fürsten nicht nennen. Im Moment herrscht Rechtlosigkeit in deutschen Landen.«

»Wie ist es weiter südlich, im Hessischen?«

»Ich weiß nur so viel, dass die Katholischen im Schmalkadischen Krieg über die Lutheraner gesiegt haben. Landesfürst Philipp der Großmütige ist tot, und um sein Erbe streiten sich noch immer seine vier Söhne.«

»Wir wollen nach Kassel. Was werden wir dort vorfinden?«

Der Student meinte: »Dort scheint es noch am ruhigsten zu sein. Landgraf Wilhelm ist der besonnenste der Söhne Philipps. Aber verlassen kann man sich in diesen Tagen auf nichts.«

Sie saßen im Kreis, und Tycho wollte herausfinden, wie seine Gefährten über den bisherigen Verlauf der Reise dachten. Unter dem Eindruck der Schilderung des Studenten fiel ihre Antwort anders aus, als Tycho gehofft hatte.

Kristine sagte: »Deutschland ist wie ein offenes Fass, nach unten hin läuft alles weg. Ich weiß nicht, ob wir jemals ankommen.«

Tycho war über diese Meinung verwundert. »Wie meinst du das?«

»Es ist nur so ein Gefühl. Von politischen Dingen verstehe ich nichts, wie du weißt.«

Tycho blickte Elisabeth an, doch seine verliebte Tochter war mit ihrem Verlobten Franz beschäftigt.

Er richtete den Blick auf die anderen Kinder. »Jörgen, Tyge, Sidsel?«

»Ich hab Spaß«, betonte Sidsel, die Arme über den Knien verschränkt. »Es könnte aber ruhig ein bisschen schneller gehen.«

»Es ist in Ordnung«, sagte Tyge.

Und Jörgen meinte: »Wir sind in der Gruppe zusammen, das allein ist wichtig.«

Von seinen Assistenten erfuhr Tycho, dass sie die Beobachtung des Himmels vermissten. Der Nachthimmel über Deutschland war ständig verhängt.

Das gebrochene und mit elastischen Weidepflöcken rundum geschiente Bein von Willem Janzoon schien gut zu heilen. Und so waren letztlich alle recht guter Dinge.

Als sie am Morgen aufwachten, war der Student verschwunden – und mit ihm eine Satteltasche mit Münzen und Aufzeichnungen. Tycho fluchte laut, doch es war nicht zu ändern.

»Hier kann man anscheinend keinem trauen!«, meinte Tycho. »Ein elendes Land. Das ist mir schon während meines Studiums in Rostock aufgefallen. Sie sind wie kleine Raubtiere und besitzen kein Wir-Gefühl, oder wenn doch, dann nur beim Bier.«

Den Rest der Nacht schliefen sie wegen des Vorfalls mit dem Studenten nur unruhig. Zum ersten Mal stellten sie Wachen auf. Tycho begann mit seiner, dann folgten Peder Flemlose und Franz Tengnagel von Kamp, an dem Elisabeth auf eine Weise hing, die in Tycho den Verdacht aufkeimen ließ, die beiden hätten angesichts der Gefahren dieser Reise und der Unsicherheit ihrer Zukunft die Ehe schon vollzogen. Willem Janzoon Blaeu folgte als Letzter, doch er schlief wegen der Schmerzen im Bein ohnehin kaum.

Bei seiner ersten Wache blieb Kristine an seiner Seite. Sie saßen nur beieinander, schwiegen und lauschten den Geräuschen des Waldes. Hin und wieder sahen sie zum Himmel, über den die Wolken flogen, als wäre ihre Zeit knapp bemessen.

Die Reisenden wurden nicht behelligt. Doch in den kommenden Tagen und Nächten reisten sie, als stünde ihnen ein Überfall bevor. Das Land war still, wirkte wie entvölkert, und sie stießen auf keine weitere Ortschaft. In der Ferne sahen sie manchmal Rudel von Wölfen, die aber nicht näher kamen, und einmal scheute Kampnagels Pferd vor zwei ausgewachsenen Luchsen und warf ihn ab.

Schon Anfang November trieb der Wind jetzt die Blätter der Bäume vor ihnen her. Die Schwärme der Kraniche flogen über ihnen hinweg. Mit jedem Tag wurde es kühler.

Als sie in Richtung von Salzwedel zogen, standen am Horizont Rauchwolken. Tycho wusste nichts von dieser Gegend oder der Stadt. Aber dort war irgendetwas Schlimmes im Gange, und Tycho war unsicher, ob es sie zu interessieren hatte. Sie hielten und schauten angestrengt nach vorn, konnten aber keine Einzelheiten ausmachen.

Noch bevor sie über einen Richtungswechsel beraten konnten, um Salzwedel, das an einem mäandernden Fluss namens Jeetzel lag, zu umgehen, geschah es.

Sie hatten eine unübersichtliche, mit hohem Unterholz bestandene Senke passiert und befanden sich jetzt auf einer flachen, sandigen Anhöhe, die sich in Richtung der Rauchwolken erstreckte, als hinter ihnen aus dem Unterholz mehrere waffenschwingende Gesellen zu Pferde hervorbrachen.

Tycho rief: »Packt die Zügel! Fahrt los!« Und schon setzten die Fuhrwerke sich in Bewegung. Da sie aber schwer beladen waren, mussten sie wenig später einsehen, dass sie im sandigen Untergrund nicht schnell genug vorankamen, und Tycho gab das Zeichen zum Anhalten.

Er riss sein Gewehr aus dem Futteral und richtete es auf die Herankommenden. »Wer seid ihr? Was wollt ihr von uns?«

Die Männer zügelten ihre wild schnaubenden Pferde. Sie trugen zerschlissene, schmutzige Waffenröcke. Ein Anführer mit einer wilden Mähne unter dem Lederhelm führte sein tänzelndes Reittier nahe heran. »Wir sind die Rächer aller verloren gegangenen Schlachten, haha! Und wer seid ihr, wenn man hochlöblich fragen darf? Eurem merkwürdigen Tonfall nach müsst ihr aus Dänemark kommen.«

»Aus Schonen. Wir reisen nach Kassel.«

»Das glaube ich kaum.«

»Was meint Ihr?«

»Eure Reise ist hier zu Ende. Wir beenden sie.«

Tycho richtete das Gewehr auf den Bauch des Mannes. »Und wie wollt Ihr das bewerkstelligen – mit einem Loch im Leib?«

Das freche Grinsen im bärtigen Gesicht des Gesellen verschwand. Er hob die Hand. »Immer langsam. Sind das etwa Eure ganzen Waffen, äh? Ihr habt nur einen Schuss. Wir sind zwölf, wie Ihr seht, haben also zwölf Musketen und folgerichtig zwölf Kugeln. Das reicht für euch alle.«

»Aber Ihr werdet nicht mehr dabei sein, wenn es an das Verteilen unserer Sachen geht!« Tycho spannte den Hahn und legte an.

Kristine schrie auf. »Warte, Tycho, lass uns verhandeln!«

»Was sagt die Frau?«

Tycho erklärte es dem Anführer und fügte hinzu: »Vermeiden wir Blutvergießen! Ich gebe Euch ein Passiergeld, und wir fahren weiter.«

Der Mann leckte sich unschlüssig die Lippen. Ein listiges Funkeln trat in seine Augen. »Wie viel?«

»Zehn Goldtaler. Das reicht für die ganze Bande.«

Tycho sah, wie der Bandit rechnete. Zehn dänische Goldtaler waren eine Menge deutsches Geld. Zwar konnten die Wegelagerer, wenn sie alles daransetzten, auch den Rest mühelos erbeuten, aber Tycho sah es dem Wortführer an, dass er um sein Leben fürchtete.

Der Mann wendete sein Pferd, hatte aber offenbar kein Bedürfnis, die Lage mit seinen Kumpanen zu besprechen. Er drehte sich wieder zu Tycho um und sagte schlau lächelnd: »Wir sind friedfertige Leute, wenn man uns friedfertig kommt. Aber Ihr müsst verstehen, die Zeiten sind schlecht. Da klopft man schon mal um Almosen an. Zehn Goldtaler? Also gut, her damit!«

Tycho blieb gewarnt. Er übergab das geladene Gewehr an Franz Tengnagel und befahl ihm, weiter auf den Anführer zu zielen. Dann zog er seinen prall gefüllten Beutel hervor und bemühte sich dabei, ihn vor den Blicken des Banditen zu verbergen. Er zählte zehn Goldtaler in die Hand und reichte sie dem anderen, wobei er peinlich darauf achtete, nicht in die Schusslinie zu geraten. Das war nicht einfach, denn beide Pferde waren unruhig und tänzelten.

Als der Bandit das schwere Gold in seinen Händen fühlte, schien er befriedet zu sein. Er hob zwei Finger an den rissigen Lederhelm, eine trostlose Geste ehemaligen militärischen Schneids, wendete sein Reittier jäh und preschte an der Spitze seiner Männer in einer Staubwolke davon.

Tycho sagte: »Die sind wir noch nicht los, da bin ich sicher. Wir müssen schnellstens von hier fort. Von nun an ist noch mehr Vorsicht geboten.«

Sie fuhren weiter, so schnell es mit den immer wieder einsinkenden, großen Rädern der Fuhrwerke möglich war. Die Rauchwolken von Salzwedel blieben zurück. Und bald fuhren sie über flaches, oft morastiges Land von heideartigem Charakter, das einen Rundumblick gewährte. Dann wurden die Straßen besser.

Wieder sahen sie Wölfe am Horizont und hörten in der Nacht darauf, als sie Doppelwachen aufgestellt hatten, das Heulen der Tiere. Kristine kam zu Tycho unter die Decke. »Ich fürchte mich«, sagte sie.

Niemand schlief in dieser Nacht.

Im Morgengrauen, als alle schon erleichtert aufatmen wollten, waren die Wegelagerer plötzlich wieder da.

Diesmal stellten sie es geschickter an. Sie überwältigten die beiden Wachen, Peder Flemlose und Tyge, der mit einem Knüttel bewaffnet war. Ehe die anderen sich versahen, standen die Banditen, bewaffnet mit nicht mehr als zwei Musketen, aber auch Säbeln und Messern, mitten in ihrem Lager an der Feuerstelle.

»Aufstehen! Wir würden doch gern auch den Rest der Goldmünzen haben! Das versteht ihr doch?«

Tycho überschlug ihre Möglichkeiten. Seine erste Sorge war,

die Seinen zu schützen. Wenn die Banditen begriffen, wen sie vor sich hatten, würden sie vielleicht auf die Idee kommen, mit ihren Gefangenen Lösegeld zu erpressen. Er hoffte, sie waren wirklich nur an ihrem Bargeld interessiert.

»Wir haben nichts, was für euch interessant ist, außer dem Geld. Also nehmt es, in Gottes Namen, und dann zieht weiter!«

Die Männer kamen näher. Unheimliche Gestalten im Morgengrauen, die zu allem fähig sein mochten. Wieder sprach der Anführer.

»Ich würde nicht sagen, dass ihr weiter nichts besitzt als Geld. Beispielsweise ist diese kleine Frau hier von äußerstem Interesse.« Er trat zu Elisabeth, und Tycho erschrak zu Tode.

Kristine rief: »Nehmt eure schmutzigen Finger von meiner Tochter, ihr Unholde!« Sie erntete nur grobes Gelächter.

Tycho trat die Flucht nach vorn an. Er ging auf den Anführer zu und sagte ihm ins Gesicht: »Nun passt einmal auf! Mit Kerlen wie Euch bin ich schon fertig geworden, die gibt es nämlich auch in Dänemark. Wenn dem Mädchen etwas passiert, werde ich euch alle töten!«

Die Entschiedenheit seiner Worte ließ den Banditen unsicher werden. So entschlossen trat nur ein Mann auf, der noch irgendeinen Trick in der Hinterhand hatte.

Tycho schaute sich um. Was konnte er tun? Die anderen waren ein Dutzend. Auf Tychos Seite standen, da die Wachen sicher kampfunfähig waren, mit ihm selbst, mit Franz und vielleicht noch dem kräftigen Jörgen nur insgesamt drei kampffähige Männer zur Verfügung. Es war hoffnungslos.

Aber wo war eigentlich Franz? Tycho konnte den Verlobten seiner Tochter Elisabeth nicht entdecken.

Er hielt dem Anführer den Goldbeutel hin. Dieser blickte ihm noch immer misstrauisch entgegen, als wittere er eine Arglist.

»Wo steckt denn Euer wertvolles Gewehr? Gebt es mir!«

Tycho durchfuhr ein eisiger Schreck. Wenn die Banditen das Gewehr bei Franz nicht gefunden hatten, wo war es dann? Wenn Franz nur keinen Unsinn machte! Tycho wusste, er konnte mit der Waffe umgehen, aber wenn er sie unüberlegt einsetzte, würde es in den nächsten Augenblicken ein Blutbad geben.

Im gleichen Moment, als er sah, wie sich am Waldrand ein Schatten mit etwas Länglichem in Händen auf sie zubewegte. Es war sein Sohn Jörgen. Dann ging alles blitzschnell. Jörgen, der groß war für einen Dreizehnjährigen, sprang von hinten an den Anführer heran. Er schlug ihm den Helm vom Kopf, riss ihm den Hals nach hinten und setzte ihm ein Messer an die Kehle.

»Die kleinste Bewegung, du Unmensch, und ich zeige dir, was ein Däne vermag!«

Die Begleiter des Banditen schrien durcheinander, hoben die Waffen und rückten näher, wagten aber nicht einzugreifen, denn Jörgen machte ein wild entschlossenes Gesicht.

Tycho begriff, dass es an ihm war, das Entscheidende zu tun. »Sagt Euren Männern, sie sollen die Gewehre hinlegen und sich zurückziehen. Sofort!«

»Mach schon!«, brüllte Jörgen mit sich überschlagener Stimme.

Der Bandit blieb stumm, röchelte nur.

Tycho wiederholte seinen Befehl. Als sich nichts tat, befahl er Jörgen: »Schneid ihm die Kehle durch!« Er wusste, sein Sohn würde so etwas nicht tun.

Jetzt begriff der Bandit, dass es ernst wurde. Er krächzte:

»Tut, was er sagt. Für den Moment bleibt uns keine Wahl.« Dann spuckte er Blut. Offenbar hatte Jörgen doch tiefer geritzt, als es ausgesehen hatte.

Die Männer taten, wie ihr Anführer ihnen geheißen hatte.

In diesem Moment ging die Sonne auf.

Einer sagte: »Und was wird aus unserem Anführer?«

»Der bleibt bei uns. Wenn ihr noch einmal in unsere Nähe kommt, stirbt er!«

Tycho wunderte sich selbst über seine innere Kälte. Er wusste in diesem Moment, es würde ihm nichts ausmachen, den Banditen zu töten. Er würde es Jörgen nicht zumuten, sondern es selbst tun.

Zögernd ließen die Wegelagerer ihre Waffen fallen und stolperten rückwärts davon. Rasch hatte der Wald sie verschluckt.

»Achtet auf ihn!«, rief Tycho Franz zu, der mit dem Gewehr dastand. Dann rannte er in den Wald. Er fand Tyge und Flemlose mit Kopfwunden, die von heftigen Schlägen stammten, ansonsten aber waren sie unverletzt. Beide wurden verarztet und konnten bald wieder auf den Beinen stehen. Der Bandit wurde gefesselt und auf dem Bauch in ein Fuhrwerk gelegt.

Alle hatten das Bedürfnis, diesen Ort schnell zu verlassen. Als die wärmende Morgensonne durch die Zweige der Ulmen schien, die den Platz des Überfalls umstanden, setzte der Tross sich mit knarrenden Rädern und schnaubenden Pferden wieder in Bewegung.

Am Abend waren sie an der Aller. Der Fluss war breit, doch sein Kieselbett so flach, dass sie ihn mühelos überqueren konnten.

Der gefesselte Bandit rief hin und wieder nach Wasser. Tycho ließ anhalten und stopfte ihm das Maul mit einem Knebel und einem abgerissenen Stück Leinenlumpen. Dann fuhren sie weiter.

Die Landschaft wurde immer öder. Der Weg führte an kahlen Bäumen vorbei und schier endlos geradeaus durch immer die gleichen, brachliegenden, braunen Felder. Tycho versuchte, sich eine warme, südliche Landschaft vorzustellen. Er nahm sich noch einmal fest vor, den Astronomen Galilei in Padua aufzusuchen, wann immer er dazu eine Gelegenheit fand. Aber jetzt mussten sie erst einmal die trostlose Heidelandschaft durchqueren.

Bei Wunstorf kamen sie ans Steinhuder Meer, das umgeben war von baumlosen Wiesen; sie konnten also am Ufer lagern, ohne einen Überfall aus dem Hinterhalt befürchten zu müssen.

Sie wuschen sich ausgiebig. Die Pferde soffen das klare Wasser. Jetzt bekam auch der Bandit einen Schluck. Wenngleich die Gegend freundlich wirkte, war die Reisegesellschaft angespannt und nervös.

Sie berieten sich.

»Was soll mit dem Gauner werden?«, wollte Willem Janzoon Blaeu wissen. »Wenn wir ihn mitschleppen, isst er nur unseren Proviant weg. Obendrein müssen wir seinen Gestank ertragen.«

»Schneiden wir ihm die Kehle durch!«, krächzte Jörgen

»Nein, wir behalten ihn als Geisel. So haben wir zumindest eine kleine Gewähr, nicht überfallen zu werden. Wir müssen aber ständig auf ihn aufpassen.«

»Und wenn wir ihn nicht mehr brauchen, besorg ich es ihm!« Tyge rieb sich seinen seit dem Überfall noch immer schmerzenden Schädel.

»Wir lassen ihn kurz vor Kassel frei«, entschied Tycho.

»Wie weit ist Kassel noch?«

»Ich denke, eine knappe Woche nach Südwesten, wenn nichts dazwischenkommt.«

An diesem Abend suchte Tycho den Gefangenen auf, überprüfte seine Fesseln und zog ihm den Knebel aus dem Mund. Der Bandit ächzte und mahlte mit den verkrampften Backenmuskeln. »Wenn du das Maul hältst«, sagte Tycho, »erspar ich dir den Knebel. Aber wehe, ich höre ein einziges Wort!«

Der Bandit starrte ihn nur hasserfüllt an und wandte sich ab.

Es folgte eine ruhige Zeit. Das Wetter blieb gleichmäßig kühl, der Himmel war herbstlich klar. Tycho fühlte sich an Ven erinnert, wo das tiefe Blau ihn stets an Kristines Augen erinnert hatte. Und die Sonnenuntergänge blieben purpurn und rot.

Die Wegelagerer ließen sich nicht blicken. Doch in den Augen ihres Anführers stand manchmal ein so triumphierendes Glitzern, dass Tycho Verdacht schöpfte. Was mochten die elenden Gesellen im Sinn haben? Die nächtlichen Wachen bemerkten jedoch nichts Verdächtiges.

Am nächsten Tag erreichten sie Hildesheim, eine Stadt an einem Fluss namens Innerste. »Was heißt das – Innerste?«, wollte Kristine wissen. Tycho versuchte es ihr auf Dänisch zu erklären: »Es ist das Innerste, wenn ich ein Gefühl der Liebe für dich empfinde«, sagte er, wobei er diese Erklärung für einen Fluss wenig passend fand.

Hildesheim besaß eine gewaltige Basilika. Hierher pilgerten viele Wallfahrer, und so fiel ihr Tross nicht weiter auf. Sie erfuhren, dass Kassel noch zehn Tagesreisen entfernt war, viel mehr, als Tycho angenommen hatte, weil es ein Gebirge mit Namen Solling zu überqueren galt. Dort sollte es wilde Tiere, auch Bären geben. Und Räuberbanden. Tycho kaufte bei einem Waffenhändler am Markt zwei Musketen und ausreichend Munition. Er fragte ihn, ob man das Gebirge umgehen könne, worauf der Mann antwortete:

»Ja, über die Ebene bei Höxter, wenn Ihr fünf Tage Umweg in Kauf nehmen wollt.«

Sie berieten sich und kamen zu dem Schluss, trotz der möglichen Gefahren durch den Solling zu reisen. In einem Waldstück hinter Hildesheim ließ Tycho Schussübungen veranstalten. Franz und Flemlose trafen am besten, aber auch Tyge, Jörgen und Willem konnten jetzt mit den schweren Waffen umgehen. Das gab ihnen ein ausreichendes Gefühl der Sicherheit.

Am nächsten Abend erreichten sie den Fuß des Solling und lagerten an einem Steilhang, der mit Steinbrocken übersät war. Ein Weg war nicht auszumachen. Der Gefangene bedeutete Tycho, dass er einen Weg kannte.

»Wir waren mit den Kumpanen vor Jahren in der Gegend«, erklärte er missmutig. »Es ist ein Weg, der hoch hinaufführt. Aber er ist geräumt und passierbar, und die Bären halten sich eher in den Tälern auf.«

»Warum erzählt Ihr mir so bereitwillig davon?«

»Ich will, dass wir Euer verdammtes Kassel erreichen, damit ich freikomme.«

Tycho glaubte dem verschlagenen Kerl nicht. Aber wenn er einen Weg kannte, sollte es ihm recht sein.

Bei Sonnenaufgang ging es los. Ächzend und knarrend setzten sich die Fuhrwerke, die bereits etliche Reparaturen hinter sich hatten, in Bewegung. Es war Tycho klar, dass er nicht nur wegen der anfälligen Wagen Kassel bald erreichen musste. Denn die Stimmung in seiner Reisegruppe wurde allmählich von Erschöpfung bestimmt.

Entgegen den Angaben des Banditen war der Weg zunächst

steinig. Sie verloren so viel Zeit mit dem Wegräumen von Felsbrocken, dass Tycho ernsthaft überlegte, ob sie nicht doch den Weg über Höxter nehmen sollten. Aber dann verschwanden die Hindernisse; der Weg war matschig, aber eben. Dafür kam eiskalter Wind auf. In dieser Gegend war der Wald verschwunden, die Höhen boten keinen Wetterschutz.

»Sie haben Schiffe gebaut, um über die Weser am südlichen Abhang des Solling das Nordmeer zu erreichen«, erklärte der Bandit.

»Das *Mare Germani*? Wer sind ›sie‹, und was wollten sie so hoch im Norden?«, fragte Tycho erstaunt.

Noch mehr erstaunte ihn die Antwort des Wegelagerers. »Es sind Sachsen. Sie haben Sklaven aus dem Osten, die sie nach Britannien in die Bergwerke verkaufen.«

»Sklaven? Es gibt keine Sklaverei mehr!«

»Haha! Wo kommt Ihr her? Aus dem Wolkenkuckucksheim? Ich selbst war noch vor zehn Jahren Sklave meiner Herrschaft in Niederbarnim! Kennt Ihr Parchim? Dort machen die Herren Jagd auf jeden, der frei herumläuft, und verhökern ihn spornstreichs auf die Inseln!«

»Wie bist du freigekommen?«

»Geflohen. Wollt Ihr sehen, was mich das gekostet hat?« Er zog das linke Hosenbein mit den Zähnen hoch, und Tycho blickte erschreckt auf rote, schorfige Haut vom Knie bis zum Knöchel. »Sie haben mich mit flüssigem Pech verbrannt. Ich bin wieder abgehauen.«

Tycho dachte: So macht man Banditen. Aber er verfolgte den Gedanken nicht weiter. Der Solling nahm seine Aufmerksamkeit in Anspruch.

Die Felsen rechts und links des Weges wirkten weiterhin

feindselig. Sie boten einen idealen Unterschlupf für marodierende Horden, die sich vor dem Gesetz verstecken mussten. Aber gab es das überhaupt noch, das Gesetz? Und wer übte es aus?

In höchster Wachsamkeit fuhren sie weiter, immer wieder nach allen Seiten sichernd. Dass die Gegend so übersichtlich erschien, erleichterte ihnen die Reise. Doch am zweiten Tag im Solling stellte es sich als entsetzliche Täuschung heraus.

Hinter einer Wegbiegung, in einer Verengung der Felsen zu beiden Seiten, brach plötzlich ein braunes Ungetüm aus einer Felshöhle. Erst nach einem Augenblick panischen Erschreckens begriffen die Reisenden, dass es sich um einen Bären handelte. Es war ein so riesiges Tier, wie sie es noch nie gesehen hatten. Der Bär brüllte mit aufgerissenem Maul, sprang überraschend behände auf den zweiten Wagen zu – und schnappte nach dem Banditen.

Das Schreien des Unglückseligen hing den anderen später noch lange in den Ohren. Der Bär schien den Mann zu kennen, so ausschließlich beschäftigte er sich mit ihm. Er schleifte den Gebundenen im Maul davon und verschwand im Gewirr der zerklüfteten Felsen.

Es war aussichtslos, ihn zu verfolgen.

Nach einigen Augenblicken verstummten die Todesschreie des Verschleppten.

Gelähmt vor Entsetzen, brachte keiner der Reisenden ein Wort hervor.

Tycho sagte schließlich mit belegter Stimme: »Wir fahren weiter.«

Kurz darauf setzten Wagen und Reiter sich wieder in Bewegung.

Jetzt waren sie ohne Ortskundigen in einer feindseligen Landschaft. Fast bedauerte Tycho, dass der gefährliche Bandit nicht mehr in ihrer Mitte war. Und der Weg führte immer höher hinauf in kahle, zerklüftete Berge.

Sie reisten jetzt wieder, als stünde ihnen in jeder Minute ein Überfall bevor. Vorn und hinten ritt jeweils ein Bewaffneter. Tycho hielt sich in der Mitte zwischen den Wagen auf, um die Frauen zu beruhigen und zu schützen. Bis zum Abend geschah nichts. Doch als sie rasteten, waren sie bedrückt und hatten das Gefühl, schwere Kämpfe hinter sich zu haben.

»Es ist die Seele«, sagte Kristine. »Sie ist ein mitleidendes Geschöpf.«

Tycho musste ihr beipflichten. Auch er fühlte sich erschöpft und ausgelaugt.

Es waren die Kinder, die ihren unbekümmerten Mut bewahrt hatten. Sie saßen am Abend beisammen und zeichneten mit Holzpflöcken ein Spiel in den Sand, das sie »Jäger jagen« nannten. Es bestand aus der Umkehrung der wirklichen Verhältnisse auf dieser Reise.

Tycho wechselte am nächsten Reisetag von der Kutsche auf ein Reittier, um schnell überall sein zu können. Er trieb den Tross zu größerer Eile an, und die Bewegung auf dem starken Pferd machte ihn zuversichtlicher. Er ritt voraus, um den Weg zu erkunden, beobachtete die Umgebung, bildete manchmal die Nachhut und stieg auch auf die Felsen, um nach möglichen Gefahren Ausschau zu halten. Es war gut, unterwegs zu sein, wenn man seine wieder erwachenden Kräfte spürte.

Als er das Pferd angebunden, einen treppenartigen Sporn erklommen hatte und weit in die freie Landschaft hinaussah, durchströmten ihn plötzlich so starke Glücksgefühle, dass er die

Fäuste ballte und gen Himmel reckte. Noch nie, trotz seines reifen, erwachsenen Alters, hatte er eine solche Stärke gefühlt – und den Wunsch, es der ganzen Welt zu zeigen.

Er würde seine Familie und die Gefährten unbeschadet nach Kassel bringen!

Dieses Gefühl wurde zur Gewissheit, und hätte er jetzt in einen Spiegel geblickt, wäre er angesichts seiner entschlossenen Miene mit den zusammengepressten Lippen und den straffen Kiefermuskeln – das Gesicht eines Kämpfers – noch zuversichtlicher geworden!

In diesem Moment dachte Tycho von Brahe nicht daran, Astronom oder Mathematiker zu sein, der in den Himmel blickte. Er war das Oberhaupt einer Sippe, die in einer äußerst gefährlichen, erdhaften Region heil ans Ziel gebracht werden musste. Nicht mehr und nicht weniger.

Dieses Verantwortungsgefühl für andere war wunderbar! Er nickte, als würde er mit sich selbst sprechen. Und er beschloss, es nie mehr zu vergessen!

Tycho Brahe war in diesem Moment kein Sternengucker mehr.

Er wurde es erst wieder, als sie fünf Tage später unbeschadet Kassel und den Hof des Landgrafen erreichten.

Die Aue war groß wie ein Plateau in den Bergen des Solling. So weit der Blick reichte, lag ein parkähnlicher Garten vor ihnen, kerzengerade durchzogen von Wasseradern in künstlichen Steinbetten; dahinter türmten sich gleichfalls künstlich aufgeschichtete Berge. Es schien, als habe sich die Natur einen besonderen Spielplatz eingerichtet, an dem sie sich selbst berauschte. Doch die Wilhelmshöhe war das Werk eines Landgrafen. Und die starken Befestigungsanlagen, die das Ganze umgaben, ließen darauf schließen, dass es sich nicht um ein ungefährdetes Paradies handelte. Tycho Brahe hatte dem Landgrafen Wilhelm mehrere Briefe geschrieben, und die Antwort hatte stets gelautet: »Komme Er, wann Er wolle.« Wilhelm kannte die Forschungen Tychos auf Ven genau. Dadurch angeregt, hatte er nach der Teilung des Landes Hessen, als ältester Sohn des im Schmalkadischen Krieg unterlegenen Philipp des Großmütigen, eine Sternwarte bauen lassen. In seiner Korrespondenz betonte er einmal zur Ergötzung Tychos, dass seine Blicke, die zu den Sternen gingen, sich dort oben mit denen des Astronomen von Ven treffen würden, wenn dieser dieselben Sterne beobachte. Solche Poesie des Landgrafen von Hessen-Kassel gefiel Tycho.

Die beiden Fuhrwerke und die vier Reittiere zogen polternd über das grobe Pflaster der Stadttore von Kassel. Die Wachen untersuchten misstrauisch Gepäck und Gerätschaften. Als Tycho einen der Einladungsbriefe des Landgrafen vorzeigte, den er auf der Reise sorgfältig in einer Brusttasche getragen hatte, salutierten sie und ließen den Tross passieren.

Da sie von Norden kamen, mussten sie durch das Gewirr der

auffallend sauberen Straßen Kassels hindurch und am anderen Ende wieder hinaus. Die Bewohner schienen freundlich und bedachten die Fremden mit offenen Blicken.

Jenseits der südlichen Stadttore lag vor ihren Augen das gleiche Bild: eine grüne Aue mit Wasserspielen, Bächen, Kaskaden, die über Steinstufen von einem höchsten Punkt, der mit allegorischen Riesenfiguren umstellt war, herunterstürzten.

»Wie schön es hier ist!«, entfuhr es Kristine. Und Tycho beugte sich zu ihr und küsste sie auf den Mund.

»Man kommt sich vor wie Neptun in seinem eigenen Reich«, rief Flemlose, der von dem Wasserschleier der Kaskaden ganz nass war, aus dem zweiten Fuhrwerk.

Geschickt dirigierten sie die Pferde auf der Brücke aus groben Baumstämmen über den Fluss namens Fulda, an dem das ausladende, sonnengelb glänzende Stadtschloss lag.

»Dieser Landgraf muss reich sein, wenn er so etwas bauen kann!«, sagte Willem, der sich schon wieder an Krücken vorwärts bewegen konnte.

Tycho erklärte: »Er soll ein guter Ökonom und vorsorglicher Landesherr sein. Jedenfalls holte er Hugenotten ins Land. Sie sind die fleißigsten Handwerker und Gewerbetreibende, weil sie ihr Seelenheil nur erlangen, wenn sie unermüdlich tätig sind. Überdies hat er das alleinige Nachfolgerecht der erstgeborenen Söhne verfügt, was die ungeteilte Größe des ererbten Besitzes garantiert und Hessen wirtschaftlich stark gemacht hat. Seine armen Untertanen soll er damit gewonnen haben, dass er die Kartoffel einführte, eine essbare Knolle, die aus Westindien stammt und sehr nahrhaft sein soll. So haben hier selbst die Bedürftigen zu essen – auch im Winter, der hier kälter sein soll als in Dänemark.«

»Unfassbar! Ein Landesherr, der sich um seine Untertanen kümmert!«, sagte von Kamp.

Elisabeth pflichtete ihm bei. »Anders als in Dänemark. Dort kümmert sich der König nur um seine Mätressen!«

»Woher weißt du, was Mätressen sind?«, wollte Kristine erstaunt wissen.

Elisabeth meinte: »Das wissen Mädchen eben – genauso gut wie Männer.«

Die Reisenden passierten eine zweigeschossige Vierflügelanlage und zügelten die Pferde in einem annähernd quadratischen Innenhof. Wachen in blauroten Uniformen traten sofort auf sie zu und rammten ihre Hellebarden vor sich ins Pflaster.

»Woher kommt ihr, und was ist euer Begehr!«

Tycho sprang vom Kutschbock. »Der Landgraf erwartet mich. Geht und meldet den Astronomen mit der Silbernase!«

Der Wachmann schaute verdutzt. Dann gab er den Befehl weiter. Wenige Minuten später kam ein Bediensteter herbeigelaufen, der Tycho aufforderte, ihm zu folgen. »Um das Gepäck und Eure Gefährten kümmern sich die Lakaien zu Eurer Zufriedenheit!«

Tycho folgte dem Livrierten. Es ging durch Säle und Flure, dann Treppen in einen Turm hinauf. Tycho bewunderte die Pracht und Größe der Anlage, die dem dänischen Herrschersitz in Kopenhagen in nichts nachstand. Der Livrierte erklärte: »Das Kursächsische Gemach! Das Württembergische Gemach! Das Pfälzische Gemach! Das Brandenburgische Gemach! Das Tafelgemach!«

Im Obergeschoss, das teilweise durch ein Mezzanin unterbrochen wurde, erwartete ihn in einem von fünf ausufernden Gemächern der Landesherr. Der weiße Saal war fast so groß wie die Aue vor den Stadttoren; außer Dekorationen und Möbeln sah Tycho nichts. Dann aber erkannte er im Hintergrund die gedrungene Gestalt des Landgrafen.

Wilhelm der Vierte war schwer. Sein massiger Körper unter seinem schwarzen Gewand mit der weißen Halskrause schien im Thronsessel wie festgeklemmt. Er winkte Tycho heran. Der trat rasch näher und vollführte eine ehrerbietige Verbeugung. Wilhelm sagte:

»Ich freue mich, den bedeutendsten Astronomen unserer Zeit zu begrüßen! Wir werden viele interessante Abende in der Sternwarte verbringen! Und wir werden Kartoffelpuffer mit Störeiern essen. – So kommt doch näher!«

Tycho sagte in seinem nicht ganz akzentfreien Deutsch: »Majestät, ich bin entzückt! Ich habe Euch einen kleinen goldenen Quadranten mitgebracht, aber der muss erst noch ausgepackt werden. Mich begleitet übrigens meine Frau und vier meiner Kinder, daneben Mitarbeiter. Kann ich hoffen, sie gut untergebracht zu wissen?«

»Das ist doch selbstverständlich!«, sagte der Landgraf mit dröhnender Stimme, die aus seinem gewaltigen Brustkorb drang. Auf sein weiches, von einem dicken Kinnbart verziertes Gesicht legte sich ein grimmiges Lächeln. »Ich bin gespannt, Eure kleine Frau kennen zu lernen. Ich hörte schon einiges von ihr. Ist es wahr, dass sie dem Bauernstand angehört?«

»Es ist wahr, Majestät, sie ist die Tochter eines Bauern. Vor allem aber ist sie eine kluge, warmherzige Frau und die Mutter meiner acht Kinder, von denen der Herrgott zwei schon sehr früh zu sich gerufen hat.«

»Ich verstehe! Nun, wir werden am Abend zusammen speisen. Bis dahin erlaubt mir, Euch meine Residenz und die Sternwarte zu zeigen.«

Der Landgraf erhob sich, schob mit dem Thronsessel gleichzeitig den massiven Schreibtisch, auf dem er Dokumente unterzeichnet hatte, zur Seite und watschelte vor Tycho her. Er winkte mit dem fleischigen Finger. »Ihr werdet staunen, was ich gesammelt habe. Denn ich muss jeden Tag daran denken, was der Ptolemaios sagte.«

»Was sagte er denn, Exzellenz?«

»Dass ich sterblich bin, weiß ich, und dass meine Tage gezählt sind, aber wenn ich im Geiste den vielfach verschlungenen Kreisbahnen der Gestirne nachspüre, dann berühre ich mit den Füßen nicht mehr die Erde.«

»Kluge Worte.«

»Folgt mir.«

Tycho wandte ein: »Darf ich mich zuerst um meine Familie kümmern? Wir hatten eine sehr strapaziöse Reise mit einigen unangenehmen Vorkommnissen. Ich will sehen, ob alle gut untergebracht sind.«

»Das sind sie. Nun kommt schon!«

Der Landgraf war so stolz auf sein Schloss, als hätte er es selbst erbaut. Zumindest was das Dekor anging, stimmte das auch. Er bildhauerte und malte, und so besaßen die Wände allegorische Malereien mit biblischen und mythologischen Gestalten. Und er schien seinem Gast einige lehrhafte Botschaften seiner Überzeugungen mitteilen zu wollen.

Tycho erblickte überall Glaubenssymbole: Kronen, züngelnde Schlangen, flammende Herzen, Spiegel und Waffen, in Strahlenkränze eingefasst. Das nach Westen gelegene Empfangszimmer besaß eine bemalte Kassettendecke, die von Symbolen der freien Künste, Grammatik, Rhetorik, Dialektik und Astronomie überladen war.

»Erstaunlich!«, entfuhr es Tycho. Aber dann besann er sich, mit wem er es zu tun hatte. »Euer Ruf, Majestät, ein großer Kenner der Mathematik, Physik und Astronomie zu sein, durchdringt ganz Europa. Hier begreift man es auf Schritt und Tritt.«

»Ihr solltet erst einmal die Sternwarte sehen! Doch schaut einmal hierher!«

Der Landgraf führte seinen Besucher durch Räume, in denen das Prinzip des symbolischen Verweisens, das ihm offensichtlich gefiel, sich noch steigerte. Da waren rot-weiße Zimmer, die den hessischen Geist darstellten, schwarz-gelbe, die das Kursächsische demonstrierten, schwarz-weiße, die das Brandenburgische betonten. Der Landgraf erklärte und erklärte. Tycho, von der Reise müde, konnte ihm nur mit Mühe folgen, wagte es aber nicht, irgendetwas einzuwenden.

Und alles war tatsächlich so schön und interessant, dass er es schon deshalb unterließ.

Es ging weiter durch Türen, die gemalte Hermen flankierten, oder überlebensgroße Landsknechtsfiguren, die der Herrscher »Trabanten« nannte. »Es sind meine Trabanten! Und sie machen keinen Ärger, weil sie aus wetterfestem Sandstein sind, hahaha!«

Tycho ahnte längst, dass der Landgraf eitel war. Die Bestätigung dieser Vermutung erhielt er am Riesensaal, dem Saal für die Festbankette. Hier prangten überlebensgroße Halbfigurenbilder des Landgrafen. Neben den Wandmalereien, dem Prunkkamin, der das effektvolle Wechselspiel von Architektur, Plastik und illusionistischer Malerei auf die Spitze trieb, beanspruchte Tychos Aufmerksamkeit auch hier die Decke. Sie zeigte die christlichen Tugenden Pietas, Fides, Spes und Caritas und die Kardinaltugenden Justitia, Prudentia, Fortitudo und Temperantia, stets im Dialog mit Wilhelms ernsten Porträts und eingerahmt von geschriebenen Exempeln aus der Bibel unter Einschluss apokrypher Schriften.

Tycho war beeindruckt von der Pracht der Säle, der Kunst der Dekorationen, dem Geschmack der Farben – und von den vielen nackten Frauengestalten, die als hübsche Allegorien mit den Bildnissen des Landesvaters zu kokettieren schienen.

Wilhelm zeigte seinem Gast am Ende die Schlosskapelle, wie um nach dem künstlerischen Glanz auf seinen strengen protestantischen Glauben hinzuweisen. Der flach gewölbte Saalbau auf rechteckigem Grundriss besaß drei Stockwerke. Tycho hatte den Eindruck, in einem Theater zu sein. Und war der protestantische Glaube mit seiner Inszenierung des heiligen Wortes nicht auch eine Bühne? Er selbst hatte es jedenfalls immer so empfunden.

Das Ensemble von Kanzel, Altar, Taufbecken und Orgel entfaltete eine fast magische Wirkung auf ihn; die Materialien Alabaster, Marmor, Edelholz und vergoldeter Putz taten ein Übriges. Und der großformatige Bilderzyklus an den Wänden, den der Landgraf »Antithesis Christi et Papae« nannte, zwanzig Szenen aus dem Leben Christi, dem Regiment des Papstes gegenübergestellt, drückten eine einzigartige Innigkeit aus.

Tycho war verzaubert, wie der Landgraf zufrieden bemerkte.

Er zog ihn weiter. Aber jetzt war Tychos Aufnahmevermögen erschöpft, und dies sagte er seinem Gastgeber auch.

»Gut, dann ein andermal! Erholt Euch von der Reise! Wir sehen uns am Abend im Kreis meiner Anverwandten – und vielleicht später in der Sternwarte! Ich lasse Euch nach angemessener Zeit holen!«

Tycho kehrte dankbar zu seiner Familie zurück.

Alle waren gut im östlichen Tafelflügel untergebracht. Kristine und er wohnten in einem Gemach, das vollständig mit holländischen Bildteppichen bedeckt war. Kristine hatte schon ausgepackt. Tycho gewann den Eindruck, dass sie sich auf eine längere Zeit in Kassel einrichtete. Und klammerte er sich nicht auch an den tröstlichen Gedanken nach der langen Reise, die eigentlich eine Flucht war, irgendwo zu bleiben, wo sie willkommen waren?

»Wie ist er?«, fragte Kristine, als Tycho eintrat.

»Eitel und großzügig! Es ist gut möglich, dass wir am Hof eine gute Zeit erleben werden. Vor allem gefällt mir seine Liebe zur Astronomie. Man sagt über ihn, er versetze Alexandria nach Hessen und holte den Ptolemaios mit seinen Armillasphären und Linealen aus Ägypten nach Deutschland. Aber Herrscher sind Herrscher! Sie haben Launen, man weiß also nie, was man zu erwarten hat.«

»Aber du bist Tycho von Brahe! Er wird dir den nötigen Respekt entgegenbringen, nicht wahr?«

»Das hoffe ich – für ihn!«, entgegnete Tycho lachend.

»Wir werden hier eine Zeit lang zur Ruhe kommen, nicht wahr?«, fragte Kristine.

»Ich hoffe es. Sind die anderen auch zufrieden? Haben sie alles?«

»Ich denke, ja. Elisabeth und Franz wollen allein gelassen werden. Die anderen sind gleich nebenan. Wir können uns jederzeit sehen, jedenfalls versicherte das der Kammerherr. Übrigens ein reizender Mann, der lange in Helsingborg gelebt hat.«

»Ich werde ihn noch kennen lernen.«

»Tycho?«

»Ja.«

»Komm her!«

»Hier?«, sagte Tycho, der das Leuchten in ihren schönen Augen bemerkte, und schaute sich um.

»Warum nicht? Es ist im Moment unser einziges Zuhause.«

»Und wenn jemand kommt?«

»Der geht auch wieder.«

Am Abend ließ der Landgraf bitten. Und jetzt lernten die Gäste auch seine Gattin und den Rest der Familie kennen.

Landgräfin Sabine, die ehemalige Herzogin von Württemberg, war zwanzig Jahre jünger als ihr Gemahl, eine zerbrechlich wirkende, dunkelhaarige Person mit ungläubig blickenden Insektenaugen und schneeweißer Haut. Ihr Mund war breit und spöttisch. Sie hatte die Eigenart, beim Sprechen die Schultern hochzuziehen. Tycho fand, sie wirke anziehend mädchenhaft.

Der Rest der landesfürstlichen Familie bestand aus der Mutter des Landgrafen, Christine von Sachsen, dem Vater, Landgraf Philipp und seinen acht jüngeren Geschwistern samt dazugehörigen Ehefrauen und Gatten. Von seinen Kindern war der zukünftige Landgraf Moritz anwesend, ein Rosenkreuzer und Alchimist. Zumindest *in effigie*, in Form einer eigens zu diesem Zweck von seinen Hofkünstlern und ihm selbst gemalten Bildergalerie, sollten sie alle stets gegenwärtig sein und den Besuchern seines Schlosses vom Ruhm des Hauses Hessen und seiner raffinierten Bündnispolitik der Evangelischen künden. So hoffte Wilhelm, die schmähliche Niederlage gegen die Katholischen im Schmalkaldischen Krieg doch noch in einen Sieg der Familie verwandeln zu können.

Kristine wirkte unsicher wie ein kleines Mädchen, als sie den Bankettsaal betraten. Tycho hatte ihr von der despektierlichen Bemerkung des Herrschers berichtet. Vielleicht war es auch Wilhelm bewusst geworden, dass seine Frage den Gast beleidigt haben könnte, denn er bemühte sich, Kristine durch Freundlichkeit für sich einzunehmen. Er vergaß die Etikette und wies den Fremden eigenhändig ihre Plätze an der Tafel zu. Dann winkte er Kristine zu sich und entführte sie in die Küche.

Verwundert folgte sie dem Landgrafen. Noch verwunderter war sie, als er ihr eröffnete: »Ihr seid sicher eine hervorragende Köchin, und ich hoffe, ich kann unter Eurer strengen Aufsicht bestehen. Aber ich möchte Euch ein Rezept erläutern, das ich selbst erfunden habe. Kommt!«

»Aber Majestät! Wie könnte ich Ihro Gnaden …«

»Papperlapapp! Lasst das höfische Getue, liebe Frau von Brahe! Ich möchte nur, dass Ihr mir sagt, ob dieses Rezept Gnade vor Euch findet oder nicht.«

»Was ist es?«

»Ich nenne es Kartoffelpuffer Wilhelm. Es geht folgendermaßen. Man nimmt hier diese rohe Knolle, schält sie und raspelt sie danach halb grob und halb fein in eine Schüssel. So. Inzwischen schält und reibt man eine Zwiebel, allerdings mit geschlossenem Mund, sodass man nichts sagen kann. Ich mache das jetzt mal, sonst tränen mir die Augen …«

Amüsiert von seinem Gehabe, schaute Kristine zu, wie der Landgraf demonstrativ schmallippig dastand und die Zwiebel rieb. Sie sagte ebenfalls nichts, es hätte sich nicht geschickt.

»Jetzt! Ihr schlagt drei Eier hinein. Das schmeckt Ihr mit Salz und Pfeffer ab, vermischt alles und gebt es in heißes Gänseschmalz in eine Pfanne. Das tue ich hier. So. Wenn der Puffer goldgelb ist, legt Ihr ihn auf ein Küchentuch und gebt einen Teelöffel Störeier darauf. Als Krönung kommt obendrauf ein Löffel steif geschlagene Sahne. Fertig. Und nun probiert!«

Er nahm den kleinen Puffer, der nur unwesentlich größer war als eine große, schmalkaldische Goldmünze, und schob ihn zwischen Kristines geöffnete Lippen.

Kristine kaute, schluckte – und vor Verwunderung machte sie große Augen. Es schmeckte himmlisch! Ein nie gekannter Geschmack. Wunderbar!

Sie sagte es ihm: »Majestät …«

»Ich weiß, es ist göttlich! Meint Ihr, wir können es der Abendgesellschaft insgesamt vorsetzen?«

»Ich habe nie etwas Besseres gegessen!«

»Na, dann los!« Er gab den Köchen ein Zeichen; dann gingen sie wieder hinüber in den Saal.

Dort wartete man hungrig und durstig auf die Majestät. Tycho hatte sich allerdings angeregt mit der Landgräfin unterhalten, die ein Interesse für Astrologie pflegte. Tycho hatte ihr versprochen, ein Horoskop zu erstellen. Und sie hatte ihn schelmisch gefragt: »Stimmt es, Herr von Brahe, dass man Euch in Eurer Heimat den ›dänischen Satyr‹ nennt? Warum?«

Sie spielte auf die Vergangenheit an. Doch Tychos Antlitz hatte mit den hängenden Augenlidern, der kleinen Nase, dem kurz geschnittenen, an den Rändern grauen Haaren und dem verschmitzten Lächeln im Laufe der Jahre tatsächlich etwas Faunisches bekommen.

»Das ist lange her, Landgräfin! Ich hatte früher ein oder zwei Affären mit Damen des Hofes. Vergangenheit! Das war lange, bevor ich meine Frau kennen lernte.«

»Ihr seid ein treuer Mann?«

»Aber ja! Im Gegensatz zu unserem König. Er zeugte bis heute neben seiner Ehe mit der wunderbaren Königin Sofie achtzehn illegitime Kinder mit mehreren Mätressen. Achtzehn!«

»Ist das nicht ein wenig übertrieben?«

»Das finde ich auch.«

»Man soll es nicht glauben! Aber wisst Ihr, in deutschen Landen ist es nicht anders. Oder glaubt Ihr etwa, hiesige Herrscher wären keusch? Man muss ihnen schon aus den Sternen lesen, um sie davon zu überzeugen, dass Untreue einen schicksalhaften Preis verlangt.«

Meinte sie ihren Gatten? Tycho wagte nicht zu fragen.

Als Kristine in diesem Moment zurückkehrte, kam sie ihm immer noch begehrenswert vor wie einst. Ihre blauen Augen strahlten, ihr Haar lag wie ein Lichtkranz um ihr schmales, glattes Gesicht. Er erinnerte sich an das Morgengrauen, als er vor dem Haus ihrer Eltern gestanden und sehnsüchtig zu den Fenstern unter dem Dach hinaufgeschaut hatte. Mein Gott, es war dreiundzwanzig Jahre her! War das zu fassen! Was ist Zeit?, musste er denken. Man kann sie nur als die Summe der Erinnerungen fassen, sonst gleitet sie einem ungreifbar durch die Finger wie rinnendes Wasser. Kristine setzte sich neben ihn und sah noch immer gelöst und unglaublich hübsch aus. Was hatte der Landgraf, dieser hessische Satyr, ihr erzählt?

»Ihr müsst an unserer Akademie eine Vorlesung halten, lieber Brahe!« Die Stimme des Landesvaters riss Tycho aus seinen Gedanken. »Wir haben viele Hessen, die an der Sternenkunde interessiert sind. Ich selbst habe leider keine Zeit, mich darum zu kümmern, die Staatsgeschäfte fressen mich auf. Aber Ihr werdet meine Stelle einnehmen! Wie wäre es? Wollt Ihr mein Hofastronom werden?«

Tycho bemerkte, wie Kristine ihn begeistert anblickte. Und auch die Kinder schienen der Aussicht, in Kassel zu bleiben, nicht abgeneigt zu sein. Aber sie hatten ja noch überhaupt nichts von der Stadt und dem Leben hier gesehen! Dennoch, der Gedanke, wieder in einem Observatorium forschen zu können, belebte Tycho. Er nickte dem Landgrafen zu.

»Ja«, sagte er, »das wäre durchaus in meinem Sinne.«

Stirnrunzelnd fragte Wilhelm: »So reserviert? Bringt Er nicht mehr Freude über das Angebot des Landgrafen auf?«

»Doch, verzeiht! Es ist nur …«

»Kommt, verehrter Herr Brahe! Wir gehen hinüber und schauen uns die Instrumente an. Dann wollen wir doch einmal sehen, ob Ihr so kühl bleibt! Unsere verehrten Abendgäste werden uns entschuldigen!«

Da der Landgraf schon aufgestanden war, konnte Tycho nicht sitzen bleiben. Die kräftigen Hände Wilhelms legten sich auf seinen Rücken und schoben ihn vorwärts. Er ist ein Mann der Tat, dachte Tycho. Das gefiel ihm.

Und seine Spannung stieg bei dem Gedanken, gleich in das Allerheiligste der weltberühmten Sternwarte von Kassel blicken zu dürfen.

Nach den geistigen Entbehrungen der Reise war es ein Traum! »Mein Inventarium dero mathematischen Instrumenten!«, sagte der Landgraf mit einer weit ausholenden Geste.

In dem eigens für Sternenbeobachtung errichteten südwestlichen Anbau am Schloss mit den beiden terrassenförmigen Eckaltanen fiel Tycho als Erstes ein automatischer Himmelsglobus mit eingelegten silbernen Sternen auf, der von seinem Gastgeber als »Kassel 1« bezeichnet wurde und von dem St. Gallener Mathematiker und Meister der schweizerischen Uhrmacherkunst Jost Bürgi, den Wilhelm für »einen zweiten Archimedes« hielt, aus vergoldeten Edelholz gefertigt worden war. Der Landgraf erklärte Tycho den Mechanismus. So etwas Kostbares hatte er selbst in Uraniborg nicht besessen.

»Exzellenz!«, sagte er. »Es ist alles wunderbar!«

Tycho erblickte eiserne Sextanten und Perpendikel, ein schweres Torquetum, auch »Türkengerät« genannt, zur Messung der Gradaufsteigung in Winkelgraden gemessen, Observatoriensuhren mit einer zuverlässigen Kreuzschlaghemmung und präzisem Langzeitfederwerk, daneben Azimutalquadranten mit zwei Messingteilkreisen und als Lieblingsinstrument Wilhelms eine große Planetenuhr mit den Himmelskörpern von Eberhard Baldewein. Daneben nahmen mannshohe Quadranten und ein amphidioptrisches Goniometer aus Holz, Glas und Darmsaiten seine Aufmerksamkeit in Anspruch. Das waren Geräte, die Tycho sich in dieser Ausstattung niemals leisten konnte.

»Es ist der Vorteil eines Landesfürsten, Geld für Dinge auszugeben, die er für wichtig und unabdingbar erklärt!« Wilhelm lachte, und sein fetter Körper bebte unter seinem schwarzen Überwurf.

»Ich war auf Ven zufrieden mit dem, was ich hatte«, erwiderte Tycho. »Aber manchmal war mir doch der Blick auf die Sterne verstellt dadurch, dass die Instrumente versagten. Wir sehen ja immer nur so viel, wie die Instrumente hergeben. Manchmal war ich allerdings auch dadurch behindert, dass ich die Intervention meines Auftraggebers oder der Kirche fürchten musste.«

»Wir in Hessen-Kassel haben die Kirche an die Zügel gelegt«, erklärte Wilhelm. »Sie redet uns nicht drein. Es sei denn, wir halten uns zu viele Mätressen!«

Aha, dachte Tycho.

Kurze Zeit später setzten sie sich hinter ein Gerät, das dem schwarzen Kasten mit den Pupillen ähnelte, der Tycho einst beinahe den Hals gekostet hätte. Auch der Landgraf bezeichnete den Kasten als »Camera obscura«, und sie tauschten sich eine Weile darüber aus. Tycho erzählte von seinen Problemen mit der Inquisition.

»Dabei hat schon Leonardo da Vinci um 1500 den schwarzen Kasten ausführlich beschrieben. Fünfzig Jahre später setzte Girolamo Cardano eine bikonvexe Linse für Schärfe und Helligkeit in den Kasten, und Daniele Barbaro steigerte die Abbildungseigenschaften durch Blenden etwa zur gleichen Zeit wie ich.«

»Der Kirche ist alles verdächtig, was nicht wie zwei Latten aussieht, die ein Kreuz bilden«, sagte der Landgraf mit dröhnender Stimme. »Das solltet Ihr nicht persönlich nehmen.«

Tycho hielt sich noch einen Moment mit der Erinnerung auf. Dann fragte Wilhelm:

»Erklärt mir einmal, zu welchem Weltbild Ihr eigentlich steht – wie ist Euer *Mysterium cosmographicum*? Ich habe es nicht ganz begriffen. Man hört darüber so unterschiedliche Ansichten. Geht Ihr eher auf den Ptolemaios, der sich nicht entscheiden kann, oder auf den Kopernikus, der behauptet, alles drehe sich um die Sonne? Oder genügt Euch einzig und allein der Brahe!«

Er lachte wieder so dröhnend, dass Tycho glaubte, die Sterne vom Himmelszelt herunterkollern zu hören.

»Nun«, antwortete er. »Natürlich habe ich die Schrift des Kopernikus ›Über die Kreisbewegung der Himmelskörper‹ studiert. Seine Thesis, die Welt sei rund und nicht der Mittelpunkt des Alls, ist interessant. Doch seine Vorstellung, dass hinter dem Saturn Schluss ist und das himmlische Bestiarium der Tierkreiszeichen beginnt, ist albern. Ich kenne auch das ›Weltgeheimnis‹, also den Bauplan des Planetensystems von Kepler, nach dem die Sonne im Zentrum steht – übrigens ein interessanter Mann! Mein System des geozentrischen und heliozentrischen Bildes sagt mir, dass beide, und der Ptolemaios dazu, Unrecht hatten. Zwar ist es wahr, dass sich einige kleine Planeten, wie auch der Mond, um unsere Erde drehen. Hier sind einige Beobachtungen noch zu überprüfen. Aber die Erde dreht sich, zusammen mit wieder anderen Planeten, um die Sonne. Es ist gar keine Frage, dass es die Sonne ist, die fest steht.«

»Unsinn!«, donnerte der Landgraf. »Da täuscht Ihr Euch aber gewaltig, Brahe! Alles dreht sich um die Erde! Auch die Sonne! Im Gegensatz zu den alten Astronomen, mit Ausnahme des Kopernikus, glaube ich nur, dass die Erde nicht der Mittelpunkt des Ganzen ist. Dahinter gibt es noch ganz andere Sterne – ganze Welten, von denen wir keine Ahnung haben!«

»Nun, in diesem Punkt gebe ich Euch durchaus Recht, lieber Landgraf. Wir haben es mit einem großen, endlos offenen Raum zu tun, in dem unsere Sterne kreisen. Aber was unsere nahen Verhältnisse angeht, die wir mit bloßem Augen erkennen können, also bis zum Planeten Saturn, da ist es doch so, dass nur unsere Sonne unbeweglich ist. Sie steht felsenfest im Mittelpunkt unseres Lebens, und wir sind es, die von ihrer Wärme und ihrem Licht bestrahlt werden und die sich um sie drehen!«

»Das klingt eher nach einer Beschreibung Eures eigenen Lebens, Brahe, als nach Himmelsbeobachtung. Mit der Sonne meint Ihr wahrscheinlich Eure Frau Kristine, übrigens eine sehr anziehende Person!«

»Nein. Ich kann die persönlichen Dinge durchaus von den beruflichen trennen. So wie ich es geschildert habe, spielt es sich am Himmel ab. So und nicht anders.«

Das Gesicht des Landgrafen war rot angelaufen. »So einen Unfug habe ich noch nie gehört! Ich habe doch in dieser Angelegenheit geforscht! Ich bin Landgraf Wilhelm, der die erste fest eingerichtete Sternwarte der Neuzeit in Deutschland, ja in Europa gebaut hat! Wie hätte ich mich also täuschen können? Habe ich es nicht gewagt, gegen die Kirche zu polemisieren, die behauptet, das ganze All wirbele um die göttliche Erde herum, in deren Mittelpunkt wiederum der Papst auf seinem fetten Hintern hockt und alles lenkt! Und nun kommt Ihr daher und behauptet, es sei die Sonne, die ...«

»Wir sind nicht so weit voneinander entfernt, Exzellenz. Ich sage ja, wir drehen uns um die Sonne. Nur einige wenige Planeten, der Mars, der Jupiter, die Monde, kreisen um uns. Aber ich muss zugeben, dass ich noch nichts Genaues darüber weiß.«

»Und dieser Stern da, von dem Ihr behauptet, Ihr hättet seine Geburt gesehen?«

»Cassiopeia? Mittlerweile weiß ich nicht mehr, ob es eine Geburt oder ein Todeskampf war.«

»Wie? Was?«

»Meine Berechnungen haben mir den Gedanken eingegeben, es könnte sich vielleicht um eine sterbende Sonne gehandelt haben. Ich nenne es ›De Stella Nova‹ oder auch die Supernova. Versteht Ihr? Eine Sonne, die stirbt! Sie explodiert wie ein Schuss aus einer dieser neuen Musketen und verglüht langsam unter Absonderung von leuchtendem Pulverdampf. Und zu uns kommt ihr Licht erst nach langer Zeit, während sie schon tot ist. Was wir also sehen, ist keine Geburt, sondern ein Sterben.«

»Schnickschnack! Das ist doch nichts als verblasene Prosa, Brahe! Es würde ja bedeuten, dass Kometen keine Erscheinungen der Erdatmosphäre sind, sondern ganz woanders herkommen!«

»Natürlich!«

»Ihr enttäuscht mich, muss ich sagen! Habt Ihr nichts Handfesteres zu bieten?«

»Doch. Ich habe herausgefunden, dass Licht im All Zeit braucht, um die räumliche Entfernung bis zu unseren Augen zurückzulegen. Ich habe es durch mein Experiment mit dem schwarzen Kasten erkannt. Das Licht fällt von irgendwo außerhalb ein, und wenn es zu uns dringt, ist Zeit vergangen, und das Licht hat sich verändert. Nicht alles geschieht also gleichzeitig. Ich nenne es den sichtbar gemachten Raum.«

»Das hieße ja, im All geschähen Dinge, die von uns gar nicht verursacht sind!«

»Natürlich! Glaubt Ihr im Ernst, wir Menschen mit unseren – verzeiht, Exzellenz – Fürzen und kleinen Gemeinheiten seien der Mittelpunkt des Universums? Dann müsste ja der Schöpfer ein kleiner Pfuscher sein, dem in seiner Größe nichts Besseres einfiel als eine solch kleinkarierte Schöpfung!«

»Da könnte ich Euch beinahe wieder zustimmen. Wenn ich Hämorrhoiden habe, glaube ich manchmal auch nicht, dass ich wirklich Landgraf bin, haha!«

Tycho gefiel die handfeste Art seines Gastgebers, doch seine bornierten Ansichten, gemischt mit der Arroganz des Herrschergehabes, erinnerten ihn stark an seinen eigenen dänischen Landesvater Kristian. Das alles ließ ihn Ärger geradezu wittern. In dieser Hinsicht hatte ihn seine empfindliche Silbernase noch nie getäuscht. Er sagte:

»Verehrter Landgraf, erlaubt mir, unser interessantes Gespräch in eine andere Richtung zu lenken?«

»Nur zu!«

»Ich würde gern Eurer Anregung folgen und einen Vortrag über diese Dinge halten.«

»Mit diesen fragwürdigen Standpunkten?«

»Sie sind nicht fragwürdig. Sie sind richtig. Und eines Tages werde ich ihre Richtigkeit auch beweisen können. Ein Forum wie das hier in Kassel wäre hervorragend dafür geeignet.«

Wilhelm blickte ihn leicht verärgert, aber auch gut unterhalten an. »Ich bin nicht Eurer Meinung. Aber ich stehe zu meinem Wort. Ich öffne Euch unsere Universität. Und während ich Eure reizende Frau durch meinen Bergpark führe und ihr die männliche Kraft unseres Herkules vorführe, der gewaltige Wassermassen aus dem Habichtswald zu Tal befördert, könnt Ihr versuchen, meine Gelehrten von Eurem Unsinn zu überzeugen! Wenn sie Euch glauben, will ich es auch tun.«

»Ihr seid zu gütig!«

»Wann wollt Ihr Euch verbreiten?«

»So schnell als möglich, Euer Gnaden.«

»Dann morgen Abend.«

Der größte Hörsaal der astronomischen Fakultät war bis zum letzten Platz besetzt. Von überall waren die Zuhörer gekommen, um den berühmten Mann zu hören. Und vor allem auch zu sehen. Da Frauen zu den akademischen Veranstaltungen keinen Zutritt hatten, war es eine Sensation, dass die ersten Reihen ausschließlich von Gattinnen der ortsansässigen Gelehrten belegt waren. Tycho Brahe sah es gern. Doch er fragte sich, ob sie wirklich gekommen waren, um seine Thesen zu hören, und nicht, um von seiner Silbernase auf die Größe seiner männlichen Potenz zu schließen.

Gleichwohl, dachte er. Frauen sind die Sonnen unseres Lebens. Ihr Licht, das auf uns fällt, macht uns heller und sichtbarer. Manchmal leuchten wir sogar ausschließlich in diesem Licht; es macht uns erkennbar, und es wärmt uns in unserer kalten, männlichen Einsamkeit. Er schaute in die Runde. Gespannte Gesichter, Tuscheln hinter vorgehaltener Hand, spöttische Blicke, ernste Mienen. Er kannte das alles. Sie waren neugierig – und feindselig. Und er musste sie erobern.

Als er zu sprechen begann, wurde es schlagartig still. Man hätte Sternenstaub rieseln hören können. Tycho hatte vorgehabt, lateinisch zu reden, doch angesichts des aufmerksamen, zahlreichen weiblichen Publikums stellte er seine Arbeit in seinem dänisch akzentuierten Deutsch vor. Er sprach von seinem Hintergrund, von seiner Herkunft, seinem Leben, sogar von seinen Wünschen und Hoffnungen als junger Astronom. Und dann war er mit einem Schlag mitten in seinen Forschungen, sprach über Cassiopeia, über Uraniborg, die Sternenburg auf Ven, über die sterbenden Sonnen, die er seit seinem Duell in Rostock beobachtet hatte.

Er stellte seine Ansichten des Forscherdrangs dar. Er sagte: »Gib nur die Schiffe oder richte Segel für die Himmelsluft her, und es werden auch die Menschen da sein, die sich vor der entsetzlichen Weite nicht fürchten. Ebenso ist es mit der Himmelsbeobachtung. Wir brauchten die besten Instrumente, den Rest taten unser Mut und unsere Augen.«

Er fühlte sich glücklich, ging ganz in seiner Darstellung auf. Es war etwas Großartiges, vor so vielen fremden und gebildeten Menschen sprechen und sein Leben darlegen zu dürfen.

Aber plötzlich begriff er etwas Furchtbares. Er blickte in die Gesichter der Versammelten. Sie waren gar nicht gekommen, um ihn anzuhören! Sie waren gekommen, um ihn, den unerwünschten Ausländer, loszuwerden!

Als er vom Renaissancegarten um Uraniborg sprach, kicherten einige Damen, als wollten sie sagen: haben wir auch, und viel schöner. Als er von seinen Instrumenten sprach, hüstelten einige Zuhörer, als wollten sie sagen: können wir besser. Als er von seiner Druckerei und der Papiermühle erzählte, hörte er Füßescharren. Und dann rief jemand:

»Nun erzählt doch endlich, warum Ihr so berühmt seid!«

Tycho überhörte den Einwand. Er stellte sein heliozentrisches Weltbild vor.

»Und die Damen? Habt ausgiebig an ihnen geschnuppert, wie? Man hört da so einiges!«

Tycho blieb gelassen. Er berichtete von einem Sternenkatalog, den er inzwischen aufgestellt hatte. Genau errechnete Positionen von achthundert Planeten im All, ein grandioser Atlas, an dem vor allem Seefahrer in der Unendlichkeit von Himmel und Meer und Stürmen sich orientieren konnten.

»Stimmt es, dass Ihr ohne Eure Silbernase heute noch in einem Kontor in Aarhus arbeiten würdet?«

Der Körper der Sterne ... Silberstaub ihres Strahlenkranzes ... sterbende Sonnen im Mittelpunkt des sichtbaren Universums ... das Leben des Lichts auf seiner weiten Reise zu den Menschen ... das Leben im schwarzen Kasten der Unwissenheit ...

»Silbernase! Erzähl uns was vom Geruch der Weiber auf Ven!«

Tycho hob den Kopf. Er hörte auf zu sprechen. Er ging am Rednerpult vorbei, verließ sein Podest, setzte mit einer Flanke über die Abgrenzung zum Zuschauerraum.

Er ging langsam, aber immer zwei Stufen des ansteigenden Saales auf einmal nehmend, zu dem letzten Schreier hinauf. Er packte ihn am Kragen und versetzte ihm eine schallende Ohrfeige links und eine noch lautere rechts. Dann stieß er den Mann, der vor Verblüffung zu keiner Gegenwehr fähig war, auf die Bank zurück.

Als er die Stufen wieder hinunterstieg, brach der Tumult los. Sie brüllten und tobten; Frauen kreischten. Unten angekommen, packten ihn zwei jüngere Männer in der Aufmachung von Magistern an der Schulter. Der eine versuchte, ihm einen Faustschlag in den Magen zu verpassen, doch Tycho sah ihn kommen und wehrte ihn ab. Er riss sich los und schlug dem Angreifer die Faust auf die Nase. Der torkelte zurück. Blut spritzte. Der andere packte Tycho jetzt von hinten und versuchte, ihn zu Boden zu werfen. Es gab ein Gerangel, bei dem die anderen nur eine Meute anfeuernder Zuschauer blieben.

Tycho konnte sich auch jetzt losreißen. Er spürte seine Kräfte wie den Saft in jungen Trieben aufschießen. Er holte weit aus und schlug dem Gegner die Faust gegen den Kehlkopf. Der Magister gab keinen Laut von sich und fiel um. Zappelnd und nach Luft schnappend wie ein Fisch auf dem Trocknen, blieb er liegen.

Jetzt kümmerten sich andere um ihn. Tycho nahm seine Blätter vom Rednerpult. Ohne noch einen Blick zurückzuwerfen, verließ er das Auditorium. Als er die schwere, hohe Tür dröhnend hinter sich zu warf, fiel ihm ein Gedanke ein, den er bei seinem dritten Duell gegen Manderup Parsbjerg gehabt hatte.

Er hatte sich nie in seinem Leben versteckt.

Lieber nahm er Schwierigkeiten in Kauf.

Und das würde sich nicht ändern, solange er lebte.

In eisigen Höhen

Wir werden sterben. Die Berge sind viel zu hoch. Wir überleben das nicht.« Kristines Stimme war vor Angst ganz gepresst. Und was Tycho Kummer bereitete, war der Umstand, dass er ihr nicht widersprechen konnte.

Die Reise war viel zu gefährlich.

»Hättest du den Landgrafen nicht besänftigen können, Tycho? Er schien mir ein umgänglicher Mann zu sein.«

»Den Landgrafen vielleicht. Aber die ganze Meute hinter ihm? Niemals! Sie suchten die Feindschaft. Sie konnten einfach nicht ertragen, dass ein Fremder mehr zu wissen schien als sie selbst. Eine Provinzposse!«

»Ich wäre so gern eine Weile geblieben. Endlich wieder sesshaft werden, Dinge um sich scharen, die Kinder in aller Ruhe aufwachsen sehen. Die Woche war zu kurz.«

»Ich weiß, Kristine. Wir werden eine solche Zeit erleben, vertraue mir. Vielleicht schon sehr bald. Ich glaube, es wird dir im Süden gefallen! Wir könnten uns dort ansiedeln! Wenn wir im Veneto sind, sieht alles viel freundlicher aus.«

»Das gebe Gott!«

Tycho sah sich nach den anderen um. Er vermisste den Anblick von Elisabeth und ihres Verlobten von Kamp. Sie waren in Basel geblieben, wo Franz am chemischen Institut ein Tutorium ergattert hatte. Auf dem Rückweg würde sich die Familie wieder treffen. Die anderen saßen in Decken gehüllt schweigend auf den beiden Fuhrwerken. Ja, es war kalt.

Und nach den Erfahrungen in Kassel hatte sich in allen auch eine innere Kälte ausgebreitet. Eine Hoffnung war gestorben.

Die Hoffnung auf einen freundlichen, sicheren Alltag, angefüllt mit Arbeit, Freude und Familienleben.

Jetzt mussten sie diese menschenfeindlichen Alpen überqueren, auf Pässen, die sie nicht kannten. Aber war nicht auch Hannibal mit Elefanten über die Alpen gezogen? Tycho dachte grimmig: Dann werde ich es mit meiner Herde von Schutz suchenden Schafen auch schaffen.

Er sah zum Himmel auf. Hilf mir noch einmal, Cassiopeia, dachte er. Wo immer du auch bist!

Sie hatten nach ihrer überstürzten Abreise aus Kassel den Winter in Basel abgewartet. Tycho hatte wieder Vorträge gehalten und sein System auseinander gesetzt. In Basel war man ihm freundlicher begegnet, aber es war ihm nicht gelungen, eine Anstellung an der Universität zu bekommen. Jemand munkelte, dahinter stecke Nicalaus Reymers, der jetzige Astronom am badischen Hof in Karlsruhe. Tycho hatte seinen ehemaligen Feind jedoch nicht zu Gesicht bekommen.

Jetzt kam der Frühling; der Schnee war schon geschmolzen. Aber man hatte ihnen gesagt, auf den Passhöhen in den Vierwaldstätter Alpen könnten sie noch unangenehme Überraschungen erleben.

In einem kleinen Dorf namens Barnen trafen sie einen Mann, der sich ihnen anschloss. Der Luzerner reiste mit Frau und zwei Gesellen in einem überdachten Fuhrwerk nach Mailand, wo er vergoldete Messingräderwerke für äquatoriale Sonnenuhren aus Biel verkaufen wollte. Er hieß Zurwieler und schwatzte ohne Pause, aber seine unbedingte Hilfsbereitschaft in allen Situationen nahm Tycho für ihn ein. Und Kristine freundete sich schnell mit seiner Frau Pattie an, die ein verschmitztes Gesicht unter einer Fülle ungebändigter, krauser Haare besaß.

Das Ehepaar besaß den unschätzbaren Vorteil, die Alpenpässe gut zu kennen. »Die Berge sind nur ein Mythos«, sagte Zurwieler. »Eine Art Symbol für das Unendliche und Schwierige. Aber glaubt mir, wir können sie passieren. Und wenn wir die norditalienische Ebene erreicht haben, werden sie Euch wie ein ferner Traum vorkommen. Nicht mehr und nicht weniger.«

Und seine Frau Pattie fügte hinzu: »Wir haben die Reise schon sechsmal gemacht, hin und zurück. Und ich habe mir keine einzige Frostbeule geholt.«

Sidsel jedoch rief in diesem Moment mit kläglicher Stimme: »Mir ist so kalt, Papa! Was kann ich tun?«

Tychos Herz strömte über vor Liebe und Mitleid mit seiner jüngsten Tochter, der einzigen, die noch in ihrer Mitte war. Er hielt den Wagen an und legte dem Kind, das jetzt genau in dem Alter war, in dem er Kristine zu lieben begonnen hatte, sein eigenes Schaffell um. »Wickel dich fest darin ein, mein Kleines, dann frierst du nicht mehr.«

»Und du, Papa?«

»Mich wärmt der Gedanke, dass dir nicht mehr kalt ist.«

Kurz hinter Barnen begann der steinige Weg abschüssig zu werden. Tycho als Kutscher des einen Fuhrwerks und Flemlose auf dem Bock des zweiten mussten kräftig die Zügel einsetzen. Nachdem sie langsam, immer wieder Kommandos brüllend, mehrere Meilen zurückgelegt und dabei hässliche, abstoßend primitive Dörfer aus windschiefen Ställen passiert hatten, in denen sich kein Leben rührte, gelangten sie in einen Ort, der keinen Namen besaß. Das lag daran, wie Zurwieler erklärte, dass mehrere durchziehende Armeen die Bewohner immer wieder zum Umtaufen gezwungen hatten. Jetzt wollten sie aus Freiheitstrieb lieber in einem namenlosen Ort wohnen.

Das Dorf, in dem ihre Kutsche zerlegt werden musste, war voller Leben. Maultiertreiber liefen zwischen Herden hin und her; Stellmacher boten ihre Dienste an, die Kutschen auseinander zu nehmen, damit sie auf Packtiere verstaut und auf der anderen Bergseite wieder für die Weiterfahrt nach Süden zusammengebaut werden konnten; Neugierige liefen zusammen; ungeduldige Reisende boten ein buntes Schauspiel. Da es jedoch keinen einzigen annehmbaren Gasthof gab, trieb jeder die Stellmacher zur Eile an. Und es war fast ein Wunder, wie schnell die beiden Kutschen in ihre Einzelteile zerlegt und umgeladen wurden.

Jetzt konnte man auch sehen, dass einige Leute in luxuriösen Gefährten reisten. Tycho erblickte doppelt gefederte Kutschen einer gräflichen Familie, die in Italien jagen wollte, in denen es sogar eine Küche, einen Abtritt und eine kleine Bibliothek gab. Man munkelte, es gab eine Nachtbeleuchtung aus Gas, aus Leder gearbeitete Likörbehälter und Fächer für alle erdenklichen Gegenstände. Die Pferde der überdachten Vierspänner trugen 99 Glöckchen am Geschirr. Hinterher fuhren vierzehn Diener, ein Erzieher, ein Koch, ein Arzt, ein Zahlmeister, drei Jagdfalken, zehn Ersatzpferde und am Ende einhundert Spürhunde in einem kastenartigen Wagen.

Den Frauen und Mädchen wurden für die stundenlange Reise über den Berg Sänften vermietet, die eigentlich nur aus einem Korbsessel auf zwei Stangen bestanden, den Träger rasch und scheinbar mühelos trugen. Für die Männer waren Maultiere da. Nach einer kurzen Stärkung am Straßenrand, wo in heißem Fett gebackene, mit Zimt gewürzte Teigringe und Apfelmost verkauft wurden, ging es weiter. Bei der Familie des Jagdgrafen dauerte es länger.

Tycho hatte Goldkronen gegen Franken tauschen müssen und hatte den Verdacht, kräftig übers Ohr gehauen worden zu sein. Der Händler jedoch, ein freundlicher Jude mit langen Haarlocken unter dem schwarzen Hut mit schmaler Krempe, lächelte so anziehend, dass Tycho seinen Verdacht schnell vergaß. Das Leben in Schweizer Landen, dachte er, ist nun mal teuer.

Auf dem Gipfelplateau wehte nach dem Aufstieg über Serpentinen ein eisiger Wind. Hier lag noch Schnee. Die Aussicht über Grate, Bergklüfte, weiß bestäubte Baumwipfel, hinabstürzende Bäche an den Hängen und grünbraune Ebenen zwischen den Gipfeln war atemberaubend. Wolkenformationen zogen rasch dahin, und Licht durchpulste die Nebelschleier wie ein inneres Herz. Etwas wie Pathos, das ihn erschauern ließ, umwehte die Höhen und senkte sich tief in Tychos Geist und Gemüt.

Er musste aber auch daran denken, dass die Bergmassive, die so unförmig und doch so erhaben über die gewöhnliche Gleichmäßigkeit der Natur emporragten, den Menschen bei ihrem Anschauen zu dem verkleinerten, was er wirklich war – ein Nichts. Weniger als ein Sternenkorn.

Seine Gedanken wurden rasch von hektischem Treiben unterbrochen. Alles wurde auf lange Schlitten aus Baumzweigen umgeladen, vor die die Führer Maultiere und Esel spannten. Je vier Personen hatten auf einem Schlitten Platz. Den Reisenden wurden Handschuhe, Mützen, Socken aus Biberfell, Muffs und Decken angeboten, und das meiste wurde auch gekauft, denn je tiefer die Sonne stand, desto ungemütlicher wurde es.

Schnell machten sie sich an die Abfahrt. Vor ihnen fuhren andere Schlitten, gingen andere Sänftenträger und Maultiere. Ein Zug von Reisenden, wie Tycho ihn sich in dieser Einöde nicht vorgestellt hatte, war auf dem Weg in die mailändische Ebene. Die Tiere verfielen hin und wieder in einen sprunghaften Galopp, sodass der aufgewirbelte Schnee den Reisenden ins Gesicht stob. Dann musste der Schlittenführer mittels Eisenkrampen, die an seinen Schuhen steckten, die Schlitten bremsen oder sogar zum Stehen bringen. Er warf sich dabei rückwärts gegen die Mitfahrenden, um zu verhindern, dass der Ruck ihn nach vorn schleuderte und den Schlitten auf den schmalen Pfaden, neben denen die Abgründe verliefen, schlingern ließ.

Die Reisenden hielten den Atem an und wagten nicht, in die Tiefe zu schauen, wo die Felsen zusammenzuwachsen und alles zu zerquetschen schienen. Schließlich erreichten sie wieder die schneefreie Zone. Dort lag eine Poststation, in der neben kleinen Mahlzeiten heißes Schneewasser ausgeschenkt wurde. Außerdem konnte eine genauere Regionalkarte erstanden werden, die bequem gefaltet werden konnte, weil sie auf Leinwand aufgezogen war. In dem kleinen Steinhaus tranken Postillione und sehr junge Kuriere kräftige Suppen; ein Avant-Kurier, der den reichen Familien zu den Posthöfen und Gasthäusern vorausritt, um Bequemlichkeiten zu bestellen, machte kurze Rast und erzählte mit von Wein und Wetter rauer Stimme von einem Bergrutsch in Richtung Norden.

Es wurde wieder umgeladen und die Schlitten von den Maultieren den Berg hinaufgezogen.

Auf dem weiteren Weg kamen sie an einem Höhensee vorbei, der nicht vereist war; warmer Dunst stieg aus seinen Tiefen auf. Ein zweiter See zeigte sich später. An seinem Ufer lag endlich ein Gasthof zur Übernachtung, in dem es frisch gefangene Forellen gab. Tycho und die Seinen hatten das Gefühl, noch nie etwas so Köstliches gegessen zu haben wie die gebratenen Fische dieser Locanda. Ihr Hunger nach all den Strapazen würzte sie auf unnachahmliche Weise.

Die Nacht verbrachten sie dicht an dicht mit den anderen Reisenden auf Strohsäcken. Es war unbequem und kalt. Und obwohl es in den Fenstern des Schlafsaals keine Scheiben, sondern nur Ölpapier gab, stank es nach den Ausdünstungen der vielen Menschen. Die stickige Luft war erfüllt von schnarchenden Geräuschen. Und doch schliefen alle traumlos und erwachten erst durch das Poltern der Treiber, die kurz vor Sonnenaufgang zum Aufbruch drängten.

Jetzt ging es an Gletschern und Gipfeln vorbei, deren Spitzen nicht nur die Wolken berührten, sondern mit dem Himmel selbst in Berührung zu kommen schienen. Ein langer Bergbach, der nach Süden abfloss, diente ihnen zwei Tage lang als Orientierung. In der Nähe lag ein Kloster, in dem Zisterzienser ihr karges Dasein fristeten, von denen niemand älter als dreißig war, weil die Älteren den strengen Winter nicht überstanden hätten. Hier stürzte der Bach, der auf seinem Weg durch tauenden Schnee angereichert worden war, jäh zu Tal. Sein Getöse wurde als Echo von Felsen und Schluchten zurückgeworfen.

Die Reisenden gingen jetzt an gefährlichen Abhängen vorbei. Auf Felsvorsprüngen zeigten sich wilde Ziegen und einmal zwei zottelige Braunbären. Einmal mussten sie über eine schwankende Brücke, die aus nichts als zusammengebundenen Kiefern bestand. Jetzt konnten sie nur auf Gott und ihre sicheren Maultiere vertrauen. Wenig später fanden sich die ersten trockenen Moosflechten auf dem Stein, danach spärliche Lärchen und Tannen.

Plötzlich markierte ein Grenzstein den Übergang zwischen dem Schweizer Kanton und Italien. Dann hielten sie an einem

Schlagbaum und mussten eine gesalzene Summe Zoll bezahlen. Die mürrischen Soldaten verlangten auch ein Gesundheitsattest. Doch als Tycho ihnen die Höhe der Summe des Bargoldes nannte, die er mit sich führte, gaben sie sich zufrieden.

Als ob Reiche und Adlige keine Krankheiten einschleppen könnten, dachte Tycho.

Zwei Meilen später wurde noch einmal abkassiert. Jetzt verlangte man ein Einreisevisum, ausgestellt vom dänischen Amtsträger in Mailand. Tycho zückte seine Geldkatze und drückte den Grenzsoldaten einen Berg Scheine in die hingehaltenen Hände. Sie starrten auf die zerknitterten Banknoten, und einer rief laut: »Zecchini, Ducati, Paoli, Testoni, Scudi, Grosse, Pistole? Eh?«

»Nix«, erklärte Tycho. »Ich habe nur mailändische Lira! Gebt euch damit zufrieden!«

Erst dann ging es ungehindert weiter. Und Tycho, der glaubte, eine schicksalhafte Schwelle überschritten zu haben, und sich fühlte wie Änäas' Sohn, rief aus: »Italiam! Italiam! Wir grüßen dich!« Doch Kristine zupfte ihn am Ärmel und wies ihn auf ihre Begleiter hin. Das Ehepaar Zurwieler hatte blau gefrorene Gesichter und saß so verkrümmt auf den Maultieren, als wollten sie sich weigern weiterzureisen.

»Was ist?«, rief Tycho.

»Wir schaffen es nicht. Diesmal ist es zu anstrengend für uns.«

»Wollt ihr zurück?«

»Nein, wir bleiben eine Weile in Airolo, wo die Fuhrwerke wieder zusammengesetzt werden, bis es wärmer wird.«

»Wir werden mit euch warten.«

»Nein, nein. Reist ihr nur weiter! Wir wissen ja nicht, wie lange es dauert, bis wir wieder erholt sind!«

In Airolo, einem Bergdorf mit gelben Häusern, das von den Felsen schier erdrückt wurde, mussten sie zwei Stunden auf die Stellmacher warten. Man wollte ihnen unbedingt die Dienste von Kutschern, *Vetturinos*, aufdrängen. Tycho lehnte ab, mietete aber zwei zusätzliche Ochsen, die für den Zug oder das Bremsen notwendig und mit einem Anspannhaken an den Fuhrwerken befestigt wurden. Ihm fiel auf, dass viele Dorfbewohner monströse Kröpfe und fleischige Zysten unter dem Kinn hatten, einige so groß, dass sie mit einem zusammengebundenen Leinenstreifen unter dem Kinn gehalten werden mussten.

Als die Fuhrwerke wieder verwendbar waren und jedes Teil Gepäck sich an seinem Platz befand, trennte man sich von den Zurwielers. Man wünschte sich gegenseitig einen guten Weg; dann blieb das Bergdorf hinter ihnen zurück.

Jetzt waren sie wieder ganz auf sich gestellt. Tyge und Jörgen, die während der ganzen Reise wenig geredet hatten, erwachten wieder zum Leben. Sie spürten wohl, dass es jetzt, wo sie wieder ohne Führer waren, mehr auf sie ankam. Eifrig setzten sie sich auf den ersten Wagen; dafür musste Sidsel weichen.

»Mädchen müssen beschützt werden!«, begründeten die Jungs diese Maßnahme.

Kristine bedachte ihre Söhne mit einem liebevollen Blick.

Jetzt meldeten sich auch Peder Flemlose und Willem Janzoon Blaeu wieder zu Wort. Sie hatten sich darauf konzentriert, nicht in die Schluchten zu stürzen, was offensichtlich ihre gesamte Aufmerksamkeit in Anspruch genommen hatte. Flemlose war abgemagert; sein wilder Bart gab ihm etwas Verwegenes. Willem hingegen war füllig geworden, bedingt durch die Bewegungslosigkeit nach seinem Beinbruch. Doch sein Bein war durch den längeren Aufenthalt in Basel jetzt wieder voll belastbar.

Willem sagte: »Ich habe mir in den letzten Tagen vorgenommen, einmal genaue Karten von den Alpen anzufertigen. Irgendwann in ferner Zukunft wird das Reisen hier dann weniger beschwerlich verlaufen. Mit meinen Karten wird man problemlos und ohne Führer ans Ziel kommen.«

Flemlose flachste: »Problemlos und ohne Führer? In den Abgrund, meinst du wohl!«

»Dorthin stoße ich dich gleich, Schandmaul!«

»Hilfe! Er will nicht, dass der Welt ein großer Kartenzeichner erwächst!«

»Nun«, sagte Willem, »vielleicht fertige ich auch Himmelsgloben oder ein Planetarium, mit dem man anschaulich sehen kann, wie die Planeten ziehen.«

»Unser Willem hat noch eine große Zukunft vor sich!«

»Im Gegensatz zu dir, Flemlose! Du endest hier am Fuß des Gletschers wie alle Schwätzer!«

Wieder waren die Tage erfüllt vom rhythmischen Trott der Pferde, vom Geräusch der Räder auf Schotter und Fels und vom Klingeln der Glöckchen an den Rädern des zweiten Wagens.

In der ersten Kutsche mit dem Globus am Sitzbock, der an jeder Haltestation für Aufmerksamkeit gesorgt und misstrauische Blicke geerntet hatte, saßen jetzt Kristine und die Kinder. Tycho fuhr mit den beiden Assistenten Willem Janzoon Blaeu und Peder Flemlose.

Erneut ging es an einem herabstürzenden Fluss entlang; dann kamen sie nach Bellinzona. Von dort über den Monte Ceneri war es nicht mehr so gefährlich; der Berg besaß nun feste Straßen und führte nach Lugano, einer lebendigen Stadt an einem See, in dem Kristine zum ersten Mal im Leben ein römisches Bad aufsuchte.

Nach Bad und Massage ließ sie sich die langen, blonden Haare kürzen. Der Barbier war von der Fülle und Kraft ihres Haares so begeistert, dass er es aufheben und eine Perücke daraus machen wollte.

Die Pferde wurden an einer dafür gebauten Station mit einem weitläufigen Stall gewechselt, und man rastete drei Tage, um sich von den ärgsten Strapazen zu erholen.

Die Herberge war ebenso schmutzig wie die anderen, der Boden mit Tabakspeichel übersät, die einzige Zimmereinrichtung bestand aus einem morschen Tisch, der mit getrockneten Feigen bedeckt war und klumpigen Strohsäcken; die ehemals geweißten Wände waren mit Spinnweben behängt und mit Schmutzflecken aller Art übersät. Das Wasser in den Karaffen musste mit ein paar Tropfen Vitriol versetzt werden, damit es trinkbar wurde. Das Essen aber, das aus Suppe, Büffelfleisch und Makkaroni in scharfer Pilzsoße bestand und von einer dicken Wirtin in großen Töpfen gekocht wurde, schmeckte ausgezeichnet.

Abends war die Taverne erfüllt von Rufen und dem Geklapper von Holzpantinen. Draußen schnaubten die Pferde an der Tränke. Jemand sang laut. Jemand schnaufte tief. Dann senkte sich Schweigen herab. Die Familie kam in der Herberge an einer alten, römischen Brücke langsam zur Ruhe. Obwohl die Schlaflager nicht frei von Flöhen waren und die Türen keine Schlösser besaßen, schliefen sie alle tief, denn die Nachtluft war würzig und kühl und irgendwie beruhigend. So als wären sie schon am Ziel der Reise angekommen.

Am nächsten Morgen war der Winter wieder da!

Es schneite zwei Tage lang. Ein böiger Wind trieb die dicken Flocken vor sich her. Als man sich schon auf einen längeren Aufenthalt einrichtete, der den Kindern nicht unrecht war, weil sie umherstreunen und sich mit den Kindern der Einwohner befassen konnten, hörte der Schneefall auf.

Und am nächsten Morgen stand plötzlich eine warme, strahlende Sonne an einem klaren Himmel. Es roch nach Frühling. Und in den Parks sprossen schon die Blüten der Kirschbäume.

Von Lugano aus waren es noch einmal zwei Tage, und bei Mendrizin erreichten sie die mailändische Ebene. Hier ging es nach Osten in Richtung Bergamo und Brescia.

Am Fuße der Alpen war bereits Frühling, und die Reisenden vergaßen die Kälte der Bergeshöhen. Sie konnten es kaum glauben, als ein alter Mann an einer Pferdestation sie warnte: »Die Straße nach Bergamo wird von einer Bande Veroneser Briganten beherrscht! Sie verlangen Lösegeld, morden und rauben! Die Pest, die gerade nach Südosten abgezogen ist, soll zurückkehren und sie dahinraffen!«

»Aber wie kommen wir dann nach Bergamo – und von dort weiter? Wir wollen nach Padua.«

»Ihr müsst noch einmal in die Berge. Weicht aus über den Bellagiopass. Es ist der einzige Weg, der in den Bergen von West nach Ost führt, und die Räuber benutzen ihn bestimmt nicht, denn dort bewegt sich sonst niemand vorwärts, der über die Alpen gekommen ist. Nehmt den Bellagiopass!«

»Noch einmal in die Berge? Das möchte ich nicht«, sagte Kristine.

»Aber es ist sonst zu gefährlich«, beharrte Tycho. »Wir müssen diesen Weg nehmen.«

Sie wogen eine Zeit lang die Möglichkeiten ab, die ihnen blieben, und sahen ein, dass der Rückweg in die Höhen die einzige Möglichkeit war.

Am Abend kauften sie im Ort erneut eine Ausrüstung für die Berge. Sie erstanden drei Paar Ketten mit Eisenlaschen, neues Werkzeug, Taschenmesser für die Mahlzeiten, Tee, Laudanum, Verbandsmull, Hafermehl, Talg, Federn, Tinte in Pulverform, Abziehriemen und Wetzsteine, Lampen mit den geeigneten Kerzen. Willem erstand einen verzierten Dolchstock. Sie überprüften die Federung und die eisernen Achsen der Wagen. Dann schwenkten sie ihre Fuhrwerke und Reittiere am Mittag von der belebten Via ab und rumpelten wieder steile Pfade empor, die stellenweise so schmal waren, dass die Gefährte an den Felsen entlangschrammten.

Die nächste Nacht verbrachten sie in schlechter Stimmung. Denn es war in der Höhe, und nach den warmen Temperaturen in der Ebene spürten sie die Kälte besonders. Kristine erkältete sich prompt, und Tycho nahm sie in der Nacht, die sie in einer einfachen Herberge verbrachten, die eher eine Hütte für Schafhirten war, in den Arm und wärmte sie.

Sieben Tage lang zogen sie in halber Höhe durch ein karges, einsames Gelände. Jeden Abend erreichten sie ein kleines Dorf mit einer Unterkunft, in der es Trinkwasser, Brot, Käse und Schinken gab – und obendrein Erklärungen über den genauen Weiterweg. So war es letzten Endes einfacher, als sie befürchtet hatten, die Strecke zu überwinden.

Am achten Tag stiegen sie wieder hinunter in die Ebene, erreichten bei Trescare einen blühenden Hain Mandelbäume und wussten, dass sie Bergamo bereits hinter sich gelassen hatten.

Als sie den Gardasee passierten, gelangten sie auf eine

breite, prächtige Straße, die mit zwei Reihen hoher Bäume bestanden war. Meilenweit führte die Straße immer nach Osten, und sie konnten sich nicht satt sehen an der Pracht der Landschaft.

Die Zeit verging jetzt wie im Fluge, und Tycho hatte das Gefühl, in der richtigen Zeit am richtigen Ort zu sein.

Als die Stadt Verona mit ihren Türmen und Kuppeln erschien, befanden sie sich mitten in ausgedehnten Weinbergen, die manchmal wie ein Amphitheater angelegt waren. Der erste Anblick der inneren Stadt Veronas machte einen unvergesslichen Eindruck aus sie, umso mehr, als die elenden Vorstädte und einfallenden Wälle nichts Gutes erwarten ließen.

Die geräumigen und schnurgeraden Straßen waren so angelegt, dass sie an ihrem Ende eine Aussicht auf den schönen Hintergrund gewährten, den die Hügel und die hängenden Weingärten bildeten. Auf den größeren Plätzen, die durch die Hauptstraßen gebildet wurden, gewährten lange und gerade Säulengänge einen überraschenden Anblick. Kristine gefielen die Balkons mit ihren hellen Vorhängen und die unzähligen Frühlingsblumen an den Häuserfassaden. Es war die Stadt der Bogengänge, der rosafarbenen und gelben Stuckaturen, der Kaffeehäuser, der Soldaten in blauen und roten Beinkleidern, der Frauen mit der für Norditalien typischen bunt gestreiften Mantille.

So gut es Tycho Brahe in Verona auch gefiel, er drängte zur Weiterfahrt. Murrend nahmen es seine Anvertrauten zur Kenntnis.

»Können wir uns nicht ein wenig aufwärmen?«

»Wir haben noch den ganzen Sommer vor uns. Wärme ohne Ende. Aber jetzt müssen wir nach Padua.«

Wieder hatten sie Reisegefährten. Eine Familie aus Venedig, die in Mailand Geschäfte getätigt hatte, schloss sich ihnen an. Doch man trennte sich bereits vor Vicenza, weil der Anführer zu viel trank und am Abend wüste Reden gegen die Protestanten des Nordens führte. Er beschimpfte sie als Hurenböcke des Satans, und Tycho riet ihm, Eselsmilch zu trinken, damit sein Verstand nicht vollständig eintrockne. Am dunkelblauen Profil der Hügelketten der Vicentiner Alpen, die sich kristallklar gegen die Reinheit des blassgrünen, fernen Himmels abhoben, verabschiedete man sich ohne Sentimentalitäten.

Jetzt war es nur noch ein Katzensprung bis Padua. Jedenfalls schien es Tycho so, und er trieb unbewusst immer mehr zur Eile an. Kristine hatte sich zwar von ihrer Erkältung erholt, doch Tycho sah ihr an, dass sie mit den Kräften am Ende war. Er war traurig, dass er seiner Frau die Strapazen dieser Reise zumuten musste, und hoffte, sie würde es ihm verzeihen.

Am nächsten Tag klarte die Sicht zu den fernen Gipfeln, zuvor regengrau und verhangen, wieder auf. Die Sonnenstrahlen leckten über grasbewachsene Abhänge, und weiße Dörfer schimmerten an Hügelketten. Im Hintergrund erhoben sich noch immer die höheren Bergmassive hinter einem weiten, von Olivenbäumen dunklen Tal. Die Gipfel nahmen nach dem stundenlangen Regen eine tiefblaue Farbe an. Unversehens tauchte die Sonne die Obstwälder am Fuße der Vicentinischen Alpen, die weiß, rosa und lilafarben blühten, in ein durchdringendes, blendendes Licht wie vor einem düsteren Gewitter.

Es war eine Landschaft für Maler. Und Tycho bekam in dieser Landschaft zum ersten Mal Zweifel, ob er nicht den Beruf verfehlt hatte. Denn lagen die wahren Schönheiten nicht auf der Erde und keineswegs im Angesicht des Himmelszeltes?

Wie seltsam, dachte er.

Wodurch entscheidet man sich, Maler oder Dichter zu werden?

Oder Astronom?

Es muss mit den Sternen zu tun haben.

Das Grün der Ebenen

Bevor sie Padua erreichten, kamen sie durch eine noch reichere Natur, an der sie sich nicht satt sehen konnten. Die Landschaft war so schön, dass selbst Tycho den Moment hinauszögern wollte, wo sie ihr Reiseziel erreichten. Ein bernsteinfarbener Himmel und tief hängende, violett schimmernde Wolken, die jeder Windhauch zu neuen phantastischen Gebilden verschob, standen über endlosen, wogenden Grasflächen, und mit den ersten schilfbewachsenen Sümpfen traten pechschwarze Büffelherden auf, die reizvolle Farbflecken auf der lichtüberfluteten Ebene bildeten; dazu kamen weiße Möwen, dicke Borstenschweine, Stelzvögel an Bächen und Seen. Myriaden von Wasservögeln verdunkelten die Wiesenränder, und die bunten Blumen dufteten auf sinnenbetörende Weise.

Unendlich scheinende Alleen führten auf Padua zu. Hin und wieder überholte sie ein schnell fahrender Postkutscher, der auf seine Pferde einhieb. Auf dreißig Meilen liefen die Alleen schnurgerade dahin; in der Ferne verschmolzen sie mit den Bäumen zu einem Punkt.

Durch die Zweige hindurch erblickten die Reisenden winzige Dörfer, die Colli Euganei, Arqua und Monselice hießen. Kurz vor der Stadt wurden sie von einem Trupp *Sbirren* aufgehalten, päpstliche Gendarmen, die nach dem Wohin fragten. Tycho gab sich nicht zu erkennen, radebrechte in seinem antiken Italienisch und musste Wegezoll entrichten.

Als sie endlich weiterziehen konnten, passierten sie Flussläufe, auf denen hohe, kastenförmige Boote schwammen, die *burchiellos*. Sie wurden zu beiden Seiten des Ufers von Pferden gezogen, manchmal auch von vier Ruderern in Schlepptau genommen.

»Die Lagunen müssen schmale Fahrrinnen haben, wenn dieses Bugsieren nötig ist«, rief Willem aus. »Die Barken sind aber auch übergroß! Sie sollen reichen Familien zur Reise dienen und sind innen angeblich mit Salons, Teppichen, Bildern, Glastüren und Spiegeln geschmückt.«

Sie beobachteten, wie an einer Schleuse, die aus gehärteten roten Ziegeln bestand und rund war wie ein Badebecken, unterschiedliche Wasserhöhen ausgeglichen wurden. Das Becken drehte sich, gezogen von Büffeln; das Wasser strömte ein oder floss ab, und die Barken konnten weiterfahren.

Und dann sahen sie zum ersten Mal ihr Reiseziel, die Stadt Padua am Fluss Bacchiglione.

»Es ist eine Fata Morgana, eine Luftspiegelung, wie die Mauren es beschreiben!«, rief Flemlose aus.

»Aber nein«, erklärte Willem, der schon die ganze Zeit gezeichnet hatte, »es ist Wirklichkeit. Hier in der Ebene wirkt durch das Licht alles viel weiter und schwebender als in unseren Breiten.«

Sonnenstrahlen deuteten zwischen jetzt dunkleren Wolken hindurch wie Finger auf eine weiße Stadt mit roten Dächern.

Ein Schleier aus Licht lag über allem. Die Farben wechselten ständig. Die nun vorherrschenden Brauntöne ließen Padua im Widerschein der Mittagssonne wie eine bronzene Stadt erscheinen, dann wieder rötlich wie eine einzige, riesige Kathedrale aus Sandstein. Das Grün von Olivenbäumen, Kiefern und Obstbüschen rahmte die Silhouette wie auf einem Gemälde ein.

Tycho und Kristine umarmten einander, und er küsste sie, wie er sie schon lange nicht mehr geküsst hatte.

»Was erwartet uns?«, fragte Kristine schließlich atemlos, und der bange Tonfall ihrer Stimme schnitt Tycho ins Herz. Was war aus ihrer Unbeschwertheit geworden? Er nahm sich vor, mehr auf sie Acht zu geben.

»Es wird besser werden als an jedem Ort, an dem wir bisher waren«, sagte er. »Ich weiß es!«

»Besser als auf Ven?«

Tycho überlegte. »Besser vielleicht nicht. Aber auch nicht schlechter. Wir haben hier nicht so viel Verantwortung. Was wir besitzen, tragen wir mit uns. Das macht alles leichter.«

»Die Kinder scheinen mit allem besser zurechtzukommen. Sie wirken heiter und sind neugierig auf alles.«

Tycho wandte sich um. Auf dem Kutschbock hinter ihnen saßen Sidsel, Tyge und Jörgen und schauten ihn erwartungsfroh an.

»Dann los!«, rief Tycho.

Die Allee überquerte den Fluss auf einem bogenförmigen Damm. In der Tiefe sahen die Reisenden Wäscherinnen, die ihre weißen Linnen auf Felssteinen trockenschlugen. Ihre halb nackten, braunhäutigen Kinder sprangen ins Wasser und bespritzten einander. Fast alle Häuser, an denen sie nun vorbeikamen, waren Villen oder gar Paläste. Das Land blieb flach, durchzogen von Wasserläufen, und die mit Arkadengängen umgürteten Villen, die an den Ufern der Flüsse aus dem grünen Boden ragten, wirkten mit ihren rosafarbenen Außenmauern wie Kunstbilder. Dahinter erhoben sich Weinberge, Obstgärten und bogenförmige Eingänge.

Dann tauchten Kirchtürme auf, von denen Tycho nur wusste, dass sie Santa Giustina und Basilica di Sant Antonio hießen. Auch von dem Palazzo della Ragione, der nur *Salone* genannt wurde, hatte er schon gehört. Er wusste, dass Galileo Galilei sich oft dort aufhielt; auch der eingefleischte Sternenseher brauchte hin und wieder kulturelle Anregungen. Ansonsten war Padua ihm unbekannt. Die Stadt schien riesengroß, doch die prächtigen, bequemen Straßen, die schönen Innenhöfe und Plätze und die kunstvollen, pistazienfarbenen, weinfarbenen, ausgemalten Bauwerke erregten seine ungeteilte Bewunderung.

Die Ankömmlinge fielen in dem Gewimmel von Fuhrwerken, Kutschen, Sänften, Reitern und Fußgängern nicht weiter auf. Tycho orientierte sich zur Stadtmitte, wo das Gymnasium von Padua lag, an dem Galilei lehrte.

»Suchen wir uns zunächst eine Unterkunft«, schlug Kristine vor. »Am besten in den kleinen Gassen rund um den Marktplatz, wo es immer am preisgünstigsten ist.«

Sie orientierten sich jetzt nach dem Strom der Händler, der immer in eine Richtung floss, und erreichten kurze Zeit später tatsächlich den zentralen Markt der Stadt.

Es war ein Geviert, eng umschlossen von fünfstöckigen Häusern, die aufragten wie Sonnenblumen auf der Suche nach Licht. Ein weißer Palazzo und der schlanke, rötliche Turm einer Kirche durchbrachen das einheitliche bauliche Einerlei. Auf dem mit ockerfarbenem Sand belegten Platz tummelten sich

Händlerinnen an Ständen unter aufgespannten Sonnendächern aus Segeltuch; hochrädrige kleine Fuhrwerke und hoch beladene Planwagen fuhren auf, und ringsumher priesen die Verkäufer mit lauter Stimme ihre Waren in höchsten Tönen. Männer mit roten Mützen gingen herum und verkauften Kleinigkeiten aus Schürzen, junge Frauen in roten Röcken und weißen Blusen boten Blumen und Früchte an, Kinder tollten mit Bällen zwischen den Ständen herum, und über allem spannte sich der rosafarbene und türkisblaue Himmel der weiten Ebene.

Sie gingen weiter und genossen den Anblick und die Gerüche. Als sie den Platz überquert hatten, sahen sie ein Rasthaus, in dem sie unterkommen konnten. Davor bot ein Verkäufer Sorbets und Limonaden an, und die Kinder tranken wie Verdurstende. Daneben stand ein Händler mit einem Karren in schreienden Farben, vergoldet und mit Papierlaternen in Ballonform illuminiert, umlagert von Menschen, die schüsselweise Makkaroni aus einem dampfenden Kessel verspeisten. Der Händler bot auch Wassermelonen an; Kristine nahm ein Viertel davon und schloss beim Abbeißen selig die Augen.

Sie durften die Fuhrwerke und Reittiere in einen Stall unweit der *Albergo* abstellen. Ein kleiner, flinker Junge versorgte sie. Der Wirt, ein Sarde mit buschigem Bart, wies ihnen Zimmer zu. Kristine und Tycho wohnten zusammen, ebenso die Kinder und die beiden Assistenten. Es waren hohe, helle Räume, die teilweise bemalt waren, und richtige Betten, sogar mit einem Baldachin. An den Fenstern bauschten sich durchsichtige, weiße Tücher. Der Blick ging nach hinten heraus, über eine Terrasse mit Orangenbäumen und die Dächer der Stadt bis zu den Flussläufen.

Tycho war unruhig. Er wollte sich sofort auf die Suche nach

dem Astronomen machen. Da Galilei nichts von seiner Ankunft wusste, plagte Tycho die Ungewissheit, ob er den Astronomen wirklich antreffen würde. Er war sicher, dass Galilei ihm für den Aufenthalt in dieser fremden Stadt gute Ratschläge erteilen konnte.

»Am Abend bin ich zeitig zurück«, verabschiedete er sich von Kristine.

Die Stimmung in der Stadt umhüllte ihn wie ein atmender Kokon. Sofort fühlte er sich in einer ganz eigenen, abgeschlossenen Welt. Alles schien wunderbar. Spätestens in diesem Augenblick hatte er Kassel völlig vergessen.

Obwohl es erst früher Nachmittag war, waren die Straßen voller Menschen. Es roch nach Wärme, Staub, Olivenöl und Suppen. Auf den riesigen, mit bunten Steinquadern ausgelegten Plätzen lagerten Händler, reisende Kaufleute mit ihren Packtieren, Handwerker. Padua schien zu kaufen und zu verkaufen.

Tycho trat zu einem Mann in der leinwollenen Tracht eines Mönchs und fragte ihn, wo er die Lehranstalt des großen Mathematikers finden konnte.

»Es heißt das Gymnasium«, sagte der Mann im Mönchsgewand. »Folgt dieser Straße, bis Ihr das Viertel der Kroaten erreicht. Dann geht es durch ein Torgewölbe hindurch, und dann erblickt Ihr schon das Gebäude. Sein Äußeres gleicht einer Kirche, aber es ist nur ein profanes Gebäude. In dieser Stadt nehmen die Künste und die Wissenschaften zu meinem Leidwesen den gleichen Rang ein wie der Glauben.«

Tycho ging weiter und wanderte gewundene Gassen hinunter. Hier, in diesem sicherlich älteren Teil der Stadt, gab es nicht nur Prunk; hier standen auch bescheidene und unordentlich wirkende Häuser, vor deren Fenstern Wäsche hing. Über die Gassen hinweg schrien sich die Frauen etwas zu; es hörte sich an wie Fluchen und Schimpfen, war aber sicher harmlos.

Tycho fand den angegebenen Platz ohne Mühe. Das Gymnasium war tatsächlich unglaublich groß und prächtig. Neben einem Campanile ragte es oberhalb einer Freitreppe auf, die von geschwungenen Arkaden begrenzt war, unter denen Tierfiguren und Statuen standen. Die Fassade war in Ockertönen gehalten und vielfach unterbrochen von figürlichem und baulichem Schmuck. Das obere Stockwerk über einer gewaltigen Rosette lief in dreieckigen Formen aus, die an antike Tempel erinnerten.

Tycho trat durch ein hohes, gebogenes Portal ein. Drinnen war es dunkel und roch nach Steinstaub und Reinigungsmittel. Frauen wischten mit Lumpen und Eimern herum. Zur Rechten im Hintergrund saß in einer Art Loge ein Pförtner, den Tycho nach dem Professor für Mathematik fragen konnte. Der Mann besaß einen schiefen Rücken, lächelte beinahe ebenso schief und deutete mit einem knöchernen Finger nach oben. »Dritter Stock. Den Lärm werdet Ihr schon vorher hören!«

Seltsam, dachte Tycho, was soll das für ein Lärm sein? Astronomen sammeln die Sterne, die sie beobachten, doch nicht in Blecheimern ein.

Als er in den dritten Stock kam, erkannte er, was der Pförtner gemeint hatte. Hier waren alle Türen der Lehrräume geöffnet, und von drinnen ertönten erregte Stimmen. Man stritt sich über irgendetwas. Hin und wieder rannte ein junger Mensch über die Flure in das gegenüberliegende Klassenzimmer.

Als Tycho in einen beliebigen Raum eintrat, glaubte er seinen Augen nicht trauen zu dürfen. Auf dem Lehrerpult, das etwas erhoben vor langen Sitzreihen stand, lag ein Mann auf der Seite, den Kopf in eine Hand gestützt; die andere führte rote

Weintrauben zu seinem Mund. Er dozierte schmatzend, und hin und wieder spuckte er Kerne auf den Fußboden.

Einige Schüler standen in den Sitzreihen, diskutierten erregt und wiesen mit dem Zeigefinger auf den liegenden Lehrer.

Dieser sagte gerade: »Und sie bewegt sich doch. Das ist offensichtlich. Und die Bewegung um die Sonne ist keine Kreisform, sondern eine Ellipse. Eine Ellipse! Versteht ihr Schafsköpfe das?«

Er spuckte Traubenkerne auf den Fußboden.

»Meister Galilei?«

»Wer seid Ihr?«

»Tycho Brahe aus Dänemark. Der Astronom, der die sterbende Sonne entdeckte.«

»Der Astronom mit der Silbernase! Ich bin entzückt! Mensch, Brahe, kommt an meine Brust!«

Behände war der Lehrer vom Pult gesprungen und riss Tycho so heftig an sich, dass der den Halt verlor.

»Das hier ist ein Mann!« Der Lehrer stellte den Ankömmling seiner Klasse vor wie ein einzigartiges Exemplar unter den lebenden Tieren. »Seht ihr seine Silbernase? Ein Mann, der für seine Prinzipien ficht! Und ich soll vor der Kirche zu Kreuze kriechen, weil ich behaupte, die Planeten bewegen sich? Pah!«

»Aber das verlangen wir Schüler doch nicht, Meister!«, sagte ein junger Mann mit blauem Halstuch und flacher Mütze. »Wir wollen nur, dass Ihr niemanden herausfordert, der uns dann den Lehrer wegnehmen kann.«

Brahe sagte: »Wenn Ihr Galileo Galilei seid, ist dies einer der glücklichsten Augenblicke meines Lebens.«

»Ich bin es, ich bin es. Und dieses Treffen muss gefeiert werden! Wir gehen sogleich in eine Trattoria und stopfen uns den Wanst mit Meeresfrüchten und Wein voll! Kommt!«

Noch bevor Tycho fragen konnte: »Und der Unterricht?«, zog der Mathematiker ihn mit sich. Auf der Straße sagte er vertraulich:

»Ich bin froh, diesen muffigen Räumen entkommen zu sein. Jeden Tag muss ich mich dorthin begeben, um meine Instrumente finanzieren zu können. Es ist ein Kreuz!«

»Euren Adepten scheint es zu gefallen!«

»Übt Ihr selbst keine Lehrtätigkeit aus, Meister Brahe?«

»Nein. Ich habe zum Glück ein wenig Geld. Vielleicht wisst Ihr, dass ich aus einer begüterten Familie komme.«

»Ein Segen! Dann seid Ihr unabhängig! Wenn ich diesen Zustand doch nur einmal erreichen würde! Mein Lehrstuhl für Mathematik ist spärlich besoldet, weiß Gott!«

In der kleinen Trattoria in einem Eckhaus, unter dessen Arkaden Stühle und runde Tische aus Bast standen, sah Tycho sein Gegenüber genauer an, den man den Kolumbus der neuen Himmel nannte. Er wusste, Galilei war dreiunddreißig Jahre alt, doch sein langer, an den Spitzen schon weißer Bart gab ihm ein älteres Aussehen.

»Erzählt mir, wie Ihr hergekommen seid und was Ihr von mir wollt«, sagte Galilei unverblümt, hob sein Glas mit Wermut und trank es in einem Schluck leer. Dann rülpste er laut und wischte sich die Lippen mit dem Ärmel ab.

Tycho erzählte in geraffter Form von seinen Problemen und Erlebnissen des zurückliegenden Jahres. Er staunte selbst. War es wirklich schon so lange her, dass er Kassel verlassen hatte? Als er auf die Dinge zu sprechen kam, die er seit dem Betreten italienischen Bodens erlebt hatte, wurde seine Stimme weicher und leichter, ohne dass er es merkte. »Ich hoffe also«, endete er seinen Bericht, »dass ich hier arbeiten kann. Ich habe einige Instrumente und Bücher mitgebracht.«

»Eine Zeit lang kann ich Euch beschäftigen«, meinte der Mathematiker nachdenklich. »Ich kann Euch auch unterbringen. Wir haben hier Gästehäuser, die der Fakultät gehören. Aber leicht ist die Position eines Astronomen in der Levante nicht, das kann ich Euch verraten. Die Kirche schnüffelt überall herum.«

»Und ich hoffte, in den Bürgerstädten des Veneto wäre das anders«, sagte Tycho enttäuscht.

»Nun, mir tun sie nichts. Aber sie sind da. Das spüre ich ständig. Ein falscher Schritt, und sie haben mich am Kragen. Neulich besuchte mich einer dieser Pater Inquisitoren mit Eierkopf und schmalen Lippen – Baptista Breatto hieß er. Er nennt sich ›Verfolger der Gotteslästerungen‹. Er wollte wissen, wie es meiner Frau geht. Meiner Frau! Dieser tückische Hund! Er sagte: Als kluger Mann werdet Ihr wollen, was die Heilige Kirche will. Doch Ihr entflammt Euch zu sehr an den Meinungen und Ansichten der Kirche. Ihr habt Leidenschaft, aber nur wenig Kraft und Vorsicht, um sie besiegen zu können. Kurz und gut, ich muss mich nun alle sieben Tage im Offizium melden. So als befürchtete die Kirche, ich könnte mich im Bund mit Satan zu einer chemischen Substanz verflüchtigen, ha!«

Er lachte ausgelassen, wobei er den Kopf nach hinten warf. Dann bestellte er noch ein Glas Wermut und trank es ebenso rasch aus wie das erste.

»Warum geht Ihr nicht fort aus Italien?«

»Ich kann nirgendwo sonst leben als in diesem warmen Land. Aber ich trage eine Maske, denn ohne Maske kann man in Italien heutzutage nicht sein.«

»Ich hatte gehofft, es wäre hier anders als in Dänemark oder Deutschland.«

»Ausgerechnet hier? Wo ein Mann wie der deutsche Jesuitenpater Athanasius Kircher Bände um Bände mit Wissen um des Wissens willen in steriler Gelehrsamkeit füllt, allein um dem Papst zu gefallen? Mein Lieber! Wärt Ihr mit Eurer Hoffnung doch in Kopenhagen geblieben!«

Tycho fragte: »Was denkt Ihr über die Sterne, Galilei? Zu welchen Schlüssen seid Ihr gekommen, seit Ihr mir den letzten Brief geschrieben habt? Das muss zwei Jahre her sein.«

»Kennt Ihr meine Schrift ›De muto‹? Darin sage ich, was ich heute denke, nämlich, dass ich nicht bereit bin, als wahr anzunehmen, was des Beweises erst noch bedürfe.«

»Ja, aber was ist mit den Planeten?«

»Langsam! Offiziell halte ich nur Vorlesungen über Aristoteles, Ptolemaios und über Gegenstände der Naturlehre. Was ich sonst noch denke, ist meine Privatsache.«

Tycho beugte sich gespannt vor. »Die Planeten, Galilei!«

»Die Erde bewegt sich. Obwohl ich das jüngst auf Anraten meines Gönners und Hochwürdigen Herrn Antuogno Querengo, dem Domherrn zu Padua, öffentlich leugnen musste, damit sie mir nicht den Hals durchschneiden. Sie kreist wie die anderen Planeten um die Sonne. Davon bin ich fest überzeugt.«

»Und hinter dem Saturn?«

»Da beginnt die große Ursuppe. Die Suppe, sag ich! Eine Art Minestrone aus Substanzen, Nebeln und Sternenresten, eine undurchsichtige Terrine!« Wieder lachte er dröhnend.

»Und wir alle sind schwimmende Körper in dieser Minestrone?«

»Jawohl! Wenn auch die bei weitem wohlschmeckendsten!«

»Und wer oder was bringt den Parmesan?«

»Das eben ist das letzte große Geheimnis! Aber ich sage Euch im Vertrauen – ich löse es bald. Ich bin nahe daran! Ich erfinde ein Rohr, mit dem man zu den Sternen aufblicken kann! Eine Art Fernrohr, an einem schwarzen Kasten! Dann sehe ich den großen Parmesangeber!«

»Wie nahe kommen Euch die Sterne mit diesem Gerät?«, fragte Tycho aufgeregt.

»Sie spucken einem direkt in die Minestrone!«

»Wenn ich nur einmal durch solch ein Fernrohr blicken könnte! Ich selbst war nahe daran, eines zu konstruieren, aber dann hat man mir den schwarzen Kasten weggenommen.«

»Ist das wahr? Ja, ich erinnere mich an diese Affäre. Diese Brüder!«

»Eigentlich sind es Schwestern. Sie sind weich und feige, sie haben keinen männlichen Mumm, sich den Gegebenheiten zu stellen. Immer weichen sie aus.«

»Hört, Brahe! Eines Tages, das schwöre ich Euch, werden wir auf einem solchen Fernrohr zum Mond auffahren! Ja, lacht nur! Wir fahren zum Mond auf und zum Mars und gehen auf den Sternen spazieren! Und dann sehen wir, dass die Unebenheiten der Erde sehr viel kleiner sind als die des Mondes! Kleiner, sag ich, auch absolut genommen! Und woher kommt das wohl? Kann das einer von diesen hochkongregationalen Schlaumeiern erklären? Nein! Dazu reicht ihr Verstand nicht. Und diejenigen, die einen solchen Verstand besitzen, werden geröstet wie jüngst in Palermo, wo dreizehn Astronomen starben!«

»Um von der Größe des Weltalls abzulenken, bauen sie hochragende Kirchtürme, als wären sie die Baumeister des Universums!«

»Genau! Ein ausgezeichneter Gedanke! – Wie schmeckt Euch übrigens der Wermut? Muss doch ein ungewohnter Geschmack für Euch sein.«

»Er schmeckt irgendwie …«

»Wermütig?«

»Genau!«

Sie lachten und bestellten noch einen.

Galilei fragte: »Was glaubt Ihr, hat das astronomische und philosophische Argument größere Kraft als das Göttliche und Heilige?«

»Als Josua der Sonne befahl, stillzustehen, stand sie da wirklich still?«

»Sie stand still. Aber nicht, weil Josua es ihr befahl. Sie steht seit jeher still.«

»Weil nichts, was endlos ist, einen Anfang gehabt haben kann!«

»Genau. Damit ist meine Frage wohl präzise beantwortet.«

»Das philosophische Argument muss im Vordergrund stehen!«

»Aber die hochwürdigen Herrlichkeiten sehen das ganz anders. Der ehrwürdige Pater Michelangelo Seghezzi da Lodi vom Orden der Dominikaner und Generalkommissar des heiligen Offiziums lud mich erst vor ein paar Tagen vor und befahl mir zu gehorchen. Auch die anderen Herren, die dabei waren, befahlen es mir.«

»Waren es Sizilianer?«

»Dominikaner. Das waren der hochwürdige Badino Nores von Nicosia im Reiche Zypern und Agostino Mongardo von Abbadia Rosa, Diözese Montepulciano, wisst Ihr, Hausgenossen des genannten hochwürdigen Herrn Kardinals. Sie alle drohten mir und redeten dabei im völligen Eifer durcheinander. Sie kündigten an, mich einzusperren, wenn ich nicht widerriefe.«

»Was widerriefe?«

»Dass sie sich doch dreht.«

»Und sie selbst dabei stillstehen?«

»Das befürchten sie wohl, ja. Dabei habe ich das gar nicht behauptet.«

»Ihre Macht ist groß.«

»Das ist wahr. Sie sprechen Dekrete der heiligen Kongregation von ihrem Heiligen Vater aus, Papst Paul dem Fünften, und dem Heiligen Apostolischen Stuhl. Ja, sie üben Macht aus mit dem Index der Bücher und mit deren Genehmigung. Verbot, Reinigung und Druck in der gesamten Christenheit liegt ja bei ihren eigens beauftragten hochwürdigsten Kardinälen der heiligen römischen Kirche. Und die Verurteilungen verkünden sie überall. Und danach bist du erledigt.«

»Verfaultes Gemüse in der Minestrone.«

»Schlimmer noch. Fauliges Fleisch. Verbrannt.«

Die Frauen und die Sterne

In dieser Nacht konnten Tycho und Kristine nicht schlafen. Sie wälzten sich unruhig hin und her und kamen schließlich zueinander. Danach hätte Tycho nur allzu gern gewusst, was Kristine als Liebhaber über ihn dachte. Aber er wusste nicht, wie er sie fragen sollte, deshalb blieb er lieber auf seinem vertrauten Terrain.

»Man kann auch Gespenster verehren, ohne umherzuwandeln, nicht wahr?«

»Was meinst du damit?«

»Wenn ich ketzerische Gedanken habe, weil die präzise Beobachtung des Himmels und der physikalischen Gewohnheiten auf der Erde diese Gedanken unabweisbar nach sich zieht, bin ich dann auch ein Ketzer?«

»Hast du Angst, Tycho?«

»Nicht um mich. Um dich. Um euch alle. Was würde aus der Familie, wenn ich …«

»Pssst! Sei still. So etwas darfst du nicht einmal denken.«

»Beim Gespräch mit dem Astronomen ist mir wieder die Gefahr deutlich geworden, in der wir Wissenschaftler ständig schweben. Ein Federstrich unter ein Dekret, und schon ist es aus. Wir wandeln ständig am Abgrund, Kristine.«

»Schlafen wir noch ein wenig, Tycho.«

»Ja, Geliebte.«

Am Morgen beschloss die Familie, eines der öffentlichen Bäder aufzusuchen, von der es eine Vielzahl gab.

Die Assistenten wollten zur Universität, die Tycho ihnen beschrieben hatte.

Der Tag versprach heiß zu werden. Schon früh am Morgen stand eine dunstige Sonne an einem wolkenlosen Himmel. Ein guter Tag für Sternenbeobachtung, dachte Tycho, aber dann folgte er den anderen doch ins Dampfbad.

In den für Männer und Frauen getrennten Räumen schwitzte er mit Tyge und Jörgen und bemerkte, dass seine Söhne schon kräftig ausgebildete Körper und Schambehaarung besaßen. Es verwunderte ihn, und er musste sich klarmachen, dass sie bereits sechzehn und vierzehn waren. Wie schnell die Zeit verging! Es war ihm, als hätte er sie gerade erst vom Spielplatz nach Hause geholt.

Tycho betastete heimlich seinen eigenen Körper. Er war noch fest und muskulös; dennoch konnte er spüren, wie unter den Formen bereits das Altwerden lauerte, und er wusste, in weiteren zehn Jahren würde sein jetzt fünfzigjähriger Leib die Konturen verlieren.

Nach dem Dampfbad sprangen sie in ein Becken mit warmem, schwefelhaltigem Wasser, das aus einer natürlichen Quelle kam. Die Badeanstalt besaß auch lange Becken, in denen Wasser wie durch eine Meeresbrandung schäumte. Es wurde durch ein Rohrsystem geleitet und künstlich geheizt. Am Schluss stürzten sie sich kopfüber in eiskaltes Wasser und tauchten, bis ihnen die Luft wegblieb.

Danach fühlte Tycho Brahe sich verjüngt und gesund. Vielleicht bewirkte das auch sein Gefühl, noch nicht so weit zu sein. Er stand noch nicht auf der Liste. Noch hatte er Zeit genug, seine Dinge zu ordnen, bevor der Prozess des körperlichen und geistigen Verfalls begann. Es war ein tröstlicher und aufheiternder Gedanke.

Auch Kristine kam ihm verjüngt vor. Als sie mit ihrer Tochter Sidsel aus dem Frauenbad kam, hatte sie ihr schönes, blondes Haar glatt nach hinten gebürstet und zu einem langen, kräftigen Zopf gebunden, der ihr bis zum Po reichte. Sie bewegte sich mit federnden, leichten Schritten, und er bewunderte die Anmut ihres Körpers, den er noch in der Nacht umarmt hatte.

Manchmal, dachte er, muss man die Dinge aus der Ferne sehen, um ihre Schönheit wirklich zu erkennen.

Wie die Frauen.

Und die Sterne.

Am Mittag lernte Kristine den Mathematiker kennen. Sie trafen sich mit den Kindern und den Assistenten zum Essen in einem Gasthof vor dem Campanile.

»Warum sind in Italien die Uhrtürme so hoch?«, wollte Sidsel wissen.

Ihr Vater wusste es nicht.

Galilei erklärte: »In unseren scheinbar aufgeklärten Bürgerstädten, mein Goldschatz, ist die Zeit die Gottheit, die angebetet wird – von den tonangebenden Bürgerschichten und der weltlichen Nobelgesellschaft, nicht nur den Capulets und Montagues, sondern den Händlern und Kaufleuten. Zeit ist Geld, und Geld ist Gott.«

»Und was sagt die Kirche dazu?«

»Sie ballt die Fäuste in der Tasche und wartet auf ihre Stunde.«

»Das klingt ungemütlich, Meister.«

»Ist es auch, mein Mädchen. Übrigens bist du sehr klug, wenn du das verstehst.«

»Sie ist siebzehn!«, erklärte Kristine stolz.

»Das sieht man«, entfuhr es dem Mathematiker.

Tycho bemerkte, wie sein Blick kennerhaft über Sidsels mädchenhaft schöne Körperformen glitt. Sie wird so schön wie Kristine, durchfuhr es ihn. Ein zärtliches Gefühl für Sidsel stieg in ihm auf. Die Tochter hatte es nicht leicht in einer Familie, in der Männer den Ton angaben. Tycho schwor sich, nicht nur auf Kristine, sondern auch auf Sidsel besser Acht zu geben.

Nach dem Essen schlenderten sie durch die Stadt. Galilei erwies sich als kundiger und amüsanter Führer, der die von einer elliptischen Ringmauer umgebene Altstadt ebenso gut kannte wie die dahinter liegende Bürgerstadt. Sie erstreckte sich bis zur äußeren Stadtmauer, einer mit schiffbarem Wassergraben und Basteien bestückten Festung, die über sieben Zugbrücken durch sieben Pforten zu betreten war.

Padua war eine stets geschäftige Stadt. Eine Stadt des Handwerks und des Handels. Aber auch eine Stadt der Frauen. Luftig und bunt gewandet, standen sie überall in Grüppchen zusammen und besprachen tausend Dinge, während ihre Kinder sich auf dem Pflaster balgten. Tycho bewunderte die Schönheit der Frauen von Padua.

Ihm fiel auf, dass Ausländer aller Rassen, Religionen und Nationen sich völlig frei in der Stadt bewegten. Er sah Mauren, Juden, Türken mit feierlichen Gebärden, lebhafte Perser und Griechen, Mönche, Schwarze, Gelbe und Weiße. In einer solchen Stadt, dachte er, muss es die Inquisition schwer haben. Sie ist gezwungen, in aller Heimlichkeit tätig zu sein.

In einer Ecke der Altstadt lag plötzlich ein scharfer Geruch in der Luft. Es roch nach Vitriol, Arsen und Schwefel. Eine schmutzig weiße Brühe lief das Pflaster hinunter. Als die Fremden sich die Nase zuhielten, bemerkte Galilei:

»Wir hatten im Herbst die Malaria in den Mauern. Und im Frühjahr davor die Pest. Ja, die Pest! Sie ist glücklicherweise abgezogen. Man munkelt, dass sie aus den Lagunen kam, aus Venedig, und nach Süden wanderte, vielleicht nach Apulien. Aber darüber spricht niemand. Noch immer sollen Kranke in den Hospitälern behandelt werden. Padua ist voll von Krankenhäusern und Kirchen.«

Kristine fragte erschreckt: »Wie kann man sich hier in der heißen Zone vor solchen Seuchen schützen?«

»Indem man die Stadt sofort verlässt. Ein anderes Heilmittel gibt es nicht, es sei denn, man ist mit dem Teufel im Bunde so wie ich. Ich besitze irgendeinen Abwehrstoff – ich nenne ihn geistige Immunität –, der mir hilft. Jedenfalls blieb ich hier und wurde nicht krank.«

»Und die Armen besitzen diesen Abwehrstoff nicht?«

»Bei denen liegt es wohl eher an der Reinlichkeit. Sie essen und scheißen sozusagen in einem Raum. Aber bisher wissen unsere gelehrten *doctores* noch immer nicht, wie Pest und Malaria übertragen werden. Vielleicht gibt es auch gar keine Übertragungswege, und es ist eine Strafe Gottes, wie die Kirche behauptet.«

»Müsstet Ihr dann nicht zuerst befallen werden, Meister?«

Galilei blickte Sidsel begeistert an. »Ein treffender Gedanke, Mädchen! Dann wäre ich wahrscheinlich längst gestorben! Daran kann es also nicht liegen.«

»Ich möchte jedenfalls kein Astronom werden, das ist viel zu gefährlich!«

»Wirst du auch nicht«, erklärte Tyge. »Höchstens die Frau eines Astronomen, denn der Beruf ist nur für Männer.«

Jörgen meinte: »Auch die Frau eines Astronomen lebt gefährlich! Fragt Mama!«

Kristine schaute Tycho an. »An seiner Seite habe ich die Gefahr nie richtig empfunden. Er hat mich stets beschützt.«

»Ich hoffe, das wird mir auch weiterhin gelingen, Kristine«, sagte Tycho, der die Sorge nicht aus seiner Stimme heraushalten konnte.

Galilei lachte. »Wozu sich Sorgen machen, solange die Sonne scheint und der Wein im Pokal schäumt!«

»Auch das ist ein richtiger Gedanke«, sagte Tycho, durch die Heiterkeit des Astronomen wieder gelöst. »Ich fühle mich wohl in einer Bürgerstadt wie dieser. Hier gibt es viel Platz zum Atmen, der die Gefahren abhält, die über einen herfallen können.«

»Das macht die öffentliche Moral der Bürger, die der dogmatischen Moral der Lehren entgegensteht. Die Menschen in Padua lieben den Alltag zu sehr, um sich dauernd um die Gebote zu scheren.«

Sie kamen in ein Viertel, in dem es viele Krüppel gab. Beinamputierte Männer wechselten die Straßenseite oder lungerten vor Garküchen oder im Boden eingelassenen Rosten herum, auf denen in Rauch und Feuer duftendes Ziegenfleisch zubereitet wurde. Erneut fielen Tycho die vielen Kranken auf; die meisten hatten rote Pusteln an Gesicht, Hals und Händen.

»Was ist hier los?«, fragte Tycho seinen einheimischen Begleiter. »Ich habe vier Semester Medizin studiert, das interessiert mich.«

»Interessiert es Euch wirklich?«

»Aber ja! In Uraniborg habe ich viel Zeit auf die geheime Herstellung und Erforschung von Heilmitteln verwendet.«

»Das wusste ich nicht.«

»Kaum jemand erfuhr davon.«

»Habt Ihr die Heilmittel in der Praxis prüfen können?«

»Ich habe Rezepte hergestellt, die bei Seuchen im Kurfürstentum Sachsen benutzt wurden, die in der Erntezeit ausbrachen und bis zum Jahresende währten. Gegen das tödliche Fieber, gegen Epilepsie, gegen Scharbock, gegen die Pestilenz. Und die Mittel haben geholfen, wie ich von den Magistern der Leipziger Artistenfakultät weiß, die mir schriftlich berichtet haben. Allerdings konnten sie nicht verhindern, dass dort Totengräber und Leichenwäscherinnen der Pestzauberei angeklagt und verbrannt wurden. Ein Wahnsinn!«

»Ihr hattet ein geheimes Laboratorium?«

»Kristine kann es bestätigen.«

Kristine nickte eifrig. »Er nahm Kräuter aus unserem Garten, animalische und mineralische Stoffe und das gefährliche Quecksilber. Ich weiß noch, wie ängstlich er war, dass es den Kindern in die Hände fallen konnte.«

»Aber Ihr hattet ein Observatorium! Kein medizinisches Labor!«

Wieder antwortete Kristine. »Tycho interessiert alles. Er sagte immer, die alchimistischen Untersuchungen hätten Ähnlichkeit mit den Himmelskörpern und ihren Auswirkungen, deshalb nannte er sie die irdische Astronomie.«

»Sehr richtig!«

»Im Keller von Uraniborg benutzte er sechzehn Öfen für chemische, medizinische und alchimistische Untersuchungen. Sie sind jetzt dem König in die Hände gefallen. Oder die Kirche hat sie längst zerstört.«

Tycho erklärte: »Die Öfen waren an ein Destillationssystem angeschlossen, dessen Kühlrohre durch die Fenster hinaus und zurück ins Laboratorium führten. Es sah aus wie ein großes, dampfendes Tier.«

»Wenn das so ist, zeig ich Euch was. Aber nur Euch allein. Es ist nichts für zarte Gemüter.«

Galilei machte ein verschwörerisches, ernstes Gesicht.

Tycho verabredete mit seiner Familie einen Treffpunkt an der Kathedrale und begab sich dann mit Galilei in ein benachbartes Viertel. Zuletzt gingen sie durch einen Torbogen in einen großen Hof, in dem ringsum Bänke standen. Zu allen Seiten öffneten sich Durchgänge. Galilei winkte den zögernden Tycho heran. Gleich darauf standen sie in einem riesigen Saal, dessen Fußboden zu beiden Seiten Krankenlager bedeckten.

Ein schrecklicher Gestank schlug Tycho entgegen. Stöhnen

und Jammern erfüllten den Saal. Die Kranken – Männer, Frauen und einige Kinder – lagen auf Schilfmatten. Gestalten in blauen Umhängen überquerten den Gang. Ihre Gesichter waren bis auf die Augen verhüllt. Offenbar war es Pfleger.

»Das größte der Hospitäler«, erklärte Galilei. »Hier könnt Ihr sehen, was von der offiziellen Erklärung zu halten ist, die Pest wäre nach Süden abgezogen.«

Tycho packte den Astronomen am Arm. »Was Ihr mir sagen wollt, ist wohl, dass die Pest noch immer in Padua zu Gast ist. Aber wenn das so ist, schweben wir hier in höchster Ansteckungsgefahr.«

»Keine Angst. Wenn wir anfällig wären, hätten wir die Seuche längst alle. Nein, sie lässt sich lokalisieren, wodurch, weiß niemand. Außerhalb der Mauern dieses Hospitals gibt es keine Erkrankungen.«

»Aber ich sah draußen Männer mit roten Pusteln.«

Galilei zuckte die Schultern. »Das waren Pocken, Sommersprossen, Sonnenbrand – was weiß ich. Jedenfalls sind wir hier drinnen in keiner größeren Gefahr als überall in Padua.«

Jetzt sah Tycho, woran die meisten Kranken litten. Ihre Hälse und Gesichter, oft auch die entblößte Brust waren mit bräunlichen Knoten und Hautverdickungen übersät. Aus einigen Beulen traten Blut und eine weißliche Flüssigkeit.

Im hinteren Teil des Saales wurde behandelt. Tycho trat nur zögernd näher, doch sein Interesse war stärker. Er beobachtete, wie zwei Vermummte einem nackten Mann, der auf einem Hocker saß, Pestbeulen aufschnitten. Danach tupften sie eine rote Salbe auf die Wunden. Tycho entdeckte auf dem sauberen Ziegelboden Tiegel und Schalen. Als er hineinblickte, sah er Pulver, Fett, Mist, Gallertmasse und stinkenden, dunklen Kot.

In größeren Behältern befanden sich Teile von Schlangen, Krötenköpfe und Exkremente, die mit Blut aufgegossen wurden. Mehrere Gehilfen waren dabei, mit einem Steinmörser etwas zu zerstampfen. Ein anderer pulverisierte Knochen. Ob sie von Menschen oder Tieren stammten, konnte Tycho nicht erkennen.

»Ja, sie haben die Pest«, sagte Galilei. »Aber wir haben auch große Ärzte. Und die brauchen wir! Denn die Kirche behauptet, die Pest sei eine Art Nebelwolke, eine eingebildete Engelserscheinung, die als Mahnung dienen soll. Die Heiligen Rochus und Sebastian gelten als Pestpatrone, besitzen gegen die Krankheit aber nur das Gebet.«

»Ausnahmsweise muss ich die Kirche in Schutz nehmen, denn wir wissen alle nicht, wie die Pest oder ähnliche Seuchen – Pocken, Cholera, Diphterie – zustande kommen.«

»Als vor genau zwanzig Jahren in Venedig die Lungenpest ausbrach, behauptete ein Arzt, dass Rattenflöhe die Seuche auslösen.«

»Ein interessanter Gedanke, aber unbewiesen.«

»Habt Ihr gewusst, dass unsere Ärzte Menschenknochen als Heilmittel verwenden?«

Tycho schüttelte den Kopf.

»Sie fertigen Salben aus Knochenmark gegen Gelenkleiden, Menschenfett gegen Gicht, Hodenschmalz gegen die rote Ruhr, getrockneten Harn von Büffeln gegen die Beulen, Frauenmilch gegen Koliken der Innereien. Große Ärzte! Sie holen sich ihre Leichen, aus denen sie Medikamente machen, von den Scharfrichtern und Totengräbern – manche behaupten auch aus dem Keller der Inquisition. Am begehrtesten sind Blut, Urin und Sperma von soeben Hingerichteten.«

»Hört auf, Galilei.« Tychos Stimme drückte Abscheu aus.

Ein Gehilfe riss sich das Gesichtstuch ab. Darunter kam ein zierliches Frauenantlitz zum Vorschein. Die hübsche Einheimische wedelte mit den Händen. »Geht! Es ist ansteckend!«

»Wir sollten tatsächlich verschwinden«, meinte Tycho.

Doch ihre Neugier war geweckt. Sie gingen nur bis ans Ende des Ganges und kamen in einen kleineren Nachbarraum neben dem Ausgang, in dem es nicht ganz so schlimm roch. Würzige Kräuter und ätherische Öle wurden an einer offenen Feuerstelle verbrannt und auf einer Steinplatte verdampft.

»Wermut, Melisse, Lavendel, Bockshorn, Misteln«, erklärte Galilei. »Für die schweren Seuchen haben die Ärzte überdies Altheewurzeln, Scabiosen und was weiß ich. Sie glauben, dass die Krankheit sich vor solchen Gerüchen ekelt und verschwindet. Genaues wissen sie aber nicht. Seht Ihr, Brahe – wir hätten Ärzte werden sollen, nicht Mathematiker. Aber Ihr seid ja ein halber Mediziner.«

»Wollt Ihr mein Rezept gegen die Pestilenz wissen? Ich benutzte venezianischen Theriak. Aber das bekommt man heutzutage nur in der Stadt am Lido. Dazu mischte ich Hornpulver, Schwefel, geriebene Walzähne, Aloe, Wacholderbeeröl und Bernsteinöl. Dazu setzte ich eine destillierte Tinktur aus Korallen und flüssigem Gold. Um alles zu verstärken, kam am Ende Opium dazu, das ich auf Schloss Frederiksburg kennen gelernt hatte. Das Mittel wirkte bei der Epidemie in Anhalt. Wäre ich auf Ven geblieben, hätte ich der leidenden Menschheit vielleicht noch bessere Dienste leisten können.«

Galilei war beeindruckt. Dann deutete er in einen angrenzenden Raum. »Da drüben verbrennen sie übrigens auch Hornklauen und Menschenhaut.«

Die Stimmung nebenan war weniger bedrückend, und niemand scheuchte sie fort. Leichte Stoffe wehten hier an offenen Fenstern. Beim Hinausgehen blieb Tycho noch einmal vor einem Krankenlager stehen. Er hätte liebend gern mit den Kranken gesprochen, doch die meist offenen, schwärenden Wunden schreckten ihn ab. Auf diesem Lager saß eine junge, aparte Frau mit entblößten Schultern, an denen sich zwei vermummte Pfleger zu schaffen machten. Man hatte der apathisch wirkenden Frau zwei Beulen aufgeschnitten und die Wunden mit einer Tinktur bepinselt. Tycho roch etwas Säuerliches, doch Theriak war es nicht. Er sah auf einem Leinenteppich Lilienwurzeln, Veilchenkraut und andere ihm unbekannte Pflanzen. Jetzt legten die Pfleger kleine Kupferscheiben auf die offenen Wunden.

Sie wollen erreichen, vermutete er, dass die Fontanelle zur Eiterung der Wunde führte und die vorhandenen Gifte herauszog.

Ein Krankenlager weiter ertönten plötzlich Schmerzensschreie. Tycho ließ sich davon anziehen. Im Vorbeigehen sah er, wie der Arm eines Kranken mit kochendem Wasser übergossen wurde. Wie angewurzelt blieb er stehen.

»Das ist ja barbarisch!«, entfuhr es ihm.

»Sie heilen nur mit Verbrennungen«, belehrte ihn sein Begleiter.

Kann das sein?, fragte Tycho sich verwundert. Sie wollen eine Brandwunde erzeugen, um die giftigen Säfte aus den Beulen zu ziehen? Ist das der neueste oder der älteste Stand der medizinischen Wissenschaft?

Aber was ging es ihn an!

Er hatte genug gesehen.

»Lasst uns gehen«, sagte er, »sonst stecken wir uns wirklich noch an. Wir sollten das Schicksal nicht herausfordern.«

»Ja, trinken wir einen Schluck mit Eurer Kristine«, sagte der Astronom. »Und feiern wir damit die Rückkehr ins Leben.«

»Ein guter Gedanke.«

Wenig später trafen sie an der Kathedrale wieder zusammen.

Nach all den schrecklichen Krankenbildern kam es Tycho vor, als verkörpere Kristine das strahlende, gesunde Leben. Er fragte sich, womit er diese blühende Frau verdient hatte. Er fragte sich, womit überhaupt ein Mann auf der Welt irgendeine Frau verdient hatte, einen so strahlenden Stern. Als er sie küsste, war es ein Augenblick reiner, ungetrübter Seligkeit.

Dann sah er in einiger Entfernung etwas, das ihn in Angst und Schrecken versetzte.

Ein junger Mann kam herangetaumelt. Er sah gesund aus, wenn auch etwas bleich. Als er noch zehn Schritte entfernt war, erblickte Tycho die gleichen roten Beulen an seinem Hals, wie viele Kranke im Hospital sie besessen hatten. Der Mann würgte plötzlich und erbrach sich. Dann fasste er sich an den Hals und fiel wie ein Stein zu Boden.

Nur ein paar Tage später war die Pest wieder da. Niemand konnte erklären, warum sie auf dem Weg nach Apulien zurückgekehrt war. Die Ärzte waren ratlos. Und die Priester schwenkten die Weihrauchkessel.

Fluchtartig verließen die Einwohner Padua.

Wo einst auf den Märkten pulsierendes Leben geherrscht hatte, wo Händler mit Karren und Wagen durch die Straßen gezogen waren, wo Musikanten gespielt und Garküchen ihren Duft verbreitet hatten, herrschte jetzt eine lastende, unnatürliche Stille. Auf einigen Holzgestellen am Markt lagen noch Bohnen, Gurken, Kastanien.

Vermummte Männer beherrschten das Stadtbild. Frauen waren nicht mehr zu sehen. Kein Kind spielte. Die Häuser in der Altstadt wirkten verlassen, und überall stank es nach Ammoniak, der in langen, weißen Bächen die Abfallhaufen umspülte.

Die Behörden brachten die Erkrankten in geschlossene Siechenhäuser, wo sich ein einziger Pestilenzbarber um sie kümmerte. Eine Versorgung mit Lebensmitteln fand nur durch eine Luke in einem Bretterzaun statt. Man beschloss, ihren Hausrat und die Habseligkeiten zu verbrennen, sodass überall riesige Scheiterhaufen entstanden, deren Flammen in den Himmel loderten. Der Handel mit Kleidung wurde verboten, ebenso das Aufhängen von Teppichen in den Kirchen. Alle umherlaufenden Hunde und Katzen wurden von städtischen Hundeschlägern getötet, in deren über den Kopf gestülpten Kapuzen nur Sehschlitze frei blieben. Die Kadaver verbrannte man auf öffentlichen Plätzen; Rauch und der barbarische Gestank sollten die Krankheit vertreiben. Man munkelte, dass auch hoffnungslos Erkrankte erschlagen wurden.

Auch die Familie Brahe packte ihre Sachen zusammen. Aber wohin sollte die Reise gehen?

Kristine bat: »Lass uns ans Meer ziehen! Ich brauche Luft zum Atmen. Gehen wir nach Venedig!«

»Warum nicht? Wenn wir Glück haben, wird der Wind alle Krankheiten und sämtliche bösen Gedanken fortwehen! Und ich könnte dort versuchen, Theriak zu bekommen, und wieder Medikamente herstellen. Wozu in dieser Zeit den Himmel beobachten? Die geplagten Menschen brauchen andere Hilfe!«

»Nach Venedig?«, mischte der Astronom aus Padua sich ein. »Der schönste Ort! Wenn überhaupt irgendwohin, dann an den Lido! Ihr wart noch nicht dort? Es gibt dort die göttlichsten Austern! Aber ich bleibe hier. Mich verpflanzt keiner mehr, Pestilenz hin oder her. Ihr wisst doch – mitten im Leben sind wir vom Tod umgeben, wir leben, um zu sterben. Wenn ich sterben muss, dann hier und jetzt.«

Der Astronom war nicht umzustimmen. Tycho bat, ja flehte beinahe, denn er hatte den Mann ins Herz geschlossen. Doch Galilei blieb bei seinem Entschluss.

Also verabschiedete man sich in dem Wissen, einander wahrscheinlich nie wieder zu sehen. Jeder würde auf seiner ureigenen Planetenbahn kreuzen, eines Tages sein letztes Licht ausstrahlen und dann verlöschen. Geht seine Seele dann als Licht eines neuen Sterns am Himmel auf?, fragte sich Tycho. War es eine Menschenseele, die er am Morgen des Duells in Rostock gesehen hatte? Wer konnte das schon sagen? Wir wissen nichts über solche Dinge. Wir werden es niemals wissen.

Wieder wurden die Pferde und Maultiere von den emsigen Tyge und Jörgen eingespannt. Währenddessen schaute Tycho sich ein letztes Mal die Lage in der Stadt an, begleitet von seinen Assistenten.

Was sie sahen, bestätigte ihre schlimmsten Befürchtungen. Und Tycho wusste, er konnte nicht helfen.

Der Gestank wurde jetzt noch durch einen widerlichen, süßlichen Geruch verstärkt. Die Krankenhäuser waren geräumt. Im Innenhof des Hospitals, das Tycho bereits kannte, machte er eine schreckliche Entdeckung. Hier hatte man Leichen gestapelt, Schicht um Schicht, Männer, Frauen und Kinder. Und man hatte ungelöschten Kalk über sie gegossen. Der Gestank war schlimm, aber schlimmer noch war der Anblick der halb zerfressenen Leichen.

Flemlose schlug die Hände vor Mund und Nase. Er würgte

und musste sich übergeben. Willem starrte mit finsterer Miene auf den Leichenberg. Auch Tycho konnte nichts mehr bei sich behalten. Als er nur noch grünlichen Schleim spuckte und ihm kalter Schweiß über den Körper lief, fühlte er sich noch elender als bei der Seekrankheit. Schließlich konnte er sich wieder erheben, doch er zitterte an allen Gliedern.

Auf der anderen Seite des Krankenhauses stießen sie plötzlich auf zwei Männer, die völlig entkräftet wirkten und sie wie Geister anstarrten.

»Warum seid ihr noch hier?«, fragte Willem.

»Wir sind Pestilenzbader und betreuen dreißig leicht Befallene. Sie leben in einem einzigen Raum zusammen. Wir haben sie mit Desinfektionsmittel gereinigt und mit der verbrannten Haut von Toten ausgeräuchert. Die Menschen wollen nicht fort. Sie wollen auf das Abklingen der Seuche warten. Sie glauben an die Überlieferung, die besagt, dass man die Krankheit besiegen kann, wenn man in einem Raum bleibt, ohne mit Außenluft, Hitze und Nahrung in Berührung zu kommen. Wir verabreichen ihnen die gekochten Wurzeln von Rosensträuchern. Man isst sie und trinkt das Kochwasser. Dadurch wird die Pest vertrieben.«

»Ihr glaubt wirklich, die Seuche kann damit besiegt werden?«, fragte Tycho ungläubig.

Der Bader schüttelte traurig den Kopf. »Nur als Vorbeugung. Nur wenn die Seuche nicht bis zu diesen Menschen dringt. Wenn sie kommt, sind alle zum Tode verurteilt.«

»Dann gibt es das vielleicht wirklich«, sagte Tycho leise zu seinen Assistenten, »dass man inmitten der Seuche wie im Auge eines Wirbelsturms überleben kann. Ich würde die dreißig Kranken gern sehen.«

»Das geht nicht. Niemand darf hinein, sonst trägt er die Pest in den Krankensaal.«

Willem fragte verblüfft: »Und woher bekommen die Kranken diese Wurzelnahrung?«

»Wir stellen sie ihnen mit dem Wasser vor die Tür. Dann versorgen sie sich selbst.«

»Sind die Wurzeln und das Trinkwasser denn nicht verseucht?«

Der Bader zuckte die Achseln. »Es gibt nichts anderes als das, was es gibt. Bisher ging alles gut.«

Tycho beschloss, zu seiner Familie zurückzukehren. Es gab für ihn nichts zu tun.

Wieder gingen sie durch geisterhaft leere Straßen. Ratten huschten ins Dunkle. Die Schatten von Raben und Krähen am Himmel wurden länger.

Die Familie stand bereit. Die Fuhrwerke waren ohne Schaden, und so hielt sie nichts auf.

An diesem heißen Frühsommermorgen zog die Familie Brahe wieder westwärts. Es war Ende Juni. Keine Zeit zum Sesshaftwerden.

Tycho hatte sich seinen Bart abrasiert. Mit seinem glatten Gesicht und dem kurz geschnittenen Haar sah er jünger aus. Kristine hatte wie zum Trotz gegen die dunklen Schatten der Seuche ein in allen Farben des Regenbogens leuchtendes Kleid aus dünnem Leinen angelegt. Die Kinder tummelten sich in kurzen weißen Sachen. Nur Flemlose und Willem saßen auf dem zweiten Kutschbock wie Totenvögel.

Die Landstraße hatte sie wieder.

Was für ein elendes Leben in einer Zeit des Aufbruchs, des Reichtums, der Erfindungen und der kühnsten Gedanken in ganz Europa, überlegte Tycho. Aber dann spürte er auch wieder, wie tröstlich es war, unterwegs zu sein. War das nicht die schönste Zeit? Ein Moment der Freiheit? Nur unterwegs ist man wirklich sein eigener Herr.

Und er dachte an Ven.

Was wohl aus seiner Liebesinsel geworden war?

Würden seine Assistenten Uraniborg und die Sternenburg gut verwalten? Oder waren sie alle längst vertrieben von missgünstigen Bauern, von Söldnern, von Soldaten des Königs, von Eiferern der Kirche? Plötzlich bekam er eine beinahe schmerzhafte Sehnsucht nach seinen Observatorien. Mit Kristine auf Ven zu leben, mit ihrem Duft und ihren Geheimnissen, mit ihren Geständnissen und Seufzern, war die schönste Zeit gewesen. Auch der launenhafte König Kristian hatte daran nichts ändern können.

Tycho erinnerte sich lebhaft an den Hochzeitstag, als Kristine in Uraniborg herumgesprungen war wie ein Zicklein. Damals hatte er begriffen, was für Schätze er wirklich besaß.

Eine Frau.

Und einen Stern.

Und jetzt war er wieder einmal auf dem Weg ins Ungewisse. Er drehte sich um. Kristine saß hinten im Gefährt und lächelte ihn unter blonden Fransen an. Ihre Lippen formten ein Wort. Er glaubte, es hieß *Geliebter*.

Aber er war sich nicht sicher.

Sie überquerten den Brentafluss und danach Dutzende von Kanälen auf Fähren mit hochgezogenem Achtersteven, die von Treidelpferden oder über Seilkonstruktionen gezogen wurden. Im östlichen Veneto wimmelte es von Flussläufen, Kanälen und Seen, auf denen flache Fischerboote und Lastkähne ihre Bahn zogen. Und auch von Stechmücken – Plagegeister, die besonders am Abend zur Qual wurden. Aber wenn man mit Kienspänen ein Feuer machte, das groß genug war, hielten sie Abstand. Und die lauen Frühlingsnächte unter freiem, sternenübersätem Himmel, das Murmeln der Wasser inmitten der anderen Laute der Natur – dies war für Tycho und die Seinen unersetzlich.

»Was ist Theriak wirklich?«, fragte Kristine am ersten Abend.

»Ein Grundstoff für alles«, erklärte Tycho. »Kostbarer als Gold, wenn man damit experimentieren will. Man kann ihn kaum beschreiben. Seine Zusammensetzung und Wirkung verändert sich ständig, je nachdem, unter welchen Umständen man ihn sammelt.«

»Und du glaubst, in Venedig bekommst du diesen Stoff?«

»Venezianischer Theriak ist jedenfalls am besten. Er kommt aus den Tiefen der Lagune. Mit allen Geheimnissen, die das mit sich bringt.«

»Du bist ein alter, unverbesserlicher Alchimist!«

»Und was ist ein Alchimist? Ein Astronom für die irdischen Himmel!«

Es waren nur drei Tagesreisen nach Venedig. In der zweiten

Nacht sprühte es Funken. Es waren *Luccioli*, leuchtende Insekten, die in Schwärmen die Dunkelheit erhellten. In ihrem Schein konnte Tycho sogar Notizen in sein Fahrtenbuch schreiben.

Je weiter sie nach Osten kamen, desto frischer wurde die Luft. Die Brise führte den Geruch von Salz, Tang und Weite mit sich, den die Brahes seit Ven so sehr vermisst hatten. Endlich erblickten sie eine Menge kleiner Inseln, die das Ende der Reise ankündigten. Die Lagune erstreckte sich bis zum Horizont, und darin öffnete sich plötzlich die Stadt Venedig wie das Blendwerk einer prachtvollen Kulisse.

»Eine schwimmende Stadt!«, rief Sidsel.

»Schwimmende Paläste! Ich glaube es nicht!«, stieß auch Jörgen, dessen Stimmbruch endlich vorüber war, staunend hervor.

Sie rechneten damit, auf bewachte Wälle und betürmte Tore zu treffen, doch es war wie eine gleitende, tiefe Durchfahrt zwischen Korallenfelsen. Plötzlich waren die säulengeschmückten Paläste um sie herum. Die Brahes hatten mit ihren Fuhrwerken an einem Ablegeplatz namens Malcontenta einen Lastkahn bestiegen, sahen rechter Hand die flachen Häuser von Mestre und glitten nun in den Canale Grande Venedigs. Vor jedem Portal lag eine schwarze Gondel; jedes besaß ein eigenes Spiegelbild auf dem grünen Wasser, das jeder Windhauch zu neuen phantastischen Gebilden eines reichen Mosaiks verschob.

»Welch ein strahlendes Bild!«, rief Flemlose. »Das da drüben mit der kolossalen Bogenlinie muss der Rialto sein.«

Das Rufen der Gondoliere klang herüber: *»Ah! Stali – ah! Stali!«* Wasser klatschte gegen die Boote, den Lastkahn, die mächtigen Steingesimse; es schäumte gegen den vielfältigen Marmor der Häuserwände. Zur Rechten breitete sich im milchigen Nachmittagslicht der silberne See zum Lido hin aus. Und als die Fassade des Dogenpalastes mit ihren blutroten Adern aufleuchtete und die schneeigen Kuppen von Santa Maria della Salute erstrahlten, kam die Szenerie den Ankömmlingen so schön und seltsam vor, dass sie die dunklen Seiten ihrer Reise hierher für den Augenblick ganz vergaßen.

Tycho sagte: »Es ist gut, unerkannt nach Venedig zu kommen. Galilei erzählte mir, normalerweise schickt man wichtigen Gästen auf Gondeln, die mit Damast bespannt und mit Goldtüchern bedeckt sind, dreißig Edelleute entgegen, begleitet von einer Ehrengarde, die aus ebenso vielen in Seide gekleideten jungen Patriziern und sechzig Hellebardieren besteht.«

»Was wäre dagegen einzuwenden?«, rief Jörgen.

Sie legten unbehelligt an und nahmen gleich neben dem Markusplatz Quartier in einer Herberge, die den Namen »Locanda della Luna« trug.

»Endlich ein richtiger Gasthof!« Kristine freute sich.

Sie wurden freundlich aufgenommen. Man bemühte sich um sie, und niemand verlangte einen Pass oder ein Gesundheitsattest. Venedig schien eine offene Stadt zu sein.

Sie stellten ihre Gefährte und Tiere an der Riva della Sciavone unter und packten ihre Sachen aus. Tycho nahm nach und nach alle Instrumente und Bücher mit. Zwei Stunden später glich sein Zimmer einer Sternwarte. Er verständigte sich mit Kristine durch einen Blick, der besagte: Hier könnten wir bleiben. Kristine jedoch wendete sich plötzlich ab.

Ihre Räume gingen zum Canale Grande hinaus. Sie waren luxuriös ausgestattet, mit Truhen, Anrichten und geschnitzten schmalen Schränken. Die breiten Betten besaßen einen Baldachin aus Seide, und Kristine konnte ihre Toilettengegenstände auf einem eigentümlichen Möbel aufbewahren, das *Rastello* hieß. Es bestand aus einem geschliffenen Spiegel und einem großen Tisch mit Dutzenden von Haken zum Aufhängen von Hauben, Hüten und Schleiern.

Als sie am Abend auf dem Balkon standen, genossen sie den Anblick und die Stimmung, als wären sie endlich am Ende ihrer langen Reise angekommen. Die langen Reihen von Palästen, schon teilweise erleuchtet, lösten sich nach und nach in eine unförmige architektonische Masse auf. Die Gondeln glitten vorbei, während die Wasser den flackernden Schein der Laternen zurückwarfen. Ringsum herrschte Schweigen – ein seltsames und feierliches Schweigen mitten in einer großen Stadt. Kein Kutschengebimmel auf den Straßen, kein Pferdegestampfe auf dem Pflaster. Nur die melancholischen Gesänge der Gondolieri, das Klatschen der Ruder, das leise Gemurmel der Stimmen, der Klang des Vespergeläuts, das über die Wasser schwebte, und Musik, die hier und da aus den Seitenkanälen herüberscholl, unterbrachen die Stille.

Tycho nahm Kristine in den Arm. Sie standen nur da und schauten. Es war einfach nur schön.

Plötzlich fing Kristine an zu weinen.

»Achte nicht auf mich«, sagte sie unter Tränen. »Ich weiß selbst nicht, was mich bedrückt. Vielleicht ist es Heimweh. Nein, ich bin nicht unglücklich. Nicht an deiner Seite. Aber mir ist, als hätte ich Ven nicht verlassen dürfen. Nicht dass ich noch an Legenden glaube, nein, nein. Aber meine Heimat fehlt mir so sehr – ich kann es gar nicht sagen. Wie etwas, das tief in meinem Leib sitzt. Wie ein Grund zu leben.«

Tycho sah sie entgeistert an. Hatte er nicht soeben zum ersten Mal seit langer Zeit das Gefühl gehabt, dass sie endlich irgendwo angekommen waren? Er war entsetzt, dass Kristine plötzlich so ganz anders empfand.

»Was soll ich tun?«, fragte er tonlos.

»Ich möchte sesshaft werden. Ich habe das Herumziehen satt. Sind wir Landstreicher? Je weiter wir uns von zu Hause entfernen, desto größer ist die Leere in meinem Innern.«

»Aber ist es denn nicht schön hier?«

»Ich bin nicht mehr jung, Tycho. Mit einundvierzig Jahren sollte eine Frau zur Ruhe kommen. Die Kinder sind groß, bald werden sie auf eigenen Füßen stehen. Und wir? Ziehen wir dann immer weiter wie Gaukler und Vaganten?«

»Ich kann versuchen, in Venedig eine Anstellung zu bekommen. Ich werde bei den Dogen vorstellig und bitte, für sie arbeiten zu dürfen. Entweder als Astronom oder als Mediziner – oder als Alchimist. Wir haben doch darüber gesprochen, Kristine. Vielleicht gelingt es mir, mit ihrem Theriak das Allheilmittel zu mischen.«

»Versuch es. Ach, ich weiß nicht, was ich sagen soll. Ich bin so unglücklich!«

Kristines Worte schnitten Tycho ins Herz. Es stimmte ihn todtraurig, sie in dieser Verfassung zu sehen.

Gleich am nächsten Morgen wurde er im Dogenpalast vorstellig. Als er einen Umweg durch die Straßen der Altstadt machte, um seine Gedanken zu ordnen, sein Gesuch zu formulieren und auf dem städtischen Wechselamt einen Teil seiner Goldmünzen in die gültige Landeswährung umzutauschen, nahm er seltsame Dinge wahr.

An einer Ecke gab es trotz des frühen Morgens ein Trinkgelage. Menschen mit Masken bewarfen einander mit Zitronen und Eiern, die mit Rosenwasser und Tinte gefüllt waren; andere sangen laut und vollführten obszöne Gebärden. Plötzlich hetzte eine Meute scharfer Hunde ein Dutzend fetter Schweine durch die Gassen; an einer Barrikade war die Jagd zu Ende, und zwei Männer mit gezogenem Säbel hieben den Schweinen die Köpfe ab. Die blutigen Schweineköpfe wurden in Richtung des Palasts davongetragen.

Unangenehm berührt, machte Tycho kehrt.

Er näherte sich dem Palast, der in der Morgensonne von Gold, Marmor und Mosaiken funkelte. Im marmorierten Eingangssaal an, den eine hölzerne Kassettendecke überspannte, meldete Tycho sich an, wurde aber an ein Seitentor verwiesen. Die Porta della Carta an der Westfront war die eigentliche Palastpforte zum Regierungssitz des Dogen, den Versammlungssälen der Ratsorgane und den Gerichten. Dementsprechend groß war hier der Andrang.

Soweit Tycho es unterscheiden konnte, drängten sich zwischen den Strebepfeilern und dem großen Fenster, unter einer steinernen Darstellung der Gerechtigkeit, sämtliche Volksschichten: Richter, Notare, auswärtige Gesandte und Bittsteller wie er. Aber auch festgenommene Übeltäter, Dienstboten, Wächter und Hoflieferanten.

Da der Doge als Herr von Venedig, Dalmatien und Kroatien zum Jahrestag des Sieges der Heiligen Liga mit seiner Gattin, der Dogaressa, in Lepanto weilte, empfing ihn ein Sekretär des Rates der Zehn. Tycho hatte schon begriffen, dass dieser Rat die eigentliche Regierung Venedigs darstellte. Der Mann hieß Contari; er war ein würdiger Alter mit fächerförmigem, parfümiertem Bart, der in Padua ausgebildet worden war. Er trug eine hornförmige Mütze und brach hin und wieder in ein eigentümlich schrilles Lachen aus.

Sie setzten sich in eine ruhige Ecke vor eine mit Tapisserien behängte Wand. Der Tisch war überladen mit krapproten Keramiken und versilbertem Muranoglas, doch Tycho hatte kein Auge für die Einrichtung. Nachdem er sein Begehren dargestellt hatte, sah Contari ihn seltsam forschend an.

»Glaubt Ihr wirklich, Signore Brahe, wir brauchen in der Lagunenstadt einen Astronomen?«

»Ich hoffte es in der Tat.«

»Bei aller Wertschätzung Ihrer Person, Signore! Wir sind an den Sternen nicht interessiert. Unsere Interessen liegen eher auf finanziellem Gebiet. Aber Ihr seid aus einer adligen Familie. Vielleicht könnt Ihr uns einen Kredit vermitteln?«

»Ist der Adel Venedigs denn nicht reich genug?«, entgegnete Tycho verblüfft.

»Es gibt keinen Geburtsadel mehr. In Venedig hat es sich nie gelohnt, Adliger zu sein. Wir haben ja eine Bürgerrepublik. Das einzige Vorrecht eines Adligen besteht darin, im Ernstfall nicht zu ebener Erde auf der Piazetta, sondern auf der Loggia des Dogenpalastes zwischen den roten Säulen hingerichtet zu werden. Ist das erstrebenswert?«

»Ist es erstrebenswert, Bürgerlicher zu sein?«

Der Alte lachte schrill. »Manchmal ja. Aber Ihr habt durchaus Recht, es gibt in Venedig abstoßende Angewohnheiten, die mit dem Aufstieg der Bürger zu herrschenden *Cittadini* einhergehen. Bei uns regieren nicht Geschlechter, sondern Schuldenfonds, wenn ich so sagen darf. Ein sehr einträgliches Geschäft zweifellos, mit dem beispielsweise meine Familie – neben dem Salzhandel – reich geworden ist. Alle machen hier Geld. Wollt Ihr Einzelheiten hören?«

Tycho wollte das Gespräch lieber auf sein eigentliches Interesse lenken, wagte aber nicht, den Rat zu verärgern, und nickte geduldig.

»Unsere konsolidierte Staatsschuld – wir nennen sie mit den Resten unseres einstigen Humors *monte veccio* – zahlt auf alle Anleihen fünf Prozent Zinsen jährlich. Verschiedene Kriege ließen die Staatsschuld weiter und weiter ansteigen, und da Venedig immer nur in höchsten Krisenzeiten mit etwas Verspätung seine Zinsen zahlt, wurden die Staatsanleihen im Lauf der Jahrzehnte die beliebteste Geldanlage, für die bald sogar ein öffentlicher Markt bestand. Wäre das nicht auch etwas für Euch, mein Herr? Als der *monte vecchio* nicht mehr ausreichend erschien, gründeten wir den *monte nuevo* als neuen Fond. Mitglieder unserer Oberschicht verwenden die Anleihen als Alterssicherung, geistliche Institute als Geldanlage, Banken als Rücklage. Selbst auswärtige Potentaten legen inzwischen ihr Geld diskret in venezianischen Staatsanleihen an, um ihr Vermögen vor den Gefährdungen der Tagespolitik zu sichern. Ihr wärt also in guter Gesellschaft.«

»Verzeiht, ich bin Astronom. Zwar auch Mathematiker, aber nicht, um Geld zu zählen.«

»Dann seid Ihr hier fehl am Platze, ich sage es ganz offen. Denn seht, Signore – unsere Goldmünze, nach ihrer Prägung Dukat genannt, steht niemals still. Nicht am Tag und nicht in der Nacht. Glaubt Ihr, bei uns könne ein Einziger in einem Buch lesen, ohne sofort Tabellen und Rechnungen hineinzudichten? Selbst die Kinder in den Armenvierteln hinter dem Arsenal spielen nicht mit Glasmurmeln, sondern mit Dukaten, die sie aus Holz schnitzen. Wir leben vom arbeitenden Geld! Nur die Franziskaner vergeben in ihren Häusern der Barmherzigkeit zinsfreie Darlehen an die Armen.«

»Dann erspart meinem Kredit die Mühe, sich in eure Staatskasse zu ergießen.«

Contari lachte laut und schrill. »Einer der früheren Päpste, ich glaube, es war der Heilige Vater Pius der Zweite, sagte einmal ganz zu Recht: Wie unter wilden Tieren die Geschöpfe des Meeres die geringste Klugheit besitzen, so sind es unter den Menschen die Venezianer, die am wenigsten gerecht und fähig zur Menschlichkeit sind, denn sie verbringen ihr Leben auf dem Meer, verwenden Schiffe statt Pferde, sind weniger Gesellen von Menschen als von Fischen und Meeresungeheuern. Und sie sind unzuverlässig, denn sie haben Angst vor dem Tod. – Das sagt wohl alles.«

»Ich habe mir Venedig und die Venezianer allerdings anders vorgestellt. Vorhin sah ich eine ekelhafte Schweinejagd in den Straßen – es war abstoßend.«

»Aber mein Herr! Das waren Scherzjagd und Spottexekution, wie sie hier dauernd stattfinden! Manchmal machen wir es auch mit Stieren auf dem Campo San Stefano. Die Kadaver werden dem Dogen übergeben, der sie an die Edelleute verteilt. Das gibt es jeden Tag, es ist Teil des Spaßes dieser Stadt.«

»Das sind recht eigenwillige Späße.«

»Wir leben inzwischen in einem ewigen Karneval, den es früher nur im Januar gab.«

»Verzeiht, aber ich sehe einen gewissen Verfall, der mir zu denken gibt.«

»Nein, nein! Venedig ist trotzdem sehr schön, eine Perle! Seht doch nur, wie die Stadt gebaut ist! Unser Fußboden ist das Meer, unser Dach der Himmel, unsere einzigen Mauern sind die Wasserläufe. Unsere Kirchen und Frauenklöster, deren Pracht unvergleichlich ist, stehen auf dem Wasser. Venedig ist nicht nur eine Stadt, sondern eine Republik, die erhabenste von allen, eine Serenissima!«

Tycho wusste nichts zu erwidern, also sprach der Rat begeistert weiter.

»Allein die Ausstattung der Biblioteca Marciana, in der unsere Besten studieren, kann mit den Bibliotheken Alexandrias und Antiochias verglichen werden …«

»Zweifellos ist Venedig schön. Aber wie Ihr selbst sagt, in erster Linie ist es reich …«

Der Rat nahm den Einwand als Anregung und sagte sofort: »Sehr reich! Die Insel Rialto in der Stadtmitte ist das reichste Viertel der Welt! Dort gibt es Gewölbe, Magazine und Warenlager, die einhundert Dukaten Miete kosten, und dabei sind sie nur zwei Schritt lang und breit. Ein Fleck dort bringt mehr ein als der schönste Pallazzo am Canale Grande. Und sein Herzstück, der *Fondaco dei Tedeschi*, ein Kaufhaus der deutschen Kaufleute, ist das ertragreichste Unternehmen des gesamten Mittelmeerraums!«

»Ihr braucht also keinen Astronomen?«

»Keinen einzigen!«

»Einen Mediziner, der mit eigenen Rezepten heilt?«

»Wir haben die besten Ärzte! Wisst Ihr nicht, dass die *Signoria* an den Universitäten ausschließlich die medizinische Fakultät mit Geld fördert?«

»Und einen Alchimisten?«

»Gott bewahre!«

Bedrückt ging Tycho durch die engen Straßen davon, über die schmalen Bogenbrücken, und starrte in das schmutzige Wasser der Kanäle, das gegen moosige Häuserwände plätscherte.

Überall Abfall und Unrat. Ratten huschten in die Keller. Aus der Nähe sah Venedig anders aus.

Tycho verfiel in Nachdenken. Er besaß genug Geld, musste also nicht arbeiten. Aber eine Existenz ohne seine Professionen konnte er sich nicht vorstellen. Sollten seine Talente verkümmern?

Es schmerzte ihn, einsehen zu müssen, dass er in dieser Stadt mit einer Bevölkerung, die einst die Regierung mitbestimmt hatte und heute als *Signoria* nur noch feierte, keine Zukunft hatte.

In Gedanken versunken, hatte Tycho die falsche Richtung eingeschlagen und war über die Rialtobrücke in das Marktviertel gelangt. Jetzt kehrte er wieder um. Plötzlich waren dunkelviolette Gewitterwolken aufgezogen, und Wind kam auf.

Auf einem der unzähligen Plätze fand ein Schwerttanz statt. Zum Klang von Pfeifen und Trompeten spielten Narren ein Stück, dessen Inhalt Tycho nicht verstand. Da er die Menschenmenge nicht passieren konnte, musste er zuschauen.

Er erkannte die Verkleidungen eines aufschneiderischen Soldaten, eines würdevollen Vaters, eines Pedanten, eines weinenden Juden, kokette junge Damen und komische Diener. Über die Rialtobrücke hetzten plötzlich Stiere, an den Hörnern von Seilen gehalten. Hunde rissen Fetzen aus ihren Flanken. Hinterdrein liefen Gestalten, die als Bären oder wilde Männer verkleidet waren.

Als er endlich weitergehen konnte, begegneten ihm auch aufreizend geschminkte junge Frauen, offensichtlich Kurtisanen, mit Juwelen behängt, als wären sie Königinnen. Auf einer Gondel ohne Führer kopulierte in aller Öffentlichkeit ein Paar.

Tycho fühlte sich abgestoßen von all dem Treiben.

Ein Schlepper versuchte, ihn in zweideutige Tavernen zu ziehen, und Führer ließen nicht locker, ihm ihre Dienste bei der Besichtigung des Arsenals, der Glasbläsereien auf Murano und des Dogenpalasts anzubieten. Trotz der frühen Morgenstunde war die Stadt schon überfüllt. Auf engstem Raum begegneten ihm Gaukler, Puppenspieler, Feuerschlucker, Handleser und Wahrsager mit gläsernen Kugeln. Zwei Theater hatten gerade ihre Pforten geöffnet, und auf einer Piazza wurde ein Stück aufgeführt, das den Titel »Krieg der Fäuste« trug und den Kampf der rivalisierenden Gemeinden Nicoletti und Castellani darstellte. Und wieder musste er einer Herde gejagter Schweine ausweichen.

Es gab natürlich auch Menschen in Venedig, die einfach ihrer Arbeit nachgingen. Die Stadt im Wasser brauchte sie alle: die Fladenbäcker, Lasagneri, Wanderhändler, Wachszieher, Färber, Kesselschmiede, Korbflechter, Papiermacher. Und noch mehr die Ladenbesitzer, allen voran Schankwirte, um die Feiernden bei Laune zu halten. Tycho suchte zum ersten Mal im Leben die Nähe zu den einfachen Arbeitern, die zupackten.

Im Hafen verluden in rissiges Sackleinen gekleidete Männer Karmesin, Silberfäden, Zucker, Kakaobohnen, Alaun, Indigo, Häute und Wolle. Tycho schaute ihnen lange zu. Ihm gefiel ihr ernstes, zuverlässiges Tun.

Sie alle dürfen ihrer Profession nachgehen, dachte Tycho, warum nicht auch ich? Nein, dachte er, Venedig ist nicht die Stadt, die ich mir vorgestellt hatte. Hier gibt es für mich nichts zu tun. Hier können wir nicht bleiben.

Kristine empfing ihn mit großen Augen, voller Erwartung, und strahlte ihn an.

Er musste sich zusammennehmen, als er gestand: »Venedig

ist ein Ort des Vergnügens, der Ausschweifungen. Ich könnte auf den Jahrmärkten auftreten und den Leuten günstige Horoskope erstellen. Aber für einen Astronomen hat man hier keine Verwendung. Und für einen Alchimisten auch nicht.«

»Was sollen wir tun?«

»Ich weiß es nicht«, erwiderte Tycho. »Ich bin völlig ratlos. So ohne Mut war ich in meinem ganzen Leben nicht.«

»Wo können wir hin?«

»Solange König Kristian in Dänemark regiert, können wir jedenfalls nicht nach Hause.«

»Wenn man uns nirgends mehr will, wozu dann noch leben, Tycho? Sind wir am Ende?«

»Aber nein!«

Tycho Brahe nahm seine Frau in die Arme. Ihm war, als stürze in diesem Augenblick aller Kummer der Welt auf sie ein. Dann aber spürte er Kristines warmen Körper. Er wiegte sie und hörte plötzlich einen Laut. Jemand summte leise ein dänisches Lied. Dann merkte er, dass er selbst dieses Lied auf den Lippen hatte. Und er sagte sich, dass es eine Lösung geben würde.

Irgendwo auf dem Erdenrund gab es einen Platz für Kristine, die Kinder und ihn. Und die Assistenten würden auch versorgt.

Diesen Ort musste es einfach geben!

Er musste nur noch einmal aufbrechen und ihn suchen!

VIERTER TEIL

Prag

1599

Nach Johannis

Des Kaisers neuer Leibarzt beugte sich gebannt über die Achatschüssel, in der man den Namen Christi zu lesen wähnte. Das Kunstwerk war seit vier Jahren im Besitz des Habsburgers, ebenso wie das Ainkhürn, ein langer gelblicher Zahn, der dem sagenhaften Einhorn gehören sollte und seinem Besitzer magische Kraft verlieh.

»Das Einhorn gilt als scheues, wildes und böses Tier. Es kann nur im Schoß einer Jungfrau zur Ruhe kommen, sagt man. – Was denkt Ihr darüber, lieber Meysel?«

Der reiche Marcus Mordechai Meysel aus der Prager Judenstadt kam soeben von der kaiserlichen Audienz, um die längst überfälligen Zinsen für die 2000 Goldtaler abzuholen, die er der Hofkammer geliehen hatte, doch er hatte nur Silbergeschirr als Pfand bekommen. Er antwortete säuerlich:

»Christlicher Aberglaube aus den Wunderkammern der Majestät! Ich glaube nur an das Geld. Denn was schützt uns Juden im Ernstfall gegen die Willkür der Herrscher!«

Der Medicus Thaddeus Hajek nickte. »Da mögt Ihr Recht haben. Wir müssen den Kaiser, wie alle anderen Herrscher auch, bei guter Laune halten.«

»Und glaubt Ihr, dieser neue Astrologe ist uns dabei nützlich?

Er stürzt Rudolf mit seiner Sternenleserei und den düsteren Prognosen in noch größere Verwirrung!«

»Herr von Brahe ist Astronom. Ein geachteter Mann an allen Höfen.«

»Nun, Ihr seid nicht nur Doktor der Arzneikunst, sondern auch Mathematikus der hiesigen Universität und in der Sternenkunde bewandert. Was denkt Ihr über den neuen Astronomen?«

»Ich kenne diesen Herrn von Brahe seit den Tagen in Regensburg, wo er das Spectaculum des glänzenden Kaiserhofs sehen wollte. Das war vor fünf Jahren. Ich selbst lud ihn im letzten Jahr im Auftrag des Kaisers nach Prag ein und hege freundliche Gefühle für ihn. Und der Kaiser will ihn stets um sich haben. Tag und Nacht. Er empfing ihn mit großen Ehren wie einen Monarchen, mit entblößtem Haupt und einer lateinischen Anrede; er verehrt in ihm den Seher, den Eingeweihten in die Mysterien des Alls, den Wahrsager aus tiefstem Wissen um die Zusammenhänge.«

»Nein, nein, das kann nicht sein. So klug, wie Ihr meint, ist nur der große Rabbi Loew, der den Golem lebendig werden ließ.«

»Und Brahe. Glaubt es mir. Rudolf will jedenfalls keinen Moment auf seine weise Gegenwart verzichten, auch dann nicht, wenn er in seinem Sessel sitzt und mit dem Teufel Zwiesprache hält – vielleicht gerade dann nicht. Denn sie lesen gemeinsam das Picatrix, jene arabische Schrift hellenistischer Magie, die Alfons der Zehnte ins Spanische übersetzen ließ. Kennt Ihr es, Meysel? Natürlich nicht. Juden kennen so etwas angeblich nicht. Man sagt, mit den Gebeten dieser Schrift könne man die Sternengeister beherrschen. Es enthält Anrufungen an die Sonne, den Sirius, die Planeten, man zitiert die angerufenen Sterne wie Dämonen zu sich!«

»Vor einer solchen Kühnheit muss das Herz erschauern! Und tun sie das wirklich?«

»So sagt man. Aber das Buch Picatrix gilt als gefährlich, denn es heißt, dass es zur Verdammnis führt. Und das wissen der Herrscher und sein Erster Astronom natürlich auch.«

»Ich höre im Getto, wo die dünnen Mauern vor Ängstlichkeit erzittern, Meister Brahe könnte dem schwachen Kaiser Rudolf zum Schicksal werden.«

»Er hat unerhörten Einfluss auf den Kaiser, das stimmt.«

»Ich wünschte, ich könnte das auch von mir sagen! Dann bekäme ich vielleicht mein geliehenes Geld wieder. Zweitausend Goldtaler! Sagt mir, wie erreicht er das bloß?«

»Herr von Brahe ist ein außergewöhnlicher Mensch. Schon sein Vorname Tycho lässt das Beeinflussende seiner Person anklingen, denn wie Ihr sicher wisst, Meysel, wird dieser Name vom griechischen Wort für Schicksalsfügung abgeleitet, und auch von *tychon*, was Dämon heißt, der Gott des unabwendbaren Verhängnisses. Diese okkulte Seite seines Wesens gerade ist es, was Rudolf unwiderstehlich anzieht.«

»Ich weiß – der weissagende Astronom und der sterngläubige Kaiser, der sein allererstes Horoskop beim französischen Hofastrologen Nostradamus bestellt hat«, sagte Meysel kopfschüttelnd. »Ist das nicht eine Verbindung, als hätten sie sich gesucht?«

»Sie haben sich tatsächlich gesucht! Beiden ist eine altertümliche Geistesverfassung gemein. Brahe ist der beste beobachtende Astronom unserer Zeit, aber er wurzelt auch tief in den Vorstellungen unserer Vorväter. Und er hält sich immer an die sinnliche Erfahrung, den Augenschein. Genauso ist der Kaiser.«

»Und beide glauben an das gleiche Weltbild?«

»Soweit ich es beurteilen kann, ja. Auch Rudolf sträubt sich gegen die umwälzende kopernikanische Entdeckung, welche die Erde aus der zentralen Stellung ihrer Ruhelage reißt. Als er hörte, dass Tycho Brahe – nach allen Irrtümern und Umwegen – eine Theorie aufgestellt hatte, welche die Erde im Mittelpunkt der Welt ruhen ließ, umkreist von Sonne und Mond, während die Planeten sich um die Sonne bewegen, suchte er den Dänen, an den Hradschin zu ziehen, denn damit wurde die alte Wahrheit nicht völlig auf den Kopf gestellt.«

»Ich weiß wohl, der Kaiser ist ängstlich. Neuigkeiten hört er nicht gern.«

»Zumindest dann nicht, wenn sie Unheil ankündigen.«

»Wer hörte solche Kunde schon gern.«

»Aber Tycho Brahe hat das Auftauchen neuester Sterne als der Venus und dem Jupiter ähnlich bezeichnet und deshalb von freundlichem Einfluss. Erst später werden sie dem Planeten Saturn gleichen und Krieg, Aufruhr, Gefangenschaft, Tod der Fürsten, Zerstörung der Städte, Trockenheit und feurige Meteore hervorbringen, verbunden mit Pestilenz und giftigen Schlangen.«

»Daran glaubt die Majestät?«

»Uneingeschränkt, Meysel! Zumal ihn vor sieben Jahren die von Tycho angekündigte und tatsächlich eintretende Pest rechtzeitig nach Pilsen vertrieb. Und was die anderen Schrecken angeht – sie sollen erst in Jahrzehnten einsetzen. Brahe nannte das Jahr 1618.«

»Also ist er doch Astrologe, ein Sternengucker. Wir jüdischen Menschen halten nichts davon.«

»Tycho Brahe ist vor allem ein Meister seiner astronomischen Instrumente. Ihr könnt es daran sehen, dass der Kaiser persönlich ihm aus diesem Grund ein kostbares Instrument schenkte, das der Kopernikus selbst verfertigt hatte. Es ist ein Lineal aus Fichtenholz zum Messen der Zenitdistanzen. Man nennt es Triquetrum. Brahe schrieb begeisterte Gedichte darüber.«

»Aber die kopernikanische Neuerung lehnte er ab.«

»Das stimmt. Mit Befriedigung hörten die Theologen beider Konfessionen vor kurzer Zeit Brahes Erklärung, das System des Kopernikus sei mit den physikalischen Gesetzen nicht im Einklang, da die schwere und träge Erde sich unmöglich bewegen könne. Vielleicht haben ihn die ständigen Drohungen der Inquisition zu dieser altersweisen Einsicht gebracht.«

»Und könnte man das nicht verstehen? Auch der Astronom aus Padua widerruft ständig. Und seht nur, was mit dem armen Giordano Bruno passiert! Seit sechs Jahren sitzt er in Rom in den Folterkellern der päpstlichen Inquisition, und man sagt, im nächsten Jahr wird er bei lebendigem Leibe verbrannt! Und er hat nur gesagt, die Sonne ist der Mittelpunkt. Ist das nicht schrecklich!«

»In der Tat.«

»Und niemand kann ihn retten!«

»Nein.«

»Aber Herr von Brahe ist der Phönix unter den Astronomen, nicht wahr? Er wird sich doch retten?«

»Solange er am Hof Rudolfs ist, steht er unter dessen Schutz. Obwohl sich auch im Hradschrin eine mächtige gegenreformatorische Partei aufbaut. Sie sehen in Tycho des Kaisers bösen Geist, der ihm schadet. Und das sind hasserfüllte Herren, die auch den Juden nicht wohlgesonnen sind.«

»Ich weiß es wohl. Wir haben es immer wieder zu spüren bekommen, wenn die bitteren Christen einen Sündenbock suchten.«

»Der Herr von Brahe jedenfalls, um darauf zurückzukommen, was ich von ihm halte, ist ein sehr honoriger Mann. Man kann sich auf ihn verlassen. Zwar ist er Lutheraner, aber einer von der zuverlässigen Sorte, auch wenn er in den Sternen forscht. Ein Mensch eben. Übrigens wird er es aus genau diesem Grund hier am Hof nicht leicht haben.«

Meysel seufzte tief. »Wer hat es schon leicht!«

Der Garten war groß und dunkel, obwohl er blühte. Quer durch die Rabatte, Hecken und Wiesenstücke, die schon Verstecke für scheue Damen und lüsterne Knaben gewährten, führte ein hölzerner Gang. Er sah aus wie ein lang gestreckter, abgedeckter Laufkäfig, in den niemand hineinsehen konnte. Dort hielt der Kaiser sich auf.

Er wollte ungestört sein und unbeobachtet auf und ab gehen. Da jedoch ein Kaiser, der Tag und Nacht unruhig spazieren ging, in den Augen seiner Hofgesellschaft und des Volkes nur ein Verrückter sein konnte und dies die Staatsgeschäfte störte, frönte Rudolf seinen Gewohnheiten in der Stille. Nur einer durfte hier seit einigen Tagen mit ihm zusammentreffen.

»Du bist am Johannistag eingetroffen, einem seit altersher besonders zauberischen Datum.«

»Ich habe den Tag der Sommersonnenwende bewusst ausgewählt, Majestät.«

»Das dachte ich mir.«

Tycho Brahe versuchte, sein Gegenüber genauer wahrzunehmen, doch das Licht im Gang war trübe und fiel nur durch

Löcher und Risse zwischen den Balken ein. Als seine Augen sich an das Zwielicht gewöhnt hatten, sah er eine feingliedrige Gestalt von mittlerer Größe, die er inzwischen gut zu kennen glaubte. Er bemühte sich, das Gesicht zu studieren. In welcher Stimmung war der hohe Herr? In den großen, tiefblauen Augen des Kaisers lag heute ein Ausdruck von Milde, doch Tycho wusste durch die Ereignisse der zurückliegenden Tage, dass sie im Jähzorn auch dunkel aufflammen konnten. Buschige Augenbrauen, die diesem ernsten, nie lachenden Gesicht etwas Kräftiges verliehen, dunkelblondes, krauses Haar, geduldige Mimik – Kaiser Rudolf war ein sanfter Monarch. Aber er besaß einen leidenschaftlichen Charakter.

Rudolf ging während des Sprechens unruhig auf und ab. Obwohl er mehrere Sprachen beherrschte und am spanischen Hof erzogen worden war, bevorzugte er ausschließlich das Deutsche, doch seine hochhackigen Schuhe vollzogen auf den nackten Bohlen ein spanisches Stakkato.

»Ich weiß von dir, Tycho Brahe, dass du deine Studien vollkommen und genau ausführst und so viele und gute Voraussetzungen mitbringst, dass in diesem Zeitalter kaum Leute gefunden werden, die dir gleich sind. Denn du bist von vornehmer Herkunft und begabt mit Reichtümern und Fähigkeiten, die ausreichen, berühmte Genies zu fördern, deren Werke mit dem deinen verbunden sind, die aber auch genügen, Instrumente in einzigartiger Kunstfertigkeit herzustellen, wie von dir gerühmt wird.«

»Ihr seid zu gütig, Majestät!«

»Ich weiß, du nutzt deine Zeit und widmest dich ganz der Betrachtung überirdischer und himmlischer Dinge. Du bist so bewandert darin, dass auch die neuesten Hypothesen der Himmelsbewegungen von dir erwartet werden können. Ich habe dankbar den Katalog über die von dir beobachteten Sterne entgegengenommen, die mir dein ältester Sohn Tyge vor Jahresfrist überbrachte. Keineswegs wollen wir es deshalb unterlassen, dich durch unsere kaiserliche Huld auszuzeichnen.«

»Aber Majestät, ich darf hier an Eurem Hof sein. Das ist Auszeichnung genug.«

»Keine falsche Bescheidenheit. Obwohl du von dir selbst genügend angeregt bist, will ich dich noch mehr ermuntern, das glücklich Begonnene tatkräftig zu vollenden. – Wo ist denn deine Familie?«

»Noch in Dresden, Majestät. Sie wartet dort im Schutz der Residenz, ob sich bestätigt oder nicht, dass die Pestilenz nach Prag kommt. Aber ich habe in den letzten Wochen sichere Zeichen erarbeitet, dass die Seuche uns verschont.«

»Dann lass deine Leute herkommen. Ich stelle dir und den deinen das Curtiuspalais gleich neben der Burg zur Verfügung. Ich will dich immer um mich haben, Tycho. Und ich weiß, du wirst glücklicher sein, wenn du Frau und Kinder in der Nähe hast.«

»Danke, Majestät. Ich will all meinen Fleiß aufwenden, damit der ganze Himmel für mich reden und alle Nachkommen zu wissen bekommen sollen, was für eine Zuflucht und Schutz Ihr seid – Ihr, der mächtige und fromme Herr der Göttin der Künste.«

»Gut, gut. Und nun zur Sache. Zeig mir deine neuesten Prognosen.«

»Majestät, ich tue das nicht gern, denn sie sind recht düster.«

»Einerlei!«

»Ich sehe, dass Ihr wie König Heinrich der Dritte, der von einem Mönch ermordet wurde, gewaltsam enden werdet. Ihr steht im Zeichen des giftigen Saturn.«

»Ist das wahr?«

»Leider.«

»Stehen diese Wahrsagungen nicht eher im Zeichen deiner eigenen Depressionen, Tycho? Ich hörte, deine Vorahnungen besagen, dass über deinem Prager Aufenthalt kein guter Stern steht. Und stimmt es nicht, dass du dich auf den Tod nach deinem Uraniborg zurücksehnst?«

»Das ist wahr, Majestät. Vor allem meine liebe Frau ist seit Jahren ganz krank vor Heimweh. Aber besser als hier, in Eurer Nähe, kann ich es nicht haben. Das weiß ich wohl.«

»Du wirst hier bleiben müssen. Ich will nicht meinen größten Schatz verlieren.«

»Aber Majestät …«

»Und wie ist es mit deinem Aberglauben?«

»Nun, Majestät, es ist wahr, dass ich jeden neuen Tag nach guten und bösen Omen befrage, je älter ich werde. Dass ich inzwischen immer umkehre, wenn mir am Morgen eine schwarze Katze über den Weg läuft oder wenn mir als Erstes eine alte Frau begegnet. Ich glaube an bestimmte unglückliche Tage, an denen man sich hüten muss, etwas anzufangen.«

»Mach du mir einen Katalog solcher Tage, Tycho! Ich will ebenfalls wissen, wann es schlecht ausgeht. Für mich hat dies weit größere Bedeutung als für dich. Denn ich regiere das gesamte habsburgische Reich. Und ein einziger unglücklicher Tag kann den Untergang eines ganzen Landes bedeuten, wie es beispielsweise jetzt geschieht, wo die Festung Kanizsa gegen die Türken fällt, wo spanische Truppen in Cleve einrücken, um meinen Niederländern die Rheinschifffahrt zu sperren und die

Agenten des Königs von Frankreich diese Unruhen für ihre Interessen ausnützen. Und ich hätte es wissen müssen!«

»Majestät ...«

»Ein einziger unglücklicher Tag, Tycho!«

»Ich mache Euch einen solchen Katalog! Wozu wäre ich sonst hier.«

»Oh, nicht doch, mein Astronom! Du bist wegen weitaus mehr hier! Deine Talente sind zahlreich. Morgen kannst du einige davon zeigen. Du sollst deine astronomischen Geräte beim Lusthaus im Belvederegarten aufbauen, um mich aufzuheitern. Ich werde auch meine drei Löwen frei laufen lassen, die meine Lebenskraft stärken. Denn Morgen ist Freitag der Dreizehnte! An diesem Tag ist es besonders schlimm!«

»Sehr wohl, Majestät.«

»Und behüte mich vor dem neuen päpstlichen Nuntius, dem Kardinal Filippo Spinelli!«

»Vor diesem mächtigen Mann?«

»Er will mich für die katholische Sache gewinnen. Du weißt, ich stehe dieser Sache nicht feindlich gegenüber, aber Spinelli versucht, mich zu hypnotisieren! Er versteht es auf widerlichste Weise, Süßigkeit mit Schärfe zu verbinden, und lässt sich nicht abweisen. Ich mag das nicht! – Bei der letzten Audienz ist er mir beim Reden so nahe gekommen, dass er mir ins Gesicht atmete und mich auf diese Weise beschmutzt hat. Kannst du ihn nicht verhexen?«

»Nein, Majestät, das liegt nicht in meiner Macht.«

»Dann halte ihn mir wenigstens vom Leib. Er riecht schlecht.«

»Ja, Majestät.«

»Und besorge mir tierische Magensteine, die gegen mein

Herzklopfen helfen. Dieses verfluchte Herzklopfen, das nicht weicht, macht mich schwermütig. Alle meine Geschwister haben es ebenfalls, es ist eine habsburgische Seuche.«

»Darf ich Euch daran erinnern, dass ich Astronom bin, Majestät?«

»Ja und? Hast du nicht auf Ven experimentiert?«

»Es ist wahr, ich besitze feinen Bezoar, Majestät. Ich schenke ihn Euch, wenn Ihr ihn ständig über dem Herzen tragen wollt. Er ist kostbarer als Edelstein und hilft auch gegen Herzklopfen – und ich gebe zu, eine Zeit lang war ich vermessen genug daran zu glauben, er sei ein Universalgift gegen alles.«

»Du machst mich glücklich, wenn du mir diesen Stein überlässt. Und dann mache mir auch ein nützliches Pulver zur Reinigung meines melancholischen Geblüts, aus dem ein Tränklein gegen die Schwermut werden kann.«

»Zu dienen.«

»Jedenfalls will ich, dass du immer in meiner Nähe bist. Du übst einen guten Einfluss auf mich aus, und ich bin in diesen Tagen sehr empfindlich.«

Tycho Brahe schrieb an Kristine: »Ich wurde vom Kaiser sehr gnädig empfangen. Ich hatte, da niemand anders gegenwärtig war, sein Gehör, und der Kaiser antwortete mir ganz gütig. Ich übergab ihm demütig die drei Bücher, die er haben wollte. Er nahm sie gern und las sie gleich in den folgenden Tagen durch, und wie der Herr Barvitius erzählte, las er bis in die Nacht hinein. Darauf wurde über meine Besoldung verhandelt. Der Kaiser bestimmte mir dreitausend Dukaten. Einige der Räte waren dagegen und sagten, dass niemand bei Hofe, nicht einmal unter den Grafen und Baronen, die lange gedient hätten, jährlich so viel Geld erhielte. Da aber der Kaiser darauf bestand und weder der Hofmeister, Herr Rumphius, noch der Hofmarschall, Herr Trautson, noch sonst jemand der anderen Vornehmen davon abrieten, wurde es beschlossen. Sie zahlten mir sogleich zweitausend Dukaten als ein Ehrenzeichen. Und der Kaiser befahl mir, dich und die Kinder nun aus Dresden zu holen. Wir werden im Palais des verstorbenen Vizekanzlers Curtius wohnen, ganz in der Burgnähe. Es ist ein wunderschönes Haus und wird dir gefallen. Grüße die Kinder! Und sag Tengnagel, wir brauchen auch ihn unbedingt hier!«

Dann ging er in die Küche des Palais und schrieb auf neuem chinesischem Papier ein Rezept für den Kaiser auf, das er dessen treuem Leibdiener Makowsky übergeben wollte, der dem Kaiser am Morgen ein geweihtes Amulett eines Agnus Dei ins Wams genäht hatte. »Nimm Lindenblust, Melissenkraut, Ochsenzungenblümlein, Ipsen, jedes eine halbe Hand voll, ein Imberzehen, Hirschzungenblätter, Agrimonia und eine halbe Hand voll Borrago, Tropfwurz und Feigen, schneid alles klein, gieß ein Pfund Wasser daran, lass den Teil einsieden und gib ihm des Tags dreimal davon zu trinken.«

Das wird ihn von seiner Melancholie heilen, dachte er. Es hat auch mir geholfen.

Tycho hatte sich das geräumige, zweistöckige Haus wohnlich ausgestaltet. Den höchsten Raum richtete er als Observatorium ein, hängte dort seine Instrumente auf Gestelle und setzte ein Gedicht über den Balken: »Uraniens heiligen Sitz, vom Norden undankbar verschmäht, hat Rudolph gnädig hierher gebracht.« Nachdem auf dem Reichstag in Augsburg der neue Kalender des Papstes Gregor des Dreizehnten in allen katholischen Ländern eingeführt worden war, stellte Tycho seine Geräte darauf ein. Er wusste zwar, dass er sich damit in Gegensatz zu anderen Protestanten und Lutheranern brachte, die dies ablehnten, doch als Astronom begriff er dessen Vorteil – seine Genauigkeit. Tycho ging mit der neuen Zeit.

Doch er brauchte auch die Schutzpatrone der alten Zeit. Er ließ vier Bilder an die Wand malen. König Alfonsus, zu seinen Füßen Ptolemäus und Albategnius; Kaiser Karl der Fünfte, unter ihm Kopernikus und Apianus; Friedrich der Zweite von Dänemark, sein verstorbener Gönner, und unter ihm das Schloss Uraniborg und schließlich Rudolphus, unter ihm Tycho Brahe, allein an einem Tisch sitzend.

Eine Woche nach dem Gespräch mit dem Monarchen erwartete er die Ankunft seiner Lieben. Er wusste, heute würde der Kaiser nicht nach ihm rufen, denn er empfing gerade den neuen russischen Zaren und Alleinherrscher Boris Godunow, von dem gemunkelt wurde, er habe den alten Zar Fjodor ermordet. Mit diesem hohen launischen Herrn würde der Kaiser den ganzen Tag beschäftigt sein.

Während er im Wohnraum des Curtiuspalais ausharrte, schossen ihm alle möglichen Gedanken durch den Kopf. Bei jedem lauten Geräusch von draußen sprang er auf und stürzte ans Fenster. Jetzt läuteten gerade die Glocken der Kapuzinerkapelle, die gleich nebenan lag. Der Kaiser sah in den Ordensbrüdern Spione des Papstes. Aber Tycho traten bei dem blechernen Klang ihrer Glocken stets die Bilder der Vergangenheit vor Augen. Jetzt kamen ihm die Umstände des letzten Jahres in den Sinn.

War es nicht unfassbar, dass er jetzt hier saß?

Vor Jahresfrist noch waren sie geschlagen und hoffnungslos aus der Lagunenstadt abgezogen. Er hatte seine Sternenkalender in dem Bewusstsein fertig gestellt, dass alles umsonst war.

Und plötzlich begegnete er an einem heißen Tag mitten im Veneto dem Maler Hans von Aachen. Der Deutsche trug das Bild »Rosenkranzfest« seines Landsmannes Albrecht Dürer wie eine Reliquie auf Händen über die Alpen. Er musste es nach dem Wunsch Kaiser Rudolfs an den Hradschin tragen. Und Sohn Tyge hatte plötzlich den Einfall gehabt, die Sternenkalender ebenfalls dem Prager Kaiser zu überbringen.

Dieser Einfall seines Sohnes hatte Tychos Schicksal wieder gewendet. Der Kaiser hatte ihn zu sich gerufen, und neuer Lebenssinn durchströmte ihn.

Doch Rudolf glaubte, von ihm verzauberte, tellurische Steine, Geheimbotschaften und wahrsagende Spiegel zu bekommen. Tycho hatte gesehen, dass schon drei Gewölbe der Prager Burg mit solchen Dingen angefüllt waren.

Der Kaiser verlangte von ihm auch Horoskope, die nur schönredeten. Das konnte Tycho nicht. Lieber erstellte er welche, die übertrieben schwarz malten.

Tycho wusste, er konnte in Prag bleiben und im Schutz der kaiserlichen Burg arbeiten, aber nur, wenn er sich verleugnete und dem Kaiser den Alchimisten vorspielte. Tycho argwöhnte, in diesem Missverständnis lauerten noch große Gefahren.

Stimmen scheuchten ihn aus diesen düsteren Gedanken auf. Unten fuhren Kutschen vor. Pferde wieherten. Glöckchen bimmelten. Eine helle Frauenstimme rief etwas in dänischer Sprache zu ihm hinauf. Tycho schloss die Augen und war einfach nur glücklich.

Der Prager Hradschin, in dem der Kaiser seit nunmehr sechzehn Jahren regierte, gab mit seinen dicken Mauern jedem seiner Bewohner ein Gefühl der Sicherheit. Er lag abgeschieden auf der

Höhe, der Burghügel war kaum bebaut. Wenn Tycho Brahe hier zu Besuch war und am Fenster stand, blickte er auf Gärten, auf die Paläste und Bürgerhäuser der Kleinseite und über den breiten Fluss namens Moldau auf die Altstadt hinab. Aus dem gotischen Häusergewirr ragten die Türme auf, die Prag den Namen »hunderttürmige« Stadt verliehen hatten, vor allem die Türme des Rathauses, der Karlsbrücke, der Pulverturm, von Sankt Jakob, Maria Schnee. Und vor allem von der Teynkirche, in der Tycho begraben werden wollte, falls er es nicht mehr bis Ven zurückschaffte; da hatte er schon vorgesorgt. Und er hatte den sich sträubenden zweiten Leibarzt des Kaisers, Jessenius, für seine Grabrede gewonnen. Um den Teynhof legten die Kaufleute aus aller Welt ihre Waren aus; dennoch war es feierlich still – ein wunderbarer Ort.

Und in den engen Gassen des angrenzenden, uralten Judenviertels mit der Altneusynagoge und dem Friedhof ging nachts der Golem um. Rabbi Loew, der über magisches Wissen verfügte, wie Tycho bekannt war, hatte das Wesen geschaffen. Tycho hatte mit dem altersgrauen Rabbi oft darüber gesprochen und wusste immer noch nicht, ob es den Homunculus wirklich gab. Eines Nachts verriet ihm Loew, er habe den Golem aus einer unerwünschten, mit Tycho verfeindeten Person geformt.

»Wer soll das sein?«, hatte Tycho überrascht gefragt.

»Wisst Ihr nicht, Brahe, dass Euer alter Widersacher Reymers neuer Hofastronom in Prag werden sollte? Ich habe dem einen Riegel vorgeschoben.«

Tycho war entsetzt. Er konnte es nicht glauben.

Wenig später beschloss er, den Kaiser darauf anzusprechen. Als er dringlich um eine Audienz bat, bekam er sie sofort. Er traf den Kaiser in der Tiefe seines Burggartens; dort saß er und lauschte seinen Kammermusikern.

Rudolf winkte Tycho heran und legte den Finger auf die Lippen. Tycho setzte sich auf einen dreibeinigen Stuhl, war aber zu unruhig, um den berühmten sanften, süßen Strich der kaiserlichen Violinen wirklich zu genießen.

Nach dem Konzert – inzwischen war es im Park stockdunkel geworden – sprach Tycho von Reymers. Als er geendet hatte, sagte Rudolf: »Das ist wahr. Er wurde mir aus Karlsruhe empfohlen, und ich brauche die besten Leute. Ihr kennt ihn?«

»Ja, Majestät.«

»Ich habe auch den Herrn von Rosenberg als Alchimisten verpflichtet, der zusammen mit dir, Meister Brahe, die Rätsel der Welt entziffern soll. Er entstammt einem der ältesten Adelsgeschlechter Böhmens und beschäftigt auf seinen Gütern in Krumau und Wittingau ein ganzes Heer von Goldmachern. Aber ist die Rose nicht mehr wert als das edelste Metall Gold? Ist sie allein nicht das Lebensziel nach leidender Verwandlung, *per crucem ad rosam?* Nun, wie dem auch sei, er und auch dieser Herr Reymers sind seitdem spurlos verschwunden.«

Tycho wusste, dass am Hradschin mysteriöse Dinge geschahen. Der Kaiser wollte die Burg zu einem Sammelpunkt aller Adepten machen, die auf ihre Art die Rätsel der Welt zu lösen suchten.

Er aber wollte nichts damit zu tun haben. Doch der Kaiser zog ihn in geheime Sitzungen hinein. Und wenn Tycho ehrlich war, erregte ihn das alchimistische Weltbild immer noch, wie schon seit den Tagen auf Ven.

Bei seinen Zusammentreffen mit dem Hofmedikus Hajek hatte er erfahren, dass dieser als Examinator sämtlicher Adepten galt. In seinem Haus mussten sie sich einer Prüfung unterziehen, ehe sie zu den chymischen Kucheln und Schmelzöfen der Burg zugelassen wurden. Tycho war davon ausgenommen, denn er hatte lange mit alchimistischen Schmelzöfen experimentiert, die den arabischen Namen Athanor trugen. »Wenn du willst, kannst du in Prag deine Arbeiten fortsetzen«, hatte Hajek gesagt. Alchimie galt in Prag als königliche Kunst, die schon im alten Ägypten als priesterliches Werk ausgeübt worden war, und Tycho beherrschte sie.

Die Sache mit Reymers machte ihm allerdings Kopfschmerzen. Er hielt diesen Menschen für verhext und beschloss, ihn zu vergessen, sofern er ihm nicht leibhaftig unter die Augen trat.

Zugleich wusste er, dass es vielleicht mehr bedurfte, um diese Gestalt aus der Welt zu schaffen.

Katharina von Strada war die Tochter des kaiserlichen Antiquars Jacopo da Strada und seiner Gattin Ottilie, geborene Baronesse Schenk von Roßberg. Als Tycho sie an diesem Morgen sah, war er einmal mehr von ihrer strahlenden Schönheit überwältigt. Aber das war nichts Außergewöhnliches, denn jeder Mann am Hof lag ihr zu Füßen. Sie galt als schönste Frau des Abendlandes.

Tycho wusste, dass sie leichtfertig war, doch ihre heimliche Liebesbindung zu Rudolf war echt und tief empfunden.

Katharina saß im Atelier des neuen Hofmalers, der Tintoretto hieß und aus Italien kam. Kaiser Rudolf schätzte die besten Künstler. Er hatte schon den Edelsteinschneider Ottavio Miseroni, der ihm eine Gemme aus Chalzedon geschnitten hatte, die Maler Hans von Aachen und Giuseppe Arcimboldo, der ihn soeben als Gott Vertumnus porträtierte, und den Medailleur Allessandro Abondio an seinen Hof gezogen. Als Tycho näher trat, bewegte die Frau mit den nackten, elfenbeinfarbenen Schultern ihren kunstvoll frisierten Kopf kaum merklich, und aus ihren Augen lächelte sie ihm zu.

Tintoretto wedelte mit seinem Pinsel. »Sie ist göttlich! Hat jemals ein kaiserliches Auge eine solche Schönheit erblickt!«

»Und sie ist hochgebildet«, sagte Katharina spöttisch. »Frauen von heute legen keinen Wert mehr darauf, nur schön zu sein.«

Tintoretto vollführte eine feminin wirkende Geste, die übertriebene Resignation ausdrücken sollte.

Tycho wusste, Katharina hatte dem Kaiser in aller Stille schon zwei Töchter geschenkt, doch an eine Heirat mit dem Junggesellen war dennoch nicht zu denken. Rudolf strebte seit seinem unglücklichen Werben um Anna von Österreich, die dann den spanischen König Philipp den Zweiten bevorzugt hatte, keine Ehe mehr an.

Tycho Brahe verehrte die feingliedrige und unaffektierte Katharina, und auch Kristine hatte sie in ihr Herz geschlossen. Er warf ihr eine Kusshand zu und sagte:

»Schöne und hochgebildete Dame, ich komme auf Befehl meiner Frau, um Euch für den morgigen Abend in mein Palais zu bitten.«

»Werdet Ihr denn auch da sein?«, fragte Katharina und lachte übermütig.

»Bitte still sitzen! Mamma mia!«, rief Tintoretto aufgeregt. »Ihr macht mir ja einen Strich in die Perspektive.«

»Werdet Ihr kommen, Katharina? Ihr würdet uns glücklich machen.«

»Aber ja. Von Herzen gern! Kristine ist eine wunderbare Frau!«

»Herr von Brahe, seid so nett und verschwindet! Wenn Ihr anwesend seid, ist die Dame immer so zappelig!«

Tycho ließ es sich nicht nehmen, Katharina einen Handkuss zu geben. Die junge Frau duftete nach allen Wohlgerüchen des Spätsommers. Als er das Atelier verließ, musste er an den Tag denken, an dem er Kristine auf Ven in ihrer magischen Oase unter Wasser begegnet war. Das Leben, dachte er, entgleitet uns. Doch wir sind nie zu alt, es zu genießen. Und dennoch – so sehr wir uns auch jung halten, irgendwann wird alles vergeblich gewesen sein.

Tycho Brahe fühlte sich noch jung genug, um den Reiz der Damen bei Hofe zu genießen. Und sie merkten es und gewährten ihm ihre Gunst dafür. Frauen blieben auch für ihn das Licht des Lebens.

Dass er Kristine treu wahr, blieb für ihn allerdings selbstverständlich. Das unterschied ihn von der übrigen Hofgesellschaft, für die das Wort Treue einen unverständlichen Klang besaß. Auch der Kaiser besaß auf Grund seiner saturnischen Melancholie einen wollüstigen Charakter.

Tychos innige Gefühle für Kristine hatten sich im zurückliegenden Jahr seit dem Fiasko in Venedig nur noch verstärkt. Als sie die Lagunenstadt verließen, hatten sie vor dem Nichts gestanden, doch beide fühlten, wie das gemeinsam Erlebte sie für immer verband. Auch ihre Trennung nach ihrer Ankunft aus Dresden, wo Tycho ein astronomisches Kabinett im Zwinger gegründet hatte, änderte nichts daran. Was waren dagegen flüchtige Begierden!

Und doch gab es am Hof Kaiser Rudolfs Damen wie Katharina von Strada, die ein solch blühendes Leben verkörperten, dass dagegen alle moralischen Schranken vergebens aufgerichtet waren. Manche Frauen besaßen solche Kraft. Etwas Magisches. Etwas, das stärker war als alle Magie der Alchimisten und Schwarzkünstler.

Der Kaiser befahl Tycho Brahe mitten in der Nacht zu sich.

Als Tycho eine der Wunderkammern betrat, verließ diese gerade mit rotem Gesicht der Condestable von Kastilien, Graf Olivares, der die Thronbesteigung Philipps des Dritten in Segovia angezeigt und beim zerstreuten Kaiser wohl nicht genug Aufmerksamkeit erlangt hatte. Tycho grüßte den eitlen Gesandten, der ohne den Blick zu heben an ihm vorbeirauschte.

Als er eintrat, bemerkte er, dass Rudolf eng mit einem Mann namens John Dee zusammenstand. Beide drehten sich zu ihm um. Der Kaiser war ernst wie immer. Ob es vielleicht daran lag, dass Rudolf als erster Monarch die Hofnarren abgeschafft hatte? Oder war es umgekehrt?

Der Kaiser sagte: »Komm näher, Tycho. Der Alchimist hat mir einen Zauberspiegel aus einem Stück blank polierter und geschnittener Steinkohle verfertigt. Darin verfängt sich jeder. Sieh hier.«

Er hielt einen blanken Spiegel empor.

Tycho blickte sich um und trat dann näher. Überall lagen seltsame Gegenstände. Die Vorliebe des Kaisers für Steine, tiefroten Granat, milchig grünen Chrysopras, gelblichen Jaspis, Turmalin und Amethyst hatte zu bizarren Möbeln geführt.

Der Kaiser winkte ihn noch einmal ungeduldig zu sich. »Schau doch in den Spiegel!«

»Fürwahr ein außerordentliches Exemplar, Majestät!«

Tycho war es unangenehm, dass Rudolf ihn so oft bei seinen nächtlichen, alchimistischen Sitzungen dabeihaben wollte. Als er jetzt näher trat, begann der Engländer zu murmeln. Er will die Geister Abgeschiedener beschwören, dachte Tycho und bemerkte, wie der Kaiser den Spiegel senkte und zu zittern begann. Er wusste, Rudolf war ängstlich, aber er besaß auch den grimmigen Mut zur Erfahrung des Unheimlichen.

»Er hat mir besprochene Edelsteine geschenkt«, flüsterte der Kaiser, um das Gemurmel des Alchimisten nicht zu stören. »Seht hier, Beryll, Rosenquarz und Bergkristall, Jaspis und Karfunkel. In Jahrmillionen haben die Feuer sie geläutert und verdichtet, sie besitzen nun die innere Kraft! Wenn ich ihr stilles Leuchten und ihren Magnetismus spüre, bin ich wieder gesund! In diesen Steinen ist die *anima mundi* gegenwärtig!«

»Gewiss, Majestät!«

»Du glaubst nicht daran, Tycho?«

»Woran ich glaube, das wisst Ihr, Majestät! Es sind die Sterne. Nicht die Steine. Aber das ist unwichtig. Wichtig ist nur, woran Ihr glaubt, Majestät!«

»Na, na! Schmeichle mir nicht, mein Astronom! Das entspricht nicht deinem Naturell. Du bist anders. Gerade deswegen schätze ich dich. Du musst mir immer die Wahrheit sagen!«

Während der Kaiser wieder gebannt auf den in sich versenkten Alchimisten starrte, ging Tycho in der Wunderkammer umher. Sie war gefüllt mit allen Arten von Erzen, Pretiosen, indianischem Federschmuck, Steinen mit Hieroglyphen.

Tycho nahm einige Gegenstände in die Hand. Für den Kaiser waren diese Dinge Zeichen des großen Rätsels der Welt. Er glaubte all den Alraunen, die er besaß, den Muscheln, den seltsamen Korallen, den Haifischzähnen. Er war überzeugt, seinen Abgüssen von Getier und Versteinerungen wohnten Naturkräfte inne, die an ihren Besitzer weitergegeben werden konnten.

Sind das die geeigneten Voraussetzungen, um ein Weltreich zu führen?, fragte sich Tycho.

Der Kaiser wandte sich ihm zu. »Sieh her, Tycho. Ich habe Donnersteine, Magnete, eiserne Nägel von der Arche Noah, einen Stein, der im Frühjahr wächst, vom Herrn von Rosenstein, ein Krokodil in einem Futteral, ein zartes Fell, das in Ungarn in Ihrer Majestät Lager vom Himmel gefallen ist, das Gebiss einer Sirene aus dem Ägäischen Meer, eine Handschrift, die Teufelsbibel von Braunau, einen Totenkopf aus gelbem Achat, einen Löwen aus Kristall, ein lebendiges Alraunenpaar.«

»Die Teufelsbibel von Braunau?«, fragte Tycho, als habe er alles andere nicht vernommen.

»Sie ist Teil des allumschlossenen Wissens meiner Zeit. Du kannst in ihr lesen wie im Picatrix, wann immer du willst. Meine Wunderkammer ist für dich offen.«

»Ich bin beeindruckt, Majestät.«

»Und hier – Bälge von Paradiesvögeln, die Göttervögel der unbekannten Inseln, ätherische Wesen, die sich nur vom Tau und vom Nektar der Gewürzbäume ernähren. Sie schützen unsere Krieger und schweben ständig in den Lüften jenseits der Erde.«

»Jenseits der Erde? Wo ist das?«

»Interessiert es dich endlich? Na also. Du siehst, die *terra incognita* nimmt dank unserer Sammelbemühungen allmählich Gestalt an.«

Wo ist das Jenseits der Erde?, fragte sich Tycho. Der Kaiser schien es zu wissen, aber er sagte es nicht. Seine Blicke fielen auf einen ausgestopften Blauen Paradiesvogel, ein äußerst seltenes Exemplar. Darunter stand der Name: *Paradisae Rudolphi.* Ich will kein Alchimist sein, aber ich diene einem außergewöhnlichen Herrn, dachte Tycho.

»Weswegen ich dich gerufen habe, fragst du dich? Nicht wegen des Zauberspiegels, in dem gleich das Abbild des Nuntius erscheinen wird. Triff dich sogleich mit meinen ersten Ministern am Hof. Es gibt etwas zu besprechen.«

Tycho erfuhr, sie sollten sich über den Betrieb neuer Schmelzöfen beraten. Fürwahr, dachte er unwillig, ein Anliegen, das nur mitten in der Nacht besprochen werden kann.

Als er sich gehorsam zurückzog und den Raum gerade verlassen wollte, bemerkte er, dass der Kaiser dem Alchimisten ein Rapier auf das Herz gesetzt hatte. Beide waren erbleicht.

Tycho dachte erschreckt: Abgründe! So ist es um das Innere eines Weltreichs bestellt!

Dann machte er sich auf den Weg.

Die Gänge des Hradschin waren zur Nachtzeit dunkel, nur hin und wieder, meist an Ecken, flackerte eine rauchende Kienspanfackel. Dennoch wurde in den Kanzleien und Gemächern, oft hinter doppelten Türen, fieberhaft gearbeitet.

An Soldaten und Kapitänen der Leibgarde vorbei, die im Stehen dösten und bei seinem Auftreten mechanisch Haltung einnahmen, bahnte Tycho sich seinen Weg.

In ihrer geheimen Kanzlei empfingen ihn der Hofmeister, Herr Wolfgang Rumphius, und der Hofmarschall, Herr Paul Sixt Trautson. Tycho kannte sie bereits.

Die ersten Minister unterstützten den Kaiser bei seinen alchimistischen Interessen, weil sie dadurch freie Hand in den Staatsgeschäften hatten. Sie lockten Alchimisten aus allen Winkeln Europas an den Hof, damit der Kaiser sich ungestört seinen Liebhabereien widmen konnte. Die Politik machten die Minister.

Tycho durchschaute ihre Absicht, aber sie waren hervorragende Staatsbeamte, und er vertraute ihren liberalen Ansichten.

Trautson war ein großer, energischer Mann. Er stellte ihm den Polen Michael Sendivoj vor, genannt Sendivogius. »Ein Ehrenmann. Er genießt das besondere Vertrauen Rudolfs, der ihm den Titel Rat seiner Majestät verlieh. Ihr solltet Euch also einander ins Benehmen setzen. Er kennt sich mit Schmelzöfen aus – Ihr allerdings noch besser. Er besitzt geheime Handschriften und den Stein der Weisen. Der Kaiser verlangt immer dringender nach diesen Dingen.«

Tycho dachte gelangweilt: Schon wieder ein Alchimist, und wir brauchen Mathematiker.

Er begrüßte aber den Polen freundlich, einen Mann mit brennenden Augen. Als er ihm die Hand reichte, zuckte er zurück. Es hatte ihm einen schmerzhaften Schlag versetzt. Tycho kannte solche Phänomene. Er gab dem Mann zum zweiten Mal die Hand, und diesmal blieb die Berührung schmerzlos.

»Ihr besitzt also tatsächlich die Universalmedizin, den Stein, nach dem alle suchen?«, fragte Tycho.

»Wäre ich sonst hier? Der Kaiser hat ihn gesehen. Wir haben zusammen mit meinen Tinkturen und Pulvern eine Metallverwandlung ausgeführt. Habt Ihr nicht an der Wand des Zimmers, an dem diese *transmutatio* gelang, die Marmortafel gesehen, die der Kaiser anbringen ließ? Darauf steht: Möge jeder das vollbringen, was Sendivogius vollbracht hat.«

Tycho konnte sich flüchtig erinnern, eine solche Tafel bemerkt zu haben, er hatte sie aber nicht gelesen. »Ja, aber der Stein der Weisen? Besitzt Ihr ihn tatsächlich, Meister?«

Der Pole wand sich. »Natürlich!«, sagte er.

Tycho wusste, er log. Er wusste auch, dass die geheime Verbindung von Geist und Natur, nach der alle strebten und nach der auch er einst gestrebt hatte, niemals gelingen würde. Nur ein einziges Wesen bei Hofe schien dem zu widersprechen: Katharina von Strada, ganz und gar beseelte Natur. Aber diese Dame war sicher kein alchimistisches Produkt, das wusste Tycho, seitdem er ihre Hand geküsst hatte.

Der Minister Rumpfius spürte die Abneigung Tychos gegen den Polen und sagte schnell: »Der Rat verfertigte für Katharina von Medici ein Amulett, das sie gegen den rebellischen Herzog von Alencon schützen sollte – ist es nicht so?«

»Ja, so ist es.«

»Und hat es geholfen?«, wollte Tycho wissen.

»Ich machte es aus der Verbindung mehrerer Metalle mit Menschenblut und Tierblut und beschriftete es mit Namen von Dämonen und magischen Figuren. Es machte die Königin unantastbar. Jeder, der mich kennt, rühmt mir seitdem nach, dass ich derartige Amulette verfertigen kann. Und zauberische Abbilder, durch die man seinen Feinden nach dem Leben trachten kann. – Ihr müsst solche Dinge doch kennen, Meister Brahe!«

»Und wahrsagende Spiegel, nicht wahr?« Tycho konnte den Spott in seiner Stimme nicht unterdrücken.

Der Pole erkannte Tychos Ablehnung nicht. »Natürlich, mein Herr. Ich habe einmal dem Erzbischof von Köln nach einer gemeinsamen Mahlzeit einen wahrsagenden Spiegel gereicht – mit der Frage, ob er das schönste Weib seiner Diözese zu sehen begehre, in der damals viele lutherische Flüchtlinge lebten. Und er sah darin nicht nur die schöne, junge Stiftsdame Agnes von Mansfeld, er verliebte sich auch noch unsterblich in sie. Ein Erzbischof!«

»Ich habe davon gehört«, gestand Tycho.

Der Pole zog ein mit alchimistischen Zeichen bedecktes Bronzeglöckchen aus dem Mantel, mit dem angeblich der Kaiser während seiner nekromantischen Sitzungen nach den Geistern geläutet haben sollte. »Wir Alchimisten«, sagte er, »müssen eben mit unseren Mitteln die Herren leiten. Nicht wahr, Herr von Brahe?«

Tycho wollte antworten: Wenn ich solche Zauberspiegel besäße, hätte ich mir die Feinde vom Leib halten können, den Reymers, den Manderup, die grauen Inquisitoren. Doch er schwieg.

Da in diesem Moment auch der Hofpoet Mardochäus de Delle den Raum betrat, der den Polen in begeisterten Reimen gefeiert hatte, zog Tycho sich mit Rumpfius und Trautson zurück. Es war nicht seine Sache, über zauberische Tricks nachzudenken oder die Umwandlung unedler Metalle in Gold und das Streben der Seele nach Vollkommenheit gleichzusetzen. Er sehnte sich danach, endlich wieder den Himmel beobachten zu können. Ich muss mir andere Vertraute schaffen, sagte er sich. Vielleicht kann ich den jungen Johannes Kepler nach Prag locken; sein »Weltgeheimnis« entspricht meinem. Dann bin ich endlich die Magier los.

Aber werde ich dem Kaiser dann noch etwas wert sein?

Katharina von Strada und Kristine Brahe lagen sich in den Armen. Hätte ein Chronist diese Szene beobachtet und kommentiert, wäre sie als die Versöhnung des Schönen mit dem Vertrauenerweckenden in die Geschichte eingegangen. So aber sah es nur Tycho. Und er wusste sofort, wo so etwas Herzerwärmendes geschah, war ein einzigartiger Ort. So etwas wie Heimat.

Kristinas Einladung war an alle ergangen, erschienen aber

waren nur dreißig Personen. Tycho wusste, es waren diejenigen auf der Prager Burg, denen er bedingungslos vertrauen konnte.

Auch der Maler Cosmas a Castrofanco war darunter, den Tycho am letzten Tag in Venedig kennen gelernt hatte. Er hatte das Bild »Die Anbetung der Heiligen drei Könige« in verständnisvollem, weichem Licht gemalt und dem Kaiser geschenkt. Seitdem besaß er ein lebenslanges Bleiberecht in Prag. Tycho fühlte sich zu ihm hingezogen, weil er die Intrigen der Burg zutiefst verachtete. Ja, er war ebenso unfähig für sie wie Tycho Brahe.

Cosmas bemühte sich heftig um Kristine. Aber auf eine Weise, die Tycho amüsierte. Es war, als kokettiere Pan, der sich zu Jungen hingezogen fühlte, mit dem Weiblichen, in dem er etwas Heiliges, Wertvolles erkannt hatte. Cosmas wollte Kristine malen, doch sie lehnte es ab.

»Wärst du vor zwanzig Jahren gekommen, mein Maler«, sagte sie wehmütig, »dann ja. Jetzt nein. Denn jetzt würdest du nur die Erinnerung malen. Das will ich nicht.«

Tycho neckte seine Frau mit der Bemerkung, sie sei immer noch schöner, als sie es in ihrer Bescheidenheit, die sie ein Leben lang ausgezeichnet hatte, schon damals wusste.

»Was meinst du damit?«, fragte sie.

»Dass du für mich immer die Schönste sein wirst, egal wie tief die Zeit in dich eindringt.«

Cosmas verstand sich gut mit dem kaiserlichen Kammerdiener Makowsky, von dem es hieß, er habe die Majestät verzaubert, weil er mit der Teufelskunst umgehe. Makowsky hatte Kaiser Rudolf auf Bitten Tychos eingeladen. Doch der Monarch schützte eine fiebrige Erkältung vor und kam nicht.

»Er ist vom bösen Feind besessen«, meinte Cosmas. »Er will sich nicht helfen lassen.«

Makowsky antwortete: »Die Majestät fühlt sich gequält, denn zu viele Mächte auf dem Hradschin kämpfen um seine Seele.«

Erst später verstand Tycho, was er damit meinte. Und dann bewunderte er den Kaiser umso mehr, der gegen die heftigsten Angriffe der Intriganten und ihrer bestellten Magier standhielt.

Aber wie lange noch?

Vor allem die Kurie versuchte, den Kaiser in die Finger zu bekommen, wie Tycho immer wieder erlebte. Denn Rudolf rief ihn nun so oft zu sich, dass Tycho kaum noch seine Familie sah.

Auch an diesem Abend erging sein Ruf.

Die Gäste waren bereits eingetroffen, und Tycho hatte seine Kinder um sich geschart. Da waren Tyge, Jörgen, Sidsel und auch Katharina. Tycho fühlte sich zu ihnen allen hingezogen; es waren die Sterne seines Universums. Auch der Assistent Flemlose und Tychos Schwiegersohn Tengnagel, der soeben Diplomat an der Prager Burg in Diensten des österreichischen Erzherzogs Leopold geworden war, stand ihm nahe.

Tycho hatte soeben mit einer kleinen Rede die Tafel eröffnet. Der erste Gang wurde hereingetragen. Da öffneten sich noch einmal die Flügeltüren und der Leiter der böhmischen Kanzlei, Christof Zelinsky, überbrachte des Kaisers Befehl.

»Er möge sofort in die Wunderkammer kommen.«

»O nein!«, rief Kristine. »Nicht an diesem Abend, bitte!«

Tycho wusste, dass Zelinsky ein einflussreicher Beamter war, der jeden Tag vom Kaiser gehört wurde. Und er witterte neue Einflüsterungen der Alchimisten. Der labile Kaiser geriet immer stärker in ihre Hände. Konnte das bei all den gerade aufbrechenden religiösen Gegensätzen gut für die Staatsgeschäfte sein?

Aber was ging das ihn an, den Astronomen?

Etwas anderes war, dass er sich den Wünschen seines Kaisers nicht widersetzen konnte.

Kaiser Rudolf empfing Tycho aufgeregt. Er schien nervöser als je zuvor, hatte nächtelang nicht geschlafen und zeigte alle Anzeichen der Auflösung.

»Ich muss in wenigen Tagen die führenden katholischen Herren aus Böhmen auf dem Hradschin empfangen«, sagte der Kaiser statt einer Begrüßung. »Wir müssen einen neuen Kurs im Sinne der katholischen Wünsche festlegen, sonst rebellieren die Stände. Aber ich fühle mich nicht dazu fähig. Ich brauche deinen Rat!«

»Majestät verbringen zu viel Zeit mit der Alchimie«, sagte Tycho unverblümt.

Rudolf wollte aufbrausen. In seinem feinen Gesicht mit der wulstigen Unterlippe der Habsburger erschienen rote Flecken. Er nestelte und zerrte an seinem Orden vom goldenen Vlies, den er über grauem Samt trug, wobei das schwarze Samtbarett mit grauer Feder verrutschte. Dann sagte er leise: »Das mag sein. Aber sind es nicht ihre geheimen Dinge, die uns wirklich lenken?«

»Vergesst nicht den Einfluss der Sterne, Majestät. Ich wünschte, Ihr hättet mir die Zeit gelassen, in den Sternen zu lesen, was Euch und uns bevorsteht. Ein Sendivogius, ein John Dee können das nicht.«

»Bist du eifersüchtig?«

»Nein. Nur besorgt um die Majestät.«

»Ich vertraue dir voll und ganz, das weißt du. Was soll ich tun?«

Tycho überlegte. »Darf ich offen reden?«

»Ich verlange es von dir wie von keinem anderen!«

»Die Alchimisten kommen manchmal zu falschen Schlüssen. Auf ihr Anraten habt Ihr den Fürsten Popel von Lobkowitz entlassen und den Jesuiten Zdenko zum Oberkanzler ernannt. Das waren – verzeiht – keine weisen Entschlüsse. Denn damit ist Euer wunderbares Bemühen um Ausgleich der Kräfte des Reiches ins Ungleichgewicht geraten.«

Der Kaiser wand sich. »Ich weiß«, sagte er mit kläglicher Stimme. »Aber sie haben es mir gesagt.«

»Das meine ich ja. Hört nicht so sehr auf sie, Majestät. Es darf keine Partei siegen, die nur ihre eigenen Interessen am Hof verfolgt. Nicht die Katholischen, nicht die Böhmischen Brüder, nicht die Hussiten, nicht die Alchimisten. Sonst entsteht Unruhe. Schon werden ja geheime Sitzungen abgehalten, und Blut soll fließen.«

»Wer hält geheime Sitzungen ab?«

»Alle möglichen Parteien, Majestät. Lenkt sie!«

»Ja, ja, ja! Sagt mir doch, was ich tun soll!«

Tycho sagte es ihm. »Ihr müsst Schnitte machen. Um der Ehre Gottes willen und um der Ruhe des Kaiserreiches. Schnitte, Majestät!«

»O Gott!«

»Beschneidet die Macht der Egoisten mit harter Hand und beruft stattdessen die Wissenschaftler, die Künstler, die Gelehrten. Sie werden Euch bessere Ratschläge geben als die Jesuiten oder die Wahrsager.«

»Sag mir, Tycho, wen du im Sinn hast.«

»Jeden Kaisertreuen, jeden *caesareus*.«

»Namen, Tycho, Namen!«

»Bei den Politischen kenne ich mich nicht aus. Aber lasst mir den Johannes Kepler kommen. Er ist Landschaftsmathematiker der steirischen Stände in Graz, für die er jährliche Kalender und Prognosen der kommenden Zeitläufe anfertigt. Mit ihm können wir Euch Handlungsanleitungen entwickeln, die von mehr ausgehen als von kleinlichen Interessen.«

»Ist es der, dessen Bauplan des Planetensystems vor drei Jahren erschien?«

Über die Kenntnisse seines Kaisers begeistert, sagte Tycho: »Derselbe! Er teilt mein Weltbild der gesetzmäßigen Bewegungen und der kosmischen Ordnung! Er weiß, dass die Planeten sich in Ellipsen bewegen, in deren einem Brennpunkt die Sonne steht. Er will wie ich Gott in der Astronomie verehren.«

»Ja, wir brauchen Ruhe und Harmonie, Tycho. Das klingt gut. Erzähl mir mehr von diesem Kepler.«

»In seiner württembergischen Heimat hat er eine schwere Jugend verbracht. Eine Cousine seiner Mutter wurde als Unholdin verbrannt, seine Mutter selbst in einen Hexenprozess verwickelt – er kennt die Inquisition und hält sich in politischen Dingen zurück. Seine Ausbildung erhielt er am Tübinger Stift, und er ist brav verheiratet. Und weil die Gegenreformation in der Steiermark marschiert, nimmt man ihm die Existenzmöglichkeit. Ich hörte auch, er ist dadurch krank geworden. Lasst ihn zu uns kommen, Majestät! Er kann für mich die Bahn des Planeten Mars berechnen. Wenn Ihr wollt, bezahle ich ihn aus eigener Tasche.«

»Er soll nach Prag eingeladen werden. Und bezahlen werde ich ihn, Tycho.«

»Danke, Majestät!«

»Wenn ich mit dir spreche, erscheint alles ganz einfach und klar. Du hast eine gute Ausstrahlung! Ich werde mir von meinem Ersten Leibmedicus Hajek den Beruhigungstrank nach deinem Rezept aus Amber und Bezoar brauen lassen. – Und nun geh zurück zu deinem Gastmahl. Sie werden warten.«

»Majestät wollen nicht dabei sein?«

»Ich muss mich meinen alchimistischen … ich meine natürlich, meinen politischen Studien widmen. Grüß mir Frau von Strada! Im Vertrauen gesagt, Tycho, sie ist zum dritten Mal schwanger von mir. Ist das nicht wunderbar?«

Als Tycho im Curtiuspalais eintraf, hörte er schon von weitem Lachen und laute Stimmen. Es freute ihn, dass die düstere Stimmung des Hradschin nicht bis zu seinem Haus vordrang. Innen war es hell und freundlich. Kristine eilte ihm entgegen. In ihren Augen lag so viel Liebe, dass ihn ein Wärmeschauer durchzog. Er berichtete ihr über den Grund seines Besuchs beim Kaiser. Kristina war beruhigt.

»Die Dinge werden sich nach deinen Wünschen ausrichten, Tycho«, sagte sie. Und da Tycho den ängstlichen Schimmer in ihren schönen Augen bemerkte, antwortete er:

»Auf jeden Fall. Denn jetzt bekomme ich eine Verstärkung.«

»Komm herein und iss, bevor nichts mehr da ist.«

Tycho setzte sich wieder zu seinen Kindern. Er sah sie sehr selten und beschloss, dass er diesen Moment, das uneingeschränkte Jetzt, genießen wollte, selbst wenn der Kaiser käme.

Das Prager Judengetto aus Stein und Kalk lag an der Karlsbrücke, war klein und eng und wurde nach Einbruch der Dunkelheit geschlossen. Jeder Jude musste dem Kaiser pro Jahr einen Dukaten zahlen; zusammen ergab das zweitausend. Dafür genossen sie die Freiheit ihres religiösen Bekenntnisses. Aber diese Sicherheit stand auf dünnem Papier. Und wenn der Primator der Judengemeinde, Marcus Mordechai Meysel, auch das Privileg hatte, seine Schuldforderungen gegenüber dem Hof in die oberstburggräflichen Register einzutragen, so barg gerade dies große Gefahren. Denn schon immer hatten die Herrscher Pogrome gerade dann geduldet, wenn ihre Schulden bei den Juden am größten waren.

Als Tycho Brahe den Rabbi Judah Loew ben Besalel im Getto besuchte, um etwas über die Geschichte mit dem Golem zu erfahren, wusste er, dass die Juden eine ganz andere Sicherheit besaßen: Meysels junge Frau war eine der Geliebten des Kaisers. Die bildschöne und liederliche Rachel sicherte mit ihrer Untreue die Privilegien ihrer Glaubensgemeinschaft. Davon wusste niemand etwas außer Tycho, denn sie hatte es ihm selbst gebeichtet. Und sie hatte ihm den Weg zum Rabbi Loew geebnet, der sonst für Nichtjuden unansprechbar war.

Der Rabbi empfing ihn einmal mehr im Kreis seiner Kabbalisten. »Nehmt Platz, Tycho, weil Ihr ohne Arg gegen die Kinder Jehovas seid«, sagte er.

Tycho ließ seinen Blick über die Versammlung schwarz gekleideter, sich ständig vor- und zurückbeugender Männer gleiten, die ihren linken Arm bis zum Ellenbogen mit einem kreuzweise verschlungenen Lederband umwickelt hatten. Vor ihnen auf dem Boden lagen weiße, beschriftete Blätter. Er wusste, es war »das Volk des Buches«, das ein Wahrsagen aus Textstellen pflegte und dessen Spekulationen sich auf den Glauben an die Magie des geschriebenen Wortes gründete.

»Ihr wisst, was mich interessiert, Rabbi«, sagte Tycho. »Es ist die Sache mit dem Golem, die Ihr mir erzählt habt. Erst jetzt wird sie mir dringlich.«

»Was ist damit, Tycho.«

»Man munkelt, er geht in den Nächten in Prag um. Man munkelt weiter, es sei eine untote Gestalt, der ihr den Namen Eures Gottes auf die Stirn geschrieben habt. Und nun richtet es in der Altstadt Schaden an, und die Menschen geben mir die Schuld daran. Denn – so habt Ihr mir selbst gesagt, Rabbi – der Golem ist mein alter Feind, Nicalaus Reymers, genannt Reymarus Ursus.«

»Ja.«

»Der Kaiser erwartet den Reymarus. Er hat ihn als Astronomen bestellt. Wenn er der Golem ist, bekommen die Juden Probleme.«

Das Gebetsmurmeln in der Runde schwoll an, die Bewegungen wurden heftiger, man zerrte an den Gebetsriemen. Ein Anwesender sagte laut: »Es gibt den hintergründigen Sinn der Bibel, wir erforschen ihre Geheimnisse, das ist unser Streben. Wir formen nicht Menschen zu Unholden um – das ist Satanswerk. Nicht wahr, Rabbi?«

Der Rabbi schnaufte. »Und doch ist es so geschehen. Und ich kann es nicht rückgängig machen. Denn der Nicalaus Reymers ist tatsächlich verschwunden.«

»Der Golem ist verschwunden?«

»Ja.«

»Aber das ist wunderbar«, entfuhr es Tycho. »Dann gibt es kein Problem. Es sei denn, man würde seine Leiche finden, Rabbi. Ihr könnt doch garantieren, dass dies nicht geschehen wird?«

»Ich habe ihn nicht umgebracht, Tycho. Er ist einfach verschwunden. Die Altstadt mit ihren unentwirrbaren Geheimnissen hat ihn verschlungen. Dunkelheit zu Dunkelheit.«

Tycho wusste nicht, ob er dem Gemunkel trauen sollte. Die

Geschichte war zu abstrus. Doch viele Bürger der Altstadt hatten behauptet, den Golem tatsächlich gesehen zu haben. Es schien kein Hirngespinst zu sein.

Aber war der Rabbi bei Verstand?

Ein Mann meldete sich zu Wort, den Tycho kannte. Er hieß David Gans und war der erste in Prag wirkende jüdische Gelehrte, der neben dem Talmud auch Astronomie und Geschichte studierte. »Ich schreibe eine Weltchronik in hebräischer Sprache«, erklärte er. »Und ich will, dass der jüdische Geist sich aus den Fesseln der Mystik befreit. Wenn dieser Reymers ermordet wurde, wir also einen Kriminalfall haben, werde ich es höchstpersönlich aufklären. Wir Juden können uns keinen Verdacht gegen uns leisten. Nicht den geringsten.«

»Und wir dürfen unseren Kaiser nicht enttäuschen«, sagte Jakob Bassewi, der den Ehrentitel »Hofjude« trug, weil er die Burg in Wirtschaftsfragen beriet. »Haben wir nicht bei seinem Amtsantritt vor dreiundzwanzig Jahren im Getto ein Freudenfest gefeiert, weil wir wussten, dass mit ihm die liberale Regierung des Maximilian weitergeht? Trugen wir nicht an diesem Tag unsere gewöhnlichen Fahnen samt den zehn christlichen Geboten unter einem Baldachin herum und sangen ihre Lieder? Der Kaiser war es, der uns im Jahr darauf die Versicherung gab, dass wir für künftige Zeiten nicht aus Prag und den Ländern der böhmischen Krone vertrieben werden sollten.«

»Und wir müssen kein Judenzeichen tragen wie die Brüder in anderen Ländern.«

»Und wir zahlen auch für unsere Waren keine höheren Mautgebühren als die christlichen Kaufleute.«

Der Schwiegersohn des Rabbi, Isaak Kohen, sagte: »Der Kaiser ist unser Schutzpatron. Unser Rabbi, sein Bruder Rabbi

Sinai und ich wurden von Rudolf empfangen. Ich schwöre, er gab uns die Hand, und wir durften sogar unsere Kopfbedeckung vor ihm aufbehalten. So etwas gab es noch nie.«

»Wie kostbar das alles ist!«

Ein anderer – Josef de Cerui, der erste und einzige jüdische Goldschneider, der auf der Prager Burg sein Handwerk ausüben durfte – fügte hinzu: »Wir würden alles verlieren und auf Staub und Abfall zurückgeworfen, hätten wir Hand an einen Christenmenschen gelegt. Was würde aus uns, wenn der Zorn der anderen sich gegen uns richtet? Haben wir nicht genug Pogrome erlebt? Sind nicht unsere Friedhöfe voll von den Grabsteinen Hingerichteter, über die sich im Frühling die Dolden des Holunders beugen?«

»Poesie nützt uns ebenso wenig«, warf ein junger Jude ein, den Tycho nicht kannte. »Wir müssen uns bei den Christenmenschen nützlich machen.«

»Jehova hilf uns!«

»Nein!«, erhob sich die donnernde Stimme des Rabbi Judah Loew ben Besalel. »Ihr seid schon wieder auf dem Weg in die Schuld! Wir haben nichts verbrochen! Reymers ist ein Feind unseres Freundes Tycho. Und der Feind unseres Freundes ist auch unser Feind. Er ist verschwunden! Er ist unwiederbringlich fort! Und ich werde niemals preisgeben, wie dies geschah! Selbst unter der Folter nicht! Ob ich nachgeholfen habe oder ob sich alles schicksalhaft fügte – wir wollen nicht mehr daran rühren! Denn auch der Golem wird nie wieder auftauchen.«

Tycho Brahe wusste nicht, was er sagen wollte. Er wusste jedoch, dass sein Freund, der Rabbi, aus guter Absicht heraus das Falsche getan hatte. Und er ahnte, das konnte noch üble Folgen nach sich ziehen. Prag war ohnehin schon ein Pulverfass. Als er wenig später aufstand, um die Kabbalisten und das Getto zu verlassen, war ihm schwindlig aus Angst vor dem, was geschehen konnte.

Kristine lehnte sich zärtlich an ihn. Sie war federleicht. Ihr noch immer mädchenhaft wirkendes Gesicht mit den großen Augen leuchtete blass zu ihm herauf. Sie standen am Fenster des Curtiuspalais und starrten in den Park, hinüber zur düsteren, mächtigen Burg, auf der sich die Schicksale entschieden.

Kristine stellte die Frage, die ihr Leben bestimmt hatte. »Wie steht es um uns, Tycho? Können wir bleiben?«

»Möchtest du das?«

»Die Kinder leben sich allmählich ein.«

»Wir haben alles, was wir brauchen. Ein schönes Heim, eine wunderbare Familie, eine Anstellung, Freunde, Gönner.«

»Das besaßen wir auch auf Ven.«

»Du hast Recht, etwas fehlt. Nämlich die Sicherheit, beim Erwachen am nächsten Morgen nicht am Pranger zu stehen. Aber ist das menschliche Leben nicht immer und überall von dieser Ungewissheit geprägt?«

»Seitdem wir Ven verlassen haben, glaube ich, dass es so ist. Bis dahin fühlte ich mich sicher.«

»Es war die Sicherheit eines Kindes, das die Augen verschließt, um sich unsichtbar zu machen, Kristine.«

»Ja, ich weiß. Aber ist so ein Gefühl nicht wunderbar? Dass man sich verstecken kann, und niemand kann einen finden und schaden? Man zieht sich zurück, im Rücken endet die Welt, und vorn leuchten ruhig die Sterne. Seit Ven habe ich ein solches Gefühl nicht mehr gehabt.«

»Ich hatte es niemals. Auch nicht auf Knutstorp. Obwohl ich

nur die besten Erinnerungen an meine Eltern und Geschwister habe. Ich rannte immer gegen unsichtbare Feinde an.«

»Deshalb hast du auch deine Nase verloren!«, neckte Kristine.

»Nicht deshalb. Dieser Feind war nur zu sichtbar. Die unsichtbaren Feinde aber sind beängstigender, denn sie erscheinen auch nachts, wenn man wehrlos ist. Sie verfolgen uns bis in die Träume.«

»Was sind eigentlich Träume?«

»Der Schlaf der Vernunft.«

»Sagen sie nicht die Wahrheit?«

»Doch – ihre Wahrheit. Wir müssen auf sie achten.«

»Ich wünschte«, seufzte Kristine, »Tyge, Jörgen, Sidsel und Katharina könnten endlich geborgen aufwachsen. Sie haben nur Ungemach kennen gelernt.«

»Dafür sind sie aber gut geraten!«, warf Tycho stolz ein.

»Nun, es sind eben auch deine Kinder!«

»Aber nein!« Er zog seine Frau an sich. »Es sind deine, deine!«

»Sie sind, wie auch wir, die Kinder des Universums. Nicht wahr? Kinder des großen Weltgeheimnisses. Wir sind flüchtig, wir kommen und verschwinden wieder. Was für eine Welt!«

»Kepler hat mir gestern dazu ein paar kluge Gedanken verraten. Er macht sich sehr gut. Er ist nur leider kränklich. Er sagte zu mir, was die wahre Ursache für die Anzahl und die Abstände der fünf sichtbaren Planeten Merkur, Venus, Mars, Jupiter und Saturn sowie der Erde sei …«

»Ebenso gut könnte ich fragen: Was ist die wahre Ursache für unsere fünf Kinder – wenn wir unseren lieben Schwiegersohn Tengnagel von Kamp dazurechnen …«

Tycho musste lachen und küsste seine Frau. »Diese Ursache kennen wir beide nur zu gut, nicht wahr? Kepler jedenfalls kam auf die Idee, die fünf platonischen Körper zu Hilfe zu nehmen. Ich weiß, du kennst dich in diesen Dingen nicht aus. Es sind die fünf möglichen, regelmäßigen Körper, die in ihrer geschlossenen Räumlichkeit entweder aus Dreiecken oder Vierecken oder aus Fünfecken gleich langer Seiten gebildet werden können …«

»Aha!«

»Ja! Verliere bitte nicht die Geduld! Also, jeder Planet beschreibt eine Bahn, die solchen Körpern entspricht. Und die Erde ist das Maß für alle anderen Bahnen. Ganz mathematisch und geometrisch erkannt. Unwiderlegbar.«

»Und die Sonne?«

»Bleibt, wo sie ist. Im Zentrum.«

»Da wird der Papst aber staunen.«

»Nun, er wird sich an den Gedanken gewöhnen. Jeder Mensch muss sich schließlich an den Gedanken gewöhnen, dass in seinem Mittelpunkt eine Sonne kreist, nämlich der Mensch, den er liebt. Du bist meine Sonne. Und um uns herum kreisen die Planeten unserer Kinder. Ein perfektes, heliozentrisches System. Jeder kann es verstehen.«

»Und dein Kepler kann auch die wahre Bahnkurve der Planetenkinder errechnen, ihr Schicksal, ihre Bestimmung?«

»Ob unser eigenes Leben die ganze Schärfe solcher Beobachtungen erträgt, weiß ich nicht, Kristine. Aber eines ist tröstlich – alles befindet sich in Harmonie. Es gibt im All kein Chaos, und dauerhaft gibt es das auch nicht auf Erden. Obwohl es uns manchmal so scheint. Selbst der harmoniesüchtige Kepler entdeckte, dass die Planeten nicht, wie seit der Antike geglaubt, in vollkommener Kreisbahn, sondern in Ellipsen kreisen. Aber wir werden uns an den Gedanken gewöhnen, dass auch dies in Harmonie geschieht. Auch unser Leben wird friedlich weitergehen.«

»Kannst du mir das versprechen, Silbernase?«

»Auf jeden Fall. Zwar tritt unsere Zeit ins Sternbild des Saturn ein, aber das betrifft nur die großen, die Herrscher, die Kirchenfürsten. Für kleine Leute hat es keine Auswirkungen.«

»Sind wir denn kleine Leute?«

»Vielleicht sollten wir es werden – was meinst du? Jedenfalls wird es uns weiter gut gehen. Hab keine Angst, Kristine.«

»Obwohl in Prag alle Zeichen auf Sturm stehen?«

»Es betrifft uns nicht. Wir beeinflussen die Geschichte nicht. Wir sind nicht wichtig.«

»Du bist für mich der Wichtigste!«

»Und du für mich die Wichtigste! Aber das Unwetter wird über uns hinwegziehen. Glaub mir.«

»Ich glaube dir.«

Kaiser Rudolfs Stimme war an diesem Morgen laut, klar und kalt und würde bis in den hintersten Winkel der Ratsversammlung dringen. Es war der Tag der Sitzung des Geheimen Rats, und der Kaiser war bestrebt, seine Machtposition zu zeigen.

Die Stimmung in der Stadt war düster. Tycho hatte das Gefühl, jeden Tag könnte ein Feuer ausbrechen. Die Juden wagten sich nicht mehr aus ihrem Getto heraus, und die Protestanten verhielten sich geduckt. In letzter Zeit hatten die Schlägereien auf den Marktplätzen zugenommen, man hörte sogar von nächtlichen Waffengängen. Aus Italien sickerten zwielichtige Gestalten ein, die in ihrem Heimatland wegen Raub und Verführung verurteilt worden und geflohen waren. Sie trafen sich mit katholischen Geldgebern in geheimen Sitzungen.

Als ein Vertrauter des Kaisers, Graf Rusworm, in einem politisch motivierten Duell den Grafen Belgiojoso mit dem Degen erstach, erging des Kaisers Befehl, dass zur Aufrechterhaltung der Ordnung das Waffentragen in der Stadt und jeder Zweikampf bei Todesstrafe verboten sei. Graf Rusworm wurde verhaftet und unter großer Anteilnahme der Bevölkerung öffentlich gehenkt.

Jeder konnte sehen, dass die Gegenreformation in Prag ihr Haupt erhob. Männer im schweren, purpurfarbenen Ornat zogen durch die Stadt, begleitet von hunderten Reitern. Ihre Fahnen knatterten im Wind. Ihre Trommler marschierten über den Altstädter Ring. Und die Frage war, ob der Kaiser die Kraft aufbrachte, dieser Macht zu widerstehen. Er hatte auf die Reichsinsignien geschworen, nicht Partei zu ergreifen, und daran musste er sich halten, um des Friedens im Lande willen. Denn hinter diesen herrischen Männern warteten die Inquisitoren.

Tycho Brahe verabschiedete sich von Kristine und ging zum Hradschin, um dem Schauspiel beizuwohnen. Er wusste, nicht nur Rudolfs Schicksalsstern würde sich durch die Preisgabe seines Lebensprinzips des Ausgleichs verdüstern – auch sein eigener Stern. Der Stern Tausender.

So war ihm an diesem schon kühlen Septembermorgen bang im Herzen. Er wusste, sein eigener Weg war vorgezeichnet, doch alles wurde ungültig, wenn der Herrscher den Kurs wechselte. Würde Rudolfs Krone, die er sich in seiner eigenen Hofwerkstatt hatte anfertigen lassen – ein Kleinod aus Gold, Perlen, Rubinen und allegorischen Szenen –, zu schwer für ihn werden? Davon hing alles im Land ab. Tycho wusste auch, dass sich mit dem Bewusstsein seiner einzigartigen Stellung die Furcht des Kaisers vor einem Attentat täglich verstärkte. Der Kaiser war oft in weinerlicher Stimmung.

Deshalb verwunderte es Tycho Brahe, der vor der Sitzung als Einziger in des Kaisers Privatgemächer vorgeladen wurde, dass der melancholische Rudolf gelassen an den offenen Fenstern stand und zum Garten hinaussah. Er ließ seine Lieblingspferde vorbeiführen und freute sich sichtlich an ihrem stolzen Gang. Sein Marstall war berühmt. Er kannte jedes seiner zweihundert Reittiere beim Namen.

»Tycho Brahe! Tritt näher!«

Der Kaiser trug silbergrauen Brokat, sein Gesicht war heiter. Erst jetzt bemerkte Tycho, dass auch ein Kammerdiener anwesend war, des Kaisers neuer Günstling, der Konvertit Philipp Lang. Tycho warf einen Blick nach draußen, von wo strahlendes Licht und Pferdegewieher hereindrangen. Er verbeugte sich, aber nicht übertrieben. Der Kaiser sagte:

»Tycho, unser Geheimer Rat berichtet mir von einem unvorstellbaren Verdacht. Es betrifft den Nicalaus Reymers. Weißt du etwas darüber?«

»Ja, Majestät.«

»Und was?«

»Der Mann ist verschwunden. Man versucht, die Juden damit in Verbindung zu bringen.«

»Und ist das wahr?«

»Soviel ich weiß, nicht, Majestät. Es ist eines der Gerüchte, die Pogromen voranzugehen pflegen.«

»Das ist deine Meinung?«

»Ja, Majestät.«

»Gut. Der Geheime Rat ist anderer Meinung. Alle Mitglieder

bis auf Barvitius, also Graf Fürstenberg, Unverzagt, Hornstein, Breuer, Coraduz und von Liechtenstein behaupten, dieser Reymers sei umgebracht worden.«

»Ich hörte davon. Dafür gibt es keine Beweise.«

»Bist du mit Reymers verfeindet?«

»Nun, er hat mich einmal in einem Unglücksfall vorsätzlich der Täterschaft beschuldigt, weil er mir schaden wollte. Ich bin nicht sein Freund.«

»Mit seinem Verschwinden hast du nichts zu tun?«

»Nein, Majestät.«

»Wer dann?«

»Wie soll ich das wissen? Ich bin von Eurer Majestät zum Astronomen bestellt worden, nicht zum Polizisten.«

»Das weiß ich. Du brauchst mich nicht daran erinnern.«

»Verzeiht, Majestät! Ich wünschte, ich könnte mich auf meine Arbeit konzentrieren.«

»Kannst du das nicht?«

»Nein, ich muss mich dauernd mit anderen Dingen beschäftigen. Mit politischen Dingen. Ich mag das nicht.«

»Brauchst du mehr Zeit für dich?«

»Ja. Unbedingt.«

»Gut. Das kann ich einrichten. Wenn ich dich demnächst rufen lasse, kannst du es auch ablehnen.«

»Ich muss mich um meinen neuen Assistenten kümmern, Johannes Kepler, der endlich angekommen ist. Er muss eingewiesen werden. Mit ihm ziehe ich mir einen Nachfolger heran, der einmal meine Arbeit fortsetzen wird, das fühle ich. Von ihm sind große Dinge zu erwarten, Majestät.«

Rudolf blickte ihn offen an, schien aber etwas zu verbergen. Er sagte: »Alle Schriftstücke, auch die von Ketzern, werden im

Geheimen Rat gelesen. Auch meine Einladung an Reymers, als Astronom zu mir zu kommen. Jetzt ist er verschwunden. Und du, sein Feind, bleibst an meinem Hof. Du bist Lutheraner. Man fordert deine Absetzung. Ja, deine Bestrafung.«

»Majestät …«

»Du musst dich nicht rechtfertigen. Ich habe schon verstanden. Aber wir leben in schweren Zeiten. Ein kleiner Fehltritt, und alles stürzt ein. Du weißt nicht, wie viele Feinde überall auf diejenigen lauern, die als groß betrachtet werden.«

»Ich kann es mir denken, Majestät. Ich bewundere Euch aufrichtig für die Kraft, unter diesen Umständen eine ausgewogene Politik zu gewährleisten.«

»Das musst du nicht, Tycho. Kümmere dich darum, selbst aus der Schusslinie zu geraten – und kümmere dich um die Sterne. Ich erwarte von dir neueste Prognosen, bevor der Winter mit seinen kleinen Toden einsetzt. Wir haben einige Erfolge im Türkenkrieg, die Stadt Hatvan ist eingenommen. Aber in Siebenbürgen steht es schlecht. Sag mir, bevor die Ratsversammlung beginnt – wie stehen die Sterne? Haben sie mittlerweile ihren Stand verändert?«

»Ja, Majestät.«

»Und?«

»Saturn ist seit heute in das Haus des Kaisers eingetreten.«

Die Werkstatt

Der Meister schloss seinen Laden in der Altstadt wie jeden Morgen auf. Ein Blick zum Himmel belehrte ihn darüber, dass der Schneefall anhalten würde. Überall trotzten Menschen mit Holzschaufeln dem Tod, schippten das immer nachrückende Weiß von den Hauseingängen weg. Doch es war vergeblich.

Es schneite schon seit elf Tagen.

Meister Habermel gab die Hoffnung nicht auf, dass er es am Mittag bis zum Hradschin und wieder zurück schaffen würde, bevor der Schnee noch bedrohlicher wurde.

Erasmus Habermel hatte seine Werkstatt außerhalb der kaiserlichen Hofwerkstatt in der Burg, an der ein hundertköpfiger Stab von Goldschmieden, Edelsteinschleifern, Kupferstechern, Plattnern, Medailleuren und Vergoldern tätig war. Aber er war kein schlechterer Meister. Sein Nachteil war vielleicht, dass er für alle Auftraggeber arbeitete, egal welcher Partei sie nahe standen.

Als er sein Torquetum im Hintergrund der Werkstatt erblickte, das er im Auftrag Tycho Brahes als Universalinstrument baute, war es ihm, als hätte sich etwas daran verändert. Er trat näher.

Einmal mehr fiel ihm die Ähnlichkeit dieses Instruments, mit dem Tycho Brahe die Ausmessung eines Sternortes nach verschiedenen Koordinaten vornehmen wollte, mit einer menschlichen Gestalt auf. Ein großer, kreisrunder Kopf mit zwei Glassternlein in der Mitte, ein dünner Leib aus Messingstangen, abstehende Tentakel, ein Unterleib, Beine. Es fehlt nicht viel, dachte Meister Habermel, und das Instrument kann laufen.

Wollte der kaiserliche Astronom es etwa beleben, wie der Rabbi Loew seine Materie belebt hatte?

Aber was rief seinen Eindruck hervor, es habe sich an diesem Ding etwas verändert?

Er ging um das Gerät herum. Nein, er sah nichts Auffälliges. Und doch blieb der ungute Eindruck. Alle Teile waren an ihrem Platz, um die Hauptkreise des Himmels, den Äquator, die Sonnenbahn, den Deklinationskreis für die Äquatorbreite und den Höhenbogen zu messen. Die Winkelräder für die Beschreibung des Bewegungsverlaufs der Sterne waren arbeitsfähig, das Gerät so gut wie fertig gebaut.

Und dann begriff er.

Es löste unsäglichen Schrecken in ihm aus.

Das Gerät besaß plötzlich eine Gravur am Kopf. Er hatte sie nicht angebracht. Und er hatte sie von der Eingangstür auch nicht lesen können, aber mit dem sechsten Sinn geahnt.

Habermel setzte seine aufklappbare Brille auf und las. Da stand tatsächlich: *Tod allen Hochmütigen, die unsere Sterne auf der Erde zerschellen lassen!*

Der Meister zuckte zurück, als wäre das Torquetum heiß.

Was bedeutete das? Die Werkstatt war fest verschlossen gewesen. Wer hatte das getan? Und warum, um des Himmels willen?

War der Täter etwa noch anwesend?

Habermel lauschte. Nichts. Er ging in die hinteren Räume. Alle Fenster waren verschlossen, nur an einem zeigten sich Kratzspuren. Aber die waren vielleicht auch schon vorher da gewesen. Tod allen Hochmütigen, die unsere Sterne …

Galt das ihm?

Oder seinem Auftraggeber Tycho?

Er musste es sofort mit dem kaiserlichen Mathematicus und Astronomen besprechen!

Habermel schloss die Werkstatt ab. Er sah nach rechts und links. War da nicht ein Schatten? Aber in Prag gab es viele Schatten, gute und ungute. Eine Stadt voller Schatten, die selbst am Tag manchmal aus der Helligkeit hervorbrachen. Am besten, man kümmerte sich nicht darum. Am besten, man kümmerte sich um nichts mehr.

Der Meister stapfte durch den Schnee. Manchmal sank er bis zu den Oberschenkeln ein. Er fluchte unterdrückt. Schon sieben Menschen waren bei diesem Schneechaos und der großen Dezemberkälte umgekommen. Es waren noch vier Tage bis zum Heiligen Abend. Ein solches Wetter hatte es in Prag noch nie gegeben.

Habermel erreichte das Curtiuspalais und stellte mit Erleichterung fest, dass Licht brannte. Er zog die Glocke. Ein junger Mann öffnete, den er kannte: Jörgen Brahe.

»Kann ich deinen Vater sprechen?«

»Kommt herein, Ihr erfriert sonst noch.«

Habermel stand in der warmen Eingangshalle wie ein vorzeitliches Ungeheuer, dampfend, schwarz unter immer nasseren Weiß. Als er den Pelz ablegte, bildete sich auf dem Boden sofort eine Wasserlache. Es war ihm peinlich, in dem gepflegten Haus so viel Schmutz zu machen. Gerade als er daran dachte, dass er es aufwischen sollte, kam Tycho die geschwungene Treppe herunter.

»Was ist, Meister? Habt Ihr Schwierigkeiten?«

Erasmus Habermel war noch immer ganz verwirrt. Er wies mit dem Daumen über die Schulter. »Das Torquetum! In der Werkstatt! Ihr müsst es Euch ansehen, Herr!«

»Was ist mit dem Instrument? Wird es nicht rechtzeitig fertig?«

»Es ist fertig, aber auf eine seltsame Weise, Herr. Ihr müsst es Euch unbedingt mit eigenen Augen anschauen!«

»Wollt Ihr nicht erst hereinkommen? Setzt Euch zu mir und meiner Frau, und trinkt einen wärmenden Tee mit Aquavit! Es zieht ja keinen Hund nach draußen.«

»Nein, nein. Lieber nicht. Wir müssen zur Werkstatt!«

»Also gut. Ich komme. Einen Moment.«

Tycho verschwand nach oben und kam dann wieder herunter, gehüllt in Mantel, Schal, Muff und Wollmütze. »Gehen wir also.«

Da Tycho ahnte, nichts von dem Mann zu erfahren, machten sie sich schweigend auf den Weg. Ein Blick zum Himmel überzeugte Tycho, dass der Schnee eher noch dichter geworden war, falls das überhaupt möglich war. Der grauschwarze Himmel schien immer tiefer herabzusinken.

Der Instrumentenbauer Erasmus Habermel nahm zerstreut wahr, dass seine Fußabdrücke längst wieder verwischt worden waren. Die Natur war dabei, die menschlichen Spuren auszulöschen.

An der Werkstatt angekommen, hielt Habermel Tycho am Arm fest. »Wenn ich die Tür aufgeschlossen habe, schaut einmal von hier auf das Torquetum! Nun, fällt Euch etwas auf?«

Tycho bemühte sich, seinen Blick durch das nur von einer Petroleumlampe über dem Arbeitstisch beleuchtete Zimmer dringen zu lassen. Das Instrument stand daneben. In diesem Moment leuchteten seine beiden Glassternchen wie zwei funkelnde Augen.

»Es scheint lebendig zu sein – meint Ihr das? Aber das

täuscht bei diesem Licht. Hier in Prag ist man ja durch die Geistergeschichten von dem Golem schon ganz irre. Überall wittert man Gespenster. Aber Ihr könnt beruhigt sein, der Golem ist verschwunden, und hat es ihn wirklich jemals gegeben? Nein, nein, Ihr könnt sicher sein …«

»Das ist es nicht. Spürt Ihr keine Veränderung?«

»Eine Veränderung? An dem Instrument oder wo? Meister! Sagt mir, was los ist!«

Habermel winkte Tycho mit sich. Und dann sah er es selbst. Die Gravur am Kopf war gut zu erkennen – eine steile, irgendwie ungelenke Schrift. Sie musste mit einem Stilett oder scharfen Messer eingeritzt worden sein. Woran erinnerte sie ihn nur? Hatte er so etwas nicht schon einmal gesehen?

Er trat näher … und erschrak furchtbar. Er fuhr herum. Doch es war nur das Alarmschrillen der Türglocken gewesen. Zwei Männer in Schwarz betraten in diesem Augenblick die Werkstatt. Bei ihrem Anblick stockte Tycho Brahe das Blut in den Adern.

Sie sahen wie Totenvögel aus. Der eine groß und dürr, der andere mittelgroß und kräftig. Sie zogen den Zylinder. Schnee fiel auf den Fußboden.

»Meister Habermel?«

Der Instrumentenbauer trat vor. »Ja, das bin ich.«

»Wir sind gekommen, um das Instrument abzuholen.«

»Welches?«

Der Dürre wies mit dem Finger auf das Torquetum. »Das dort!«

»Aber das gehört dem kaiserlichen Astronomen!«

»Ebendeshalb sollen wir es ja holen. Wir bringen es ihm, zusammen mit einer ganz besonderen Einladung.«

Die beiden Totenvögel lachten ungut.

»Aber das kann nicht sein. Gewiss liegt hier ein Irrtum vor. Es ist nämlich so, dass …«

»Ich bin Tycho Brahe! Dies ist das Instrument, das ich in Auftrag gegeben habe. Und wer seid Ihr?«

Erbleichten die beiden Fremden? Es sah wohl nur so aus. Aber sie zögerten einen Moment. Dann sagte der Untersetzte:

»Umso besser, mein Herr! Dann können wir die Einladung gleich hier aussprechen.«

»Und?«

Der Dürre zog ein Pergament hervor und rollte es auf. Er las mit heiserer Stimme: »Ich fordere den kaiserlichen Astronomen zum Zweikampf heraus. Er hat mich durch die Art seines Lebens auf den Tod gedemütigt. Er soll bei seiner Ehre das Duell annehmen, das morgen früh vor Sonnenaufgang im Strabogarten stattfinden wird. Die Waffen kann er frei wählen und seine Entscheidung meinen Sekundanten mitteilen.«

Tycho begriff nur langsam. In seinem Hals hatte sich ein Kloß gebildet. »Ein Duell? Der Kaiser hat Zweikämpfe jeder Art bei Todesstrafe verboten!«

»Das ist unserem Mandanten egal.« Der Untersetzte kicherte. »Er ist außer sich. Das seht Ihr ja auch an dieser Gravur, vor der ihn niemand zurückhalten konnte. Das Verbot hat übrigens für Euch keine Konsequenzen, denn nach dem Kampf werdet Ihr nicht mehr schuldfähig sein. Welche Waffen wählt Ihr also?«

»Aber sagt mir doch, wer dieses Duell von mir verlangt?«

»Ihr könnt es Euch nicht denken?«

»Nein! Ich habe keine Feinde in Prag.«

»In Prag vielleicht nicht. Aber sonst überall. Und vor allem anderen habt Ihr eine Feindschaft, deren Jahrestag sich morgen zum dreiunddreißigsten Mal jährt. Ist es nicht betrüblich, dass Ihr den Namen Eures wichtigsten Feindes offenbar völlig vergessen habt? Das ändert sich jetzt. Unser Mandant heißt Manderup Parsbjerg.«

Tycho taumelte gegen den Arbeitstisch. Erst die kühlen Messingstangen des Torquetums hielten ihn. Als er sich wieder gefangen hatte, spürte er heißen, wilden Hass in sich aufsteigen. War es möglich, dass diese Kreatur immer noch auf der Welt war? Dass er ihn immer noch verfolgte? Hatte dieses Scheusal noch immer die Impertinenz, sich an ihn zu heften wie eine verirrte Ratte?

Ja, wenn es so war, musste er sich ihm wirklich ein letztes Mal stellen. Dann musste er ihn töten! Jetzt und hier.

»Manderup Parsbjerg …«, sagte er, als lausche er dem Klang eines Omens.

Er begriff, dass er sich all die Jahre in Sicherheit gewiegt hatte. Es war eine grobe Täuschung gewesen. Ein solcher Feind stirbt nie; es wird immer wieder eine Reinkarnation von ihm geben, eine Art Golem, einen Unhold, der nicht einfach verschwindet. Und wenn, dann taucht er eines Nachts wieder überraschend aus dem Dunkel auf. Wenn man ihn nicht mit eigener Hand vernichtet!

»Pistolen«, sagte Tycho mit fester Stimme. »Für jeden zwei. Mit je einem Schuss! Bei Sonnenaufgang! Aber den Ort bestimme ich. Nicht im Strabogarten. Wir treffen uns an der Ruine der zerstörten Burg des hingerichteten Grafen Rusworm. Ihr kennt sie doch?«

Die Männer verbeugten sich spöttisch. »Zu dienen, werter Herr!«

Dann verschwanden sie.

Tycho ließ sich schwer auf einen Schemel sinken.

»Ich verstehe das nicht«, sagte Habermel.

»Das könnt Ihr auch nicht. Aber es macht nichts.«

»Ihr werdet diesen Irrsinn doch nicht mitmachen!«

»Doch. Ich muss.«

»Soll ich Eure liebe Frau benachrichtigen?«

»Nein. Ich muss einen Moment nachdenken.«

»Wartet, ich hole Euch einen Schnaps!«

Während Habermel in den hinteren Räumlichkeiten verschwand, stützte Tycho den Kopf in die Hände.

Mit Nachrichten aus diesem hintersten Winkel seiner Existenz hatte er nicht gerechnet. Was für eine groteske Situation! Gerade hatte er das Gefühl gehabt, in Sicherheit zu sein. mit Kristine und seiner Familie angekommen zu sein. Boden unter die Füße bekommen zu haben. Und nun dies.

Manderup Parsbjerg!

Ich verfluche dich!

Sollte er es Kristine sagen? Würde sie nicht Todesängste ausstehen? Aber wenn er es nicht tat und im Kampf getötet wurde, stürzte er Kristine in den Abgrund. Nein, das konnte er ihr nicht antun. Er musste es ihr sagen.

Und dann starb sie vor Angst schon vor seinem Tod!

Und wenn er Manderup Parsbjerg einfach verhaften ließe? Das stand gewiss in seiner Macht. – Nein, das war kein männliches Verhalten.

Er musste es allein austragen! Und er würde Kristine ein einziges Mal in ihrem gemeinsamen Leben belügen. Ein einziges Mal! Und ein letztes Mal!

Tycho sah den Vorgang wie ein Bad, in dem er sich reinigen würde. Danach erst war alles getan. Danach erst war er würdig, mit Kristine den Rest ihres gemeinsamen Lebens zu verbringen.

Er musste es tun!

Allein!

Die Ruine der erst in diesem Jahr zerstörten Burg des unglücklichen Grafen Rusworm ragte in der schweren Dämmerung auf wie ein Zeigefinger, der an Vergänglichkeit und schnellen Fall des Hochmuts gemahnte. Ihre Zinnen, wie Schwalbenschwänze geformt, tauchten in morgendlichen Nebel. Die Pfade um die Gemäuer herum lagen unter tiefem Schnee. Aber die Wolken hatten sich in der Nacht verzogen, und es schneite nicht mehr.

Tycho Brahe hatte Arbeit vorgeschoben. Er hatte am Abend zuvor zu Kristine gesagt, er müsse die letzten Handreichungen am Torquetum in der Werkstatt überwachen und dann bei Meister Habermel im Ohrensessel schlafen. Das tat er auch, wenn auch nur für eine Stunde. Denn so wach hatte er sich lange nicht gefühlt.

Während er in der verlassenen Werkstatt umherging und auf die Geräusche der Nacht lauschte, fiel sein Blick immer wieder auf das Instrument. Im flackernden Licht der Kerzen schien es zu tanzen. Die Glassterne in seinem Gesicht starrten ihn an. Das Instrument wollte ihm etwas sagen. Vielleicht: Hast du dein Leben sinnvoll zugebracht? Warst du leidenschaftlich genug? Wolltest du nicht zu hoch hinaus, wo in eisiger Höhe die Feinde lauern? Reicht es aus, mich und die anderen Instrumente deines Lebens hervorgebracht zu haben, mit denen du auf der Spur der Sterne warst?

Waren die Gestalten aus den Tiefen des Himmels in deinem Herzen nicht tiefer eingraviert als dein eigenes Leben?

Ich hoffe nicht, murmelte Tycho Brahe, und unbewusst bewegten sich seine Lippen. Ich hoffe, es gibt einen einzigen Menschen, der eine gute Antwort darauf weiß.

Tycho stolperte vorwärts. Hinter ihm keuchten die beiden Sekundanten. Es waren Malwitch und Scobo, zwei Diener aus der Burg, auf die er sich verlassen konnte. Sie hatten ihn um fünf Uhr abgeholt und ihm schwören müssen, niemandem von dem verbotenen Duell zu erzählen. Was hinterher kam, interessierte ihn nicht. Jetzt erklommen sie die Anhöhe. Und oben warteten schon drei dunkle Gestalten.

Sie schienen festgefroren zu sein, denn sie bewegten sich nicht. Wie drei Golems aus Lehm und Staub des Prager Mysteriums standen sie da.

Es machte Mühe, den Burgberg zu ersteigen, doch Tycho hatte ihn mit Bedacht gewählt. Er kannte die Ruine genau. Und da er die Regeln zu bestimmen hatte, wählte er einen offenen Anfang des Zweikampfs.

Jeder begann an dem Standpunkt, den er für sich bestimmte.

Tycho erreichte die drei Totenvögel vor der mit schwarzen, verfaulten Ästen bewachsenen Mauer. Welcher von ihnen war Manderup? Tycho konnte es nicht erkennen. Tief in die Stirn gezogene Schlapphüte verdeckten die Gesichter. Aber selbst als sie jetzt die Köpfe hoben, sich die Kälte aus den Gliedern schüttelten, ihnen entgegensahen, erkannte Tycho seinen Todfeind nicht.

Mein Gott, es waren dreiunddreißig Jahre vergangen! Wohin waren sie gegangen?

Und wer hatte sie eingesammelt?

Der in der Mitte musste Manderup sein. Tycho erinnerte sich an seine gedrungene Gestalt, die ihm damals wie eine geballte

Faust vorgekommen war. Die Gestalt öffnete den Mund und schrie ihm etwas entgegen, das Tycho nicht verstand. Ja, das war er. Aber wie hatte er sich verändert! Das Gesicht mit dem Vollbart schien eingeschrumpft zu sein, tief liegende Augen, eine Narbe quer über einer Wange.

Tycho zog seinen Handschuh aus und führte den Zeigefinger zur Nase. »Darum werde ich dich töten, Manderup! Verstehst du? Ich töte dich, weil ich dein Zeichen mein Leben lang tragen musste! Ich habe es ertragen müssen wie Sklaverei. Ich töte dich!«

Der Magister lachte hässlich. Gleichzeitig dachte Tycho: Es stimmt, es war sein Zeichen, und es hat mich mein Leben lang stigmatisiert. Aber hat es nicht meine Sinne geschärft? Hat nicht erst die Silberplatte meinem Leben die Richtung gegeben, die ich von Anfang an gewollt hatte?

Er riss sich zusammen. Er hasste Manderup. Und er wollte ihn vernichten. Alle anderen Gedanken und Gefühle waren jetzt fehl am Platz.

Der andere ließ seinen Pelz fallen. Tycho sah, dass er eine Beinprothese besaß, ein hässliches Holzbein vom Knie ab, festgezurrt mit Lederriemen. Er fühlte ein böses Lachen in sich aufsteigen. Parsbjerg, dachte er, der seinen letzten Hass auslebt. Eine verkrüppelte Kreatur. Es erfüllte ihn nicht mit Mitleid, sondern stachelte seine Wut nur noch an. Der Mann hatte sich anscheinend durch sein Leben gewühlt wie durch Abfall.

Es ging ihn nichts an.

Manderup sagte etwas. Tycho wollte es nicht hören. Er wollte ihn nicht ansehen, nichts von ihm wissen. Er nahm aus dem gefütterten Kasten die beiden Pistolen. Sie lagen kalt in seinen Händen. Er ließ sich die beiden Kugeln reichen, schweres Blei, das nach dem Eintritt in den Körper eine blutige Bahn der Zerstörung reißen würde. Tycho konnte sich den tödlichen Weg dieser Kugeln vorstellen. Als er mit den Friedlosen durch Jütland gezogen war, hatte er solche Spuren ausgiebig zu Gesicht bekommen.

Es waren schreckliche Anblicke gewesen. Zerschmetterte Knie, aufgeplatzte Gesichter, zerrissene Hälse, Gelenke, Gedärme.

Die vier Sekundanten verkündeten das Prozedere. »Meine Herren, ihr geht um die Burg herum. Ihr feuert, wann ihr wollt. Sind die beiden Kugeln auf beiden Seiten verschossen, kommt ihr nach hier zurück und ladet neu. Es gibt kein Unentschieden.«

Nein, dachte Tycho Brahe. Es gibt kein Unentschieden im Leben. Es ist der Tag der Entscheidungen. Heute erlischt mein Stern, oder ein neuer geht auf, der mir und Kristine bis zum Ende leuchtet.

Gleichzeitig kam ihm ein anderer Gedanke. *Cassiopeia,* dachte er, der für mich geborene Stern an einem dunklen Morgen in Rostock – ich habe mich getäuscht. Zweifel sind mir immer geblieben. Es war kein neugeborener Stern. Es war tatsächlich eine sterbende Sonne. Denn sie hat mein Leben verdüstert. Und doch blieb mir genug Helligkeit, um meinen eigenen Weg zu finden.

Jetzt war er unterwegs.

Hinter ihm verschwanden die dunklen Gestalten. Tycho hatte mit Bedacht den westlichen Weg um die Burg herum gewählt. Der andere verschwand im Osten. Auf der Rückseite der Ruine, dort wo Felsen und Gesträuch das Gehen erschwerten, würden sie zusammentreffen.

Und dann gab es keine Ausflüchte mehr.

In den nächsten Momenten erwartete ihn eine tief verschneite Ödnis. Hier war kein Laut zu hören. Auch die Tiere des Waldes schienen den Atem anzuhalten. Tycho blickte zum Himmel. Es war noch kein Lichthauch zu sehen, nur der Schnee schimmerte.

Es war anstrengend, im Schnee vorwärts zu kommen. Tycho Brahe spürte die Last seines dreiundfünfzigsten Lebensjahres, die Kälte, die Angst. Aber er ging Schritt für Schritt vorwärts.

Plötzlich strauchelte er über einen tückisch aufragenden Ast. Er fiel lang hin. Als er sich wieder aufrappelte, bemerkte er zur Rechten, dort wo die Mauerüberreste des einstigen Palas lagen, eine Bewegung. Hastig hob er die Pistolen. Nichts. Er ging geduckt weiter.

Da krachte der Schuss.

Es war wie der Donner einer Kanone, der ein neues Zeitalter verkündete. Das Geräusch rollte um den Burgberg herum. Und mit ihm kam ein heißer Feuerschein. Tycho spürte, wie etwas Feindseliges heransauste. Es kam unaufhaltsam auf ihn zu, er spürte es genau. War es der Tod oder einer seiner Boten? Als die Kugel ihn am Ohr streifte, erfüllte ihr Getöse die ganze Welt. Ein Donnern, ein sich entfernendes Brausen, eine Hitzewelle.

Tycho wurde zu Boden gerissen. Er tastete nach seinem Gesicht. Blut. An seinem Ohr entstand ein brennender Schmerz.

Du hast mich verfehlt, Manderup!, dachte er. Ich bin noch da!

Und jetzt bin ich an der Reihe!

Er sprang zur Mauer. Als er sie kühl im Rücken spürte, hob er die Waffe. Manderup war nicht zu sehen, doch er spürte seine Gegenwart wie einen herannahenden Albtraum. Tycho sah empor. Konnte sein Gegner von oben, über die Mauer kommen?

Er beugte sich vor. Dort, wo er stand, bleckten die hohlen Fenster des Palas, in dem einst die wilden Feste des Raubritters Rumsworm stattgefunden und die Umgebung in Schrecken versetzt hatten.

Tycho Brahe bemühte sich, eine andere Deckung zu finden. Als er unter den Fensterhöhlungen hindurchlief, trafen seine Befürchtungen ein. Oben erschien eine Gestalt. Sie war höchstens zwanzig Schritte entfernt. Tycho legte an und feuerte. Die Gestalt verschwand. Er lauschte auf einen Schmerzensschrei. Auf einen Fall. Hatte er ihn getroffen? Wälzte der Kerl sich endlich in seinem Blut?

Kein Laut. Auch von der anderen Seite nicht, wo die Sekundanten warteten.

Tycho wusste, etwa zehn Meter neben den Fenstern befand sich eine Öffnung. Dort war früher der Weinkeller gewesen. Er trat durch die Pforte, die jetzt nur noch aus einem Holzrest bestand. Er bemühte sich, kein Geräusch zu erzeugen. Drinnen war es stockdunkel, und es roch durchdringend nach kaltem Moder. Tycho schlich über feuchte Stufen, auf denen glitschiges Moos lag.

Wo war Manderup?

Jeder besaß noch einen Schuss.

Hatte er ihn getroffen?

Als er die Treppenstufen erklommen hatte, erblickte er eine liegende Gestalt. Zuerst nur die Beine. Dann den Körper. Parsbjerg! War er schon tot?

Tycho hätte jubeln können. Er hatte ihn erledigt! Die Bedrohung war endlich beseitigt!

Aber wo war Blut? Er konnte keine Verletzung erkennen. Musste der Schnee sich nicht rot färben?

Wie in einer verlangsamten Bewegung sah er jetzt, dass der andere sich bewegte. Ein Zucken ging durch seinen Körper. Und plötzlich sah Tycho die Pistole in der rechten Hand des anderen, die sich auf ihn richtete. Der Finger seines Feindes krümmte sich. In dem Gesicht darüber lag ein fratzenhafter Zug.

So bekommst du mich am Ende doch noch, Manderup, dachte Tycho mit Entsetzen.

Der andere drückte ab.

Vielleicht lag es daran, dass Tycho nicht in Deckung ging, vielleicht daran, dass er im entscheidenden Moment nicht weiterging, auf den Feind zu, sondern voller Entsetzen einen Schritt zurück machte. Vielleicht besaß er noch seinen eigenen Stern. Er nahm den aufsteigenden Rauch nach der Explosion wahr und hörte das Splittern und Schrammen des Felsens hinter sich. Ein Steinsplitter riss ihm den Mantel an der linken Schulter auf.

Dann war es vorbei.

Er stand noch.

Er lebte.

Tycho begriff, dass er noch eine Kugel besaß. Er starrte seinen Gegner an, der in seltsam verkrümmter Haltung im Schnee saß. Die Schusshand erhoben, mit der anderen seinen halb aufgerichteten Körper abstützend, saß er da. Wie in Schnee und Eis und in der Zeit erstarrt.

Tycho spannte den Hahn seiner Waffe. Er ging auf Manderup Parsbjerg zu. Legte an. Er sah, dass der andere zu keiner Regung fähig war. Zu keiner Geste, zu keinem Wort. Endlich war der Magister handlungsunfähig, endlich schwieg er. Endlich hatte Tycho ihn da, wo er ihn schon immer haben wollte.

Jetzt würde er einen Schlussstrich ziehen.

Und was fühlte er in seinem Innern?

Nur die Kälte dieses Morgens. Die Einsamkeit. Die gnadenlose Leere einer solchen Situation.

Er kniff das linke Auge zu und zielte.

»Manderup«, sagte er mühsam beherrscht. »Ich könnte dich töten. Aber ich lasse dich gehen. Ja, ich verschone dich. Denn ich bin nicht wie du. Ich will mein Leben nicht beschmutzen. Ich weiß, du wirst auch so tot sein. Denn deine rattenhafte Ehre erlaubt es nicht, auf diese Niederlage anders zu reagieren als mit dem Freitod. Lösche dich selbst aus – ich weiß, das wirst du tun.«

Manderup Parsbjerg zitterte. Tycho sah es auf die Entfernung. Er senkte die Waffe und ließ den gespannten Hahn mit dem Daumen zurückgleiten. Dann ging er mit hängendem Schussarm an dem anderen vorbei, durchquerte das Waldstück des Burgberges und gab seinen Sekundanten die geladene und die abgefeuerte Waffe zurück.

Sie begriffen es nicht. Auch die Sekundanten des anderen sagten: »Tötet ihn. Ihr habt das Recht dazu.«

Tycho antwortete nur: »Er ist schon tot. Und ich werde leben. Versteht ihr? Meine Frau erwartet mich zu Hause mit meinem Leben. Das andere ist vorbei.«

Er ging zu seinem Reittier, über das er eine wärmende Decke gehängt hatte, um nach Prag zurückzukehren. Jetzt erfüllte ihn nur noch der Wunsch, es Kristine zu sagen.

Denn sie war seine Sonne, und er kreiste um sie. Er würde ihr alles sagen.

Alles.

Am Mittag, als endlich eine strahlende Sonne ihr Licht über Prag verbreitete, kehrte Tycho Brahe in die Werkstatt des Meisters Erasmus Habermel zurück. Kristine hatte ihn verstanden und ihm keine Vorwürfe gemacht. Sie hatte ihm zugehört und war dann stumm in ihr Zimmer gegangen.

Er fand die Werkstatt leer; der Instrumentenbauer hatte ihm nur einen Zettel geschrieben. Tycho las: »Ich musste die Glassternchen herausnehmen. Das Instrument ist unheimlich. Ich habe beschlossen, keines mehr zu bauen. Nie mehr. Denn ein solches Instrument tritt an die Stelle unseres Lebens. Es zwingt uns seinen Willen auf. Das ist unerträglich.«

Unsinn, dachte Tycho.

Er fand das Torquetum umgestürzt. Es lag auf dem Boden wie ein Mensch, der unbequem schlief.

Er stellte es wieder auf und starrte es an.

So viel ist in meinem Leben geschehen, dachte er. Und es hat mich nicht umgebracht. Aber um Kristine und der Kinder willen werde ich mich jetzt kleiner machen.

Ich werde hier in der Werkstatt bleiben und dieses Instrument zu Ende bauen. Und dann andere. Ich werde arbeiten wie die Menschen, die ich am Hafenkai in Venedig gesehen haben. Ruhig, beharrlich, geduldig. Die anderen, mit denen ich bisher Umgang hatte, müssen auf mich verzichten. Der Kaiser. Die Alchimisten. Die Rabbis. Die Golems. Die Reformierten und die Gegenreformierten. Die Inquisitoren.

Vielleicht verflüchtigen sich dann auch die Schatten, die über uns liegen. Der Golem zieht sie ein für alle Mal mit sich ins Dunkel.

Wir werden aus dem Curtiuspalais ausziehen und hier leben wie eine normale Familie.

Er sah sich um und sog tief den Geruch der Werkstatt ein. Sein Geruchssinn ließ ihn noch immer Fährten aufnehmen, lange bevor er sie sehen konnte. Diesmal war es ein Geruch nach Erde, Holz, Metall. Und da war noch etwas. Etwas anderes, das er nicht sogleich deuten konnte. Er wusste nicht, was es war. Aber er roch es.

Und er fand einen Namen dafür.

Es war Sternenstaub.

Ja, einfacher, duftender, ganz gewöhnlicher Sternenstaub.

Tycho Brahe zog den Mantel aus und machte sich daran, in der Werkstatt aufzuräumen.

Ein farbenprächtiger historischer Kriminalroman vor der Kulisse Venedigs

Venedig 1478: Aus den trüben Wassern der Lagune wird vor den Augen des deutschen Händlers Peter Bernward die Leiche eines Kindes geborgen. Bald darauf kommen zwei weitere Kinder ums Leben – Gassenjungen, die als Zeugen gesucht wurden. Wussten sie zu viel? Bernward beschließt, den wenigen Hinweisen nachzugehen. Dabei dringt er tief in das Räderwerk der Macht vor, mit der Venedig seit 400 Jahren den Handel in Europa kontrolliert – und gerät in ein Netz aus Verbrechen und Intrigen, das die dunkle Seite der Stadt offenbart ...

ISBN 3-404-15102-X

BASTEI
LÜBBE